Henri Lœvenbruck

Henri Lœvenbruck est né en 1972 à Paris. Naviguant entre thriller et polar historique, il est l'auteur de plus de quinze romans, traduits dans de nombreuses langues. Après, entre autres, la trilogie de *La Moïra*, *Le Rasoir d'Ockham* et *L'Apothicaire*, il a également publié *Nous rêvions juste de liberté*, en cours d'adaptation pour le cinéma. Qualifié de « nouveau maître du thriller français » par *L'Obs*, il se passionne aujourd'hui pour la littérature d'aventure et les grandes épopées historiques. *Le Loup des Cordeliers* (XO Éditions, 2019), un polar haletant situé au cœur de la Révolution française, est le premier volume autour de Gabriel Joly, brillant précurseur du journalisme d'investigation ; ses aventures se poursuivent dans *Le Mystère de la Main rouge* (XO Éditions, 2020) et dans *L'Assassin de la rue Voltaire* (XO Éditions, 2021).
En 2022, paraît chez le même éditeur *Les Disparus de Blackmore*, une plongée dans l'univers gothique d'une île anglo-normande dans les années 1920.

L'ASSASSIN
DE LA RUE VOLTAIRE

ÉGALEMENT CHEZ POCKET

Les enquêtes de Gabriel Joly
Le Loup des Cordeliers
Le Mystère de la Main rouge
L'Assassin de la rue Voltaire

Les Disparus de Blackmore

HENRI LŒVENBRUCK

L'ASSASSIN DE LA RUE VOLTAIRE

Une nouvelle enquête de Gabriel Joly

XO
EDITIONS

ISBN : 978-2-266-32374-1
Dépôt légal : octobre 2022

Ce qu'il advint dans les précédentes enquêtes de Gabriel Joly...

Gabriel Joly, après des études à Cantorbéry et Liège, arrive à Paris en mai 1789, au moment où commencent les états généraux. Le jeune homme, brillant et idéaliste, rêve de devenir un grand journaliste. Employé par son oncle au *Journal de Paris*, il s'y ennuie rapidement et s'intéresse davantage au mystère qui se trame dans les rues de la capitale : la nuit, un justicier masqué, tenant un loup en laisse, vient au secours de pauvres femmes en assassinant leurs agresseurs. Décidé à faire ce qu'il appelle du « journalisme d'enquête », Gabriel Joly tente d'en découvrir davantage sur celui que l'on surnomme désormais « le Loup des Cordeliers », et dont le sort semble lié à un prisonnier oublié de la Bastille et au machiavélique colonel Duvilliers.

Lorsque le journaliste parvient enfin à identifier le justicier masqué, celui-ci lui échappe. Gabriel se lance alors à la poursuite du Loup, dans une chevauchée qui va le mener jusqu'en Corse, sur les traces d'une mystérieuse société secrète.

Au cours de ses investigations, Gabriel se lie d'amitié avec plusieurs grands personnages de la Révolution, tels les avocats Camille Desmoulins et Georges Danton, l'écrivain Louis-Sébastien Mercier et l'intrépide Anne-Josèphe Terwagne, mais aussi avec un Renégat, ancien pirate salétin qui sévit dans le quartier de la place Maubert : le redoutable Récif.

À l'issue de sa dernière enquête, alors qu'il a retrouvé le Loup en Corse et mis la main sur un incroyable trésor, Gabriel assiste, impuissant, à la mort de Lorette, la jeune bibliothécaire du couvent des Cordeliers dont il est tombé éperdument amoureux, et que le colonel Duvilliers vient d'assassiner, avant de s'enfuir…

Avertissement

Ce livre est un roman. Dans l'intérêt du récit, quelques libertés ont été prises, notamment en romançant la vie de certains personnages et, en particulier, des illustres acteurs de la Comédie-Française. Afin de ne point bafouer leur mémoire, les noms de quelques-uns ont été changés. Nul doute que les amateurs éclairés les reconnaîtront aisément et nous pardonneront les quelques péripéties inventées. Quant à la rue qui a donné son titre au roman, actuelle rue Casimir-Delavigne, ouverte en 1779 sur l'emplacement de l'hôtel de Condé, on la désignait en réalité rue *de* Voltaire. Lui ôter sa particule pour n'en faire plus qu'une *rue Voltaire* est une coquetterie dont le lecteur, nous en sommes certain, ne nous tiendra pas rigueur…

À mon frère, Fabrice Mazza,
à qui je dois tant, et non seulement ce livre.

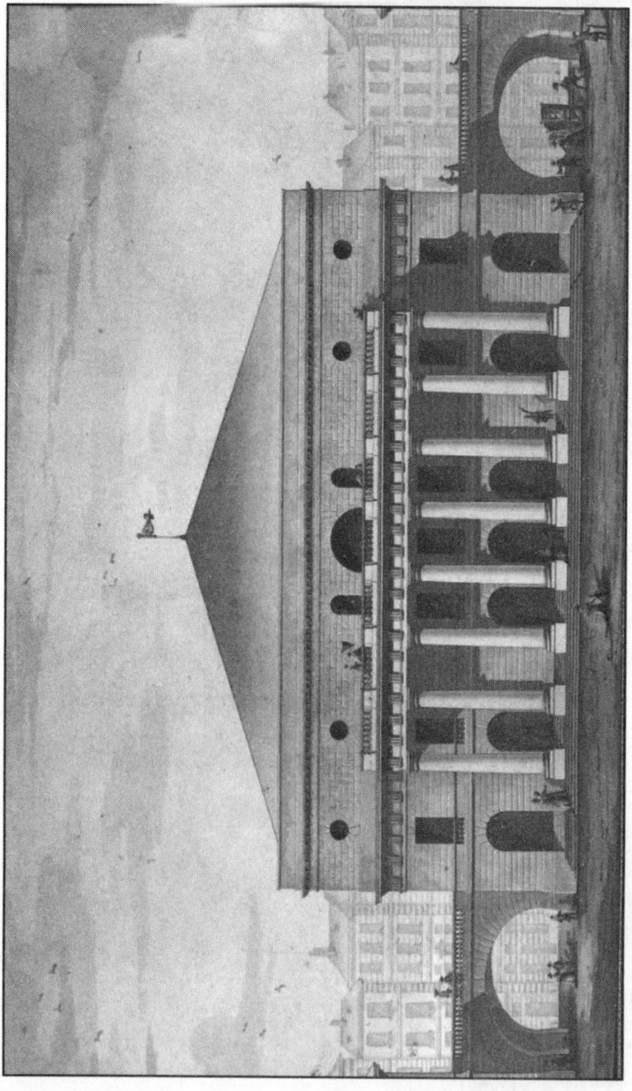

THÉÂTRE-FRANÇAIS

REZ-DE-CHAUSSÉE

A - Péristyle
B - Bureau des 1res loges
C - Bureau du parterre
D - Vestibule d'entrée
E - Grands escaliers
F - Café intérieur
G - Escalier particulier de la Cour
H - Latrines
I - Escaliers des 3es et 4es loges
J - Portiques extérieurs
K - Orchestre
L - Parterre
M - Petites loges
N - Escaliers du théâtre
O - Dessous
P - Escaliers de service (allant des dessous jusqu'au gril)

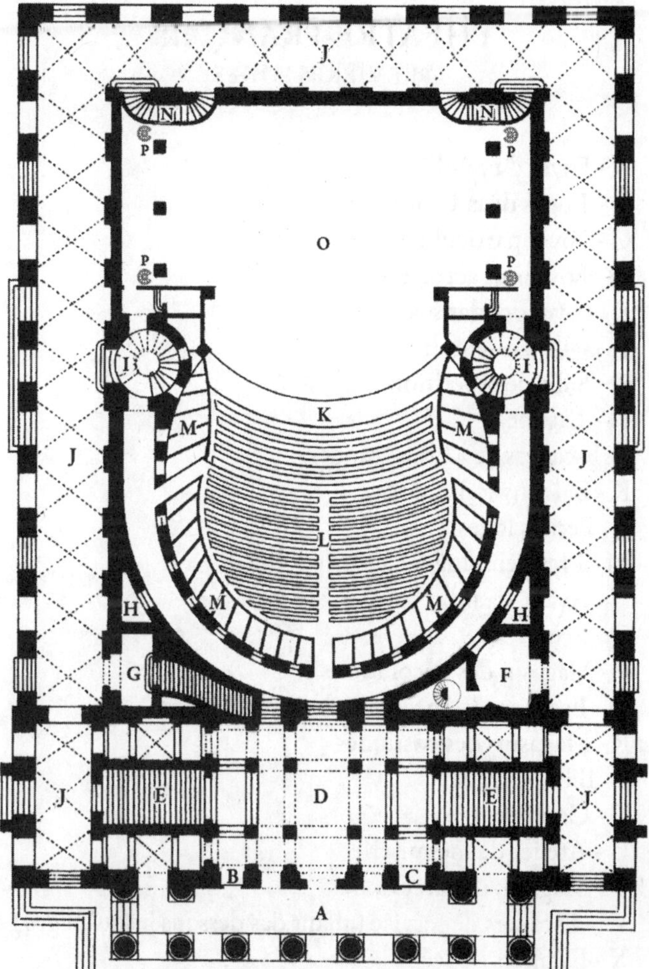
J
N
N
P
P
O
P
P
I
I
K
M
M
J
J
L
M
M
H
H
G
F
J
E
D
E
J
B
C
A

THÉÂTRE-FRANÇAIS

PREMIÈRES LOGES

A - Foyer du public
B - Loges de la Cour
C - Foyer particulier
D - Foyer des acteurs
E - Foyer des danseurs
F - Salle d'assemblée
G - Salle de répétition
H - Latrines
J - Escaliers des 2es et 3es loges
K - Balcons tournants
L - Petites loges
M - Premières loges
N - Avant-scène
O - Scène
P - Magasin des décorations
Q - Escaliers du théâtre et des petites loges
R - Magasins des costumes
S - Bibliothèque
T - Coulisses
U - Atelier de menuiserie
V - Magasin des accessoires
W - Escaliers de service (allant des dessous jusqu'au gril)
X - Escaliers de scène

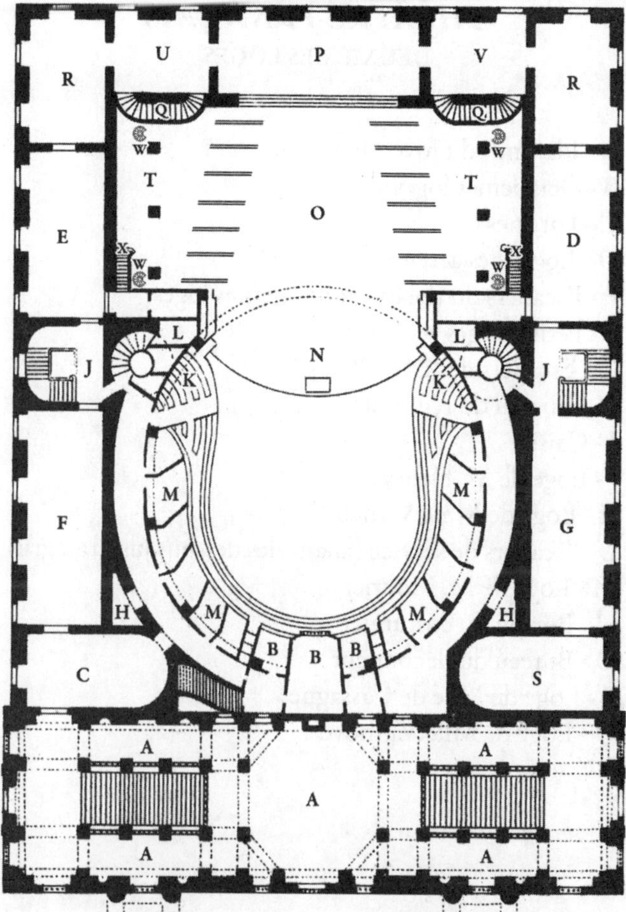
U
P
V
R
R
Q
Q
W
W
T
T
O
E
D
X
X
W
W
L
L
N
J
J
K
K
M
M
F
G
H
M
M
H
B
B
B
C
S
A
A
A
A
A

THÉÂTRE-FRANÇAIS
DEUXIÈMES LOGES

A - Plafonds du foyer du public
B - Deuxièmes loges
C - Latrines
D - Loges des acteurs
E - Escaliers du théâtre et des petites loges
F - Petites loges
G - Escaliers des 2es et 3es loges
H - Bureau du régisseur
I - Caisse
J - Loge de M. Fleury
K - Loge de Mme Verneuil
L - Escaliers de service (allant des dessous jusqu'au gril)
M - Loge de M. Mourier
N - Bureau du costumier
O - Bureau du décorateur
P - Loge de Mlle de Cassagne
Q - Loge de Mlle Vanhove

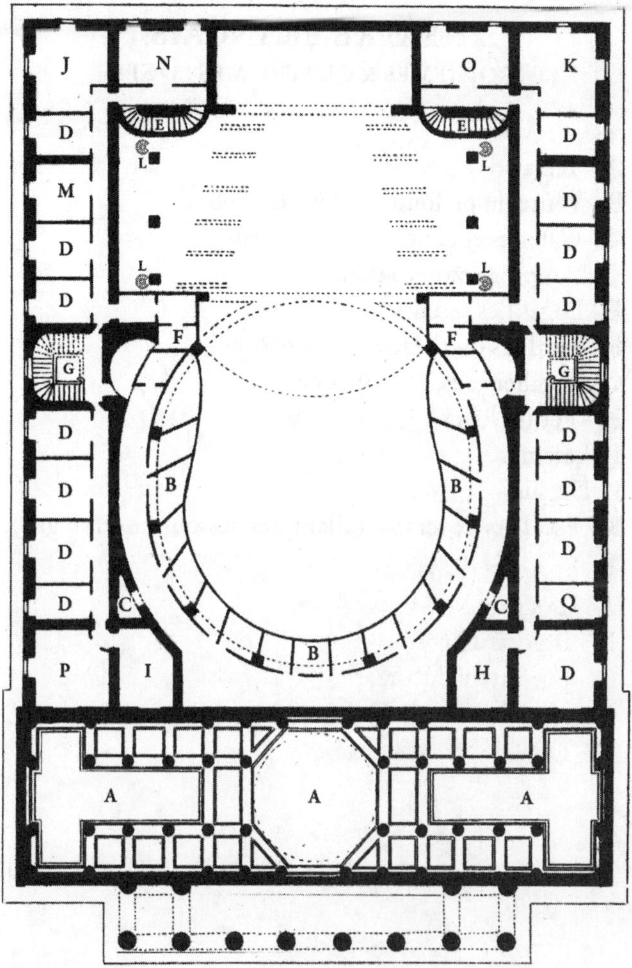
J
N
O
K
E
E
D
D
L
L
M
D
D
D
L
L
D
D
F
F
G
G
D
D
B
B
D
D
D
D
D
D
C
C
Q
B
P
I
H
D
A
A
A

THÉÂTRE-FRANÇAIS

TROISIÈMES & QUATRIÈMES LOGES

A - Terrasse
B - Voûte du plafond du foyer du public
C - Galeries et conduites au balcon
D - Amphithéâtre (paradis)
E - Loges des acteurs
F - Escaliers du théâtre et des petites loges
G - Escaliers des 2es et 3es loges
H - Petites loges
I - Latrines
J - Dessus
K - Escaliers de service (allant des dessous jusqu'au gril)

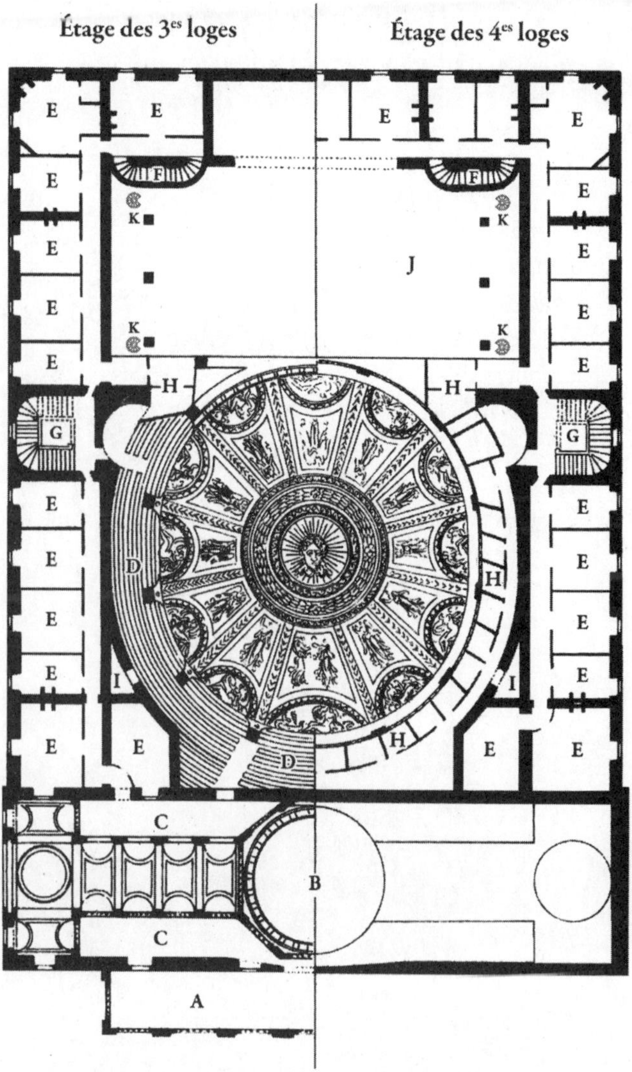
Étage des 3es loges
Étage des 4es loges
A
B
C
C
D
D
E
F
F
G
G
H
H
H
H
I
I
J
K
K
K
K

Prologue

Paris, ce soir-là, était aussi sombre et triste que la scène d'un théâtre fermé. Dans la chaleur étouffante d'une lourde nuit d'été, tous les occupants des chambres garnies, aux étages du faubourg Saint-Antoine, dormaient fenêtre béante. Tous, sauf une.

Mlle Jeanne Gallois – que ses amies appelaient gentiment *la Jeanne* –, blottie sur son bois de lit, au quatrième étage de la maison du sieur Rodron, marchand fripier, peinait à trouver le sommeil. Mais pour rien au monde la jeune fileuse de soie dijonnaise, qui était montée à Paris trois ans plus tôt pour y chercher un emploi, n'aurait ouvert sa fenêtre afin de laisser entrer un peu d'air sous les combles ; car si Morphée lui refusait ses bras, ce n'était pas tant à cause de la température que de la peur qui l'étreignait depuis plusieurs semaines déjà, quand le soleil s'évanouissait derrière le mont Valérien et que la nuit enveloppait de son morne manteau la capitale révoltée. Jeanne était terrifiée.

Sa hantise avait débuté quelques jours après la prise de la Bastille. Dans la nuit du 20 juillet, alors qu'elle était profondément endormie, l'innocente demoiselle avait été réveillée par un bruit dans sa chambre. Se redressant, elle avait aperçu la silhouette d'un homme, dont les traits, peu à peu, s'étaient révélés sous les rayons argentés que la lune projetait par la fenêtre ouverte. Elle avait aussitôt reconnu Rodron fils, progéniture perverse et malveillante de son logeur, qui occupait l'appartement du dessous et y paressait tout le jour, dans cette oisiveté arrogante que la bourgeoisie peut offrir à ses plus vicieux représentants. À n'en point douter, seules l'ivresse et de fort mauvaises intentions pouvaient avoir poussé ce bœuf à escalader la paroi de la maison pour s'introduire chez sa voisine. Aussi Jeanne s'était-elle jetée à bas de son lit, ramassant sur elle tout ce qu'elle avait de draps, comme si ces toiles eussent pu lui faire un bouclier. Mais quand elle avait voulu crier au secours, sa gorge n'avait pu produire le moindre son. Et voilà que la fileuse s'était figée telle une proie acculée par un chien de chasse.

Les yeux rougis par sa lubrique frénésie, la bave aux lèvres, Rodron fils s'était rué sur elle en grognant, et la pauvre enfant avait eu beau se débattre, rien n'avait pu arrêter l'acharnement du méchant homme. Avec une violence indicible, il avait arraché son honneur à la jeune femme, lui qui n'en avait plus. Et puis, son méfait accompli, il était reparti hilare, enrobé de la plus odieuse satisfaction masculine, abandonnant au sol sa victime dans un état effroyable.

Les jours suivants, Mlle Gallois n'avait pu trouver la force de quitter la chambre où elle s'était enfermée. Quand elle rassembla enfin celle de se plaindre à la garde, elle n'obtint en retour aucune compassion, les soldats arguant qu'ils avaient, dans un temps pareil, d'autres chats à fouetter… À M. Rodron père, elle n'avait rien osé dire, de crainte qu'il ne la mît à la rue. Quant à son patron, il ne trouva de meilleure idée que de rosser Jeanne pour son absence.

Depuis, la fileuse ne dormait plus, et sitôt qu'elle se couchait, après une longue journée de labeur, d'irrépressibles tressaillements gagnaient ses membres et une angoisse terrible écrasait sa poitrine. L'oreille tendue, elle guettait toute la nuit le moindre bruit, le moindre mouvement, et chaque craquement de parquet, chaque grincement de volet la faisait sursauter.

Et ce soir-là, donc, dans la nuit du 19 au 20 août 1789, il devait être deux heures après minuit quand Jeanne Gallois sentit son cœur se soulever, alors que des pas résonnaient dans le couloir. D'un bond, elle se redressa dans son lit et, les mains crispées sur le matelas, s'immobilisa pour mieux écouter. Les pas continuaient d'approcher. Lourds et maladroits, c'était, à n'en pas douter, ceux d'un Rodron fils enivré qui, ayant trouvé la fenêtre fermée, s'apprêtait à donner l'assaut par la porte.

Au premier coup sourd que fit le pied du méchant homme sur le chambranle, Jeanne se précipita hors de son lit. Mue par la peur plus que par la raison, elle ouvrit la fenêtre pour tenter de s'enfuir par les toits. Toute tremblante dans sa fine chemise de lit, la chère enfant monta périlleusement sur le rebord et s'agrippa à la dernière corniche de la façade, tandis qu'à l'intérieur continuait l'effrayant tambourinement.

Elle venait de se hisser sur la charpente jusqu'à la taille quand elle sentit la grosse main de Rodron la saisir à la cheville fermement. Manquant de basculer dans le vide vers une mort certaine, il fallut à Mlle Gallois bien de la force et de la détermination pour parvenir, après moult coups de talon, à se libérer de la vilaine emprise et grimper tout à fait sur le toit.

La jeune fileuse de soie n'était pas assez dupe pour s'imaginer sauvée. À peine s'était-elle mise à courir sur les tuiles qu'en effet Rodron se hissa à son tour. Jeanne, sanglotant de peur, galopa entre les cheminées, et ses petits pieds nus rendirent l'entreprise aussi ardue que pénible : lorsqu'elle ne se coupait pas sur un angle de terre cuite, elle glissait ! Et Rodron, lui, approchait ! En dépit de toute l'énergie que la jeune femme y consacrait, il ne faisait plus aucun doute, désormais, que cette fuite était vouée à l'échec. Le mauvais fils, bientôt, serait sur elle, et il accomplirait son nouvel outrage sous le voile indifférent de la nuit.

Et puis soudain, alors qu'elle venait de sauter sur le toit de l'immeuble voisin, Jeanne s'immobilisa dans sa course, arrêtée par une fantastique apparition.

Renversée par la surprise, Mlle Gallois, sur son séant, leva des yeux écarquillés vers la haute silhouette qui se découpait sur la toile obscure de la voûte céleste. Surgie de nulle part, c'était une figure terrible, toute drapée de noir, le visage masqué, la tête recouverte d'une lourde capuche, et dans la main, une épée. Sa cape soulevée par le vent chaud de l'été, le fantôme menaçant se mit à avancer lentement sur le toit. Jeanne croyait encore qu'il allait fondre sur elle quand elle le vit bondir dans son dos pour faire face au jeune et dégoulinant Rodron, qui, lui aussi, avait laissé la stupeur stopper sa course en altitude.

Recroquevillée, les poings serrés devant sa bouche ouverte, la provinciale assista alors à une scène aussi courte que féroce. En deux coups d'épée, le Loup des Cordeliers – car c'était bien lui – trancha la gorge de Rodron et lui transperça le cœur. Dans un jaillissement de sang aussi noir que les ténèbres, le corps charnu du méchant homme s'effondra sur les tuiles.

Sans se retourner, le Loup disparut dans le drap de la nuit.

Livre premier

Où le Loup des Cordeliers renaît de ses cendres

1.

Le massacre de la Saint-Barthélemy n'aura pas lieu

La Comédie-Française était installée depuis sept ans dans ce nouveau théâtre, construit pour elle. Si la plupart des Parisiens, par habitude, continuaient de l'appeler Théâtre-Français ou tout simplement Comédie, on venait un mois plus tôt de le rebaptiser Théâtre de la Nation, en hommage aux événements que la ville avait traversés. La magnificence de la nouvelle salle, plus grande et luxueuse que les précédentes, témoignait de l'importance qu'on accordait à la troupe, et son architecture, qui évoquait celle d'un temple antique, ne laissait aucun doute sur la volonté d'y placer un symbole national. La Maison de Molière brillait de mille feux.

Après avoir dû fermer ses portes lors des journées tumultueuses de juillet, le théâtre avait renoué avec sa cadence de deux pièces par jour. Si l'on ne s'y pressait plus autant qu'aux débuts glorieux de la décennie, les Parisiens, en plein cœur de l'été, ne boudaient guère le plaisir de venir y voir et s'y faire voir, signe que la vie reprenait doucement.

Élevé sur l'emplacement de l'ancien hôtel de Condé, le théâtre bénéficiait d'un immense parvis qui pouvait accueillir, aux soirs de premières, la foule et les vagues de voitures successives. Le grand édifice, rectangulaire, était isolé, flanqué seulement de deux pavillons, sous les arches desquels on descendait des carrosses à couvert de la pluie. Sur les façades latérales, des arcades abritaient plusieurs libraires et permettaient aux laquais d'attendre leurs maîtres jusqu'à la fin du spectacle. La face principale, quant à elle, s'ouvrait par un péristyle majestueux, décoré de huit colonnes doriques, et dont les marches conduisaient à trois belles entrées.

L'intérieur avait également bénéficié de soins tout particuliers des architectes Peyre et Wailly. En arrondissant la forme de fer à cheval traditionnelle des salles de spectacle, ils avaient amélioré la visibilité de la scène ainsi que l'acoustique générale. La décoration ne cessait de s'enrichir au fil des ans : aux sculptures originales de Caffieri étaient venus s'ajouter le buste de Molière par Houdon, mais aussi son célèbre *Voltaire assis*, qui avait fait l'objet de tant de convoitises.

— Et votre petit protégé, chère Anne-Josèphe, pourquoi n'est-il point venu ? M. Joly n'apprécierait-il guère le théâtre ? Son mandat à la rubrique spectacles du *Journal de Paris*, quoique fort bref, l'en aurait-il dégoûté ?

Mlle Terwagne, lâchant le bras du grand auteur Louis-Sébastien Mercier, déposa au sol les sabres qu'elle portait toujours à la ceinture, prit place aux deuxièmes loges du Théâtre-Français et admira le sobre habillage de la salle. Les murs étaient ornés de volutes, de godrons et de draperies en trompe-l'œil et, plutôt que des dorures tapageuses, on leur avait donné une peinture à dominante bleue, à laquelle le blanc des reliefs ajoutait une agréable luminosité. Le plafond, enfin, était une rotonde à la romaine, ornée de bas-reliefs gris et blanc. De son centre pendait un lustre imposant, dont le pourtour était enluminé de lunettes où figuraient les douze signes du zodiaque.

— Gabriel n'est pas sorti du sous-sol des Cordeliers depuis notre retour de Corse, Louis. Le pauvre garçon est dévasté ; il s'est enfermé dans la chambre de Lorette et refuse les visites.

— Oh, c'est donc lui, notre nouvelle princesse de Clèves, qui entre au couvent après avoir perdu l'être aimé ?

— Il n'y a guère matière à rire, Mercier ! s'offusqua Terwagne. Il a traversé la France pour la retrouver, et la jeune bibliothécaire est morte dans ses bras.

L'écrivain, prenant place à son tour dans la loge, fit un geste blasé de la main.

— Allons, allons, il a quoi ? Vingt ans ?

— Vingt-trois !

— Il a la vie devant lui, et bien des femmes à conquérir ! Nous sommes certes au théâtre ce soir, mais on ne meurt plus d'amour à vingt-trois ans que dans les tragédies !

— Au contraire, vieil imbécile ! Pour succomber à la passion, il faut avoir encore ce que vous avez perdu : la jeunesse.

— Tss… À cet âge-là, auriez-vous pu, mademoiselle, d'amour pour moi mourir ?

— Pour vous ? Certainement pas !

— Méchante femme ! Malepeste, voilà nos deux avocats dilettantes des Cordeliers !

Camille Desmoulins et son colossal compère Georges Danton, dignement coiffés l'un et l'autre – encore que la perruque du second, comme à son habitude, fût un peu de travers –, venaient d'apparaître à l'entrée de la loge.

— Foutre ! Mercier, nous voilà haut perchés ! lança Danton en guise de bonjour. Quelle coquetterie vous a donc dissuadé de nous prendre des places au parterre ?

— Hélas ! rétorqua l'écrivain, on ne s'amuse plus en bas depuis qu'on y a mis des banquettes pour augmenter le prix des places et éloigner le petit peuple de la scène ! Ah ! Quelle nation orgueilleuse peut ainsi fermer son théâtre au public populaire ? De quel droit en privons-nous la partie la plus nombreuse du pays ? Elle a tant de fardeaux à supporter qu'il faut être barbare pour lui refuser l'amusement du parterre.

Dans ce nouveau théâtre, on ne pouvait plus, en effet, se tenir debout devant la scène, et les places les moins chères étaient désormais les plus éloignées, nichées sous le plafond, dans l'ultime galerie obscure qu'on appelait le paradis… ou le poulailler.

— C'était mieux avant ! se moqua gentiment Anne-Josèphe. Dois-je vous rappeler, Louis, qu'on n'acceptait point les femmes dans ce parterre debout que vous regrettez tant ? Certaines étaient obligées de se travestir en hommes pour profiter des places à moindre coût !

— Cela n'eût-il guère plu à votre goût pour le déguisement ? sourit Mercier. Par ma foi, il eût fallu y accepter les femmes, plutôt que de l'abolir ! Notez que ce n'est pas la position debout que je regrette – il est mieux d'être à son aise pour apprécier une pièce –, mais c'est qu'on a ôté au parterre la vie qu'y apportaient les spectateurs les plus modestes. Combien me manquent les rumeurs théâtrales d'antan, fussent-elles d'acclamation, de rire ou d'indignation ! Il en résultait certes quelques inconvénients, mais en même temps les plus grands avantages pour la perfection de l'art des acteurs. Une multitude de pièces, qui offensent le goût, n'auraient pas été jouées jusqu'à leur terme, au temps où le parterre pouvait se faire entendre…

Danton, avec la vigueur du rustre, lui donna une tape dans le dos.

— Eh bien, moi, dit-il après avoir baisé la main de Mlle Terwagne, ce n'est pas un banc qui m'empêchera de m'exprimer au théâtre !

À l'inverse de ses amis qui parlaient à voix basse – ainsi que le fait assez naturellement toute personne pénétrant dans l'enceinte d'un théâtre comme dans un lieu saint –, Danton, lui, causait fort, de son habituelle voix de stentor, ce qui valut à leur loge quelques regards du parterre, à moins que ce ne fût le célèbre chapeau à plume noire de la belle Liégeoise qui attirât l'attention.

— Eh… eh bien ! bégaya Desmoulins en saluant Anne-Josèphe à son tour. Je vois que… que tout le monde est de bonne humeur, ce soir ! Il ne nous man… manque plus que notre bon Gabriel !

— Nous parlions justement de lui, répliqua tristement Mlle Terwagne. M. Joly ne veut toujours pas sortir de son antre et n'ouvre à personne.

On entendit alors sonner la cloche de l'avertisseur, qui remontait les corridors pour avertir que la « petite » pièce – comme on désignait celle qui ouvrait la soirée – allait commencer, et les derniers spectateurs prirent

… sous le dôme du théâtre. Avant *L'École des* …*ris* de Molière, trésor incontournable du répertoire, …es comédiens-français donnaient ce soir leur première représentation d'*Éricie ou la Vestale*, tragédie en trois actes et en vers de Jean-Gaspard Dubois-Fontanelle, un auteur que Mercier lui-même avait pris sous son aile et défendu contre la censure.

— Cela fait plus de vingt ans que je bataille pour que sa pièce soit enfin jouée à Paris, chuchota l'écrivain à l'oreille de Terwagne, avec quelque accent de fierté.

— Que lui reprochait-on ?

— Fontanelle n'y est pas très tendre avec les dévots et donne de la vie monastique une sombre peinture…

— J'y vois plutôt une qualité, s'amusa la Liégeoise.

— Alors que les comédiens s'apprêtaient à la jouer, la pièce a été interdite à la demande de l'archevêque de Paris. Pendant des années, les connaisseurs se sont arraché les éditions clandestines, et des colporteurs ont été condamnés à la marque[1] et aux galères pour en avoir vendu des exemplaires !

— Dame ! Est-elle si bonne, cette pièce ?

Mercier haussa les épaules.

— Un peu maladroite, mais c'est une belle ode à la liberté. Je l'aime bien, Fontanelle.

L'orchestre joua sa dernière note puis, une à une, les lampes à huile de la salle furent éteintes par les lampistes, et ne restèrent allumées que celles du grand lustre et de la rampe, les premières pour éclairer le public et permettre aux gardes de surveiller les éventuels chapardeurs, les secondes dirigées vers la scène. On avait doté

1. Au fer rouge.

le nouveau théâtre de ces célèbres lampes dites Quinquet », du nom de l'apothicaire qui les comme lisait, et on les avait flanquées d'astucieux réflecte qui permettaient de tamiser leur vive lumière, de so que, dans sa nouvelle livrée bleue, l'intérieur baignai dans une douce lueur.

Ce rituel marquait le début du spectacle. Le temps se suspendait, les amateurs frissonnaient, et l'on entrait lentement dans l'espace sacré de la dramaturgie. Suivait un ultime cérémonial : six coups[1] frappés au sol de la scène par le régisseur, à l'aide de ce grand bâton qu'on nommait brigadier. Et le silence se faisait dans la salle.

En proie à l'effervescence, Terwagne crispa sa main sur le bras de Mercier. Sans doute revit-elle à cet instant les splendeurs de la Scala de Milan où, trois ans plus tôt, son sinistre amant d'alors, le castrat Tenducci, l'avait conduite plusieurs fois.

Le large rideau d'avant-scène, décoré des peintures de Le Crosnier, s'éleva enfin pour révéler le décor d'un temple antique, éclairé du feu sacré qui brûlait sur son autel. Les comédiennes principales, toutes deux drapées d'un voile sur leur robe de satin blanc, apparurent dans le vacillement des flammes, au milieu de vestales prosternées.

De l'Empire romain , Déeſſe Protectrice ,
Vierge auguſte , Veſta , ſois-nous toujours propice ;

1. À l'époque, afin de commémorer la réunion de la troupe de Molière à celle de l'hôtel de Bourgogne, qui donna naissance à la Comédie-Française, le régisseur ne frappait plus trois mais six coups.

… animés par ton ſouffle immortel ,
… jamais , brûlent ſur ton Autel.
… le vainqueur et de l'Èbre et du Tage
… gle de Rome aux remparts de Carthage ,
… cipion ſoumet l'Africain indompté ,
… ns le ſein de nos murs maintiens la liberté !

Ainsi, la belle Mme Thenard, habile sociétaire[1] de la Comédie-Française, créait ce soir-là le rôle de la grande prêtresse Arélie. De sa voix juste et claire, elle ouvrit cette tragédie romaine où l'on invitait le spectateur à s'indigner du sort d'une enfant que son père envoie de force au couvent, figuré ici par le temple de Vesta…

Malheureusement pour son auteur, que Mercier avait aperçu dans la salle, fût-ce dû à l'écrasante chaleur qui régnait sous le dôme ou au jeu des acteurs, le public se montra bientôt fort peu patient, et *Éricie* ne produisit guère sur lui l'effet escompté : au lieu de s'émouvoir, on commença à bâiller. Malgré des effets dramatiques remarquables et un indéniable mouvement tragique, la monotonie dans la marche des scènes souleva des plaintes au parterre.

1. La Comédie-Française, dès ses origines, possédait un mode d'organisation collaboratif fort avant-gardiste : chaque membre de la troupe, homme ou femme, participait à la marche des affaires. Après avoir fait ses preuves comme pensionnaire, tout comédien pouvait être reçu comme sociétaire et devenir alors propriétaire d'une partie du capital global de l'entreprise, la redistribution des bénéfices se faisant au prorata de ses parts. Celles-ci étaient divisées en parts entières, demi-parts ou quarts de part, selon l'ancienneté, l'importance des rôles et la notoriété du comédien.

— Vous qui regrettiez les rumeurs du théâtre, chuchota Terwagne à l'oreille de Mercier, je crains que votre ami Fontanelle n'en fasse ce soir les frais.

— Le pauvre homme ! Ce n'est point la faute de sa pièce. Naudet n'est pas à son meilleur et l'on dirait que Mme Verneuil n'a pas compris son rôle ! L'eût-on jouée il y a vingt ans, quand Fontanelle l'avait écrite, cette tragédie eût obtenu un beau succès, par sa modernité. Voilà ce qui arrive quand on fait du clergé un censeur de théâtre…

La fin du premier acte approchait et, déjà, la rumeur se transformait en soupirs, les soupirs en protestations, puis en sifflets. Soudain une voix s'éleva du parterre.

— *Charles IX* !

Les comédiens, feignant de ne point entendre, continuèrent leurs répliques, mais alors d'un autre endroit de la salle parvint la même supplique :

— *Charles IX* ! On veut *Charles IX ou la Saint-Barthélemy* !

Anne-Josèphe tourna la tête et fut surprise de découvrir le visage réjoui de Danton qui, penchant son large buste au balcon de la loge, rejoignit le concert des réclamations.

— La pièce de M. Chénier ! cria-t-il en levant le poing vers la scène.

— Que se passe-t-il ? murmura Terwagne en regardant Mercier.

L'auteur secoua la tête.

— C'est une cabale, ma chère. Une cabale à laquelle votre ami avocat semble heureux de participer. Chénier, dont on refuse aussi de jouer la pièce depuis plusieurs mois, et qui habite les Cordeliers, a dû inviter ses amis à venir donner de la voix. Je me demandais pourquoi ce coquin de Danton tenait tant à être présent…

— Georges ! tenta la Liégeoise en attrapant le bras de celui-ci.

— Bah, laissez-le ! la découragea Mercier. Après tout, la censure de *Charles IX* a assez duré…

— Mais votre pauvre ami Fontanelle ? Ils vont faire tomber sa pièce !

— C'est une publicité comme une autre, plaisanta l'écrivain.

— Et que reproche-t-on à l'œuvre de Chénier, cette fois ?

— Par les temps qui courent, sans doute voit-on quelque danger à montrer sur scène un roi de France qui commet le plus effroyable des crimes en tirant sur son peuple, et un cardinal prônant l'Inquisition. Certains comédiens proches de la Cour refusent donc de jouer cette pièce qui, à l'évidence, critique non seulement la monarchie en général, mais Louis XVI en particulier…

Les réclamations dans le public se multipliaient, et ce brouhaha était maintenant si fort qu'on n'entendait plus les acteurs.

— *Charles IX* ! On veut *Charles IX* ! reprenait-on en chœur, tant aux galeries qu'au parterre.

À l'évidence, on avait soigneusement préparé cette protestation en plaçant ses conjurés à tous les étages.

— La tragédie de M. Chénier a été reçue par la Comédie-Française depuis un an déjà, et mise à l'étude ! cria Danton aux comédiens, tel un tribun sur son perchoir. Pourquoi ne la joue-t-on pas ?

Le vacarme était tel que les acteurs furent contraints de quitter le plateau, et l'on abaissa prestement le rideau. Dans les minutes qui suivirent, le désordre ne cessa de croître. Ici et là on n'était plus très loin d'en venir aux mains, amis de Fontanelle d'un côté, réclamant la reprise du spectacle, amis de Chénier de l'autre, exigeant *Charles IX*. Aussi les fusiliers et les grenadiers de la Garde au théâtre commencèrent-ils à se disposer autour du parterre, et l'on vit leurs sergents deviser près de l'orchestre.

Le tohu-bohu était à son comble lorsque M. Fleury, illustre comédien-français qui, ce jour-là, tenait la place de semainier[1], apparut sur l'avant-scène et supplia qu'on l'écoute. L'homme – que Mercier connaissait bien, car il avait joué ici le premier rôle de sa *Maison de Molière* – était l'un des acteurs les plus influents de la troupe. Allant vers la quarantaine, sociétaire depuis plus de dix ans, cet enfant de la balle[2] avait l'habitude de s'adresser au public et connaissait la manière de capter son attention. La salle s'apaisa quelque peu.

— Messieurs, la Comédie-Française s'est toujours fait un devoir de remplir vos désirs. Mais la tragédie de *Charles IX* n'a point été à l'étude, nous serions incapables de vous la jouer ce soir. Dès que nous aurons la permission…

Une voix au parterre l'interrompit aussitôt :

— Point de permission !

1. Chaque semaine, on nommait un sociétaire différent pour superviser la bonne marche du théâtre.

2. En référence aux salles de jeu de paume, dans lesquelles s'étaient installés les premiers théâtres, on désignait ainsi les comédiens qui, ayant des parents comédiens, avaient grandi dans le milieu du théâtre.

— Nous ne voulons pas entendre parler de permission ! confirma Danton depuis les hauteurs. Il y a trop longtemps que le public souffre de la censure ! Nous voulons avoir le loisir d'entendre et de voir représenter les ouvrages qui nous plaisent, comme nous avons le loisir de penser ! Dans le moment du triomphe de la liberté, verrons-nous de sang-froid le génie dramatique succomber sous les derniers efforts du despotisme ? L'inquisition de la pensée régnerait-elle encore sur notre théâtre ?

Une partie de la foule applaudit, une autre grogna.

— Maître, rétorqua Fleury en levant les yeux vers le pétulant avocat, nous ordonnez-vous d'enfreindre des lois que nous respectons depuis cent ans ? J'aurai l'honneur de vous faire observer que ni moi ni mes camarades ne le pouvons…

Il se trouva dans le public quelques spectateurs pour applaudir cette réponse. Et, parmi eux, l'un se mit debout et se tourna vers Danton. C'était le sieur Lauriel, commerçant négrier et fidèle abonné de la Comédie qui, de la première loge qu'il louait à l'année, ne ratait jamais une pièce.

— Maître, vous qui avez en matière de théâtre un goût aussi peu sûr qu'en matière de perruques, épargnez, s'il vous plaît, aux galeries votre verbe grossier qui sied mieux au ruisseau[1] où vous vous complaisez d'ordinaire !

Des éclats de rire accompagnèrent la chute, mais Danton, plutôt que de s'offusquer, les rejoignit d'un rire plus gras encore.

1. Caniveau placé au milieu de la chaussée.

— Citoyen Lauriel ! s'esclaffa-t-il. Je n'ai aucune leçon à recevoir d'un galopin qui a fait du commerce des Noirs la source de sa fortune ! Retourne d'où tu viens : au siècle dernier !

— Taisez-vous donc ! s'emporta le négociant, rouge de colère.

— Et toi, va donc au diable, fesse-mathieu !

Il y avait tant de bruit dans la salle qu'on ne pouvait désormais plus distinguer ceux qui riaient de ceux qui fulminaient.

— Messieurs ! Messieurs ! intervint Fleury avec les gestes gracieux d'un digne héritier de Jean-Baptiste Poquelin. Du calme, de grâce ! Je m'engage, au nom des sociétaires, à me rendre dès demain à la municipalité pour obtenir la permission de représenter la tragédie de *Charles IX*. La Comédie-Française s'empressera toujours de satisfaire les désirs de la nation et de se rendre digne de son indulgence !

— Vas-y ce soir, eh, Tartuffe ! cria-t-on au paradis.

Ce fut la réplique et les rires que la Garde au théâtre attendait pour se mettre en branle. Au milieu d'un indicible désordre, comme on l'eût fait aux plus terribles heures des Menus-Plaisirs, la salle fut évacuée sous la menace des baïonnettes.

La panique, les cris et le chahut qui s'ensuivirent firent une scène bien triste dans un si beau décor.

— Bravo, Georges ! soupira Mlle Terwagne en se levant de mauvaise grâce, tandis que des gardes tambourinaient à la porte de leur loge. Vous nous avez gâché le spectacle en nous donnant le vôtre !

Mais l'avocat riait encore, visiblement satisfait.

— Je n'ai fait que contenter votre ami Mercier, qui regrettait tant les rumeurs du théâtre…

— Votre absence de finesse, monsieur, vous fait confondre la rumeur et l'esclandre, répliqua l'écrivain, dépité.

Il fallut aux gardes la moitié d'une heure pour chasser du théâtre jusqu'à son dernier spectateur, et la cohue ne se fit point sans heurts. On se bouscula dans les escaliers, on s'insulta copieusement, on cria au scandale, on siffla, et un ou deux spectateurs, emportés par la foule, manquèrent de passer par-dessus la balustrade du foyer.

— Dé… décidément, Georges, grogna Desmoulins alors qu'ils étaient écrasés l'un contre l'autre au bas des marches, tu as pris goût bien vite à la chose politique ! Toi qui te moquais de mes révoltes d'hier, te… te voilà devenu le plus vigoureux des insurgés !

Danton attrapa son ami par les épaules et le serra contre lui dans un élan enflammé.

— Que veux-tu, mon bon Camille ? J'ai vu passer à côté de moi un courant irrésistible, et je m'y suis jeté !

Dehors, sur la place du Théâtre-Français, le désordre régnait plus encore qu'aux soirs de grandes premières. L'esplanade était noire de monde et envahie de clameurs. Sur les flancs du large bâtiment, les spectateurs les plus aisés faisaient appeler leurs cochers qui attendaient sous les galeries, et leurs voitures peinaient à s'extirper de la foule agitée qui se déversait non seulement dans la rue du Théâtre-Français, mais aussi dans la rue Molière, dans la rue Corneille et dans la rue Voltaire…

2.

Vengeance n'est pas justice

C'était le milieu de la nuit et Gabriel Joly, encore drapé dans sa cape de futaine noire, se baissa péniblement pour franchir la porte basse qui menait des carrières au sous-sol des Cordeliers. Montant les marches qui conduisaient aux appartements de la bibliothécaire, il grimaça de douleur, comme il s'était foulé la cheville sur les toits de Paris, une heure plus tôt. Le jeune homme – qui n'avait eu de l'art de l'escrime que l'expérience de sa récente aventure en Corse – n'avait pas encore l'agilité et la maîtrise qui seyaient au nouveau rôle qu'il avait adopté. En vérité, malgré les heures qu'il passait chaque jour à s'entraîner à l'épée avec fureur sur un mannequin de bois, Gabriel était encore maladroit. Si sa rage n'eût été combinée à l'ivresse de son adversaire, sans doute n'eût-il pu sortir indemne du combat qu'il venait de livrer. Un observateur éclairé en eût aisément déduit que ces expéditions nocturnes étaient motivées par quelque pulsion suicidaire…

Joly était en train d'ôter son masque lorsque, ayant deviné dans son dos la présence du frère Lacombe, il poussa un soupir.

— C'est ainsi que vous faisiez avec elle, mon père ?

Assis dans l'ombre, une main posée sur son crâne dégarni, et sa figure figée dans un air d'accablement, le frêle vieillard ne répondit pas.

— Vous l'attendiez quand elle rentrait la nuit, et vous lui faisiez la morale ?

— Non, lâcha enfin le supérieur du couvent d'une voix épuisée. Elle ne savait pas que je l'observais, Gabriel, et quand bien même l'eût-elle appris, je ne lui eusse guère fait de sermon. Lorette avait épousé une cause contre laquelle je n'aurais pu me battre, et la vie lui avait fait payer un bien lourd tribut. Mais vous, monsieur Joly… vous êtes un enfant gâté.

— Oh, oui ! ironisa le journaliste. Tellement gâté ! Allons, laissez-moi, je suis fatigué.

Le gardien fronça les sourcils en voyant Gabriel boiter alors qu'il passait devant lui. Le jeune homme, sa chevelure rousse en bataille, avait, en dix jours à peine, changé de physionomie. Son corps s'était asséché, ses joues s'étaient creusées, et sous ses grands yeux verts, l'épuisement et l'affliction avaient dessiné de lourdes poches noires.

— Qu'avez-vous fait ce soir ?

— J'ai tenu ma promesse, ressusciter le Loup des Cordeliers, répondit le jeune homme en essuyant les gouttes de sang qui mouchetaient encore sa joue.

— Y aurait-il quelque honneur à se faire assassin ?

Gabriel ne répondit pas, accrocha son épée près de l'entrée et partit s'allonger sur le lit.

— Laissez-moi dormir, s'il vous plaît.

Mais le vieil homme ne quitta pas le fauteuil où, un mois plus tôt, Joly lui-même avait attendu Mlle Printemps, le jour où il avait compris qu'elle était ce mystérieux justicier qui hantait les rues de Paris la nuit, tenant un loup en laisse.

— Croyez-vous être le seul à souffrir aujourd'hui, Gabriel ? Peut-être en étiez-vous éperdument amoureux, mais vous n'avez connu Lorette que quelques mois à peine. Je l'ai sauvée de la rue, moi, quand elle avait sept ans, et je l'ai élevée, pendant plus de treize ans. Je l'aimais comme une unique fille. Je souffre au moins autant que vous, et mes frères partagent notre peine.

— Je n'interdis à personne d'être triste.

— Non, mais par vos agissements, vous entachez notre deuil. Je puis vous affirmer une chose : si elle était là, elle vous supplierait de ne pas tomber dans le piège de la vengeance où elle s'était elle-même enfermée.

Le visage de Gabriel se crispa. En vérité, ces paroles, il les avait entendues, mot pour mot, dans la bouche même de la jeune bibliothécaire, alors qu'elle livrait dans ses bras son dernier souffle : « Ne fais pas comme moi, Gabriel. J'ai confondu la justice et la vengeance… » Et pourtant, à présent, rien ne pouvait offrir à son âme le repos sinon ces moments secrets où, revêtu de la cape de Lorette, il devenait à son tour le Loup des Cordeliers. Il la continuait.

— Vous êtes un jeune homme brillant, Gabriel, sans doute le plus instruit qu'il m'ait été donné de rencontrer en quatre-vingts années d'existence. Vous avez une belle âme, un cœur noble. Je vous ai vu jadis l'esprit habité de beaux idéaux de justice et de bienveillance.

Ce costume de justicier sanguinaire n'est pas taillé pour vous.

— Que voulez-vous ? Confrontée à la réalité du monde, mon père, cette âme a bien changé. Pour rendre justice, l'épée s'avère plus efficace que les beaux idéaux.

Comprenant que cette discussion ne mènerait nulle part, le gardien se leva malaisément. Alors que des larmes montaient à ses paupières, il ne put retenir, toutefois, une dernière exhortation.

— Rendre justice ? Ces mots ne sont pas les vôtres, Gabriel ! Vous noyez votre chagrin dans une amère colère, le pire des onguents. Ce remède est inefficace, jamais il ne vous apportera la paix. À Lorette, il n'a apporté que la mort. Vous n'êtes pas fait pour l'épée, jeune homme, et l'on ne combat pas le crime en devenant criminel soi-même. Si vous voulez vous battre, retrouvez votre arme la plus redoutable : votre intelligence. On dirait qu'elle vous a abandonné.

Recroquevillé sur le lit, le dos tourné, Gabriel ne regarda point le vieil homme sortir du sous-sol. Il resta un moment immobile, après que la porte se fut refermée. Quand il sentit monter en lui les sanglots qui l'envahissaient chaque fois qu'il songeait à Mlle Printemps, il se releva pour s'installer devant la table de toilette.

Croisant son propre regard dans le miroir, il le soutint un moment, son esprit torturé de mille vacillations.

Et puis, dans un soupir, il ouvrit le tiroir et en sortit une petite brique d'opium. Quelques jours plus tôt, Gabriel avait discrètement récolté ce latex en incisant les capsules du pavot cultivé au jardin des Cordeliers. Au contact de l'air, la substance laiteuse avait durci et pris une teinte brune. La mélangeant à de l'eau, du sucre et des miettes de biscuit, il fit chauffer le tout sur la flamme d'une bougie et remua jusqu'à obtenir une pâte uniforme, qu'il étala dans un plat. Une fois la préparation solidifiée, il la découpa soigneusement en petites pastilles. D'une main tremblante, il en glissa une dans sa bouche et en versa d'autres dans une tabatière en argent, qu'il enfouit dans la poche de son gilet.

Retourné dans son lit, il attendit, les yeux rivés au mur blanc du couvent, que le narcotique l'arrache à ses sombres pensées et le pose diligemment dans les bras de Morphée.

3.

Du Procope à l'Abbaye

— Tu as raté quelque chose hier soir au Français, Momoro ! s'exclama Danton en reposant bruyamment sa tasse de moka sur la table du Procope.

Comme chaque matin, l'avocat était venu ici, à seulement quelques pas de son immeuble, dans le café de la cour du Commerce-Saint-André, pour retrouver son confrère Desmoulins. Un peu plus tôt, ils avaient été rejoints par Momoro, ce libraire extravagant qui avait récemment fait fortune en publiant non seulement le pamphlet de Desmoulins, *La France libre*, mais aussi la série d'occasionnels que Gabriel Joly avait écrits et baptisés lui-même « articles d'enquêtes ».

— J'ai entendu dire qu'il y avait eu un sacré bacchanal au sujet de *Charles IX*. T'en étais, vilain faiseur ?

— Et comment ! se vanta Danton. Si tu avais vu la tête de Fleury !

— Haha ! Le hochet de Versailles, il doit avoir les grelots pour sa royale pension[1] ! Et toi, le bézigue[2], t'en étais aussi ?

— Oh moi, tu sais, je… je ne pense pas que le théâtre soit un juste terrain de ba… bataille. Je me réserve pour l'Assemblée. Il est temps qu'elle se mette au travail sur le texte qui doit précéder la nou… nouvelle Constitution. Le comité des Cinq vient de remettre son projet en dix-neuf articles, qu'ils ont appelé *Déclaration des droits de l'homme en société*, et je compte bien assister aux débats qui vont s'ouvrir dès… dès aujourd'hui. Si je dois donner de la voix quelque part, ce sera aux tribunes des Menus-Plaisirs !

Tout en parlant, Desmoulins n'avait cessé de jouer du bout des doigts avec la cocarde qu'il portait toujours à la boutonnière.

— Foutre ! répliqua Momoro. Avec ton ami Mirabeau qui préside le comité, je me méfie ! Ce chameau a tellement de créditeurs qu'il est le laquais de tout parti !

Ils en étaient là de leur conversation matinale quand Zoppi, le fantasque entrepreneur italien qui avait repris le Procope quelques années plus tôt, apparut à l'étage, au milieu des hauts miroirs, et se dirigea tout droit vers leur table.

1. La Comédie-Française ayant été créée en 1680 à la demande de Louis XIV, et bien qu'elle fût déjà passée en 1789 sous le contrôle de l'Hôtel de Ville, certains de ses acteurs continuaient de toucher une pension de Versailles. Cette habitude, toutefois, allait bientôt disparaître : le privilège royal de ceux que, par respect, l'on surnommait encore « comédiens du roi » fut définitivement aboli en janvier 1791.

2. Bègue.

— Dire que j'ai acheté ce satané café sur la foi que s'y pointaient du Diderot et du Voltaire, et que j'me r'trouve avec ces trois balochards pour principaux clients, lâcha-t-il en les désignant d'un air faussement désespéré. J'en peux plus de vos trognes !

— C'est que ton prédécesseur servait un bien meilleur moka, vieil aspic ! On n'a que ce que l'on mérite !

— Tiens, justement ! J'vous apporte là un cognac qu'a du calibre, vous allez voir un peu !

Et avec sa bonhomie habituelle, il leur servit généreusement trois verres d'eau-de-vie.

— Qu'est-ce donc que ce casse-poitrine ? demanda Danton en étudiant la bouteille.

— Maître, c'est du carabiné ! De la fine champagne ! Vous en buvez deux verres, vous avez des ailes qui vous poussent au coquillard.

— Fichtre, cela doit faire mal !

— Il n'est pas un peu tôt pour…

Face au regard menaçant du patron, Desmoulins n'osa pas terminer sa phrase et porta docilement le breuvage à ses lèvres. Zoppi trinqua joyeusement avec eux et redescendit au rez-de-chaussée où, bientôt, il allait se livrer à son rituel journalier : brûler une à une les pages de la *Gazette de France* en haranguant la foule.

— Dis-moi, Camille, reprit Danton, taquin, si le théâtre n'est pas un juste champ de bataille, pouvoir entendre la pièce qu'il souhaite ne ferait-il point partie de tes fameux droits de l'homme ?

— Si, Georges ! Bien sûr que si ! Mais ce ne sont pas les co… comédiens qui auront l'heur d'en décider. Ce sera l'Assemblée.

— L'Assemblée, l'Assemblée ! Tu n'as que ce mot à la bouche. Ce ne sont pas les députés qui ont fait tomber la Bastille !

— Mais ce sont eux qui ont fait choir les privilèges !

— Ah ! Mon pauvre Camille ! Tu ne t'es toujours pas remis d'avoir perdu ton élection à Laon, hein ? Allons, avec tout Paris derrière toi, ne désespère pas : tu finiras député un jour ou l'autre !

— Vate ! se gaussa Momoro. Un député bègue ? Tu ne trouves pas que leurs débats sont déjà bien assez longs ?

À cet instant, une sorte de remue-ménage leur parvint du rez-de-chaussée, du côté de la rue des Fossés-Saint-Germain, où des voix s'élevèrent.

— Par le nombril du pape ! Qu'est-ce que Zo… Zoppi est encore en train de manigancer ?

Le tapage, au lieu que de cesser, fut bientôt suivi par des bruits de pas qui résonnèrent dans l'escalier. Une troupe montait, et à marche forcée, semblait-il. Quand les soldats de la cavalerie du guet en uniforme à fond bleu ciel apparurent au palier, les trois amis échangèrent des regards interdits. Ils étaient les seuls clients à l'étage.

— Qu'est-ce qui s'passe ? demanda Momoro.

— Citoyen Danton ! s'exclama le sergent. Nous avons ordre de vous capturer et de vous conduire à l'Abbaye, où vous serez interrogé !

— Pardon ?

— Vous m'avez très bien entendu, répliqua l'officier en faisant signe à ses hommes d'aller chercher l'avocat.

— M'interroger ? Mais à quel sujet ?

— Vous êtes soupçonné du meurtre du sieur Lauriel, monsieur !

— Lauriel ? C'est… c'est une farce ? Un meurtre ? Moi ? s'exclama l'avocat alors que trois soldats l'attrapaient par les épaules pour l'obliger à se lever.

Momoro tenta de s'interposer, mais il en fut dissuadé par la pointe d'un fusil ; les soldats n'avaient pas l'air de plaisanter. Si l'on avait pris soin d'envoyer des hommes de la cavalerie du guet – dont la compagnie était bientôt appelée à disparaître – plutôt que de la nouvelle Garde nationale, c'était pour s'assurer que Danton ne pourrait échapper à l'arrestation, lui qui s'était proclamé un mois plus tôt capitaine de la milice du district des Cordeliers…

L'avocat, usant de sa charpente de colosse, ne se laissa point faire.

— N'aggravez pas votre cas en résistant à votre capture ! le prévint le sergent.

— Mais de qui vient cet ordre ridicule ? lança Georges après avoir vertement repoussé les trois soldats.

Dans la foulée des journées tempétueuses de juillet, les pouvoirs de police avaient été transférés du Châtelet aux autorités municipales et, tant que l'Assemblée n'aurait pas statué sur l'organisation de la sûreté, il régnerait une sorte de nébulosité quant aux prérogatives des commissaires d'un côté, de l'Hôtel de Ville de l'autre. Avec la disparition du poste de lieutenant général au Châtelet, plus obscure encore était devenue l'autorité juridique qui devait faire office de tribunal pour toute personne mise aux arrêts…

— De la Commune de Paris, monsieur ! répliqua l'officier en approchant pour lui montrer le décret de prise de corps qu'il tenait dans sa main.

En bas du document, Danton déchiffra la signature de Louis-Guillaume Pitra, président du comité provisoire de police. L'avocat, qui n'en croyait pas ses yeux, releva la tête vers ses amis, comme pour leur demander s'il n'était pas en train de rêver. Quand les trois soldats revinrent à la charge, il ne résista pas et se laissa conduire à travers la pièce en secouant la tête.

— Ne t'inquiète pas, Georges ! lui cria Camille. Je vais de ce pas à la mairie dé… démêler cette affaire ! Tu seras sorti avant ce soir !

Une heure plus tard, on enfermait Danton à la prison de l'abbaye de Saint-Germain-des-Prés.

4.

L'étonnant cadavre de la rue Voltaire

Je ſais ce que ſignifie cette demande du public , c'est celle de quelques particuliers ; mais, meſſieurs, avant la liberté de penſée , il y a la queſtion de circonſtance ; ſi j'étais le maître , je ne vous donnerais pas l'autoriſation que vous me demandez , ce n'est pas au moment où le peuple ſ'est ſoulevé tout entier , non contre le roi , mais contre l'autorité arbitraire , qu'il convient d'expoſer ſur la ſcène un des plus effroyables abus de cette autorité.

D'un air las, le commissaire Guyot posa sur son bureau le texte de Jean-Sylvain Bailly, maire de Paris, dont l'inspecteur Minier venait de lui porter une copie. La nouvelle organisation de la municipalité, si clle avait préservé la plupart des charges de commissaire, s'était accompagnée d'une épuration foudroyante au sein du corps des inspecteurs, objet de toutes les détestations du peuple de Paris. Ainsi, ledit Minier faisait partie des nouveaux officiers qu'on avait nommés à la hâte pour assister les commissaires, et dont la mission première était de reconquérir les faveurs du public. Comme beaucoup de ces fraîches recrues, ce petit quadragénaire au corps sec, à l'esprit fin et au regard perçant était un ancien militaire, qui avait été chef de brigade à la maréchaussée de la généralité de Toulouse. Il avait gardé de sa région natale un délicieux accent et quelques savoureuses expressions occitanes.

— C'est un bon peu laconique, n'est-ce pas, commissaire ?

La lettre du maire était destinée aux sociétaires de la Comédie-Française, lesquels, comme promis, avaient demandé dès l'aube à la Commune de Paris la permission de jouer *Charles IX*.

— C'est le moins qu'on puisse dire. *Si j'étais le maître*, répéta le magistrat en grimaçant. J'en déduis que Bailly, tout en donnant un avis défavorable, s'est déchargé sur l'Assemblée ?

— Peuchère ! Les députés vont devoir trancher tout seuls sur la pièce de M. Chénier.

— Et tout ceci résulte du désordre qui a régné hier soir à la Comédie ?

Le Toulousain opina du chef.

— Et de ce désordre la capture de Me Danton ce matin, sur ordre du comité provisoire de police. On le soupçonne d'avoir déquillé le sieur Lauriel.

— Le comité imagine réellement Danton capable d'assassiner sauvagement un homme chez lui, en pleine nuit ? s'étonna le bedonnant commissaire en astiquant son crâne chauve.

— Les deux hommes se sont emboucanés en public pendant ladite émeute au théâtre, monsieur.

— Certes, et je ne doute pas que Me Danton ne fût du genre à provoquer un adversaire en duel s'il s'estimait offensé, mais un assassinat ? Cela ne tient pas debout un seul instant. Notre tonitruant bavard ne doit pas compter que des amis au sein du comité…

— C'est ce que j'ai pensé. Et comme le meurtre a eu lieu rue Voltaire, j'ai obtenu de la municipalité que vous puissiez vous charger de l'enquête…

— Pardon ? Vous trouvez que je n'ai pas les mains assez pleines ?

L'inspecteur Minier retint un petit sourire malicieux. Si la géographie parisienne n'était pas encore très familière au Toulousain, il comblait largement cette lacune par une belle sagacité, une analyse très fine de la personne humaine et une bonne maîtrise de la procédure policière. Guyot, qui s'était toujours plaint de n'être entouré que d'inspecteurs incompétents, avait enfin trouvé un bras droit qui fût digne de ce nom, et les deux hommes commençaient à se connaître assez justement pour lire dans les pensées de l'autre.

— Je pourrais mener les premières investigations, mais j'ai songé que votre présence aurait… plus de poids, si je puis dire.

— Restez poli, Minier.

— Je sais que vous avez une secrète affection pour toute la clique des Cordeliers, commissaire. Et Danton ne vous agace pas suffisamment pour que vous le laissiez aux écrous.

— Je viens de me mettre à dos la moitié des plus grands bourgeois de Paris en faisant arrêter ceux qui conspiraient avec la Main rouge[1]. Si je fais libérer Danton alors qu'on l'accuse du meurtre de Lauriel, il ne me restera bientôt plus un seul ami parmi ces messieurs de la finance…

— Mais vous aurez les faveurs du peuple.

— Je n'ai jamais laissé la promesse d'une faveur diriger mes enquêtes, cher ami.

— En revanche, la peur de vous faire de riches ennemis, si ? le taquina l'inspecteur.

— Mon travail sur la Main rouge n'est pas terminé. Il reste un nom sur ma liste, et non des moindres. Le colonel Duvilliers a pris la poudre d'escampette.

— Macaréou ! Vous ne m'aviez guère prévenu que vous aviez pour principe de ne travailler que sur une enquête à la fois…

Guyot ronchonna.

— C'est bon, c'est bon… À quelle hauteur de la rue Voltaire le sieur Lauriel habitait-il ?

— Elle est si nouvelle, monsieur, qu'elle a non seulement des trottoirs, mais des numéros ! Et Lauriel était au 19.

— Si cela continue, cher ami, vous serez bientôt plus parisien que moi. L'impayable chirurgien du roi y est-il encore ?

— Certainement. J'ai demandé qu'il attende votre visite avant de faire emmener le corps au Châtelet.

— Petit malin. Allons-y !

De l'hôtel du commissaire, qui, dans la rue de Vaugirard, était à quelques pas à peine du Théâtre-Français, il n'y avait que la rue Molière à traverser

1. Cf. *Le Mystère de la Main rouge*.

pour franchir l'esplanade de la Comédie et arriver rue Voltaire.

En bas du numéro 19, les deux policiers saluèrent les soldats de la Garde nationale postés devant l'entrée.

Guyot leva la tête et roula les yeux en voyant l'inscription peinte au-dessus de la porte : comme sur nombre de façades parisiennes depuis quelques semaines, un plaisantin avait transformé le sigle MACL – qui signifiait très officiellement « Maison Assurée Contre L'incendie » – en un fort inconvenant « Marie-Antoinette Cocufie Louis ».

— Faites-moi effacer cela, soupira-t-il en désignant l'offense aux deux gardes.

Puis il fit signe à Minier de le suivre et ils montèrent au premier étage de l'immeuble, entièrement occupé par l'appartement du richissime commerçant.

— La serrure a été forcée, constata le commissaire en inspectant celle-ci. Habilement et en douceur, pour ne pas faire de bruit.

Ils entrèrent alors dans le logement au luxe tapageur.

— Voici Mme Tellier, la femme de chambre de M. François Lauriel. C'est elle qui a découvert le corps, expliqua Minier.

La pauvre femme sanglotait dans un fauteuil du salon.

— Il vivait seul ?

— Veuf.

Guyot jeta un coup d'œil à la décoration et aux nombreuses toiles de maître qui ornaient les murs. La traite négrière demeurait un commerce fort lucratif... Il restait au bon Condorcet encore bien du travail pour que l'esclavage fût enfin considéré comme un crime et que la France rejoignît le rang du Portugal qui, près de trente ans plus tôt, l'avait aboli.

— Rien ne semble avoir été volé, fit remarquer d'emblée le commissaire, avant de se diriger vers la femme de chambre. Madame, je devine votre émoi, mais voulez-vous bien me dire précisément dans quelles circonstances vous avez découvert le corps de M. Lauriel ?

La servante essuya ses joues emplies de larmes à l'aide d'un grand mouchoir. Puis, d'une voix tremblotante, elle s'efforça de répondre :

— Je suis descendue, comme chaque matin, à cinq heures précises, monsieur…

— Vous logez au-dessus ?

Elle acquiesça.

— Depuis quinze ans que je travaille pour M. Lauriel, jamais je ne l'ai vu se lever après six heures, pas même aux lendemains d'un long souper, aux soirs de premières. Alors quand, à sept heures, il n'était toujours pas apparu, je me suis inquiétée à l'idée qu'il pût être malade et suis allée frapper à sa porte.

— À sept heures précises ?

— L'horloge n'avait pas sonné depuis plus de deux ou trois minutes, monsieur le commissaire.

— Continuez.

— Comme Monsieur ne répondait pas, j'ai insisté, et j'ai fini par ouvrir la porte, et… oh mon Dieu. Mon Dieu !

Elle éclata de nouveau en sanglots.

Le grassouillet commissaire, mains dans le dos, fronça le nez et se retourna vers Minier.

— Laissons-la sécher un peu.

L'inspecteur écarquilla les yeux, outré.

— Dia ! Vous n'êtes pas très compatissant ! chuchota-t-il sur le ton du reproche, en montrant la pauvre femme qui pleurait sincèrement.

— Si l'on ne peut guère s'en réjouir, on ne peut décemment pas pleurer la mort d'un négrier. Allons voir la chambre.

Le Toulousain le guida vers un couloir et ils pénétrèrent dans les appartements de M. Lauriel proprement dits : une vaste chambre, richement décorée elle aussi, et où le chirurgien du roi, coiffé d'une perruque aussi longue que ses bras, était encore en train d'inspecter le cadavre.

Appelé sur les lieux d'un meurtre, le chirurgien du roi, avant que le corps ne puisse être déplacé, devait procéder à une première étude rapide de celui-ci, dont il dressait ensuite procès-verbal. Constatation du décès, confirmation de l'identité du cadavre, estimation de l'heure, de la cause et de la forme médicale de la mort, examen des lieux et de toutes les traces physiologiques laissées par le crime.

S'il y avait beaucoup, énormément de sang dans la pièce, sa présence était circonscrite au lit, dont on peinait à croire que les draps avaient pu être blancs tant ils étaient rouges.

— Messieurs, fit le chirurgien en levant la tête vers les deux nouveaux venus.

— Auriez-vous l'obligeance de bien vouloir nous faire part de vos premières constatations ? demanda Guyot tout en se déplaçant lui-même autour du lit.

La victime, étendue sur le dos, bras en croix, était vêtue d'une chemise de nuit, que l'amas de sang avait rendue collante et poisseuse.

— Il s'agit bien du sieur François Lauriel, formellement identifié par la femme de chambre. Il a été égorgé sur sa couche, à l'aide d'une lame fort aiguisée.

— Sans doute aussitôt après avoir été réveillé. Il n'y a aucune trace de lutte, nota Guyot.

— En effet. J'estime que la mort a eu lieu dans la nuit, en tout cas plusieurs heures avant que Mme Tellier ne découvre le corps. L'égorgement a très certainement entraîné la mort, mais l'assaillant ne s'est pas arrêté là.

— Je vois cela, acquiesça Guyot en grimaçant, alors que s'étant approché il se tenait maintenant au-dessus de la tête du défunt.

On l'avait charcutée.

— On lui a coupé la langue, expliqua le chirurgien en écartant ce qu'il restait des chairs de la bouche à l'aide d'une pince.

Le commissaire fronça les sourcils.

— Et vous l'avez retrouvée ?

— La langue ? Non.

— Vous avez regardé dans sa poche ?

— Pardon ?

— Non, rien.

— Peut-être le meurtrier voulait-il le faire taire ? suggéra le chirurgien.

Le commissaire plissa les yeux en observant le médecin : l'homme venait-il lui aussi de faire, sans succès, un brin d'humour mal placé ? Visiblement, il ne plaisantait pas du tout. Guyot, après des années de collaboration forcée, se demandait encore comment un être aussi faible d'esprit pouvait avoir suivi des études de chirurgie, et ne voyait d'autre explication à sa charge qu'une faveur de Versailles. Il n'était ni méchant ni malintentionné. Il n'était qu'imbécile, mais il l'était bien.

— Entendez-vous qu'un mort a besoin de sa langue pour parler ? Moi qui ai toujours cru que les morts communiquaient par la pensée…

— Ah. Oui. Je suis idiot… pardon.

— Si peu. Vous pouvez faire emmener le corps. Je vous saurai gré de bien vouloir me faire parvenir votre rapport quand vous l'aurez étudié plus avant, fort de la docte science qui est la vôtre.

— Mais certainement, commissaire.

— Minier !

L'inspecteur, qui était en train de prendre des notes en explorant la pièce, approcha.

— Faites-moi retourner tout l'appartement…

— À la recherche d'une langue ?

— À la recherche d'indices. Allez interroger le voisinage, essayez de savoir si quelqu'un a vu ou entendu quelque chose cette nuit à ce niveau de la rue Voltaire. Ensuite, vous irez interroger les témoins de l'altercation que la victime a eue hier soir avec M. Danton et, par acquit de conscience, vous questionnerez l'entourage de celui-ci au sujet de ses agissements postérieurs.

— Ce sera tout ?

— Non. Vous me ferez aussi une notice sur la vie publique et privée de notre défunt négrier. Il doit avoir une liste d'ennemis longue comme un carême.

5.

Un gouvernement par le peuple, ou presque…

— Le nombre de députés à la nouvelle assemblée municipale de la Commune de Paris étant appelé à augmenter, nous devons procéder ce jour à l'élection d'un troisième député pour y représenter notre bon district aux côtés des citoyens Timbergue et Trutat, annonça le président Archambault de la tribune.

Si cette réunion de l'assemblée du district des Cordeliers avait attiré bien plus de spectateurs qu'à l'accoutumée, ce n'était pas tant à cause de l'élection qui devait s'y jouer qu'en raison du bruit qui avait couru sur ce qui s'était passé au petit matin au Procope.

— Et Danton ? Quand c'est qu'on va foutre le feu à l'Abbaye pour l'en sortir ? s'écria la bruyante Guillemette, figure incontournable du quartier.

— Et chez l'commissaire Guyot !

— Le commissaire n'y est pour rien ! répliqua Archambault. L'ordre est venu du comité provisoire de police…

— Ben dis-y au comité de mon cul qu'y libère Danton, ou c'est pas des députés qu'on va envoyer à l'Hôtel de Ville, c'est des châtaignes !

Des rires s'élevèrent dans la clameur. Il y avait tant de monde et l'on était si agité dans l'*aula theologica* du couvent des Cordeliers qu'on se fût cru revenu aux premiers jours de juillet. Dans cette grande pièce voûtée qui jouxtait la salle capitulaire, et où le district, avec la bienveillance des moines, avait pris l'habitude de se réunir depuis les états généraux, l'épaisseur des murs ne suffisait plus à repousser les grandes chaleurs estivales, et les esprits de la foule s'échauffaient aisément.

— Danton ! Allons chercher Danton ! crièrent encore d'autres voix en écho.

— Du calme, citoyens ! reprit le président en levant les bras. Me Desmoulins est en ce moment même à l'Hôtel de Ville, et gageons qu'il obtiendra rapidement la libération de notre ami… Tout ceci n'est qu'un fâcheux malentendu.

— Y a intérêt ! Sinon Bailly y va souper d'la merde, ce soir !

Comme ils étaient restés à l'écart, près de la porte, Louis-Sébastien Mercier se pencha à l'oreille de Mlle Terwagne :

— Ne trouvez-vous pas que l'absence forcée de votre ami Danton, le jour d'une élection à un poste qu'il doit rêver d'occuper, relève de la plus étonnante coïncidence ?

— Allons, Louis ! Votre imagination d'écrivain vous joue des tours. Personne ne pouvait prévoir que Georges allait faire le pitre hier soir au Français…

— Mais personne ne peut non plus croire un seul instant qu'il ait assassiné cette crapule de Lauriel pendant la nuit… Sa mise aux écrous sous un prétexte aussi fallacieux me paraît fort opportune, tout de même !

— Si on m'avait dit qu'un jour vous sauriez vous émouvoir du sort de Danton ! s'amusa la Liégeoise. Et qui donc pourrait vouloir l'empêcher de représenter votre district ? Archambault ? Voyons ! Je ne l'imagine pas machiavélique pour un sou.

— Je ne dis pas que la conspiration vienne du district. Principe de parcimonie : qui a émis l'ordre de prise de corps ?

— L'Hôtel de Ville ? Diantre, la liste des suspects est colossale !

— Certes. Mais Danton s'est fait une rangée d'ennemis aussi large que son cou.

Après quelques échanges encore, du haut de sa tribune, le président parvint tant bien que mal à ramener un semblant de calme au sein de l'assistance.

— Il s'agit d'une élection importante, citoyens, et c'est pour cette raison que nous avons tenu à ce que vous puissiez vous exprimer auprès des électeurs du district ici réunis. L'enjeu est de taille : l'assemblée de la Commune de Paris entend dresser un plan d'administration municipal, qui sera d'abord établi provisoirement avant d'être soumis à l'approbation des districts. En d'autres termes, la ville de Paris donne l'exemple à la France entière en laissant le peuple choisir la façon dont sa cité doit être administrée !

Une rumeur d'approbation parcourut l'audience et, quelques minutes plus tard, le comité fit procéder au vote à bulletin secret, sous le regard attentif de la foule.

Hérité de la nomination des électeurs lors des états généraux, le mode de scrutin permettait à seulement un dixième des habitants du district de voter. Il fallait être un homme, avoir plus de vingt-cinq ans, être domicilié dans le quartier et y posséder un office, un grade ou une maîtrise. Une nouveauté, toutefois, résultait des jours de juillet : les citoyens des trois ordres, noblesse, clergé et tiers état, s'y trouvaient réunis.

— Vous ne votez pas, Louis ? demanda Anne-Josèphe en voyant que Mercier demeurait auprès d'elle.

— À quoi bon ? Archambault est élu d'avance. Les courants d'opinion qui se forment dans le quartier apparaissent vite au grand jour, et le président fait déjà l'unanimité.

— Le principe d'une élection n'est pas de s'abstenir quand on ne croit pas en la victoire de son camp, mais d'exprimer son opinion ! Par respect pour toutes les femmes ici présentes qui ne peuvent pas jouir des mêmes droits civiques que vous, vous devriez en user !

— Oh, ma douce Liégeoise ! Voulez-vous donc que je vote en votre nom ? Dites-moi seulement votre candidat, et je mettrai son bulletin dans l'urne !

Un sourire se dessina sur le visage de Mlle Terwagne.

— Dame ! Ne vous fatiguez pas. Je crois bien que j'aurais voté pour Archambault, de toute façon.

Ils rirent ensemble.

— À charge de revanche : je voterai en votre nom pour toutes les prochaines élections.

— Vous feriez mieux de lutter auprès de moi pour que les femmes aient enfin les mêmes droits que les hommes.

— Et comment ! Je militerai même, madame, pour que la question ne se pose jamais plus. Se passer des femmes, c'est se passer de la moitié de l'humanité, et pas forcément de la plus mauvaise. Vous me connaissez : jamais il ne me viendrait à l'idée de me passer de vous. J'envisage la vie civique comme j'envisage mon lit : les femmes y ont toute leur place.

— Oui, oui, je vous connais, vieux coquin, je vous connais, soupira-t-elle en lui administrant une gentille tape sur le bras.

Ils regardèrent alors le spectacle étonnant du scrutin qui semblait des plus anarchiques, mais était en réalité parfaitement organisé, malgré cette ferveur où l'on devinait la joie du peuple de Paris de pouvoir faire entendre sa voix, fût-ce de manière indirecte.

Sans surprise, on annonça rapidement l'élection du président Archambault, qui allait donc rejoindre le rang des députés à l'assemblée de la Commune.

— Si Desmoulins n'y est pas parvenu, espérons qu'Archambault pourra agir en faveur de ce pauvre Georges à l'Hôtel de Ville. Ce grand nigaud ne mérite tout de même pas de passer la nuit à l'Abbaye…

— À propos de passer la nuit chez les religieux… Votre petit ange Gabriel ? Toujours cloîtré ? demanda Mercier.

La Liégeoise fit tristement un signe de tête vers la cour du couvent.

— Je suis allée frapper à la porte des appartements de Lorette, en arrivant. Il n'a pas répondu.

— Vilain chenapan. Fichtre, je dois reconnaître qu'il y a quelque tristesse à ne plus voir cette adorable petite muette plongée dans ses livres, au fond de cette salle, se lamenta l'écrivain en regardant les rangées de bibliothèques, de l'autre côté de la tribune.

— Auriez-vous donc un cœur ? le taquina Mlle Terwagne.

— Depuis le temps qu'il bat pour vous, madame, se pourrait-il que vous ne l'ayez toujours pas entendu ?

6.

Une bien triste charte-partie

L'*aula theologica* du couvent des Cordeliers s'était tout à fait vidée en fin d'après-midi quand, sous les arcades qui entouraient son cloître arboré, apparut une silhouette bien singulière. Mais, si surprenant que fût cet homme, coiffé d'un tricorne usé, drapé dans une redingote rouge à larges manches, chaussé de grosses bottes à bout carré et portant à la taille deux pistolets, il n'en était pas à sa première visite. Cela faisait longtemps que les bons frères franciscains s'étaient habitués à voir déambuler sur leur parterre le sieur Récif, ancien pirate salétin, chef d'une étrange bande de brigands parisiens qui perpétuaient l'esprit libertaire de la piraterie. Leur siège, après tout, n'était qu'à quelques pas, à l'étage du Château-Rouge, le cabaret le plus mal famé de la place Maubert. Cet ancien seigneur des mers du Sud venait si souvent ici qu'il connaissait chaque cordelier par son prénom, et ceux-là n'étaient finalement pas mécontents de le compter parmi les amis du couvent, car c'était un gage de sûreté plus rassurant qu'une surveillance policière.

Ce jour-là pourtant, quelque chose détonnait dans la silhouette élancée du Sarrasin ; au lieu du sabre habituel, il portait à la main une lourde cassette rectangulaire, en bois de hêtre, décorée de médaillons en cuivre émaillé, et dont la serrure figurait un dragon finement ouvragé. Et ce fut ainsi qu'il traversa la cour d'un pas assuré, se dirigeant tout droit vers le petit escalier qui descendait aux appartements de la défunte Lorette.

Il n'était plus qu'à quelques pas de la porte quand il secoua la tête en entendant, comme chaque fois qu'il venait depuis leur retour de Corse, les tintements d'une lame qui frappait et frappait encore sur une quintaine, si bien qu'on eût cru s'approcher de la salle d'entraînement d'un maître d'escrime.

— Vas-tu m'ouvrir, la Plume ? s'impatienta le pirate après avoir lourdement cogné à la porte.

Respectueux du deuil, Récif n'avait jusqu'ici jamais pris la liberté d'entrer par la force – ce qui ne lui eût demandé qu'un coup d'épaule –, mais la colère commençait à s'installer et, ce jour-là, il hésita.

Les fracas de l'épée heurtant le bois continuaient à l'intérieur. Le Salétin, la bouche collée à la porte, poussa un grognement excédé.

— Mathurin, tu commences à sérieusement m'emmerder ! Je tiens ce silence à rallonge pour un manque de respect ! Or on ne manque pas de respect à un ami, et encore moins à un Renégat ! Ouvre donc, coquefredouille !

Le pirate avait déjà essayé la menace, et elle ne marcha guère plus que les jours précédents.

— Sais-tu que ton ami Danton a été enfermé à l'Abbaye ? lança-t-il tout en déposant sur le pas de la porte la lourde cassette qu'il avait apportée. On l'accuse d'avoir assassiné un bourgeois de la rue Voltaire. Allons ! Si cela ne t'émeut pas, rassure-moi : cela te fait au moins rire un peu ? Danton, assassin !

La chose, à l'évidence, n'amusait guère son interlocuteur, et il n'obtint rien en retour. Une grimace se dessina sur le visage de Récif qui, le poing levé, peinait à se retenir d'enfoncer le montant une bonne fois pour toutes. Il se ravisa dans un soupir.

— Soit. Je suis las, je ne reviendrai pas. Je commence à penser que tu ne mérites plus la moindre compassion. Mon amitié s'effrite, gamin ! On ne doit pas confondre la tristesse pour autrui et l'apitoiement sur soi. Mais je suis un homme de parole, et le jour n'est pas venu où l'on verra un descendant du grand Abdellah Benaïcha manquer aux usages de la charte-partie. Une cassette t'attend derrière la porte. Fais-en ce que tu veux. Adieu, la Plume !

Le Renégat tourna les talons et quitta le couvent la mine fâchée.

Il fallut de longues minutes pour que le vacarme de l'escrime s'arrêtât enfin au sous-sol. Et d'autres plus longues encore pour que la porte s'ouvrît timidement. Apparut alors le visage de Gabriel Joly, embué de larmes.

Le jeune homme, que le chagrin rendait méconnaissable, jeta un coup d'œil en haut des marches, soucieux de s'assurer que son ami ne lui avait pas tendu un piège. Puis, le visage fermé, il allongea la jambe vers la cassette et, du bout du pied, l'amena jusqu'à lui – non sans peine, car elle était fort lourde !

La porte refermée, il se racla la gorge, les yeux rivés sur le petit coffre. Il savait évidemment ce qu'il y avait à l'intérieur : sa part du trésor de Montmartel, que Récif, Mlle Terwagne et lui avaient retrouvé en Corse. Connaissant la droiture du pirate, Gabriel ne doutait pas que celui-ci avait divisé le butin en trois parts égales. Il devait donc y avoir dans cette cassette, en or et bijoux, l'équivalent de quatre ou cinq cent mille livres[1]. C'était plus d'argent que le jeune homme n'eût pu en gagner en toute une vie de labeur. Mais Gabriel, à cet instant, ne songea pas à la fortune que renfermait le coffre. Une seule image envahit son esprit, et ce fut celle du colonel Duvilliers, l'homme qui avait initialement découvert ce trésor, et qui avait causé la mort de Lorette.

D'un coup de pied rageur, il envoya voler le petit coffre à travers la pièce, et celui-ci se brisa, laissant se répandre sur le sol gemmes et bijoux.

---

1. Soit plus de quatre millions d'euros actuels.

7.

Les suppliciés de l'Âne-Vert

Il était près d'une heure après minuit quand Gabriel, drapé dans le costume du Loup, arriva sur les toits de la rue Saint-Éloi, dans ce quartier de l'île de la Cité où les venelles devenaient étroites et boueuses, les maisons insalubres et l'atmosphère saturée par des odeurs d'alcool, d'urine et de viande faisandée. On était ici sur le territoire des Rufians, bande de brigands rivale de celle de Récif, et il avait été un temps où le journaliste ne s'y fût jamais aventuré seul. Mais, cette nuit-là, le jeune homme voulait en découdre.

Si l'on avait fermé depuis longtemps les douze cours des Miracles de la capitale, cette partie de l'île semblait toutefois en incarner une treizième. Ici, on cassait les lanternes, on ne s'éclairait qu'à la bougie et, devant les estaminets lugubres, c'était un ballet d'ombres incessant où se croisaient malandrins, buveurs, fillettes et mendiants. La garde elle-même ne s'encourageait à y venir qu'en de rares exceptions.

De son promontoire, Gabriel scrutait le pavé obscur à la recherche d'un ou deux Rufians isolés. Il s'était mis en tête que l'heure était venue de laisser son mannequin de bois pour s'entraîner contre des cibles mouvantes. Tandis qu'il arpentait prudemment les tuiles de l'avant-toit, une scène singulière accrocha son regard.

À l'angle de l'impasse Saint-Martial, une bonne quinzaine d'enfants étaient alignés contre le mur d'une vieille maison à colombages. Un homme, le visage caché sous les rebords d'un large chapeau, les inspectait un par un, comme on inspecte un animal sur un marché aux bestiaux, pendant qu'un autre les surveillait en retrait.

Gabriel frissonna, devinant que se jouait sous ses yeux quelque ignominie.

En ce temps-là, le nombre des enfants qui erraient dans Paris n'arrêtait plus de croître. Ils avaient en général entre six et seize ans et menaient sur le pavé une vie vagabonde, formant un corps dont les membres devaient s'entraider pour échapper à la police. Quand celle-ci se donnait la peine de ramasser un gosse perdu, elle le conduisait au Châtelet, le temps que les recherches fussent faites. Si, au bout de quatre jours, aucun parent n'avait été identifié, à condition qu'il ait moins de trois ans, on transférait le gamin à l'hospice des Enfants-Trouvés, près Notre-Dame. Au-delà de cet âge, il était envoyé à la Pitié, un hôpital qui portait bien son nom tant son infamie inspirait la commisération… Entrer à l'hôpital, où les enfants étaient souvent mêlés aux patients contagieux, c'était risquer de n'en jamais sortir vivant. On s'habituait, pauvre misère, à voir surgir chaque matin des hospices le « chariot des morts ».

Aussi nombre de ces petits fuyaient-ils comme la peste la charité organisée.

Cette foule d'enfants des rues faisait désormais partie du décor quotidien de Paris. L'air mutin, les yeux ardents, ils parcouraient le pavé en haillons, du matin jusqu'au soir, la figure barbouillée de suie. La nuit, ils prenaient refuge sur les bateaux de la Seine, sous les arches des ponts ou les piliers des halles, dans les caves ou les carrières, et souvent dans des quartiers comme celui-ci, où régnait la pire truanderie. Les plus chanceux trouvaient un emploi, comme porteurs d'eau ou de bois ou comme décrotteurs, et alors ils travaillaient chaque jour de l'année jusqu'à l'épuisement. Les autres devaient se contenter de mendier, et le manque les poussait inévitablement à chaparder. Pour de menus larcins, on expulsait ces enfants, qui n'avaient dans leurs besaces que des croûtons de pain, vers les colonies, comme d'authentiques criminels. Quant aux plus jeunes d'entre eux, ils servaient aux mendiants adultes, qui les exhibaient en guenilles pour s'attirer la compassion des passants, exposant ces pauvres créatures à la rigueur des nuits froides, à l'air malsain des bas-fonds et au jeûne.

Mais le comble de l'horreur – dont l'espèce humaine n'a que trop souvent le secret – venait quand quelque adulte sans pitié se saisissait de ces petits pour les offrir en pâture à la plus infâme prostitution. Et Gabriel, ce soir-là, était certain d'assister à quelque atrocité de cet ordre.

La mâchoire serrée, le poing crispé sur le pommeau de son arme, il observa longuement la scène qui se jouait dans les ombres de l'impasse Saint-Martial.

Après avoir étudié chaque enfant un par un, l'homme au chapeau en désigna deux à son complice, qui vint les chercher par le bras pour les conduire vers une voiture, garée un peu plus bas. Les deux malheureux élus, un garçon et une fille, ne devaient pas avoir douze ans et, si discrets fussent-ils, Gabriel entendit non seulement leurs sanglots, mais ceux de leurs petits camarades qui les regardèrent partir sans oser bouger.

C'est ainsi que débuta une formidable course-poursuite, sous le ciel noir de Paris : n'écoutant que sa rage et son cœur, Joly sauta de toit en toit pour suivre la voiture qui remontait vers le Petit Pont. Celui-ci ne supportait plus d'habitations depuis sa reconstruction, aussi Gabriel put-il aisément voir l'équipage s'y engager au galop.

S'il n'eut pas la grâce et l'agilité dont Lorette eût fait preuve, il en eut au moins la vitesse et la détermination pour descendre par la façade de l'immeuble, se jeter dans la rue et voler un cheval aux écuries du quai des Orfèvres. Et alors le journaliste furibond se lança dans une chevauchée extraordinaire, les sabots de sa monture battant le pavé.

Cette chasse effrénée le conduisit de la Seine au faubourg Saint-Marcel, et de celui-ci à la barrière de Fontainebleau, par la rue Mouffetard. Aux jours de juillet, la prise de la Bastille s'était accompagnée d'attaques et d'incendies sur les barrières d'octroi, et l'on n'y voyait plus aujourd'hui de commis de la Ferme, chargés d'y prélever des taxes, mais seulement des milices de la Garde nationale, qui se souciaient plus de ceux qui voulaient entrer dans la ville que de ceux qui voulaient en sortir. Pas plus Gabriel que la voiture qu'il poursuivait n'eurent à s'y arrêter.

Le journaliste eût pu rattraper ce sinistre convoi et l'attaquer depuis longtemps déjà, mais alors il se fût privé d'une information essentielle en ne découvrant pas où l'on emmenait ces otages. Aussi garda-t-il une distance suffisante, modérant la course de son destrier pour pister sans être vu, et c'est dans les ténèbres qu'il s'engagea au milieu des vignes et des champs de céréales, sur la route de Fontainebleau.

Rapidement, la voie devint si large et si rectiligne que Gabriel s'y sentit trop exposé. Sans hésiter, il guida son cheval sur le bas-côté et lui fit traverser la ligne des arbres qui bordaient la route, où il continua sa cavalcade sous le voile protecteur des ombres.

La voiture laissa le village de Gentilly sur sa droite, puis le fort de Bicêtre, et lorsqu'elle arriva au lieu dit Gournay, elle bifurqua vers le nord, à l'entrée du bourg de Villejuif, qui comptait un peu moins d'un millier d'âmes.

Sur ses gardes, Gabriel ralentit, sans laisser pour autant sa proie disparaître tout à fait dans les brumes nocturnes. Arrivé devant la ferme de Gournay, le carrosse tourna vers la droite, sur le sentier dit de l'Âne-Vert, du nom d'une ancienne auberge qui s'y était érigée autrefois pour accueillir les voyageurs de Paris à Fontainebleau.

Après qu'elle eut passé quelques maisons rurales et corps de ferme épars entre les mares et les terres cultivées, Gabriel vit la voiture s'arrêter brusquement devant une demeure lugubre, à deux étages, encerclée d'un mur de pierre auquel des nappes de lierre et des sillons de salissure noire donnaient l'aspect d'une ruine. Aussitôt, le jeune homme mit pied à terre et attacha discrètement son cheval à une cabane où étaient remisés des outils agricoles. Le dos courbé, il avança prudemment vers la propriété dont l'équipage venait de passer le portail.

Quand la voiture fut entrée, Gabriel escalada le mur ouest de la propriété et se laissa retomber de l'autre côté, au milieu des herbes et des broussailles, d'où il put voir l'homme au chapeau descendre du carrosse et faire signe aux deux enfants de le suivre, alors que le cocher le rejoignait. Ce dernier, un homme d'une forte corpulence, le cou et les épaules larges, attrapa les gamins par le bras sans ménagement et les poussa vers la maison.

Lorsque la petite fille, terrifiée, se mit à résister en hurlant, le cocher lui administra une grande gifle qui la projeta sur les graviers.

Il n'en fallut pas plus à Gabriel pour sortir des ombres.

Dégainant son épée à la vitesse de la foudre, le journaliste se jeta sur le rustre. Dans le claquement de sa cape, la silhouette sombre du Loup des Cordeliers traversa la cour comme un serpent surgi des enfers. La lame étincela aux rayons de la lune avant de s'abattre impitoyablement sur le cou du méchant homme qui était resté bouche bée en la voyant approcher. La gorge tranchée, le cocher s'effondra bruyamment dans une fontaine de sang, et sa tête heurta durement le sol de graviers.

Gabriel, perpétuant son élan, allongea jusqu'à la fillette, l'aida à se relever, et lui fit signe d'aller se réfugier derrière la voiture avec son petit compagnon d'infortune. Les deux enfants, le regard épouvanté, partirent se blottir l'un contre l'autre, sans quitter des yeux ce fantôme nocturne, sauveur aussi inespéré qu'inquiétant.

Dans le même temps, l'homme au chapeau avait sauté sur le perron et était en train d'ouvrir la haute porte de la propriété à l'aide d'un trousseau de clefs qui tintaient dans ses doigts tremblants.

Reprenant son souffle, Gabriel baissa le front et se mit en marche, ferme et menaçant, vers l'odieux personnage. Quand il arriva sur le pas de la porte, l'homme venait de la refermer derrière lui. Le Loup n'eut toutefois aucune peine à l'enfoncer d'un grand coup de pied. Arme au poing, il pénétra dans la demeure, à temps pour apercevoir la silhouette qui grimpait prestement un escalier de pierre, et il lui emboîta le pas.

Alors que, sous sa lourde cape noire, il montait les marches quatre à quatre, on eût dit que le Loup volait. Il avait gagné du terrain sur sa proie quand celle-ci se rua vers une porte ouvrant sur un grand salon, que la nuit plongeait dans l'obscurité.

Gabriel, sur ses talons, eut tout juste l'heur de voir ce mauvais diable se saisir d'une épée accrochée au mur de la pièce et se retourner vers lui, la posture combative.

Il n'y eut le temps que d'un échange de regards foudroyants et Gabriel engagea le fer. Cette fois, il trouva un adversaire à sa taille, sinon plus expérimenté que lui, et les choses se corsèrent pour l'apprenti justicier. La botte de quarte qu'il lança fut repoussée sans peine dans le fracas des lames. L'homme au chapeau riposta sans attendre, tirant une attaque redoutable que Joly ne sut parer, et alors le jeune homme fut touché au flanc d'un méchant coup d'estoc.

La rage, plus que la douleur, remit le journaliste dans la bataille. Après une feinte, il donna un coup de demi-cercle et rendit à son opposant la monnaie de sa pièce : une belle entaille sur l'épaule.

En un clin d'œil, le combat gagna en intensité. Les coups s'enchaînèrent d'un côté comme de l'autre, parés à chaque fois, jusqu'à ce que Gabriel pût enfin placer une quarte basse qui atteignit l'adversaire à la poitrine. Une pression plus forte encore et la lame s'enfonça en plein cœur. L'homme au chapeau, le visage figé dans une grimace de terreur incrédule, s'écroula au milieu du salon.

Abandonnant le cadavre derrière lui, Joly, sans jamais se défaire de sa garde, tourna les talons et commença l'exploration de la demeure. De l'étage au rez-de-chaussée, il alla de découverte en découverte macabre, tombant ici et là sur des instruments de torture, sur des petits salons voués à la luxure, des croix de Saint-André… Mais le pire l'attendait au sous-sol. Des sanglots l'y guidèrent vers un couloir où une demi-douzaine d'enfants étaient enfermés dans une enfilade de cellules insalubres. Gabriel sentit son cœur se soulever. Quels esprits malades pouvaient donc se livrer aux horreurs que cette maison abritait ? Qui étaient les clients du maître des lieux ? Comment pareil endroit pouvait-il avoir échappé à la vigilance de la police ?

Il fallut du temps à ces pauvres petits êtres, blottis au fond de leurs cachots, pour comprendre que ce spectre dissimulé sous une ample capuche était ici non pas pour leur faire subir de nouveaux sévices, mais pour les délivrer. Certains attendirent même qu'il se fût reculé pour oser sortir de la prison qu'il venait de leur ouvrir. Il ne se trouvait là que des enfants amaigris, scarifiés, et dont le regard brisé renfermait toute la noirceur du monde.

Lentement, d'abord craintive, puis d'un pas de plus en plus preste, cette triste ribambelle s'extirpa des enfers où certains vivaient enfermés depuis plusieurs années. Aucun, à l'évidence, ne put voir les larmes qui coulaient derrière le masque du justicier.

Alors qu'il avait réuni tous les enfants dans la cour, Gabriel s'approcha du plus grand – qui ne devait pas avoir plus de quatorze ans – et lui parla doucement, avec toute la prévenance nécessaire pour ne pas l'effrayer.

— Dis à tes camarades de monter dans la voiture. Votre cauchemar est fini. Je vais vous conduire à l'église, où vous vous cacherez pour la nuit. Demain matin, allez trouver M. Treil de Pardailhan, en l'hôtel des Chasses de Villejuif. Je sais de source sûre que c'est un brave homme. Vous lui raconterez ce que vous avez vécu.

— Vous… vous ne resterez pas avec nous ?

— Non, répondit Gabriel, la gorge nouée. Mais je m'assurerai qu'on s'occupera de vous et qu'il ne vous arrivera plus jamais rien. Je te le promets. Comment t'appelles-tu ?

— Je ne sais pas trop. On m'a toujours appelé Popinque, parce que j'ai été trouvé rue Popincourt…

— Popinque. Pourquoi pas ? s'efforça de plaisanter le journaliste. Au moins est-ce un prénom que je n'oublierai pas.

Le jeune garçon sembla hésiter avant d'oser, d'une voix timide, une dernière question :

— Et vous… vous êtes le Loup des Cordeliers, n'est-ce pas ?

Un sourire triste se dessina sous le masque de Joly. Il hocha lentement la tête.

— Cela restera notre secret, d'accord ?

Une heure plus tard, Gabriel était rentré à Paris, où les deux pastilles brunes qu'il avala lui offrirent une nuit sans cauchemar.

8.

Drame à la Comédie-Française

Deux jours avaient passé et Danton était encore en prison. En l'absence de preuves, le comité provisoire de police refusait de le libérer, malgré les supplications de Desmoulins et l'avis favorable du commissaire Guyot. Aux Cordeliers, la colère montait. Il fallait toute la diplomatie du président Archambault pour que l'huile ne tombe pas dans le feu. Dans le même temps, l'Assemblée avait nommé en son sein des commissaires chargés de lire la pièce de M. Chénier afin de statuer sur sa permission. En somme, le district marchait sur une poudrière. Au Théâtre-Français, toutefois, les choses semblaient avoir repris leur cours.

— Monsieur, je ne sais comment vous remercier, souffla Minier au commissaire alors qu'ils gravissaient ensemble le grand escalier du théâtre. Je ne pensais pas avoir un jour le privilège de venir ici comme spectateur.

— Quand vous m'avez confié hier que vous n'étiez jamais venu, je me suis dit qu'il était de la première urgence de corriger cette hérésie. Il y va de votre efficacité dans notre enquête !

— Bien sûr, commissaire, bien sûr, sourit l'inspecteur.

— En outre, comme je l'ai fait remarquer au contrôleur, l'abonnement du sieur Lauriel court toujours, il eût été dommage de laisser ces places vacantes. Tenez, puisque nous y sommes, vous allez même avoir la chance de découvrir les coulisses !

Ainsi, plutôt que de rejoindre directement leurs fauteuils aux premières loges, les deux hommes se firent recevoir au foyer des acteurs. Le Théâtre-Français faisant partie de la juridiction du commissaire, il jouissait ici de la même licence qu'un invité de marque. Plus encore qu'un président de district, chacun de ces magistrats incarnait dans son quartier une figure tutélaire à laquelle on devait certains égards.

À peine le commissaire et l'inspecteur furent-ils entrés que les yeux du Toulousain s'illuminèrent en découvrant cette face cachée du théâtre. Les murs de la haute salle, bruyante et enfumée, étaient ornés de tableaux, parmi lesquels brillait le *Molière* de Mignard, et de sculptures représentant les grands maîtres de la dramaturgie, tel le *Corneille* de Caffieri. À cette heure, tant de monde grouillait dans cette vaste pièce qu'on s'y fût cru dans un salon de belle compagnie. En plus des comédiens en costume qui devaient jouer ce soir-là, de leurs habilleuses et habilleurs, du régisseur, du chef machiniste et de deux ou trois garçons de théâtre, s'y trouvaient une foule d'admirateurs, d'hommes de lettres et de journalistes, soit plus de cinquante personnes.

— Tendez l'oreille, inspecteur, on en apprend ici autant qu'au Palais-Royal, murmura Guyot en se penchant vers son subalterne.

Acceptant volontiers le verre de cidre qu'un valet leur présenta sur un plateau, les deux policiers restèrent discrètement en retrait pour observer le savoureux spectacle. Car c'était une véritable comédie qui se jouait ici tous les soirs, avant l'heure de la pièce : dans cet espace privilégié, fermé au public ordinaire, on venait admirer et se faire admirer, les dames du monde exhibaient leurs nouvelles toilettes qui, demain, feraient la mode parisienne, on s'épiait d'une coterie à l'autre, on échangeait à voix basse les dernières rumeurs venues de Paris ou de Versailles, on flattait comme on persiflait, on encensait comme on médisait, on riait, on buvait, on prisait du tabac ou on fumait le cigare espagnol. Pendant que les journalistes tentaient de voler ici ou là quelque sulfureuse confidence, comédiens et comédiennes se livraient une guerre courtoise qui consistait à réunir autour de soi non pas forcément les admirateurs les plus nombreux, mais ceux de la plus haute qualité. Certains se disputaient les grands de la Cour, d'autres les magnats de la riche bourgeoisie… Tous, en revanche, s'arrachaient pareillement les faveurs des grands auteurs, dans l'espoir d'obtenir d'eux un premier rôle sur mesure ! Qu'un Beaumarchais, qu'un Mercier ou qu'un Sedaine entrât au foyer, et l'on voyait alors les groupes se dissoudre pour se reformer autour d'eux…

— Ah ! Mais n'est-ce pas notre cher commissaire Guyot ? s'exclama soudain une voix féminine, près de la cheminée.

Au milieu d'un nuage de courtisans, le magistrat reconnut la grande Flora Verneuil qui, approchant la cinquantaine, brillait encore autant par sa beauté que par sa fortune, qu'on disait immense. Aussi talentueuse qu'ambitieuse, coqueluche des gazettes, cette comédienne que Voltaire avait choisie pour créer Irène, rôle-titre de son ultime pièce, s'était fait, par son intelligence, autant d'amis que de détracteurs. Soulevant sa lourde et large robe drapée de satin, corsage lacé, elle s'avança vers le magistrat.

— Mes hommages, madame, s'inclina Guyot en lui baisant la main.

— Que nous vaut l'honneur de votre présence ? Votre enquête sur Lauriel n'est-elle point terminée ?

— Elle ne l'est pas, mais ce soir, je suis seulement venu par amour du théâtre. Et pour le plaisir de vous voir, bien sûr.

— Oh, quel flatteur ! Et Me Danton ? Rassurez-moi : vous l'avez fait libérer ?

— Je m'y emploie.

— Fort bien !

Elle s'approcha de l'oreille du commissaire et chuchota :

— Toute cette histoire est ridicule ! Danton n'a certainement pas pu attenter à la vie de ce sinistre Lauriel, et ses réclamations de l'autre soir, pour bruyantes qu'elles fussent, me paraissent légitimes ! Pour ma part, je me ferais une joie de créer Catherine de Médicis dans le *Charles IX* de ce brave M. Chénier. Notre camarade Fleury est par trop conservateur !

— Je me garderai de prendre parti, madame : mes fonctions m'obligent.

— Bien sûr, bien sûr. Et qui est ce charmant monsieur qui vous accompagne ?

— C'est mon nouvel inspecteur, M. Minier, qui nous vient de Toulouse…

Les présentations furent interrompues par les trois coups de cloche du régisseur, indiquant que la petite pièce allait commencer un quart d'heure plus tard et que les spectateurs qui se trouvaient au foyer devaient désormais rejoindre leurs places.

— Vous êtes encore là, vous ? s'exclama la comédienne en se tournant vers un quadragénaire moustachu qui discutait justement avec le régisseur.

— Tout est prêt, madame, tout est prêt, soupira-t-il. Ne vous inquiétez pas !

— Vous dites toujours cela, et la semaine dernière nous avons encore eu un rideau qui a failli se décrocher du cintre ! Vos machines n'en font qu'à leur tête ! Quand ce n'est pas une fontaine qui se déverse sur la scène…

L'homme leva les yeux au ciel et, l'air vexé, se mêla à la foule qui sortait du foyer.

— Qui est-ce ? s'aventura Guyot.

— M. Bonnard, le chef machiniste. Il n'est pas méchant, mais cela fait vingt ans qu'il est là et je continue de me demander pourquoi nous le payons si grassement ! se lamenta Mme Verneuil. C'est à croire qu'il a deux mains gauches !

— Eh bien, espérons que rien ne s'effondrera ce soir ! sourit le commissaire en tirant sa révérence. Madame, nous n'aurons d'yeux que pour vous.

Il fit signe à Minier de le suivre et ils gagnèrent ensemble les premières loges.

Alors que les derniers spectateurs prenaient place, l'orchestre acheva son morceau d'ouverture. En ce soir-là du samedi 22 août 1789, le jeune comédien François-Joseph Talma assumait la fonction d'orateur. Reçu à la Comédie-Française deux ans plus tôt, il n'en était sociétaire que depuis cinq mois mais, par son charisme, sa verve et sa modernité, il y avait déjà remporté un joli succès, tant auprès du public que des journalistes. Le silence se fit dans la salle quand, après les dernières notes de l'orchestre, sa silhouette parfaite apparut à l'avant-scène, en costume de ville.

— Messieurs, permettez-moi d'avoir l'honneur de vous annoncer, au nom de tous mes camarades, que nous sommes heureux de dédier la petite pièce de ce soir aux cinquante braves habitants de Provins qui ont eu la bonté d'accompagner, ce matin, un convoi de grain vers notre chère ville de Paris, aux bons soins du comité des subsistances. Les comédiens-français espèrent exprimer la profonde reconnaissance du peuple de Paris en offrant à ces patriotes leur place au deuxième balcon, et en jouant pour eux *Le Siège de Calais*, tragédie en cinq actes et en vers de M. de Belloy.

Une salve d'applaudissements s'éleva sous le dôme du Théâtre-Français, tandis que tous les yeux se tournaient vers ces fameux Provinois qui, en vérité, avaient permis qu'un drame fût évité. Les délégués du comité des subsistances venus de Paris avaient été fort mal reçus, puis séquestrés, avant que quelques citoyens de Provins ne s'interposassent pour les escorter de nouveau vers la capitale, avec une cargaison de grain. C'était une triste époque que celle-là, où la faim et la peur de manquer poussaient les hommes d'une même nation à se battre. Fort heureusement, lorsque les citoyens souffrent, il s'en trouve toujours quelques-uns pour faire preuve de la plus belle solidarité.

— Celle-ci sera suivie d'*Auguste et Théodore, ou les Deux Pages*, comédie en deux actes, en prose, et mêlée de chants, que nous devons aux plumes réunies de MM. Dezède et Montauffel. Animés du succès qu'elle a su recueillir auprès de vous, et soucieux de toujours parvenir au bonheur de vous plaire, nous en donnons ce soir la vingt-quatrième représentation, afin de vous prouver bien sincèrement, messieurs, le respect que nous avons, et que nous aurons toujours pour le public le plus juste et le plus éclairé.

— Antchoubi ! On voit que les comédiens du roi ont quelque chose à se faire pardonner, s'amusa Minier.

— Tout flatteur vit aux dépens de celui qui l'écoute, répliqua le commissaire en souriant lui aussi.

— Le rôle du roi sera tenu par M. Fleury, celui de M. Phlips par M. Dazincourt, le garçon français par M. La Rochelle et le garçon italien par M. Champville. J'aurai pour ma part l'honneur de jouer celui du garçon anglais. Mmes Contat et Thenard, enfin, joueront respectivement le rôle de Mme Phlips et de la mère d'Auguste. Et maintenant, que la toile se lève et que le spectacle commence, afin que les feux jamais ne s'éteignent en la Maison de Molière !

Le magnifique Talma, dont la diction et le geste étaient toujours d'une saisissante vérité, le maintien gracieux, se retira d'une révérence, alors que l'orchestre reprenait sous les clameurs du public. D'aucuns le tenaient déjà pour le futur Le Kain, et l'on se laissait dire que les faveurs qu'il obtenait du public féminin agaçaient de plus en plus son camarade Fleury, à qui le charismatique jeune homme volait la gloire.

Les six coups résonnèrent au plateau et le rideau s'ouvrit sur la salle d'audience du palais du gouverneur de Calais. On y voyait M. Vanhove père, dans le rôle du maire, discourir avec M. Marsy, dans celui du bourgeois Amblétuse.

Cette pièce patriotique avait déjà rencontré à Paris et en province un fort joli succès, et le public apprécia. Les scènes allèrent bon train. On y voyait, par quelque truchement de l'histoire, la France l'emporter sur l'Angleterre aux premières heures de la guerre de Cent Ans, non pas sur le plan militaire, mais sur celui de la morale. Le commissaire Guyot ne put s'empêcher de lire dans le choix de cette œuvre un message adressé au public par les comédiens : on y flattait l'amour du peuple français pour son roi…

SAINT-PIERRE

Il reſpire ! & ſon ſang a coulé pour la France !…
Double faveur des Cieux qui ſe répand ſur moi !
J'ai donc un fils encore à donner à mon Roi !

ALIÉNOR

Dieu ! l'admiration a ſuſpendu mes larmes.
Ô cœur vraiment Français ! ô tranſport plein de charmes ! Je vous ai reconnu…

SAINT-PIERRE

Je cours ſur les remparts recueillir nos débris.

À l'entracte, la satisfaction des spectateurs put se deviner sur leur visage et dans leurs commentaires. On complimentait Saint-Prix, qui faisait un Édouard III remarquable, on admirait le jeu généreux de Saint-Phal…

— Mme Verneuil en Aliénor est resplendissante ! affirma le commissaire en se penchant vers l'inspecteur. Elle s'est un peu emmêlé les pinceaux dans la scène II, il me semble, mais tout de même, quelle comédienne ! Quelle femme !

— Certes, certes ! Dites-moi, commissaire, faut-il sortir quand la nature a l'indélicatesse de se rappeler au souvenir du corps ? demanda timidement Minier.

Guyot éclata de rire.

— Grands dieux, non ! Le Théâtre de la Nation offre tous les conforts de la modernité ! Il y a des latrines au bout du couloir. Faites vite !

Le Toulousain se glissa parmi la foule et, dans la cohue des retours, il s'en fallut de peu qu'il ne rate le début du deuxième acte.

— Té ! C'est une foire d'empoigne !

Le rideau se souleva de nouveau et, quand le parterre eut fini d'applaudir l'entrée de Saint-Phal, celui-ci entama avec grandiloquence le monologue du général de Harcourt.

La pièce, jouée si souvent, suivait son allure jusqu'à ce que, soudain, au début de la scène III, la conduite harmonieuse de la dramaturgie fût troublée. À cet instant, Saint-Phal, sa réplique terminée, resta en plan[1] au milieu de la scène, les yeux tournés vers le lointain. Il attendait l'entrée de Mme Verneuil, qui

1. C'est bien au théâtre que l'on doit cette expression : le plan désignant une division de la scène en profondeur (premier plan,

jouait Aliénor, et elle n'apparaissait pas. Ce travailleur acharné, longtemps doublure de Fleury, avait assez de métier pour combler quelques secondes un silence qui, à l'évidence, n'était point dans le texte. Mais quand ces secondes devinrent des minutes et que Saint-Phal arriva au bout de ses trucs, le parterre commença à s'animer ici de rires, là de sifflets.

Le chef d'orchestre était sur le point de faire jouer, comme on le faisait lorsqu'un imprévu interrompait la pièce, quand un cri distant résonna côté cour[1]. Venant de l'étage, ce hurlement de femme fut certes étouffé par les murs, mais demeura assez fort pour que tous l'entendissent. Un silence perplexe envahit la salle, et il sembla durer une éternité, avant que la voix du chef machiniste, enfin, ne surgisse des coulisses.

— Au rideau !

On tira celui-ci, et M. Talma, vêtu cette fois de son costume d'Aurèle, apparut de nouveau derrière les feux de la rampe.

— Messieurs… notre camarade Mme Verneuil se trouve indisposée, aussi avons-nous l'audace de bien vouloir demander votre patience avant que la pièce reprenne, d'un instant à l'autre, le temps que Mlle de Cassagne puisse la remplacer…

---

second plan, plan intermédiaire…), « rester en plan » signifiait ne plus bouger sur le plateau.

1. On appelle encore aujourd'hui cour et jardin les deux côtés de la scène, en référence à la position de la salle des Tuileries, lorsque la Comédie-Française l'occupait. La loge du roi, vue du public, était à gauche (du côté du jardin des Tuileries), et celle de la reine à droite (du côté de la cour du palais). Jusqu'en 1770, on disait encore « côté du roi » ou « côté de la reine ».

Troublé, Talma n'avait pas son verbe habituel, et ce fut d'un pas hésitant qu'il regagna les coulisses. L'orchestre s'empressa de reprendre pour faire patienter le public suspendu.

Aux premières loges, le commissaire donna une tape sur l'épaule de son subalterne.

— Retournons au foyer des acteurs, lui murmura-t-il en l'exhortant à la discrétion.

Les deux hommes quittèrent l'alcôve bleue de leur loge sans un bruit. Remontant le corridor jusqu'à la porte qui menait à la partie du théâtre fermée au public, ils se présentèrent au garde qui les laissa aussitôt entrer dans le foyer. Ils le trouvèrent empli d'un vent de panique.

— Que se passe-t-il ? demanda Guyot en attrapant le bras de M. Talma, qui avait la figure livide.

— Commissaire ! répondit le jeune comédien d'une voix horrifiée. Mon Dieu ! C'est… Mme Verneuil !

— Eh bien ?

Avant de répondre, Talma resta pétrifié, comme s'il avait eu peur de prononcer ces paroles :

— Elle a été assassinée dans sa loge, et de la plus horrible manière !

— C'est-a-dire ?

— On… on l'a égorgée, monsieur ! Et sa tête… Sa pauvre tête a été transpercée !

9.

La résistance à l'oppression

— Le comité, instruit que, depuis quelques jours, il se forme, dans le sein de la capitale, des attroupements dont les effets pourraient compromettre la tranquillité publique s'il n'y mettait ordre, défend à tout particulier, de quelque qualité et condition qu'il soit, à toute corporation, de s'attrouper sous le moindre prétexte ; déclare ceux qui s'y prêteraient ou exciteraient lesdits attroupements séditieux et perturbateurs du repos public ; ordonne à toutes les patrouilles d'arrêter les fauteurs ou adhérents, de les conduire dans les prisons du Grand Châtelet pour être jugés prévôtalement, suivant la déclaration du roi du présent mois ; ordonne que le présent arrêté soit imprimé, publié et affiché partout où besoin sera.

— C'est une honte ! s'exclama Camille Desmoulins alors que le maire posait devant lui l'arrêté pris par l'assemblée de la Commune de Paris.

Tandis qu'au Théâtre-Français reprenait *Le Siège de Calais*, Desmoulins, fort remonté, était venu une nouvelle fois faire entendre sa voix à l'Hôtel de Ville.

— Maître ! répliqua Jean-Sylvain Bailly, furieux. Je vous ai déjà demandé de ne point gêner nos travaux, vous êtes ici représenté par les délégués de votre district, et eux seuls ont droit à la parole, en la demandant ! Si je vous entends encore une fois, je vous fais expulser par les sergents !

— Ne serait-il plus permis de ne dire ici que des vérités agréables ? continua l'avocat, ignorant la menace. Interdire aux Parisiens de s'attrouper, c'est une offense faite au peuple, monsieur ! C'est la li… liberté de se réunir qui a fait de vous le maire que vous êtes ! Ce sont les attroupements du Palais-Royal qui ont donné naissance à la Commune que vous di… dirigez, et ce sont ces hommes et ces femmes, ces bons patriotes que vous qualifiez aujourd'hui de perturbateurs, qui vous ont élu à sa tête, non pas pour que vous leur ôtiez de nouveau une liberté si chèrement acquise, mais pour que vous en soyez le garant et le protecteur ! Vous portez la cocarde, monsieur ? Auriez-vous oublié que je lui donnai naissance devant le café de Foy, un certain 12 juillet, au cœur de l'un des plus tumultueux attroupements que Paris eût connus ?

Une rumeur d'approbation parcourut une part de l'assemblée pendant que l'autre restait silencieuse, et la gêne put se lire sur le visage du maire. Le marquis de La Fayette, qui siégeait à ses côtés en sa qualité de commandant général de la Garde nationale, se priva d'intervenir, préférant laisser Bailly s'empêtrer seul dans cette altercation.

— Le peuple de Paris, monsieur, a toute la liberté de s'exprimer, reprit le maire d'un accent plus conciliant. Mais la sagesse nous dicte d'empêcher, par tout moyen, que des attroupements viennent troubler l'ordre public.

De tels désordres, dans les circonstances actuelles, pourraient avoir des suites tout à fait dangereuses. Allons, maître ! Ne voyez-vous pas avec quelle dévotion nous travaillons ici chaque jour pour nos concitoyens ? Notre souci premier est de nourrir Paris, où le grain manque plus que la liberté de parler, et cette tâche nous occupe trop pour que nous laissions de nouveaux incendies accaparer nos forces !

— Quand donc comprendrez-vous que ce sont des arrêtés comme celui-ci qui pro… provoquent l'insurrection ? Le peuple de Paris n'attend pas de vous des interdictions ! Il réclame des droits ! À l'heure où l'Assemblée nationale travaille à sa Déclaration des droits de l'homme, celle de Paris travaillerait-elle à les restreindre ? Votre voisin, M. de La Fayette, n'a-t-il pas fait lui-même entrer dans ce projet de Déclaration le droit des hommes à résister à l'oppression ?

Le marquis, qui voyait clair dans le jeu de l'avocat, ne put retenir un sourire.

— On y stipule aussi, monsieur, que la garantie de ces droits nécessite une force publique ! objecta Bailly.

— *Tout ce qui n'est pas défendu par la loi ne peut être empêché !* énonça Desmoulins, citant mot pour mot le projet d'article 5, tel qu'il l'avait entendu dans les débats du jour à Versailles. Il n'est aucune loi qui empêche aux hommes de se réunir !

— Mais de troubler l'ordre public, si ! Et vous n'êtes pas loin de le faire, maître ! ajouta le maire, qui perdait son calme.

— Monsieur Bailly ! relança Camille, feignant la plus immense indignation. Tout le monde ici se souvient du serment que vous fîtes prêter à vos pairs au Jeu de paume ! Qu'est devenu cet amoureux de la liberté ? Je ne puis entendre dans votre arrêté que les accents d'un nouveau despote ! Voyez plutôt le sort que votre comité de police vient de réserver au citoyen Danton, capitaine de la garde du district des Cordeliers et patriote dévoué ! Enfermé à l'Abbaye, sous des charges ridicules ! *Tout homme est présumé innocent jusqu'à ce qu'il ait été déclaré coupable !*

— Très justement ! Votre ami, monsieur, est encore présumé innocent, ce qui n'empêche nullement de le maintenir aux arrêts, si cela est jugé indispensable !

— Et en quoi le serait-ce ? Songez-vous un seul instant que Dan… Danton puisse vouloir se soustraire à la justice ? Foutaises !

Cette fois-ci, le vieux maire sortit tout à fait de ses gonds. D'un bond, il se leva derrière sa tribune et cria :

— Sergents ! Veuillez conduire Me Desmoulins hors de l'Hôtel de Ville !

Les gardes, embarrassés, vinrent entourer l'avocat timidement. Dans l'esprit du peuple, l'auteur de *La France libre* était sans conteste l'un des plus grands héros du Paris insurgé. Il était la voix qui avait mis le feu aux poudres du Palais-Royal. Le faire quitter les lieux *manu militari* laissait présager un joli scandale. Camille, toutefois, n'opposa aucune résistance et se laissa conduire vers la place de Grève.

Une fois dehors, un sourire aux lèvres, il attendit. Et, comme il l'avait escompté, le marquis de La Fayette apparut bientôt au perron.

— Quel fieffé malin vous faites, maître ! grimaça gentiment le commandant général dans son habit bleu de roi, en ôtant son bicorne.

— Je ne vois pas de quoi vous voulez parler…

— Allons ! Nul ne sait mieux que vous soulever la colère populaire, et vous n'ignorez pas que rien ne fait plus peur aujourd'hui à l'Hôtel de Ville qu'un nouvel esclandre.

— Je ne suis là que pour vous prémunir contre cela.

— Nous prémunir contre un feu que vous menacez d'allumer ? C'est trop aimable. Dites à vos amis que je m'engage à faire libérer Danton demain matin. Et, de grâce, laissez ce pauvre Bailly tranquille. Il ne tient plus que par la force de sa dévotion.

— Demain ? Non. Ce soir, monsieur.

— Ne tirez pas trop sur la corde, jeune homme.

— Ce soir, répéta Desmoulins d'un ton ferme. La co… comédie, c'est le cas de le dire, a assez duré ! Je ne sais pas qui, dans votre comité de police, en veut ainsi suffisamment à Danton pour bafouer ses droits autant que la logique humaine, mais je suis disposé à y regarder de plus près.

La Fayette poussa un soupir.

— Je vais voir ce que je peux faire.

— Je vous souhaite en effet vivement de voir ce que vous pou… pouvez faire, plutôt que de devoir assister à ce que je peux faire, moi. Adieu, monsieur le marquis !

10.

Un costume arrangeant

Un voile sombre passa sur le visage du commissaire.

— Vous n'interrompez pas la pièce ?

Talma écarta les mains dans un geste d'impuissance, et alors M. Fleury, qui se tenait deux pas derrière lui, s'approcha pour répondre à sa place.

— Notre cœur nous y pousserait, bien sûr, mais le théâtre ne peut pas se permettre une deuxième émeute dans la même semaine ! Si nous annulons ce soir encore, je n'ose imaginer la cohue… Mes camarades et moi avons donc voté à la hâte le maintien de la pièce.

De fait, *Le Siège de Calais* avait déjà repris sur scène, sans que le public pût imaginer qu'un meurtre venait d'être commis en coulisse.

Guyot hésita, puis hocha finalement la tête, devinant malgré tout, au regard de Talma, que le vote n'avait pas été unanime.

— Soit. Monsieur Talma, retournez jouer votre Aurèle et demandez à vos camarades de ne rien laisser paraître de ce qui se trame ici. Quant à vous, monsieur

Fleury, puisque vous ne jouez pas dans la petite pièce, voulez-vous bien nous conduire dans la loge de Mme Verneuil ?

Le comédien acquiesça et, d'un pas preste, guida les policiers à l'étage supérieur, vers la loge située à l'angle du bâtiment, côté cour.

Un petit groupe d'acteurs et d'employés, habilleuses et garçons de théâtre, était amassé près de la porte ouverte, qui sanglotant, qui poussant des soupirs d'épouvante.

— Place, place ! grogna le commissaire pour qu'on le laisse passer.

Arrêté sur le seuil, il frotta nerveusement son crâne chauve en découvrant l'atroce spectacle qu'offrait la scène de crime, à la vive lumière des lampes à huile.

Faisant volte-face, il s'adressa à Fleury :

— Qui a découvert le corps ?

— Son habilleuse, Mlle Benedetti, que voici, répondit le comédien en désignant une jeune femme rondelette qui pleurait à chaudes larmes dans le corridor, alors que ses amies tentaient de la consoler.

— Rien n'a été déplacé à l'intérieur ?

— Pas que je sache. J'ai demandé que personne n'entre.

— Très bien. Veuillez m'attendre dans le couloir avec mademoiselle, s'il vous plaît, et renvoyez tous les autres. Quant à vous, Minier, faites-vous aider par des hommes de la garde pour fouiller rapidement, mais discrètement, tous les étages du théâtre ainsi que les coulisses, à la recherche d'un éventuel suspect. Ne traînez pas !

L'inspecteur obtempéra et Guyot entra dans la pièce, refermant la porte derrière lui afin de pouvoir étudier les lieux dans le calme.

La loge, ce lieu mythique où, à l'abri des regards, le corps du comédien se transforme, était richement décorée. Celle-ci, que des paravents tapissés séparaient en plusieurs espaces, faisait partie des plus grandes que comptait le théâtre. Le mobilier – tables, fauteuils et tabourets, divan, armoires, miroirs et coiffeuse – était de belle facture, et l'on n'aurait pu compter les accessoires et bibelots qui s'y amoncelaient comme dans un cabinet de curiosités. La qualité des toiles et des bustes, enfin, ainsi que la magnificence de sa garde-robe, témoignait de la fortune personnelle de la défunte.

Mais le regard du commissaire ne s'attarda guère longtemps sur la décoration car, devant lui, le tableau qu'offrait le cadavre de Mme Verneuil était des plus effroyables.

Le magistrat, dans sa carrière, avait déjà vu bien des crimes, certains plus horribles encore, mais celui-ci, commis sur une femme avec laquelle il avait conversé moins d'une heure plus tôt, ne manqua pas de lui soulever le cœur.

Assise sur le siège de sa coiffeuse, la comédienne, la tête penchée en arrière, avait la gorge ouverte dans toute sa largeur, et tant de sang avait coulé de la plaie que sa belle robe d'Aliénor, de son bleu originel, était passée au rouge foncé. Le visage figé dans une expression de pure terreur, elle semblait fixer le plafond depuis les abîmes de l'au-delà. Mais le plus épouvantable, à l'évidence, c'était ce trou qu'on avait percé sur sa tempe, entre l'os frontal et le pariétal. L'orifice, parfaitement circulaire, avoisinait un pouce[1] de diamètre et, à en juger par la quantité de matière qui en avait coulé, il avait été effectué à une profondeur terrifiante. Guyot grimaça en regardant l'amas poisseux qui s'était répandu sur le cou de Mme Verneuil, et jusqu'au sol : un mélange rose nacré de dure-mère, de cervelle et de sang. On eût dit que le meurtrier s'était employé à lui ôter le cerveau tout entier !

Tournant précautionneusement autour du siège, il ne lui fallut qu'un pas pour découvrir, posées sur la coiffeuse, au milieu des pots de rouge, des flacons de blanc, de la poudre de riz, des pompons, pinceaux et crayons, les deux armes du crime : un scalpel et un trépan, l'un et l'autre pareillement ensanglantés.

Le commissaire s'interrogea. L'égorgement et la trépanation avaient projeté tant de sang alentour que le criminel, à n'en pas douter, avait dû en être lui-même recouvert. Comment l'assassin de Mme Verneuil aurait-il pu passer inaperçu en sortant de la loge, maculé de sang, alors que beaucoup de monde circulait dans le théâtre, à ce moment de la soirée ? Fouillant la pièce des yeux, il trouva rapidement la réponse sur un tabouret, à droite de la porte. Roulé en boule, il reconnut un costume complet de médecin de peste : tunique à capuche, en lin, descendant jusqu'aux pieds, longs gants de cuir et masque en forme de bec. L'habit était marbré de taches rouges.

L'investigation du commissaire dura encore de longues minutes avant qu'il ne se résignât à examiner le corps de la victime de plus près et ne tombât sur un indice des plus intrigants.

---

1. Environ trois centimètres.

Lors, après une longue pause méditative, il sortit dans le couloir et rejoignit l'habilleuse éplorée que Fleury tentait de réconforter.

— Mademoiselle Benedetti, pouvez-vous me raconter de quelle manière vous avez trouvé le corps ?

La jeune femme, luttant contre les hoquets que ses sanglots lui imposaient, s'efforça de répondre :

— Quand je suis venue chercher Madame pour la prévenir qu'elle était attendue sur scène.

— Et quand l'aviez-vous vue pour la dernière fois ?

— À la fin du premier acte, à sa sortie de scène.

— Dans sa loge ?

L'habilleuse sembla embarrassée.

— Euh… Non, en coulisse, monsieur.

— Vous ne l'avez pas accompagnée dans sa loge ?

— Madame ne voulait pas. Elle m'a demandé de refaire sa coiffure dans les coulisses, et puis elle est montée seule, pour se concentrer pendant l'entracte…

Un pli se forma sur le front du commissaire.

— Seule ?

— Oui.

— Cela arrive-t-il souvent ?

Les joues de la demoiselle, que ses pleurs avaient déjà rougies, semblèrent s'empourprer encore un peu plus.

— C'est… C'est assez rare. D'ordinaire, je monte avec elle pour vérifier que son costume est toujours ajusté et l'aider à refaire sa figure. Mais cela arrive.

— En quelles circonstances ?

— Eh bien… Quand Madame a besoin de se concentrer davantage, je suppose.

Le commissaire, qui avait acquis avec le temps une certaine aptitude à reconnaître un mensonge, fût-il par omission, posa une main sur l'épaule de Mlle Benedetti et, plongeant un regard paternel dans le sien, il insista :

— Ma petite, votre maîtresse a été assassinée. Tout ce que vous oublierez de me dire sera une entrave à l'enquête qui devrait me mener à son meurtrier…

La tête enfoncée dans les épaules comme un enfant qu'on sermonne, l'habilleuse se mordit plusieurs fois les lèvres et lança des regards furtifs vers M. Fleury, qui n'échappèrent pas à la vigilance du policier.

Se tournant vers le comédien, Guyot lui demanda :

— Me ferez-vous la grâce, monsieur, d'aller demander à la garde de faire venir le chirurgien du roi, afin qu'il puisse procéder à la levée du corps ?

— Je… Oui, bien sûr, j'y vais de ce pas, répondit Fleury, manifestement embêté.

— Un instant ! l'arrêta le commissaire. Je sais que vous jouez dans la seconde pièce ce soir, mais, comme vous occupez le poste de semainier en ce moment, j'aurais aimé vous poser quelques questions d'ordre général. Pourrais-je venir vous voir ici demain ?

— Eh bien… Oui, certainement. Je vous attendrai à midi dans ma loge, si cela vous convient ?

— Parfait, monsieur. À demain !

Le commissaire attendit que Fleury fût parti, puis regarda de nouveau l'habilleuse.

— Maintenant, vous pouvez me parler librement, mademoiselle. Ce que vous direz restera entre vous et moi, je vous le promets.

La jeune femme hésita encore, puis elle baissa la tête et sa voix se fit un murmure :

— Je… Enfin, je voulais vous dire qu'il arrivait parfois que Madame m'interdise l'entrée de sa loge, quand… quand elle s'y enfermait avec un… visiteur.

— Un visiteur ? Un amant, voulez-vous dire ? Était-ce toujours le même ?

La jeune femme se mordit le poing et, trop gênée pour répondre à haute voix, se contenta de faire non de la tête.

— Mademoiselle, il faut absolument que vous me donniez le nom des hommes que Mme Verneuil a reçus au cours des derniers mois.

L'habilleuse écarquilla les yeux.

— Oh ! Oh non ! répliqua-t-elle, épouvantée. Je ne peux pas ! Et, d'ailleurs, je ne les connais pas tous ! Madame m'obligeait à rester en coulisse quand elle les recevait…

— Donnez-moi déjà les noms de ceux que vous connaissez.

— Oh non, monsieur ! Je vous en conjure, je ne peux pas !

— Si vous me les donnez maintenant, personne n'en saura rien. En revanche, si vous refusez de le faire, je serai obligé de vous convoquer au Châtelet pour y conduire un interrogatoire avec procès-verbal, et tout le monde le saura…

La jeune femme le regarda d'un air suppliant. Guyot, sévère, ne sourcilla pas.

— Mon Dieu… Monsieur… Je… je n'en connais que quatre. Il y a M. Mercier…

Guyot se retint de rire.

— Qui d'autre ?

— M. Fabre d'Églantine, M. le maréchal duc de Duras et…

L'habilleuse se prit la tête dans les mains en redoublant de sanglots.

— Et ? insista Guyot.

— Oh, monsieur, j'ai si peur de perdre mon emploi !

— Je vous promets de m'assurer qu'il n'en sera rien, si vous parlez.

Ses yeux toujours cachés sous ses mains, Mlle Benedetti chuchota honteusement :

— Je crois… je crois qu'il y avait aussi M. Fleury.

Un sourire illumina le visage du commissaire.

— Je vois. Et vous pensez que, ce soir, Mme Verneuil était enfermée dans sa loge avec l'un de ces hommes ?

— Je ne sais pas. Peut-être. Je n'ai vu personne entrer : je suis restée en coulisse jusqu'au moment où il m'a fallu la prévenir qu'elle devait jouer.

— Mais en dehors de M. Fleury, avez-vous vu un autre de ces quatre hommes aujourd'hui au théâtre ?

— Non, monsieur.

Il dodelina longuement de la tête puis il prit gentiment la main de la pauvre jeune femme.

— Je ne vais pas vous embêter davantage, mademoiselle. Et je tiendrai ma promesse : il ne vous arrivera rien. Voulez-vous que je demande à un garde de vous ramener chez vous ?

— Je veux bien, monsieur, murmura-t-elle en essuyant ses larmes.

Ainsi, le commissaire conduisit l'habilleuse vers l'une des sorties arrière du théâtre et s'assura qu'un garde l'escortait chez elle. Il se mit ensuite en quête de l'inspecteur Minier, qu'il trouva finalement dans le vestibule, devant le *Voltaire assis* de M. Houdon.

— Vous n'avez trouvé personne ?

Le Toulousain fit non de la tête, désolé.

— Dégun. Du moins personne qui me paraisse suspect.

— Je ne serais guère surpris que l'assassin soit encore dans les murs.

Après lui avoir raconté ce qu'il avait découvert au sujet des petits secrets de Mme Verneuil, Guyot sortit un bout de papier de la poche de sa veste et le montra à son subalterne.

— J'ai trouvé cela dans le corsage de la victime.

— Que faisiez-vous dans son corsage ? répliqua Minier, feignant un air outré.

— Lisez donc, imbécile !

Je vous attendrai dans votre loge tout à l'heure ,
ſous un coſtume fort arrangeant !
F.

— F, comme Fleury ? demanda l'inspecteur.

— C'est une hypothèse hardie, mais légitime. J'ai prévu de l'interroger demain, sourit le commissaire. Pour l'heure, je vais rentrer chez moi et rédiger un premier rapport pour l'Hôtel de Ville. Vous, restez ici pour recevoir le chirurgien du roi et faire emmener le corps. Demandez à la garde de demeurer vigilante : on ne sait jamais.

— Eh bé ! Je ne suis pas près d'oublier ma première fois au Théâtre-Français ! Vous me raconterez la fin du *Siège de Calais*, n'est-ce pas ? plaisanta Minier.

— La fin est attendue : comme chaque fois qu'elle perd, la France se convainc d'avoir gagné.

Plutôt que de rentrer directement chez lui, le commissaire, qui voyait dans cette enquête un moyen de sortir enfin Gabriel Joly de sa torpeur, se rendit place Maubert, au cabaret du Château-Rouge. Là, non sans s'attirer les regards perplexes d'une clientèle peu habituée à voir un commissaire oser franchir la porte, il monta au dernier étage pour rencontrer le pirate Récif. Lors, au lieu de signifier au Renégat sa mise aux arrêts, comme il avait espéré mille fois pouvoir le faire, il lui confia seulement une lettre pour leur ami commun.

11.

Gabrielle et Gabriel

Cher Monſieur Joly ,

Je ne vais pas , une nouvelle fois , vous préſenter mes condoléances. Je l'ai fait moult fois à votre porte , et les mots de réconfort , j'en ſuis ſûr , ne valent rien quand on eſt dans la peine où vous devez être.

J'ai , toutefois , à vous parler d'un tout autre ſujet. Il vient d'y avoir deux meurtres au Théâtre-Français , dans des circonſtances qui défient l'entendement. Je ne connais perſonne , ſur terre , dont la ſagacité ſuffirait à démêler une affaire auſſi inextricable. Pas même vous.

Votre dévoué ,

Michel Guyot

Secouant la tête, Gabriel reposa la lettre du commissaire que Récif lui avait glissée sous la porte. La manœuvre était grossière, mais elle eut le mérite de lui tirer le premier sourire, quoique léger, depuis deux semaines.

Le jeune homme venait de chiffonner la feuille et de la jeter quand il entendit de nouveau frapper à la porte.

— Récif ! grogna-t-il. Je n'ouvrirai pas ! À quoi bon insister ? Ne jurais-tu point toi-même l'autre jour de ne plus revenir ?

— Monsieur Joly, répondit une voix féminine de l'autre côté. Ce n'est pas votre ami Récif, c'est moi… Gabrielle Danton.

Le journaliste, debout derrière la porte, grimaça d'embarras.

— Me feriez-vous la grâce de m'ouvrir ? reprit doucement la jeune femme avec de tristes notes.

Gabriel ferma les yeux.

— Je… je suis souffrant, madame, je ne peux voir personne.

— Je comprends, Gabriel. La femme que je suis a perdu son premier enfant il y a quelques mois à peine ; je connais mieux que quiconque la souffrance dont vous parlez. Il n'est sur terre de plus grande douleur que la perte de l'être aimé.

Joly, les lèvres pincées, laissa sa tête retomber en arrière, contre le mur de pierre, où il glissa lentement vers le sol, jusqu'à s'asseoir près de la porte, accablé.

— Si vous ne voulez pas me voir, daignez au moins m'écouter, reprit l'épouse de Danton.

En entendant le froissement de ses habits, elle devina le geste du jeune homme, et l'imita : relevant sa robe, elle s'assit timidement sur les marches qui descendaient aux appartements de Lorette.

— Je vous ai déjà parlé de lui, n'est-ce pas ? De notre fils ? Il est né au tout début de l'été dernier. Nous l'avions appelé François. Il n'avait pas un an quand le Ciel nous l'a enlevé… C'était en avril. Le 24. Je ne pourrais vous décrire la douleur qui frappe alors des parents, mais j'ose deviner qu'elle ressemble beaucoup à celle qui vous accable aujourd'hui. Georges et moi sommes partis dans la demeure familiale d'Arcis-sur-Aube, où nous l'avons inhumé. Et nous nous y sommes enfermés. Comme vous maintenant. Pendant plusieurs semaines, je ne voulais voir personne. Il serait fou de croire qu'on guérit de ces blessures-là : on s'habitue seulement à les cacher. Par respect pour les autres, je crois. Pour ne pas exposer nos plaies au regard d'autrui, on apprend à les dissimuler sous des sourires forcés. Mais elles restent, Gabriel, je ne vais pas vous mentir. Elles restent.

À cet instant, l'épouse de Danton put entendre le soupir du jeune homme à travers la porte et, derrière ce soupir, elle devina une larme.

— Aussi ne suis-je point venue vous demander d'oublier vos blessures. Je suis certaine que vous en avez eu d'autres, par le passé, et que nous en subirons encore tous deux demain. Au fond, toute la beauté d'un être ne réside-t-elle pas dans la somme des blessures qu'il a pu surmonter ? Non, je suis seulement venue solliciter votre aide, Gabriel. Vous savez que Georges a été enfermé, n'est-ce pas ?

Elle n'obtint aucune réponse.

— On l'accuse de meurtre, et je ne ferai guère l'insulte à votre intelligence de penser que vous puissiez donner à cette accusation le plus petit crédit. Il est évident qu'on lui fait payer le son grandissant de sa voix et que personne ne croit à sa culpabilité. J'ai trop bien deviné, dans tous vos articles, l'horreur que vous avez, monsieur, pour l'injustice. Et j'ai pu admirer maintes fois votre sagacité. Aussi ai-je aujourd'hui l'audace d'implorer votre assistance. Les blessures dont je parlais tout à l'heure sont pénibles à porter, quand je me retrouve seule, chaque soir, à la cour du Commerce-Saint-André…

Gabriel, la gorge nouée, se terra encore dans son silence, quand bien même son âme le pressait de réagir, de conforter celle qui s'était toujours montrée si aimable avec lui.

— Gabriel… Je sais que Georges est loin d'être un homme parfait…

— Les hommes parfaits n'existent pas, madame, murmura le journaliste.

Ces premières paroles étaient si inattendues que l'épouse de Danton, surprise, eut un temps de silence à son tour, avant que de reprendre.

— Tous ont des défauts, oui, mais ne nous mentons pas : Georges les collectionne ! Je ne suis pas dupe des libertés que mon époux prend avec la fidélité. Je ne saurais compter les fois où, quand sa bouche me dit qu'il a occupé sa soirée avec des amis, ses yeux m'affirment qu'il l'a passée dans les bras d'une femme. Lui pardonné-je ? Non. On n'est point obligée de pardonner les défauts de son mari pour les accepter. Quand on a vu longuement un homme dans l'état où vous vous trouvez aujourd'hui, et dans lequel j'ai vu Danton, on le connaît entièrement, car ses faiblesses en disent plus sur un être que ses forces.

La voix de la jeune femme, qui résonnait dans le petit escalier, était empreinte d'un singulier mélange de tristesse et de tendresse. C'était la voix d'une mère et d'une sœur à la fois, et Gabriel eut le sentiment de l'avoir toujours connue. Il y avait là les échos d'une complicité inexplicable, innée presque, comme si les âmes de Gabriel et de Gabrielle ne s'étaient pas seulement comprises, mais reconnues.

— Georges est infidèle, opportuniste, égocentrique et impétueux. Mais il est aussi le plus généreux des hommes, et surtout, c'est le mien. Malgré ses travers, il a pour ses amis, pour vous, pour sa famille, pour sa mère et pour moi un amour profond, que rien ne pourrait ébranler. Allons, vous l'avez vu chez nous, comme il aime recevoir, ses bras si grands ouverts ! Il sait être aussi tendre qu'il peut être fougueux. Je crois qu'il a trouvé dans la politique une matière où il s'épanouira plus qu'à son étude, alors je l'encourage dans sa conduite. Son ardeur me fait tant sourire ! Il revit enfin ! Quand on a trouvé son âme sœur, il faudrait être fou pour vouloir la remodeler, n'est-ce pas ?

— Je ne sais pas, madame. La mienne m'a été enlevée.

Si une larme coula, cette fois, ce fut sur la joue de Mme Danton.

— Georges est comme il est, et c'est ainsi que je l'aime, du plus bel amour qui soit. De cet amour bouillonnant que vous éprouvez encore pour Mlle Printemps. Aussi, monsieur, c'est au nom de cet amour que j'ai la hardiesse aujourd'hui de requérir votre aide. Je vous en supplie, vous à qui on a volé l'être aimé, aidez-moi à retrouver le mien !

À cette dernière supplique, Gabrielle Danton n'obtint d'autre réponse qu'un retour au silence. Après un long moment d'attente, dans sa douce dignité, elle se releva lentement et quitta le couvent des Cordeliers.

12.

À une seule condition

— Fi ! Quelle mine épouvantable ! Comment êtes-vous entré ? s'exclama le commissaire en découvrant l'homme assis à son bureau.

La nuit était tombée et, après avoir soupé en ville, Guyot, malgré la fatigue, s'était résigné à monter à son office pour rédiger son rapport.

— Je suis entré avec une touche de désappointement, monsieur, répondit Gabriel sans quitter le fauteuil de son hôte.

Guyot secoua sa grosse tête chauve et accrocha son manteau à l'entrée.

— Eh bien ! Au moins est-ce la preuve que vous avez terminé votre retraite ! Grâce à Dieu ! Ma lettre vous aurait-elle donc piqué ?

— Elle était si mauvaise, monsieur, qu'elle mériterait elle-même une retraite plus longue que la mienne pour se consoler. Ne vous flattez pas : ce n'est pas votre stratagème qui m'a poussé ici, mais Mme Danton. Le cœur est plus fort que la ruse.

— Voulez-vous bien, s'il vous plaît, me rendre mon bureau et vous asseoir à votre place, sur la chaise des visiteurs ?

— La vôtre est plus confortable ; ce qui en dit long sur votre hospitalité.

— L'expérience m'a appris à ne point offrir à mes administrés une assise trop agréable : ils auraient tendance à s'éterniser. Ouste ! Levez-vous ! Vos quelques réussites en matière d'investigations ne font pas encore de vous un commissaire. Vous avez certes l'esprit, mais il vous manque la sagesse.

Gabriel ne bougea guère. Il avait dans les yeux une détermination qui lui eût presque donné un air mauvais.

— Monsieur Guyot, je suis disposé à vous aider, à une condition et une seule.

— M'aider ? s'exclama le magistrat d'un accent sarcastique. Mon pauvre ami, vous inversez les rôles ! En vous sortant de votre tanière, c'est plutôt moi qui vous aide ! Vous faites peine à voir !

— Une seule et unique condition, répéta Gabriel, comme s'il n'avait pas entendu.

Dans une expiration blasée, le commissaire – qui masquait difficilement sa joie réelle de retrouver enfin le jeune homme – se résolut à se laisser choir sur la chaise des visiteurs.

— Depuis que je vous connais, monsieur Joly, j'ai l'impression que nos rapports se résument aux faveurs que vous me réclamez. Me prendriez-vous pour votre mécène ?

— Non, pour mon obligé, maître.

— Quelle impudence ! pouffa le magistrat. Bon ! Alors ? Dites toujours ! Quelle est cette mystérieuse condition ?

— Avant de vous la soumettre, j'ai deux questions à vous poser.

— Et allons donc ! ricana le commissaire.

— Il y a deux jours, une quinzaine d'enfants fort mal traités ont été libérés d'une maison de Villejuif où ils subissaient d'indicibles sévices…

À ces mots, Guyot écarquilla les yeux, le souffle coupé par la stupeur. Puis, dans un éclat de voix, il se tapa sur la cuisse.

— Ah ! Parbleu, mais bien sûr ! Un justicier miraculeux, surgi des ténèbres ! Comment ai-je pu ne pas songer à vous ? Ce bon vieux Loup des Cordeliers aurait-il repris les armes ? Fichtre ! Ce n'était donc pas Mlle Printemps ? se moqua-t-il.

— Aucune idée.

— Bien sûr ! Et moi, je suis un lapin de trois semaines !

— Vous avez donc entendu parler de cette affaire…

— Comment pourrait-il en être autrement ? Deux hommes assassinés dans une maison d'où s'échappent des enfants, qui apparaissent ensuite miraculeusement chez le sieur Treil de Pardailhan… Vous pensez bien que cela a fait le tour de tous les hôtels de police ! C'est vous, enfin, je veux dire, c'est *le Loup* qui leur a conseillé de se rendre chez M. de Pardailhan ?

— Voici ma première question : où sont les enfants aujourd'hui ?

— Vous… vous avez un de ces toupets, tout de même ! Ils sont à la Pitié, jeune homme.

— Très bien. Deuxième question : la maison de Villejuif, à qui appartient-elle ?

— Mais, enfin, qu'est-ce que cela peut vous faire ? s'exclama le policier.

— J'entends l'acquérir.

— Vous n'avez plus votre tête, Gabriel…

— Bien au contraire. Je suis en train de la retrouver.

— Et que feriez-vous de cette maison de sinistre mémoire, s'il vous plaît ?

— Ce n'est pas vos affaires.

Guyot, qui n'en croyait pas ses oreilles, se prit la tête dans les mains.

— Auriez-vous soudain hérité d'un aïeul fortuné ? Je n'ai guère ouï dire que M. Cadet de Vaux, votre oncle, propriétaire du *Journal de Paris*, avait livré son dernier souffle…

— Mes occasionnels chez Momoro ont rencontré un joli succès.

— En auriez-vous vendu des millions en cachette ? ironisa le commissaire.

— J'en ai vendu assez. Allons, dites-moi à qui appartient la maison, insista le journaliste.

— Elle appartenait au sinistre vicomte de Tavenne, l'homme qui a été retrouvé mort dans son salon. Vous savez ? À l'étage… Mais les biens de ce monstre ont été déclarés acquis et confisqués au roi. Ils seront mis aux enchères publiques dès lundi par le commissaire-priseur du Châtelet. Cela vous convient-il ?

Gabriel lui offrit enfin l'esquisse d'un sourire.

— Très bien. Alors maintenant, je peux vous soumettre la condition de mon aide.

— Vous êtes impayable, jeune homme ! C'est Danton que vous voulez aider, pas moi !

— Commissaire… Le deuxième meurtre a eu lieu alors que Danton était en prison ! Malgré la mauvaise foi du comité de police, je ne vois pas comment ils vont pouvoir le retenir une minute de plus.

— Rien ne prouve à cette heure que les deux meurtres fussent liés…

— Ne vous faites pas plus bête que le comité. Il suffit d'un mot de votre part et Georges sera chez lui ce soir.

Le commissaire se racla la gorge.

— Cela ne sera pas nécessaire. Le marquis de La Fayette l'a déjà fait libérer, avoua-t-il.

— À la bonne heure ! En revanche, comme le laisse deviner votre missive maladroite, vous allez avoir besoin de moi pour trouver l'assassin de la rue Voltaire.

— Ah ! Il a déjà un surnom ? s'amusa Guyot.

— N'est-ce point là qu'il a commencé ?

— Certes. Mais, s'il s'agit bien du même, il a ensuite sévi à la Comédie-Française…

— *L'Assassin de la Comédie-Française*, le titre sonne mal et compte trop de pieds. Vous feriez un piètre journaliste.

Le magistrat ne put retenir un éclat de rire.

— Finalement, vous n'avez pas changé !

— Vous non plus. Et je ne suis pas sûr que cela soit une bonne nouvelle. Voici donc ma condition : j'accepte de vous aider si vous me promettez de tout faire, de votre côté, pour retrouver la trace du colonel Duvilliers, et de m'alerter le jour où cela sera fait.

Le visage de Guyot changea aussitôt de physionomie, se teintant d'un mélange de gravité et de compassion.

— Monsieur Joly… Vous ne pouvez pas me demander une chose pareille ! Je suis un homme de loi. C'est à la justice que Duvilliers devra répondre, pas à vous.

— Il a tué Lorette, monsieur. À vous ou à moi, il aura à en répondre.

Le commissaire soupira.

— Tout ce que je peux vous promettre, c'est de vous tenir au courant de mes recherches. Je ne vous laisserai pas rendre justice vous-même, jeune homme. La peine et la douleur sont mauvaises conseillères.

— Je vous demande seulement de me tenir informé.

Guyot réfléchit un instant.

— Soit, je m'y engage. Mais je vous préviens : je n'aurai avec vous aucune indulgence, si vous enfreignez la loi.

— Alors nous avons un marché, acquiesça le journaliste en tendant la main au magistrat.

Celui-ci hésita puis, de guerre lasse, il se résigna à serrer la main tendue.

— Parfait, fit Gabriel. Y allons-nous, maintenant ?

— Où donc ?

— Au Théâtre-Français, que diable !

— Il est un peu tard, jeune homme.

— Maudits soient les officiers publics et leurs horaires de patachons !

— Il est plus de dix heures du soir ! Nous ne trouverons personne là-bas, et j'ai fait emmener au Châtelet le corps de Mme Verneuil, la victime. En outre, cette enquête n'est pas la seule que j'aie en cours. Tout le monde n'a pas le loisir de rester tout le jour à ne rien faire au sous-sol d'un couvent, figurez-vous ! J'ai rendez-vous demain à midi avec M. Fleury pour poursuivre mon enquête, vous n'aurez qu'à m'accompagner. Tenez, je vous laisse mes notes, vous pourrez les étudier cette nuit. Vous n'avez pas la mine d'un homme qui dort beaucoup…

— Très bien. Alors, à demain, monsieur.

Gabriel se leva et prit le carnet que Guyot avait fait glisser sur la table.

— Oh ! Tout doux ! Pas si vite, jeune ragondin ! Nous devons encore parler de ce « mystérieux » Loup des Cordeliers…

— Je n'ai rien à en dire.

— Vous savez que les enquêtes pour meurtre à son sujet remplissent à elles seules l'une de mes étagères ?

— Je le lui dirai, si je le croise.

— Cela vous amuse-t-il ? gronda le commissaire en retenant Gabriel par le bras. Mais je ne plaisante pas, moi, monsieur Joly ! Vous me mettez dans une bien embarrassante situation…

— Et pourquoi donc ? Ai-je dit que c'était moi ?

— Non.

— Avez-vous la moindre preuve que ce soit moi ?

— Non.

— Alors votre conscience est sauve, commissaire ! Aussi sauve que les quinze petits orphelins de Villejuif le sont à présent.

Guyot secoua la tête.

— Disparaissez, voyou ! Et soyez demain à midi sur le parvis du Théâtre-Français !

13.

La femme est un danger pour l'homme

Les vingt-quatre articles du projet de Déclaration des droits de l'homme soulevaient depuis plusieurs jours déjà des débats aussi passionnés qu'ils pouvaient être émouvants, tant la matière était importante, et tant l'on sentait que le texte n'avait d'autre ambition que d'enfanter une société nouvelle.

Des clans s'étaient formés, et l'ébauche proposée le 17 août par le comité de cinq membres auquel appartenait Mirabeau n'ayant rencontré qu'un enthousiasme modéré, deux autres lui furent adjoints. On vit donc trois courants se démarquer parmi les députés : celui de Mirabeau, celui de l'abbé Sieyès et celui de La Fayette.

Ainsi, on discutait, en ce matin du dimanche 23 août, de ces articles en devenir, que l'on scrutait un par un. C'était un travail considérable mais exaltant, tant pour ses rédacteurs que pour l'assistance, parmi laquelle figurait, bien sûr, Anne-Josèphe Terwagne, que

Louis-Sébastien Mercier continuait d'accompagner ici, non sans se plaindre.

— On s'ennuie ! râlait-il en écoutant les députés. Ah, si seulement Danton pouvait être là pour faire tomber la pièce !

Au parterre, Mirabeau, le verbe encore haut malgré une santé déclinante, assurait le spectacle à lui seul, comme à l'accoutumée.

— Que ceux qui craignent le désordre si l'on introduisait dans le royaume la liberté des cultes se souviennent que la tolérance n'a pas produit chez nos voisins des fruits empoisonnés !

Ce jour-là, comme bien d'autres d'ailleurs, le plus farouche adversaire de Mirabeau fut son propre frère qui, s'il n'égalait point son talent, était au moins aussi bruyant…

— Voudriez-vous donc, en permettant les cultes, faire une religion de circonstance ? Chacun choisirait une religion analogue à ses passions ? La religion turque deviendrait celle des jeunes gens ? La religion juive celle des usuriers ? Et la religion de Brama celle des femmes ?

— Fichtre ! Ce Mirabeau-là est plus détestable encore que son frère ! chuchota la Liégeoise à l'oreille de Mercier.

— Qui eût cru la chose possible ? Bon sang ne saurait mentir…

Il fallut encore nombre de débats pour que l'on s'entendît sur la rédaction de l'article en question : « Nul ne doit être inquiété pour ses opinions, même religieuses, pourvu que leur manifestation ne trouble pas l'ordre établi par les lois. »

On continua de discuter chaque article, tantôt dans le calme, tantôt dans la ferveur. La matinée touchait à sa fin quand Louis-Sébastien Mercier regarda sa voisine, au sommet de la tribune numéro 6 des Menus-Plaisirs, en fronçant les sourcils.

— Vous avez la mine sombre, mon amie ! Quelle vilaine mouche vous a piquée ?

— Cela fait près d'une semaine que je continue d'espérer une chose dont je suis à peu près sûre, maintenant, qu'elle n'arrivera jamais.

— Attendez-vous que je vous baise enfin ?

— Je suis sérieuse, Louis ! On se dispute ici sur chaque article, on débat, on se passionne, et je dois dire que c'est souvent fort touchant, mais il est, étrangement, une chose qui fait l'unanimité : l'absence des femmes dans ce projet politique ! De tous les privilèges, le seul qu'on n'a pas aboli, c'est celui de la masculinité !

— Je ne suis pas sûr que le fait d'être un homme soit un véritable privilège…

— De grâce ! Voyez donc : il ne se trouve pas un seul homme, parmi tous ceux aux côtés desquels nous avons combattu, pour faire remarquer à cette assemblée qu'en refusant aux femmes le moindre droit civique elle oublie la moitié de la nation ! Vous rendez-vous compte ? Le sujet n'est pas débattu ! Pas même abordé ! Alors que nous avons été des milliers à supplier qu'on nous entende dans les cahiers de doléances des états généraux !

— Qu'avez-vous demandé ?

— Bien peu de chose, en vérité ! Nous n'avions guère d'illusions quant au droit de voter, mais *quid* du droit à l'instruction primaire que nous avons réclamé ?

Du droit à l'héritage, aux mêmes emplois, du droit à la santé, au divorce ? Et *quid* de la réforme du mariage ?

— Voudriez-vous donc vous marier ? Chère enfant, il eût fallu le dire plus tôt : j'eusse acheté une bague !

— Cessez donc de tout tourner en plaisanterie, Louis ! Je me sens trahie. Toutes nos requêtes ont été détournées ! Alors qu'elles foulaient le pavé aux Tuileries, au Palais-Royal et à la Bastille, on tient désormais les femmes à l'écart du pouvoir, à l'écart du suffrage. Tous ces hommes s'amusent de nos revendications comme ils s'amuseraient des plaintes dérisoires d'un enfant en bas âge ! Même l'abbé Sieyès, pour qui j'avais tant d'affection, nous a laissées tomber ! Avez-vous entendu son préliminaire de la Constitution française, où il range les femmes du côté des citoyens passifs, qui ne doivent point influencer la chose publique ?

— Pour être tout à fait juste, il a ajouté « dans l'état actuel »…

— Devrions-nous alors nous contenter d'une promesse de citoyenneté future ? Vous moquez-vous ? N'y aurait-il donc en France que ce brave M. Condorcet qui tienne notre exclusion du droit de cité pour pure tyrannie ? Le juste sort des femmes ne devrait point être un combat pour elles seules, mais pour l'humanité entière. On m'appelle citoyenne, on me rebaptise Théroigne de Méricourt, on me sourit avec connivence, mais le seul acte de citoyenneté auquel je puisse me livrer, c'est de venir ici écouter des hommes parler des droits des hommes ! Et vous demandez pourquoi j'ai la mine sombre ?

Mercier quitta son air potache et retourna à son amie un sourire mélancolique.

— J'entends et je comprends, Anne-Josèphe. Ne vous l'ai-je point assez dit ? Sur ce terrain, nous nous rejoignons tout à fait et je le répète sans cesse : si l'on ne défend point aux femmes la musique, la peinture, le dessin, pourquoi leur interdirait-on la pensée ? C'est dans l'homme une jalousie honteuse que de vouloir repousser la femme dans l'ignorance. Quand un être a reçu de la nature une intelligence vive, comment lui ravir le droit d'en disposer à son gré ?

— Et pourtant, il en est ainsi ! Il n'est pas une seule femme sur les bancs des députés.

— Sans doute parce que l'homme redoute toujours dans votre sexe une supériorité quelconque. Il chérit la modestie de la femme comme le plus beau de ses traits ; et comme elle a souvent plus d'esprit naturel que lui, il craint qu'elle n'aperçoive en lui ses défauts. L'homme voudra bien que la femme possède assez de jugement pour l'écouter, mais point qu'elle s'élève trop, jusqu'à espérer rivaliser avec lui et montrer égalité de talent ; tandis que l'homme exigera pour son propre compte un tribut journalier d'admiration.

— Vous ne faites pas exception en la matière ! se moqua gentiment Anne-Josèphe, d'une voix plus sereine.

— Allons ! Je peux apprécier qu'on m'admire sans pour autant refuser d'admirer en retour ! Je vous admire, vous, mon amazone ! Contrairement à bien des hommes, je n'ai jamais craint les succès d'une femme, et rien ne me réjouit plus que de voir une Olympe de Gouges en remporter chaque jour un peu plus.

— Vous dites cela pour me séduire.

— Bien sûr ! Mais aussi parce que je le pense un petit peu.

— Vous savez que je ne coucherai pas avec vous ce soir pour autant, Louis ?

— Ah. Seriez-vous plutôt du matin ?

— Non. Mais à vos mains, je préfère les miennes !

— À mes mains, peut-être, mais…

— Taisez-vous, vieux machin ! Vous gâchez tout, comme toujours ! Partons. J'ai rendez-vous à Paris.

— Rendez-vous ? Avec qui ? se vexa l'écrivain. Je pensais que nous passions la journée ensemble !

— J'ai rendez-vous avec un homme, répliqua la Liégeoise d'un air faussement mystérieux.

— Fi ! Un rendez-vous galant ? Vous me torturez ! Qui est ce misérable usurpateur ? Je n'en ferai qu'une bouchée !

Anne-Josèphe sourit.

— Venez, si vous voulez. Mais vous n'avez aucune chance de l'emporter.

— Serait-il plus beau que moi ?

— Beaucoup plus. Et plus jeune.

— Aha ! Alors il est forcément plus idiot !

— Il est bien plus malin que vous !

— Misère ! Je vois. Le mouflet geignant serait donc sorti de son couvent ? Nous n'allons tout de même pas devoir écouter M. Joly pleurer pendant des heures ?

— Ne vous faites pas plus méchant que vous ne l'êtes ! Je sais que vous aimez Gabriel presque autant que moi.

— Je l'aimais bien enfermé dans sa cave ! Au moins n'avions-nous à supporter ni la vanité de son discours ni le ridicule de sa chevelure. Ce gamin est aussi arrogant qu'il est roux ! C'est-à-dire beaucoup trop.

— Si vous venez, je vous offre une brique de glace…

— Une glace à quoi ?

— À la chantilly.

— Bon. D'accord.

— Vous êtes tellement prévisible !

— Et vous, vous êtes odieuse ! Je vous aime.

14.

Un projet inattendu

— C'est une réunion de famille ? demanda Récif en posant son bicorne sur la table du Procope où Mlle Terwagne et Louis-Sébastien Mercier étaient venus rejoindre Gabriel.

— Foutre ! Il ne manquait plus que lui ! soupira l'écrivain en levant les yeux au ciel. Grâce à Dieu, le bègue est resté à l'Assemblée, et M. Danton, libéré, doit encore cuver dans sa femme ! Sans quoi nous eussions dû supporter toute la galerie !

— Personne ne vous a obligé à venir, Mercier ! À vrai dire, vous n'étiez pas invité, fit remarquer Gabriel.

— Je suis ici pour la chantilly ! répliqua le quinquagénaire en montrant la brique de glace dans son assiette.

Le pirate prit place parmi eux et dévisagea longuement le journaliste.

— Par les cornes du diable ! La Plume, quelle vilaine figure !

— Je te remercie.

— Tu fais peine à voir ! Mais au moins t'es-tu enfin décidé à sortir de ton trou, vilain petit rat des villes ! Est-ce à vous, mademoiselle, que nous devons ce miracle ?

— Non, nous le devons à Mme Danton, semble-t-il, répondit Anne-Josèphe tout sourire. Grâces lui soient rendues !

— Eh bien ! J'espère que tu as une bonne raison pour me faire venir ici, la Plume. Je n'ai pas pour habitude de répondre aux convocations, et encore moins quand elles émanent d'un sinistre personnage qui a si longtemps refusé de m'ouvrir sa porte !

— Ne l'écoutez pas, Gabriel, intervint gentiment Terwagne en prenant le bras du jeune homme. Le plaisir de vous voir suffit à nous combler. Votre seule présence est une caresse pour l'âme !

Il lui retourna un sourire, mais dans ses traits tirés se lisait une grande mélancolie.

— J'ai un service à vous demander à tous les deux, mes amis.

— Faites comme si je n'étais pas là, glissa Mercier qui continuait de manger sa glace.

— Avec plaisir, répliqua Gabriel.

— Bon, qu'est-ce que tu nous veux ?

Le jeune homme poussa un long soupir avant de se confier, d'un accent solennel :

— Vous allez m'aider à ouvrir un orphelinat.

Son explication fut suivie d'un silence perplexe, puis Mercier éclata de rire en recrachant sa glace.

— Finalement, je ne regrette pas d'être venu ! s'exclama-t-il, hilare. Je crois que je n'avais rien entendu d'aussi drôle depuis que Louis XVI a offert d'organiser les états généraux !

Gabriel n'adressa pas même un regard à l'écrivain.

— Tu... tu es sérieux, mathurin ? Un orphelinat ? Qu'est-ce que tu racontes ?

— C'est la seule façon qui me soit acceptable de dépenser l'argent que nous avons... trouvé en Corse et...

— Vous avez trouvé de l'argent en Corse ? le coupa Mercier, sa cuillère de chantilly suspendue dans les airs.

La surprise venait d'effacer toute trace de son précédent rictus. On ne lui répondit pas.

— Le commissaire-priseur du Châtelet va mettre demain aux enchères publiques une propriété de Villejuif qui a été confisquée par le roi. Je vais être dans l'incapacité de me rendre à la vente. J'aimerais, Anne-Josèphe, que vous y alliez pour moi, et que vous achetiez cette propriété en mon nom. À n'importe quel prix.

— Vous... vous êtes sûr ? s'inquiéta la Liégeoise.

— Certain. Y consentez-vous ?

— Bien sûr, Gabriel, bien sûr, je ferais tout pour vous faire plaisir, mais...

— Parfait. Quant à toi, Récif, tu vas aller à la Pitié, et tu vas en faire sortir les quinze enfants qui y ont été conduits jeudi.

— Tu as perdu la tête, moussaillon !

— Ne veux-tu pas m'aider ?

— Au contraire ! s'écria Récif en lui donnant une tape dans le dos. Une mutineric ? Je suis ton homme !

— Je n'en attendais pas moins de toi.

— Mais que veux-tu que je fasse de tes petits protégés quand ils seront sortis ? Que je les conduise aux Cordeliers ?

— Non. Mlle Terwagne et toi, vous allez les emmener dans la propriété de Villejuif. Et, une fois là-bas, vous brûlerez avec eux tout ce qui se trouve à l'intérieur.

— Pardon ?

— Vous brûlerez toutes les horreurs que renferme cette maison, et vous en ferez un refuge pour les enfants des rues.

— Jeune homme, intervint l'écrivain, vous commenceriez presque à m'inquiéter…

— Rassurez-vous donc en mangeant votre glace.

Mercier haussa les épaules et obtempéra.

— Organiser une évasion, c'est dans mes cordes, reprit Récif, mais il ne faudrait pas que tu me prennes pour un garde-chiourme, Gabriel. Et encore moins pour un maître d'œuvre !

— Qui mieux que toi saurait s'occuper de ces gosses ? Quand tu les verras, tu comprendras. Brûler ce que contient cette maison et y construire un havre de paix pour leurs pairs est peut-être la seule chose qui puisse les sauver. Et ce sera pour toi l'occasion de faire quelque chose de bien.

— Pardon ? Crois-tu que j'aie besoin de m'acheter une conscience ? Mon choix de vie ne me donne aucun scrupule, Gabriel.

— Mais n'en aurais-tu pas à refuser de porter secours à des enfants abandonnés ? Cela ne fait-il point partie des devoirs d'un authentique pirate ? Je croyais que la solidarité et la protection des plus faibles étaient votre apanage…

— Les aider, je veux bien. En avoir la responsabilité au jour le jour… Un Renégat a d'autres choses à faire !

— Mlle Terwagne t'assistera, n'est-ce pas ?

La Liégeoise, encore un peu hébétée, hocha la tête.

— Je vous demande de me rendre ce service pendant quelques semaines tout au plus. Dès que nous aurons mis un peu d'ordre là-dedans, je trouverai les bonnes personnes pour tenir l'orphelinat. Qui sait ? Tu y prendras peut-être goût, Récif. Tes Renégats pourraient y trouver une vocation nouvelle !

— Nous sommes des pirates, Gabriel. Et nous le resterons.

— Je te laisserai hisser un pavillon noir sur la maison.

Récif secoua la tête.

— Tu es complètement fou.

— Est-ce oui, ou non ? J'ai besoin d'une réponse tout de suite. Je suis attendu.

— Voyez-vous cela ? rétorqua le Salétin dans un éclat de rire. Monsieur est attendu ! Tu ne manques pas d'air, toi ! Allez ! Va ! On va s'en occuper, de tes gamins ! Mais je te préviens : la prochaine fois que tu refuses de m'ouvrir ta porte, paltoquet, je te découpe en rondelles et je te jette aux requins.

— Merci à tous les deux. Je serai votre éternel débiteur.

Gabriel se leva, s'inclina sur la main que lui tendait Mlle Terwagne, salua les deux hommes et se dirigea d'un pas preste vers la sortie du Procope. Mais avant qu'il ne fût au-dehors, Récif, qui l'avait rejoint à la hâte, l'arrêta par le bras.

— Tout va bien, gamin ? demanda le pirate d'un air inquisiteur.

— Aussi bien que possible. J'ai connu des jours meilleurs.

Le Renégat l'attrapa par les épaules et toisa le grand rouquin d'un regard défiant.

— Tu as de vilains cernes et tes pupilles sont plus petites qu'une tête d'épingle…

— Je suis fatigué, voilà tout, répondit Joly tandis que le poing dans la poche de son gilet se refermait sur sa tabatière en argent.

— Tsss. On n'apprend pas à son père comment faire des enfants, niquedouille !

— Pardon ?

— J'ai déjà vu bien des marins de Libertalia dans l'état où tu te trouves. Et il n'était certainement pas le fruit d'une fatigue naturelle…

— Je traverse une période très pénible, rien de plus !

— On a tôt fait de trouver à sa peine les pires remèdes qui soient. Fais attention à toi, fiston. C'est tout ce que je veux te dire. J'ai glissé avant toi sur la planche savonneuse où tu t'aventures…

— Occupe-toi de mes petits orphelins. Ce sont eux que tu dois sauver, pas moi. Allez. Adieu !

Le Salétin grimaça en regardant son ami quitter le café.

15.

Tombé du cintre

— Vous êtes déjà là, vous ? demanda le commissaire en apercevant l'inspecteur en haut des marches du Théâtre-Français.

— Au garde-à-vous ! répondit Minier.

— Fichtre ! Je n'ai pas l'habitude de voir un policier arriver en avance.

Quelques instants plus tard, Gabriel apparaissait à son tour sur le parvis. Le jeune homme, qui était venu si souvent ici lorsqu'il avait travaillé à la rubrique spectacles du *Journal de Paris*, avait des lieux une connaissance dont le commissaire ne doutait pas qu'elle pourrait s'avérer fort utile.

— Avez-vous eu le temps de lire mes notes, monsieur Joly ? demanda le magistrat tandis qu'ils montaient ensemble les marches du péristyle pour rejoindre le bureau du contrôleur.

— Oui. Je puis déjà en déduire deux affirmations essentielles : nous n'avons pas affaire à un meurtrier ordinaire, et vous maîtrisez mal la grammaire.

— Que vous êtes drôle ! Quant au meurtrier, n'allez pas trop vite en besogne. Certes, les deux crimes ont un lien avec la Comédie-Française, mais, je vous le répète, rien ne permet d'affirmer qu'ils fussent l'œuvre d'un seul et même assassin.

— Deux jours les séparent. À M. Lauriel, vous précisez qu'on a ôté la langue. Et, à Mme Verneuil, on a quasiment ôté le cerveau. En outre, les deux victimes avaient un point commun qui pourrait former un mobile : elles étaient immensément riches. Je ne peux m'empêcher d'y voir autre chose qu'une pure coïncidence…

— L'assassin serait-il un chirurgien dans le besoin ? proposa Minier avec son délicieux accent toulousain.

— Celui du roi, peut-être ? plaisanta le jeune homme.

Guyot se présenta au contrôleur qui, sortant de derrière son comptoir, les accueillit d'une courbette ridicule.

— M. Fleury vous attend dans sa loge, commissaire. Jc vous y conduis…

— Ce ne sera pas nécessaire, intervint Gabriel. Nous connaissons le chemin.

De fait, il guida les deux policiers à travers le dédale du théâtre vers l'escalier menant à l'étage des deuxièmes loges et, de là, à celle des loges d'acteurs qui, côté jardin, était la plus grande. Elle était, en somme, exactement symétrique à celle de Mme Verneuil. Si l'on réservait traditionnellement les loges les moins élevées aux comédiens les plus âgés, afin qu'ils n'aient pas trop de marches à gravir, et les plus grandes aux comédiennes, dont les costumes nécessitaient plus d'espace, Fleury avait obtenu celle-ci, qui combinait les deux avantages, eu égard à son prestige, à moins que ce ne fût – comme l'affirmaient ses détracteurs – le fruit d'une discrète faveur royale accordée par M. le maréchal duc de Duras, premier gentilhomme de la Chambre, du temps fort récent où l'administration de la Comédie-Française était encore supervisée par ces messieurs de la Cour.

— Bien. Pour l'heure, personne ne mentionne le billet doux retrouvé sur Mme Verneuil, entendu ? murmura Guyot aux deux autres.

Ils acquiescèrent, et le magistrat frappa à la porte. L'instant d'après, un habilleur vint leur ouvrir.

La grande pièce était plongée dans une douce pénombre, et le comédien, qui portait le deuil, était assis près de la cheminée éteinte. La tête appuyée sur son poing fermé, la mine grave, immobile au milieu d'un abondant mobilier, on eût dit un maréchal des armées du roi, réfugié dans ses quartiers au lendemain d'une terrible défaite.

— Mes hommages, messieurs, fit l'acteur d'une voix sinistre en les invitant à entrer. Prenez place.

Dans la pose de l'homme accablé par la tristesse, il ne se leva pas. Joseph Fleury n'avait peut-être pas la beauté naturelle de son jeune camarade Talma, mais, à trente-neuf ans, il jouissait encore d'un charme certain, et sa fréquentation assidue de la Cour de Versailles avait procuré à sa tenue comme à son verbe un raffinement particulier. Comédien chéri de l'aristocratie, il avait été chargé par la reine Marie-Antoinette de diriger à Versailles les spectacles du Trianon et ne manquait jamais une occasion de quitter Paris pour aller jouer à la Cour. Ayant peu à peu remplacé le grand Mourier

– actuel doyen[1] de la troupe – dans ses emplois[2] de « petits maîtres », on le voyait de plus en plus souvent tenir des premiers rôles. En interprétant Poquelin lui-même dans *La Maison de Molière*, de notre inénarrable Mercier, il avait acquis une sorte d'autorité symbolique sur la troupe.

— Bonjour, monsieur Fleury, fit le commissaire alors qu'ils s'installaient tous trois face à leur hôte. Vous connaissez l'inspecteur Minier, et voici M. Joly, à qui j'ai demandé de nous assister dans notre investigation…

— Un journaliste ? fit l'acteur en levant un sourcil qui n'était pas loin d'exprimer le dédain.

— N'est-il pas moins étonnant de voir un journaliste mener une enquête qu'un comédien tenir un livre de comptes ? répliqua malicieusement Gabriel tout en posant un regard circulaire sur la pièce, afin d'en inspecter chaque recoin.

Plutôt que de s'offusquer, Fleury, las, opina du chef.

— Vous n'avez pas tort. Mon bon jeune homme, quand on siège comme moi au comité d'administration, l'on doit savoir compter, tenir des registres, superviser

---

1. Le doyen de la Comédie-Française n'est pas le comédien le plus âgé, mais celui qui y est sociétaire depuis le plus longtemps. Ce n'est ni une charge ni une dignité, mais le doyen peut avoir un rôle représentatif lors de certaines cérémonies.

2. Les acteurs de la Comédie-Française se voyaient attribuer un « emploi », à savoir un ensemble de rôles d'une même catégorie (jeunes premiers, pères nobles, soubrettes…). Ce système permettait d'assigner les rôles plus facilement, mais avait pour inconvénient de limiter les prétentions des comédiens en les cantonnant à un seul type de personnages.

des travaux de décoration, de couture ou de réparation, administrer un orchestre et un ballet, embaucher des gagistes, légiférer… C'est un miracle qu'avec toutes ces tâches il nous reste un peu de temps pour exercer notre cher métier de comédien.

— Se pourrait-il qu'il restât à l'un de vos camarades encore assez de temps pour exercer celui d'assassin ? demanda Gabriel, facétieux.

— Pardon ?

Le commissaire, gêné, s'empressa de faire oublier l'indélicate question du journaliste :

— Voulez-vous bien, monsieur, nous parler de Mme Verneuil ?

— Misère ! Ma pauvre, pauvre camarade ! se lamenta Fleury dans une magnifique démonstration de la plus théâtrale affliction. Nous venions tout juste de fêter ses vingt ans comme sociétaire de la troupe. Quelle bonté d'âme ! Et quelle comédienne ! Voltaire lui-même la couvrait de louanges ! Quelle tristesse, quel crime odieux ! Son pauvre frère est inconsolable…

— Son frère ? demanda Guyot, étonné.

— Mme Verneuil était la sœur aînée de M. Dugrasse, expliqua Gabriel, qui connaissait bien son sujet.

— Lui-même ! Malheureux homme ! Notre camarade est resté enfermé dans sa loge depuis hier. Il ne veut voir personne.

— Il semble que cela soit assez fréquent, chez les personnes endeuillées, glissa Guyot en tournant les yeux vers Joly.

— Quels rapports entreteniez-vous avec Mme Verneuil ? continua Gabriel, comme s'il n'avait pas saisi l'allusion.

— D'excellents rapports de camaraderie.

— Rien de plus ?

— Non. Une profonde estime réciproque.

— Mme Verneuil ne partageait-elle pas avec son frère les désaccords qui vous opposent à lui ?

Fleury se redressa dans un sursaut d'outrage.

— Les désaccords ? Quels désaccords ? Nous n'avons pas le moindre désaccord !

— Allons ! Il me semble que Dugrasse est plutôt dans le camp de Talma que dans le vôtre, insista Joly. Était-ce aussi le cas de sa sœur, Mme Verneuil ?

Pour peu qu'on s'intéressât à la troupe, on ne pouvait ignorer que deux clans étaient en train de s'y former, et que leurs oppositions ne cessaient de croître en fréquence comme en véhémence. D'un côté, autour de Fleury, il y avait les « noirs », conservateurs, fidèles à la monarchie. De l'autre, autour du jeune Talma, il y avait les « rouges », ralliés à la cause révolutionnaire, et dont certains s'étaient même engagés dans la Garde nationale.

— Mon pauvre ami ! Voilà encore de ridicules lubies de journaliste ! Je n'ai rien contre M. Talma ! Malgré les irrégularités de son jeu et les défauts de sa diction, il a une mobilité du masque tragique assez prometteuse. Comment en vouloir à un comédien en devenir ? Il n'existe qu'un seul camp au Théâtre-Français, c'est celui de Molière !

— Je suis heureux de l'entendre. Vous jouerez donc *Charles IX* ? le taquina Gabriel.

— Jeune homme, s'agaça le comédien, je sais qu'il est dans l'habitude des journalistes de vouloir ranger les gens dans de petites cases et de ne définir les individus que par des poncifs grossiers, mais la vie, vous le comprendrez plus tard, est plus nuancée et complexe que vos articles ! Vous pensez donc que ma fidélité au royaume eût pu m'opposer à Mme Verneuil ? C'est ignorer que celle-ci a entretenu avec le maréchal duc de Duras, premier gentilhomme de la Chambre, des liens suffisamment intimes pour qu'elle vécût chez lui !

Joly se retint de rire, qui n'était pas dupe de la mauvaise foi de son interlocuteur : si celui-ci, amant lui-même de Mme Verneuil, avait eu pour elle autant d'estime qu'il le prétendait, sans doute n'eût-il point révélé à l'instant, avec plus de mesquinerie que de désinvolture, la liaison secrète qu'elle avait eue avec le maréchal duc. Le journaliste se délecta à poser la question suivante :

— Avec le maréchal duc seulement ? Nous nous sommes laissé dire que Mme Verneuil avait eu d'autres amants…

— Elle était séparée de son mari depuis plus de cinq ans. Peut-on reprocher à une femme esseulée de se chercher un nouveau compagnon ?

— Lui connaissiez-vous des ennemis ? intervint le commissaire après avoir adressé à Gabriel un regard réprobateur, comme pour lui rappeler que ce n'était pas à lui de poser les questions.

— Des ennemis capables de commettre un crime aussi atroce ? s'exclama le comédien. Diable, non ! La vie d'une comédienne est certes parsemée de petites jalousies de la part de ses camarades, mais elles restent inoffensives. Comment pourrait-on en vouloir à une honnête femme au point de… au point de l'assassiner avec autant de barbarie ?

— Et de quelles jalousies Mme Verneuil était-elle victime ?

— Aucune qui mérite qu'on s'y arrête, commissaire. Tout le monde sait que Mlle de Cassagne la tenait en piètre estime, bien sûr, mais ce n'était qu'une banale querelle d'actrices. Des enfantillages !

— Mlle de Cassagne ? N'est-ce pas justement elle qui a remplacé Mme Verneuil hier soir, après le drame ? demanda Minier.

— Précisément.

— Et quel était le motif de cette jalousie ? relança Guyot.

— Oh, vous savez, il n'existe qu'un seul sujet de fâcherie entre deux comédiennes : la distribution des rôles ! Le hasard a voulu que toutes deux fussent reçues sociétaires la même année, en 1769. Mais Mme Verneuil, de quatre ans l'aînée de Mlle de Cassagne, estimait qu'on lui devait davantage de faveurs. Armée du droit d'aînesse, elle entendait repousser sa camarade dans les oubliettes du répertoire et faisait un scandale dès qu'on offrait à sa cadette un rôle plus important que le sien… Certes, elles se sont beaucoup chamaillées, mais je ne vois pas quel lien cela peut avoir avec cet horrible meurtre.

— Pourquoi l'avez-vous évoqué, alors ? demanda Gabriel.

— Mais, enfin ! C'est le commissaire qui m'a posé la question !

— Seulement parce que vous avez parlé de jalousies…

— Vous êtes insupportable, jeune homme ! Écoutez, commissaire, je suis disposé à répondre aux questions d'un policier pour l'aider dans son enquête, en revanche pour ce qui est de votre journaliste, ayez l'obligeance de bien vouloir lui demander de retourner à sa plume et de ne plus m'importuner de la sorte !

— Y avait-il un lien entre le sieur Lauriel et Mme Verneuil ? demanda Guyot, ignorant la requête du comédien.

— M. Lauriel était un habitué des coulisses. L'un de nos plus fidèles spectateurs. La troupe tout entière lui inspirait une vive admiration. Il portait souvent des fleurs à Mme Verneuil dans sa loge, mais guère plus qu'à une autre de mes camarades. Et, si vous pensez qu'il pût être l'un de ses amants, j'en doute fort. Elle acceptait poliment ses fleurs, mais elle ne le portait pas dans son cœur.

— Très bien. Je vous remercie, monsieur Fleury. Nous n'allons pas vous embêter plus longtemps. Mlle de Cassagne est-elle dans le théâtre en ce moment même ?

Le visage du comédien sembla se détendre, comme sous l'effet de quelque secret soulagement.

— Normalement, oui. Attendez voir…

Il tendit la main vers sa coiffeuse et y prit le bulletin de service du jour, où étaient indiqués les horaires des lectures, des répétitions et, bien sûr, des spectacles.

— Vous devriez la trouver en plateau pour la couturière[1] de *La Fausse Agnès*, où elle joue ce soir le rôle de la Baronne de Vieuxbois.

— Vous ne répétez pas, vous ? glissa l'inspecteur Minier, carnet de notes en main.

— Je ne joue pas ce soir…

---

1. Dernière répétition, au cours de laquelle les couturières peuvent apporter les ultimes retouches aux costumes.

— Et pourtant vous êtes venu au théâtre ?

— Je suis le semainier, inspecteur. En outre, quand bien même je ne l'eusse point été, avec le drame que nous avons vécu hier, je serais venu partager la peine de toute la troupe. M. le commissaire, qui plus est, a dit qu'il désirait me voir.

— Certes.

Guyot, qui s'était déjà levé, fit signe à l'inspecteur et au journaliste de le suivre. Ils saluèrent l'acteur puis laissèrent son habilleur refermer la porte derrière eux.

— Alors ? Qu'en pensez-vous ? demanda le commissaire quand ils furent dans le corridor. Fleury vous a-t-il paru suspect ?

— Ni plus ni moins que qui que ce soit, à ce stade, répondit Gabriel.

— Vous ne l'avez pourtant guère ménagé. Auriez-vous quelque chose contre lui ?

— J'ai quelque chose contre tous les hypocrites, commissaire.

Guyot secoua la tête en souriant.

— Quoi qu'il en soit, j'ai récupéré ceci, reprit le jeune homme en sortant un papier de sa poche.

— Qu'est-ce donc ?

— Une lettre de M. Fleury. Nous pourrons ainsi comparer son écriture à celle du billet doux.

— Vous… vous lui avez volé une lettre ?

— Emprunté seulement. Je la lui rendrai quand j'aurai pu confronter les deux graphies. Elle ne doit pas être urgente : c'est une lettre à son banquier.

— Vous êtes incorrigible.

Tous trois descendirent vers la salle, à laquelle ils accédèrent par l'entrée du parterre. Traversant les rangées de banquettes, ils marchèrent jusqu'à l'orchestre sans faire de bruit, pour ne pas déranger les quatre comédiens en pleine répétition de la pièce de Néricault Destouches.

— Voilà donc Mlle de Cassagne, murmura le commissaire en apercevant la grande quadragénaire, fine mais au visage sans grâce, ses cheveux d'argent relevés en toupet et surmontés d'un petit bonnet.

Rendue célèbre par sa création de Marceline dans *Le Mariage de Figaro*, la comédienne avait surtout marqué les mémoires en couronnant sur scène le buste de Voltaire, lors de la célèbre représentation d'*Irène*, en mars 1778, quelques jours avant la mort de celui-ci. Les mauvaises langues disaient d'elle que, dotée d'un talent fort modeste, sans la protection du défunt prince de Lamballe, avec lequel on lui avait prêté une liaison, elle eût probablement dû quitter la Comédie-Française…

— Pensez-vous qu'elle puisse être assez jalouse d'une camarade pour lui avoir transpercé le crâne ? murmura Guyot, sceptique, en se penchant vers Gabriel.

— J'ai peine à l'imaginer. Mais peut-être sous-estimons-nous l'ampleur que peuvent prendre les rivalités au sein d'une troupe.

Comme ils approchaient des acteurs, qui en étaient au début de la scène IV, l'inspecteur Minier repéra le même étonnement sur le visage des deux hommes qu'il accompagnait.

— Qu'y a-t-il ? s'enquit le Toulousain.

— Il y a que, contrairement à ce que nous a dit Fleury, M. Dugrasse n'est pas enfermé dans sa loge à pleurer la mort de sa sœur aînée, répondit Guyot, intrigué.

Sur scène, le comédien interprétait en effet le rôle de l'Olive, donnant la réplique à ladite Cassagne, dans celui de la Baronne. À leurs côtés se tenaient aussi la très jeune Mlle Vanhove et le sieur Talma.

L'OLIVE

Enſuite il ſe met à parler de vous , il n'y a pas moyen de le faire finir.

LA BARONNE

À parler de moi ? Et quels ſont ſes diſcours ?

L'OLIVE

Par la ventreguoi ! ſe dit-il , la brave femme que c'te madame la Baronne ! All'a pu d'eſprit dans ſon petit doigt que monſieur le Baron dans tout ſon corps. Morgué ! Qu'alle a bon air ! Qu'alle a bonne mène ! Que je ſuis aiſe quand je la vois !

— Dugrasse ne joue-t-il pas admirablement la comédie, pour un frère endeuillé ? persifla Gabriel.

— N'est-ce point l'art du comédien que de savoir jouer en toute circonstance ? le défendit le commissaire Guyot, sans conviction.

— La promesse d'un bel héritage peut aussi faire des miracles…

Pendant que les acteurs travaillaient, des machinistes continuaient d'ajuster les décors ici et là. À cour on réparait un châssis de coulisse, et du dessous résonnaient les coups de marteau donnés sur une ferme[1] qu'un décorateur venait de peindre. Ajoutons à toute cette activité la présence d'une couturière qui, nécessaire en main, était prête à reprendre une robe ou une chemise, de deux garçons d'accessoires qui apportaient encore un miroir et d'un frotteur qui donnait un dernier coup de balai sur le parquet alors que les musiciens s'affairaient à l'orchestre, et cela faisait une prodigieuse agitation autour des acteurs ! Ceux-ci, pourtant, ne semblaient guère troublés, tant le rythme infernal imposé par les deux représentations quotidiennes les avait habitués à ce manège incessant. Ainsi vivait chaque jour la Comédie-Française, dans un sublime désordre organisé, où chacun savait ce qu'il avait à faire. Si, pour quelque observateur extérieur, on eût pu s'inquiéter que la troupe ne fût jamais prête à temps, derrière ce tohu-bohu se cachait en réalité une mécanique parfaitement huilée. À l'heure dite, la magie du spectacle opérait dans une miraculeuse sérénité.

Ce qu'il se passa ensuite, toutefois, laissa tout le monde sans voix.

Alors que le souffleur, caché dans son trou, était en train de rappeler à Mlle de Cassagne la réplique qu'elle avait oubliée, le corps d'un homme tomba brusquement du cintre et s'effondra au beau milieu de la scène, dans un vacarme terrifiant qui fit longuement gémir ses échos.

On sursauta, il y eut un temps de stupeur, puis le hurlement strident de Cassagne résonna sous le dôme du

1. Partie de décoration montée sur châssis, qui se tient droite sur la scène, et que l'on hisse des dessous.

Théâtre-Français. À ses pieds, dans l'horrible position que lui avait imprimée sa chute, gisait un cadavre ensanglanté. La comédienne, qui avait porté les mains à sa bouche dans un geste d'épouvante, fit volte-face et s'en fut vers les coulisses sans cesser de crier, alors que la jeune Vanhove s'évanouissait. Dugrasse et Talma, quant à eux, semblaient pareillement pétrifiés, incapables de détacher leurs yeux écarquillés de l'atroce spectacle : le mort avait les deux mains arrachées !

— Je reviens ! cria Gabriel au commissaire.

Plutôt que de se précipiter vers les lieux de ce qui ne pouvait être qu'un nouveau meurtre, il se mit à courir dans la direction opposée, vers la sortie du théâtre.

— Où… où allez-vous ? lui lança Guyot.

Le jeune homme avait déjà quitté le parterre.

Remontant le vestibule au pas de course, Gabriel rejoignit le sergent de la garde au théâtre qu'il avait vu à l'entrée.

— Faites immédiatement fermer et garder toutes les issues ! lui commanda-t-il.

— Pardon ?

— Sur ordre du commissaire ! s'énerva le journaliste. Il vient d'y avoir un nouveau meurtre dans le théâtre ! Dites à vos hommes de ne laisser personne entrer ou sortir sans l'accord de M. Guyot ! Et dressez la liste de celles ou ceux qui auraient éventuellement déjà quitté les lieux au cours des dernières minutes. Combien êtes-vous ?

— Nous ne sommes que dix jusqu'à l'heure d'ouverture des bureaux, balbutia le sergent Célières, qui occupait ce poste depuis trois ans déjà, attendant paisiblement la retraite.

— Cela suffit-il pour fermer toutes les issues ?

— Oui.

— Alors ne perdez pas de temps ! Et envoyez quelqu'un chercher le reste de la garde, de toute urgence. Plus personne ne doit entrer ou sortir, vous m'entendez ?

— Très bien !

Gabriel retourna à la hâte vers la grande salle et monta sur la scène aux côtés du commissaire.

— Vous avez fait fermer le théâtre ? devina Guyot.

Le magistrat était à genoux près du cadavre, un moustachu d'une quarantaine d'années.

— Oui. Savez-vous de qui il s'agit ? demanda Joly en désignant l'homme dont les deux bras se terminaient par d'affreux moignons déchiquetés.

— Alexandre Bonnard, le chef machiniste. Nous l'avons vu hier au foyer des acteurs, qui se faisait sermonner par Mme Verneuil…

Gabriel hocha lentement la tête, pensif.

— Un spectateur, une comédienne, un employé. Au premier on a enlevé la langue, à la deuxième on a trépané le crâne, et voici qu'au troisième on a coupé les mains… Cette fois-ci, vous conviendrez que nous avons probablement affaire à un seul et même meurtrier. L'assassin de la rue Voltaire signe ses crimes.

Le commissaire, la figure sombre, pointa le doigt vers les dessus. Gabriel leva la tête. Au bout d'une corde qui pendait du cintre, il distingua les deux mains du pauvre homme, encore attachées. Des gouttes de sang coulaient lentement jusque sur la scène.

— Il devait pendre dans le vide depuis un moment, avant que les liens ne finissent par sectionner ses poignets. Ce qui laisse penser qu'il était déjà mort avant de tomber : nous l'aurions entendu crier, dans le cas contraire…

— Mort, ou inconscient tout au moins, précisa Gabriel. Une chose est certaine : contrairement aux deux autres, celui-là n'a pas été égorgé.

Le journaliste inspecta les moignons ensanglantés en les soulevant du bout des doigts et en poussant des borborygmes éberlués, puis il posa sa paume sur le front du cadavre.

— La température n'a pas encore chuté. Il est mort depuis moins de trente minutes.

Se relevant, il tourna plusieurs fois autour du corps, tandis que son regard naviguait entre la scène et le cintre.

— Le poids du corps n'aurait pas suffi à ce que les poignets soient ainsi découpés par la corde. C'est une macabre mise en scène.

— Comment pouvez-vous en être certain ? demanda le commissaire, qui connaissait la sagacité de son interlocuteur.

— Le chirurgien du roi vous décrira certainement la chose mieux que moi…

— N'en soyons pas si sûrs : je vous rappelle que l'homme est bête à manger du foin.

Gabriel sourit.

— Les ligaments qui relient le radius au massif carpien ont été soigneusement sectionnés, la trace est nette. En revanche, les deux qui relient la main au cubitus, le second os de l'avant-bras, sont effilochés.

— Vous m'avez perdu…

— Les bras de ce pauvre machiniste n'étaient plus attachés à ses mains que par deux ligaments chacun, qui ont cédé sous le poids du corps.

Guyot grimaça.

— Insinuez-vous que le meurtrier aurait fait en sorte que les poignets se disloquent lentement, afin que sa victime finisse par tomber ici ?

— Je n'ai pas de meilleure hypothèse, confirma Gabriel en regardant de nouveau les mains qui pendaient au milieu des alignements de rideaux. Pour avoir le temps de quitter le cintre avant la chute spectaculaire, peut-être.

— C'est diabolique !

— C'est ingénieux. Cela confirme en tout cas que notre meurtrier a une solide connaissance de l'anatomie. Couper une langue, voilà qui est assez aisé. Trépaner un crâne, cela devient un peu plus compliqué. Mais sectionner juste assez de ligaments pour que les seuls intacts ne résistent que quelques minutes sous l'effet du poids… c'est de l'art. Sans compter que la chose a été faite avec suffisamment de précision pour éviter qu'une hémorragie abondante ne trahisse la présence du corps en laissant un flot de sang couler sur la scène…

— Aurait-on vraiment affaire à un chirurgien ?

— Pas forcément. Ce pourrait tout aussi bien être un barbier, un boucher, ou quelqu'un qui aurait lu quelque traité d'anthropotomie.

— De quoi ?

— L'art de disséquer les muscles, les ligaments et les nerfs du corps humain… Où sont les comédiens et les employés ?

— Minier les a tous rassemblés au foyer.

— Commissaire, je crains que votre journée ne se termine plus tard que d'habitude.

Livre deuxième

Le fantôme du Théâtre-Français

16.

Ils étaient vingt et un

— Les renforts de la garde et le chirurgien du roi sont arrivés, annonça Gabriel en entrant dans la salle d'assemblée du Théâtre-Français, que le commissaire avait réquisitionnée.

La pièce était, sans conteste, l'une des plus richement décorées de tout l'édifice. Les comédiens s'y réunissaient à diverses occasions, tantôt pour décider de la distribution des rôles, tantôt pour procéder à l'élection d'un nouveau sociétaire ou dresser le répertoire des mois à venir. Les sociétaires y siégeaient également chaque lundi matin, avant dix heures, pour une réunion hebdomadaire récompensée d'un jeton de présence. Tout autour de la salle, tels de bienveillants gardiens, trônaient les bustes des plus illustres dramaturges auxquels la Comédie-Française avait toujours rendu hommage : Molière, Corneille, Rotrou, Rousseau, Regnard, Belloy et bien d'autres. Depuis peu, on y exposait aussi les portraits des sociétaires historiques, tels celui de Le Kain dans le rôle de Gengis Khan, peint par Simon-Bernard

Lenoir. Mais le plus précieux trésor de la salle d'assemblée était certainement le fauteuil installé au bout de la grande table : ce célèbre fauteuil où, en pleine représentation du *Malade imaginaire*, Molière s'était éteint, et que l'on conservait ici comme un siège d'honneur, réservé au doyen de la troupe.

— Fort bien. Laissons le médecin faire son travail. M. Minier devrait nous rejoindre d'un moment à l'autre avec la liste des suspects. Entre-temps, profitons-en, monsieur Joly, pour faire le point, avant de procéder à leur audition.

Gabriel prit place à côté de Guyot, sur la longue table dont le plateau en noyer était finement sculpté de frises gracieuses. Devant eux, il juxtaposa la lettre de M. Fleury et le billet doux, puis les étudia méticuleusement. Ce n'étaient certes pas des pages imprimées mais, grâce à sa formation d'imprimeur, le jeune homme avait tout de même quelque science sur l'apparence des lettres manuscrites.

Après un moment de silence immobile, il se frotta le menton avec une moue hésitante.

— Alors ? le pressa Guyot.

— Les deux écritures sont similaires. Si ce n'est pas M. Fleury qui a écrit ce billet, alors c'est quelqu'un qui a formidablement imité son écriture. Je ne saurais trancher dans un sens ou dans l'autre. Le mieux serait de confronter directement Fleury à cet indice.

— Pas tout de suite. Je préfère le garder comme un atout, le temps venu. Résumons ensemble notre affaire, si vous le voulez bien.

— Je vous en prie, commissaire.

— Nous avons donc trois meurtres qui semblent liés, reprit Guyot en examinant ses propres notes. M. Lauriel, fidèle et richissime spectateur de la Comédie-Française, a été assassiné chez lui jeudi 20, rue Voltaire, pendant son sommeil, après s'être publiquement disputé avec votre ami Danton. On l'a égorgé à l'aide d'une lame très aiguisée, puis on lui a ôté la langue. Mme Verneuil, comédienne, a été tuée dans sa loge hier soir, samedi 22, pendant la représentation du *Siège de Calais*, entre la fin du premier acte et les premières scènes du deuxième. On l'a égorgée, elle aussi, puis on l'a trépanée. Le scalpel et le trépan ont été retrouvés dans sa loge, ainsi qu'un costume de médecin de peste et un mot signé « F. », dont l'écriture ressemble à celle de M. Fleury. M. Bonnard, enfin, chef machiniste de la Comédie-Française depuis plus de vingt ans, a été assassiné aujourd'hui, dimanche 23, probablement dans les dessus du théâtre, en pleine répétition. Après l'avoir endormi ou tué – d'une manière qui reste à déterminer –, on a fait en sorte que ses mains soient arrachées. D'emblée, deux points communs à ces meurtres sautent aux yeux : les trois victimes sont liées au Théâtre-Français et leur corps a été mutilé.

— La langue, le cerveau, les mains, confirma Gabriel d'un air songeur. À supposer que Bonnard fût déjà mort avant qu'on ne lui sectionne les ligaments, dans les trois cas le corps a été mutilé après la mort, et non avant. Il ne s'agissait donc pas de faire souffrir les victimes, mais plutôt d'adresser un message… Peut-être faudrait-il chercher un symbole derrière ces mutilations. Une langue, un cerveau et des mains : la parole, la pensée et l'action ?

— Qui sait ? Il nous faudrait aussi trouver à ces trois victimes un ennemi commun. Tout laisse penser qu'il serait lié au théâtre…

— Qu'il y travaille, même. Chez M. Lauriel, pas d'arme du crime. Mais dans le cas de Mme Verneuil, vous avez retrouvé le scalpel et le trépan sur les lieux du drame. Cela m'incite à penser que le meurtrier ne pouvait pas s'en débarrasser ailleurs…

— Parce qu'il faisait partie de la troupe et qu'il ne pouvait guère sortir du théâtre sans que son absence se fît remarquer ?

— C'est ce que je pense, confirma Gabriel.

— Et *quid* du mobile ?

— S'il en faut un commun aux trois victimes, on peut désormais écarter la fortune, car celle du chef machiniste était modeste. Oublions aussi la querelle concernant *Charles IX*, puisque Lauriel était opposé à la pièce, alors que Verneuil la soutenait. Les seules pistes que nous ayons sont assez contradictoires. Pour Mme Verneuil, il y a ce billet doux, fût-il de Fleury ou d'un autre, qui ne pouvait être qu'un piège, puisque son auteur y annonçait qu'il serait costumé…

— Il y a là quelque chose qui m'échappe, confessa le commissaire. Pourquoi parler du costume dans ce mot ?

— Selon moi, l'auteur du billet a voulu faire passer ce déguisement pour un artifice amoureux, afin que Mme Verneuil ne fût pas surprise en le trouvant ainsi costumé dans sa loge. Mais plutôt qu'à la bagatelle, l'habit a servi au meurtrier à se protéger des traces de sang qui l'auraient incriminé.

— Le meurtre était donc prémédité ? suggéra Guyot.

— Absolument, et minutieusement. Imaginez la scène : l'assassin, qui a ses entrées en coulisse, pénètre sans encombre dans la loge de Mme Verneuil. Il s'y déguise en médecin de peste et attend que la comédienne, sortie de scène, vienne l'y retrouver, attirée par la promesse d'un rendez-vous galant. Au début de l'entracte, elle entre, ne s'étonne pas de voir son supposé amant masqué. Il la tue, la trépane, enlève le costume qu'il porte, couvert de sang, et sort discrètement de la loge. Si c'est un employé du théâtre, ou un membre de la troupe, personne ne prête attention à lui. S'il a fait vite, il est peut-être même sorti avant la fin de l'entracte. Seules quelques minutes sont nécessaires pour pratiquer une trépanation sur un cadavre.

— Il faudrait déterminer à qui aurait pu appartenir le costume de médecin de peste.

— Nous pourrions interroger le costumier. Enfin, il y a cette petite dispute à laquelle vous avez assisté, entre Mme Verneuil et M. Bonnard.

— Elle lui reprochait d'être un piètre machiniste, évoquant des incidents sur la scène, des chutes de rideaux…

— C'eût pu constituer un mobile pour M. Bonnard, qui aurait voulu se venger de la sévérité de Mme Verneuil. Mais comme il a été tué à son tour…

— Ou alors quelqu'un aura compris que Bonnard avait tué Mme Verneuil, et l'aura vengée ? suggéra le commissaire.

— Je n'y crois pas. Je persiste à penser que les trois meurtres ont été commis par la même personne.

À cet instant, la porte s'ouvrit pour laisser apparaître la frêle silhouette de l'inspecteur Minier, un papier à la main.

— Vous avez fini vos recoupements, inspecteur ? demanda le commissaire.

— Si fait, confirma son subalterne en lui tendant sa liste. Si l'on ne conserve, parmi les personnes présentes ce midi, que celles qui l'étaient également hier, quand Mme Verneuil s'est fait escaner, cela nous laisse vingt et un suspects.

Gabriel intercepta la feuille et la parcourut méticuleusement.

— Sommes-nous certains que personne n'a pu sortir du théâtre dans les minutes qui ont entouré la mort de M. Bonnard ?

— Oui, confirma Minier. Le sergent Célières m'a même assuré que personne ne s'était escampé pendant l'heure qui l'a précédée.

— Pas d'issue secrète ? insista Gabriel.

— Aucune qui ne soit pas surveillée. Depuis juillet, la garde du bâtiment a été renforcée. En outre, j'ai vérifié la liste des personnes qui sont entrées ici depuis ce matin, et pas une ne manque à l'appel.

— Je vois… Mais vous avez rayé de la liste le nom du chef d'orchestre et des trente-deux musiciens, releva Gabriel.

L'inspecteur, les yeux brillants d'intelligence, eut un petit sourire en coin. Sans doute commençait-il à avoir l'habitude qu'on le prenne de haut, à la capitale.

— Ils jouent non seulement pendant la pièce, mais aussi à l'entracte. Ils ne peuvent donc pas être soupçonnés d'avoir assassiné la pauvre Verneuil.

Joly eut une moue dubitative.

— Le meurtre a eu lieu entre l'entracte et la scène III de l'acte II. Que cela disculpe le chef d'orchestre, admettons, mais tous les musiciens ne jouent pas en permanence : l'un d'eux aura très bien pu s'absenter quelques minutes…

— Et j'ai donc vérifié ça aussi, rétorqua l'inspecteur. Aucun musicien n'a quitté l'orchestre entre la dernière scène de Mme Verneuil et le moment où l'on a constaté sa mort. Quitter sa place, emprunter l'escalier pour monter à fumée de caillou jusqu'à la loge de la comédienne, la déquiller, la trépaner, puis redescendre… Une absence aussi longue n'aurait pu passer inaperçue.

— Vous avez vérifié auprès de qui ?

— Voudriez-vous m'apprendre mon métier ? s'amusa Minier sans montrer le moindre signe d'un agacement qui eût pourtant été légitime. J'ai presque le double de votre âge, jeune homme…

— Je n'ai pas encore eu l'heur de constater quelle maîtrise vous avez de votre métier, monsieur. J'ai pour principe de remettre en question tout ce qui peut l'être.

— Ça va. Sage principe, affirma l'inspecteur avec un clin d'œil. J'ai croisé les témoignages de trois sources différentes : le chef d'orchestre, le contrôleur et le régisseur. Si les trois m'ont raconté des craques, ce n'est plus un meurtre, c'est une conjuration !

Gabriel acquiesça en souriant à son tour. Pour une fois, le commissaire était bien entouré.

— Je me permets toutefois de vous faire remarquer que l'hypothèse de votre recoupement ne tient que si les deux derniers meurtres au moins ont été commis par une seule et même personne, ce dont nous ne pouvons être certains pour l'instant, même si c'est la théorie que nous privilégions tous les trois.

— Disons que c'est une hypothèse de départ, intervint Guyot. Si elle ne nous permet pas de résoudre notre enquête, nous devrons élargir de nouveau la liste des suspects.

Minier acquiesça en tapotant sur la poche de sa veste.

— Je conserve précieusement à cette fin les noms de tous les comédiens et employés présents lors des deux meurtres. En revanche, le registre des recettes indique qu'il y a eu neuf cent quatre-vingt-six places vendues le soir du meurtre de Mme Verneuil. J'ai le nom des abonnés, mais pas de tous les autres spectateurs…

— Soit. Partons de ce postulat. Cela nous fait donc vingt et un suspects, répéta doucement Joly, comme pour lui-même.

Il lut la liste à voix haute :

– Treize membres du perſonnel : huit habilleuſes ou habilleurs, un machiniſte, le régiſſeur, le ſouffleur, le décorateur et le coſtumier.

– Sept comédiens de la troupe : MM. Dazincourt, Dugrasse, Fleury, Mourier et Talma , Mlles de Caſſagne et Vanhove.

– Un ancien comédien : Brizard.

— Brizard était là hier et aujourd'hui ? s'étonna Gabriel en reconnaissant le nom de cet immense acteur. N'est-ce pas surprenant pour un homme qui a pris sa retraite ?

— Il semble que M. Brizard, qui habite toujours Paris, vienne ici de temps en temps.

— Parfait. Vous avez réuni tout ce petit monde au foyer des acteurs ? demanda Guyot.

Minier hocha la tête.

— Alors allons fatiguer un peu cette drôle de salade.

17.

Le meurtrier est dans la salle

Il régnait dans le foyer des acteurs une ambiance des plus sinistres. Il y avait des mouchoirs à beaucoup de mains, et du silence pesant ne s'échappaient que quelques sanglots et chuchotements. Les vingt et une personnes étaient regroupées dans la même partie de la pièce, près du tableau de Molière ; comédiens d'un côté, employés de l'autre. La jeune Mlle Vanhove, qui avait repris connaissance, était étendue sur un divan, entourée de quelques camarades, dont Mlle de Cassagne, qui lui tenait la main.

Quand les deux policiers et le journaliste firent leur apparition, Fleury se dégagea du petit groupe des acteurs pour venir à leur rencontre.

— Avez-vous trouvé l'assassin ? s'alarma-t-il.

— Nous ne l'avons pas trouvé, mais nous savons où il se trouve, répliqua Guyot en lui faisant signe de retourner parmi ses confrères.

— Où donc ?

Gonflant la poitrine, les mains croisées dans le dos, le commissaire répondit d'une voix forte et catégorique, afin que tout le monde l'entende.

— L'assassin se trouve dans cette pièce !

Il y eut d'abord un silence de stupéfaction, puis la petite vingtaine de personnes échangea des regards inquiets, avant que Fleury, perplexe, ne reprenne la parole.

— Vous n'êtes pas sérieux ?

— Malheureusement, je le suis, monsieur. Nos premières investigations nous ont permis d'établir la liste des principaux suspects, dont vous faites tous partie.

— C'est ridicule ! s'exclama le comédien, scandalisé. La plupart des personnes ici présentes ne sauraient être soupçonnées de crimes aussi odieux ! Enfin ! Vous n'imaginez pas que le meurtrier puisse être un sociétaire ?

Fût-ce volontaire ou non, il tourna alors les yeux vers le petit groupe des employés et, s'il n'était accusateur, ce n'était pas loin d'être un regard de suspicion.

— Nous n'écartons aucune possibilité, monsieur, pas même que ce fût vous, lança Gabriel, non sans malice.

— Moi ? Vous n'y pensez pas ! Comment aurais-je pu tuer M. Bonnard, alors que j'étais avec vous dans ma loge au moment du crime !

— L'heure exacte à laquelle le chef machiniste a été tué n'a pas encore été déterminée. Le meurtre a très bien pu être perpétré avant que nous venions vous voir, monsieur.

— C'est grotesque !

— Mesdames et messieurs, reprit le commissaire sur le même ton autoritaire. Je vais donc vous demander de rester dans le théâtre jusqu'à ce que l'inspecteur ou moi-même vous donnions l'autorisation de rentrer chez vous. En attendant, merci de vous tenir à notre disposition pour d'éventuels interrogatoires, qui se dérouleront dans la salle d'assemblée. Gabriel Joly, ici présent, journaliste de son état, agit sous mes ordres en tant que second enquêteur par intérim, et je vous prie de vous plier également à ses possibles demandes.

— Vous nous enfermez ici ? demanda Mlle Vanhove d'une voix tremblotante. Je… je ne me sens pas très bien, monsieur…

Caroline Vanhove, qui n'avait pas encore dix-huit ans, était la plus jeune sociétaire de la troupe. Fille des comédiens Charles-Joseph Vanhove et Andrée Coche, elle avait été admise à la Comédie-Française dès l'âge de quatorze ans pour y jouer avec succès l'Iphigénie de Racine. C'était une belle jeune femme d'une blondeur solaire, et sa peau, déjà fort claire par nature, était à cet instant d'une saisissante pâleur.

— Nous ne vous empêchons pas d'aller vous reposer dans vos loges ou dans vos bureaux. Mais, dans l'intérêt de notre enquête, et dans celui de votre sûreté aussi, il vous est formellement interdit de quitter le théâtre. Si vous sortez de cette pièce, je demanderai à chacun d'entre vous de bien vouloir préciser où vous vous rendez au garde posté dans le couloir, afin que nous puissions vous trouver rapidement à tout moment. Quant à vous, mademoiselle, si vous avez besoin d'un médecin, nous pouvons faire appeler le chirurgien du roi, qui est dans les murs. Vous êtes ici en sécurité. La garde au théâtre est aux portes pour veiller à ce qu'aucun nouveau drame n'ait lieu. J'ai prévenu les autres employés que les pièces de ce soir étaient annulées, nous avons fait vider le théâtre et nous allons faire annoncer au public qu'il restera fermé jusqu'à nouvel ordre.

— Fermé ? s'insurgea de nouveau Fleury, alors qu'un concert de désapprobation s'était immédiatement soulevé avec lui. La troupe ne peut pas se permettre une nouvelle fermeture !

— Pourrait-elle se permettre un nouveau meurtre ? demanda Joly, de l'autre bout de la pièce.

Le dos tourné, dans une allure désinvolte, il était en train d'admirer les nombreuses toiles qui ornaient les murs du foyer.

— Notre déficit, messieurs, est à l'image de celui du pays ! S'imaginer qu'on pourra le résoudre en fermant nos portes est aussi absurde que de croire que Necker pourra sauver la France !

— Necker a plus de chances de sauver la France que vous de sauver notre théâtre, ironisa Talma derrière lui, à mi-voix.

Fleury se retourna, furieux, vers son confrère.

— Si Necker peut sauver la France, alors moi, je peux diriger l'Opéra, car j'ai l'oreille fausse !

— Messieurs ! les coupa Guyot, affligé. Ayez l'obligeance de nous épargner vos petites querelles politiques internes. À cette heure, il n'est pas question de vos finances, mais de mettre un terme à une épouvantable série de meurtres. Il y a eu trois assassinats en quatre jours, dont deux à l'intérieur de vos propres murs ! Nous ne rouvrirons pas tant que nous n'aurons pas démasqué l'assassin. La chose est entendue.

— Pardon, mais vous n'avez pas l'autorité pour nous y contraindre ! intervint Dazincourt de sa grosse voix, en s'avançant à son tour vers le commissaire.

Le quadragénaire, à l'allure gracieuse, sinon maniérée, avait un nez busqué proéminent qui venait rompre la rondeur de son visage. Sociétaire depuis plus de vingt ans, il avait acquis une renommée nationale en interprétant Figaro dans les deux pièces de Beaumarchais et jouissait lui aussi d'une certaine notabilité au sein de la troupe. Fidèle à la Cour, comme Fleury, il y donnait encore des leçons de comédie à la reine Marie-Antoinette et comptait à Versailles de nombreux et puissants soutiens.

— En effet, répondit le policier d'un ton calme, mais l'Hôtel de Ville supervise désormais votre administration, et j'ai fait porter une dépêche à M. Bailly. Je n'ai aucun doute qu'il accédera à ma requête, et ne manquerai pas de vous en tenir informés dans le cas contraire. D'ici là, considérez que le théâtre est fermé, et que vous y êtes assignés jusqu'à nouvel ordre.

Sans rien ajouter, les trois enquêteurs tournèrent les talons et quittèrent la pièce tandis que la rumeur de protestation continuait derrière eux.

18.

Le rouge et le noir

— Combien de temps peuvent-ils nous garder ici ? s'inquiéta la jeune Vanhove alors que la porte s'était refermée.

— Ma pauvre camarade, se désola Mlle de Cassagne en lui caressant la joue. Vous devriez vous reposer dans votre loge. Venez, je vous accompagne, mon enfant.

Les deux comédiennes sortirent du foyer bras dessus, bras dessous.

— Il ne perd rien pour attendre, ce diable de commissaire ! s'exclama Fleury en dressant vers le ciel un index vengeur. Je me fiche qu'il ait fait porter une lettre à l'Hôtel de Ville. Nous allons en faire porter une à Versailles, nous ! Nous traiter comme de vulgaires criminels ! Dans notre théâtre !

— Tout doux, camarade ! intervint Talma, amusé. Laissons donc M. Guyot mener son enquête. Après tout, la seule personne qui devrait s'inquiéter ici, c'est le coupable !

— Ah, mais je ne suis pas inquiet ! rétorqua Fleury pour montrer qu'il avait saisi l'allusion. Vous m'avez désigné comme semainier, il est tout naturel que je veille à ce que nos droits soient respectés ! Depuis quand un commissaire peut-il ordonner la fermeture d'un théâtre ? N'est-ce pas vous qui, d'ordinaire, vous insurgez contre ceux qui s'emploient à nous faire taire ?

— Il m'est avis que le commissaire a l'intention de nous faire parler plutôt que taire, glissa M. Dugrasse.

À peine plus âgé que Fleury, Dugrasse était entré à la Comédie-Française la même année que lui, mais leur date d'admission était probablement la seule chose que ces deux-là partageaient. Si Fleury, bel homme, élégant, excellait dans les rôles de « petits maîtres », Dugrasse, rondouillard et un peu gauche, s'était spécialisé dans ceux de valets et de premiers comiques. Si le premier aimait séduire et émouvoir jusqu'aux larmes, le second n'avait d'autre ambition que de faire rire aux éclats, n'hésitant jamais à forcer la caricature et l'excentricité pour amuser le parterre. Leurs jeux, en somme, étaient aussi diamétralement opposés que leurs convictions politiques.

— Je ne vois d'autre priorité, aujourd'hui, que celle de trouver l'assassin de ma sœur, reprit Dugrasse. S'il faut pour cela fermer le théâtre, qu'il en soit ainsi ! Plus vite nous répondrons aux questions de M. Guyot, plus vite nous pourrons remonter sur les planches.

— Vous voyez ? Vous aussi, vous voulez remonter ! On notera que vous n'aurez pas porté le deuil bien longtemps ! persifla Fleury.

— Il n'y a guère que la scène pour consoler mon âme, monsieur, et aux larmes je ne connais de meilleur remède que les rires. Votre empressement à vous, en revanche, me semble fort suspect ! Auriez-vous peur que le commissaire découvre la vérité ?

Ainsi, à l'instar de ce qui se passait depuis plusieurs semaines au sein de la troupe, il se forma rapidement deux clans dans le foyer. D'un côté, les noirs, Fleury, Dazincourt et le doyen Mourier, qui s'offusquaient de cette fermeture. De l'autre, les rouges, Talma, Dugrasse et le retraité Brizard, qui entendaient respecter docilement les demandes du commissaire. Quant aux employés, ils se gardèrent de prendre parti, en dehors de M. Coignard, le décorateur, qui semblait plus agacé encore que les acteurs.

— C'est tout à fait inadmissible ! s'écriait-il en faisant les cent pas autour du divan. Ils ne peuvent pas nous laisser ainsi dans l'expectative ! Quand les spectacles vont-ils pouvoir reprendre, cette fois ? J'ai des décors à terminer, moi ! N'avons-nous pas assez souffert lors de la fermeture de juillet ? Le retard va s'accumuler, et je vais encore me retrouver à travailler toutes les nuits !

— Calmez-vous, Coignard, tempéra Talma. Pitié ! Un peu de décence ! Nous avons perdu hier une camarade, et aujourd'hui l'un de vos collègues !

— Foutre ! Bonnard était tellement maladroit qu'il n'est pas impossible qu'il se soit tué tout seul ! s'emporta le décorateur.

— Êtes-vous bien sérieux ? s'offusqua Talma. Il me semble que la question de savoir quand vous pourrez terminer vos décors est secondaire. Si le commissaire dit vrai, il y a dans cette pièce un criminel, et de la pire espèce ! Le démasquer est la seule urgence qui vaille !

— Je n'en crois pas un mot ! répéta Fleury. L'assassin ne peut pas appartenir au théâtre ! C'est forcément un ennemi venu du dehors ! Un illuminé qui voudrait nous faire payer notre refus de jouer *Charles IX*, à coup sûr !

— Ah ! Comme il est aisé de toujours voir le mal à l'extérieur ! s'amusa Talma. Mais le ver, cher ami, est plus souvent dans le fruit.

— Le ver, pour l'instant, c'est vous ! Plutôt que de mettre notre bel établissement à l'abri des invasions du moment, avec votre petite bande d'insurgés de pacotille, vous avez fait entrer le loup dans la bergerie !

Son jeune confrère éclata de rire.

— De grâce, Fleury ! Cela fait longtemps qu'on n'a pas vu un seul mouton dans cette « bergerie » ! Il ne reste plus ici que des loups, odieux rétrogrades que vous êtes, et nous, simples bergers, qui ne désespérons pas de sauver ces pâturages des ténèbres où vous voulcz les plonger…

— Taisez-vous ! Votre farce, monsieur, est notre tragédie !

— Et votre tragédie, Fleury, est plus antique que celles de Sophocle, intervint Dugrasse.

— Ah ! pouffa le doyen Mourier, qui était resté silencieux jusque-là, mais entendait bien défendre Fleury. Voici le Jean-Baptiste de notre nouveau Messie qui vole à son secours !

M. Brizard, assis tel un vieux sage dans le large fauteuil qui jouxtait la cheminée, poussa un profond soupir en lissant sa longue chevelure blanche vers l'arrière de son crâne.

— Quelle mauvaise pièce vous nous jouez là, mes camarades ! *Simul et singulis*[1] *!* lâcha-t-il d'une voix lasse. *Simul et singulis...*

Le *père* Brizard, comme on l'appelait, dernier représentant d'une dynastie théâtrale qui avait commencé à s'éteindre avec la mort de Le Kain, ne jouait certes plus, mais il était encore respecté de tous. Combien de souvenirs précieux eût-on pu lire dans les rides de ce front majestueux ! Applaudi tout au long de sa brillante carrière, tant par ses pairs que par la critique, c'était un acteur doué du génie des planches, aussi sublime dans la tragédie que brillant dans la comédie. Doté d'une voix puissante et d'une physionomie noble et digne, il avait l'attitude vertueuse d'un honnête homme et le charisme digne d'un bon prince. Ses lamentations mirent un terme à la dispute. Le silence revint.

Tout ce petit monde agité, en vérité, était loin de s'imaginer que, derrière la petite porte qui donnait passage sur l'escalier de scène, Gabriel Joly était resté caché, et qu'il s'était délecté en écoutant les premiers frémissements de cette eau que le commissaire Guyot avait judicieusement mise à bouillir.

---

1. « Être ensemble et rester soi-même », devise de la Comédie-Française.

19.

Un amoureux des sciences

Quand il eut le sentiment d'en avoir assez entendu pour l'heure, Gabriel rejoignit l'escalier qui plongeait vers la scène. Avant d'en descendre les marches, toutefois, il observa la portion du cintre qui était visible depuis le promontoire où il se trouvait.

D'ici, on apercevait en effet une partie de l'appareillage savant qui, en altitude, permettait de manœuvrer herses et rideaux. C'était un spectacle merveilleux, d'autant plus fascinant qu'il avait pour vocation de rester caché aux yeux du public. Gabriel sourit en songeant que la découverte des secrets qui accomplissaient, dans l'ombre, la magie du théâtre procurait un frisson semblable à celui que produisait la lecture de quelque livre hermétique, pour peu qu'on la fît avec clairvoyance. Au fond, derrière chaque mystère se cachaient toujours quelques ficelles ! Mais un sage amoureux des sciences pouvait continuer, quand bien même il en connaissait les trucs, d'apprécier le spectacle, fût-il celui du théâtre, ou celui de l'univers tout entier !

De chaque côté de la scène, de la face au lointain, s'étendaient, sur deux niveaux, les premiers et deuxièmes corridors de cintre, galeries de bois perchées à six et huit toises[1] du plateau et garnies d'énigmatiques machineries. Reliant ces corridors, de périlleux ponts volants en cordage permettaient aux machinistes d'aller d'un côté à l'autre de la scène, par les airs, tels des funambules sur leur fil… ou tel un Récif sur ses gréements ! Le regard du jeune homme, pensif, s'arrêta sur l'un d'eux. Sa bouche s'agita dans une moue sceptique. Vu d'ici, il lui paraissait peu probable que l'assassin de M. Bonnard eût pu préparer sa mise en scène macabre depuis l'une de ces passerelles brinquebalantes. Mais d'où, alors ? Quand il parvint à reconnaître, parmi les nombreuses cordes, celle au bout de laquelle les mains du pauvre homme étaient restées attachées, il essaya de la suivre dans les hauteurs, mais sa trace disparaissait dans les ombres du cintre.

Il allait falloir percer ce mystère…

Baissant de nouveau les yeux, il aperçut le chirurgien du roi, debout sur la scène, à côté du cadavre. L'homme à l'extravagante perruque était en train de ranger son matériel. Joly dévala les marches vers les coulisses et s'empressa de le rejoindre.

— Avez-vous terminé ?

Le chirurgien sursauta, puis prit un air presque fâché en reconnaissant le journaliste.

— Ah, c'est vous ! La levée du corps est achevée, oui.

— Quelles sont vos premières constatations ?

1. Douze et quinze mètres environ.

— J'en saurai plus quand j'aurai pu pratiquer l'autopsie à la chambre de dissection du Châtelet. Un peu de patience, jeune homme ! Je ferai parvenir mon rapport au commissaire dès demain.

Il retourna au rangement de ses affaires, alignant soigneusement ses instruments dans une trousse et ses fioles dans une large mallette de cuir.

— Vous avez bien une petite idée, tout de même ? insista Gabriel.

Le chirurgien, qui avait déjà eu affaire à lui et n'en gardait pas le meilleur souvenir, soupira en essuyant sur une serviette ses mains tachées de sang.

— Comme vous l'avez vous-même signalé au commissaire, plusieurs ligaments des deux bras ont été fort adroitement sectionnés, afin de faciliter la rupture qui a permis au corps de tomber si… dramatiquement.

Il désigna un petit coffre en bois posé à côté du corps. Le couvercle était moucheté de taches de sang.

— J'ai fait descendre les mains par les machinistes pour les examiner, et le constat est le même : le meurtrier connaît son affaire. Il savait quels ligaments couper et comment éviter les gros vaisseaux qui eussent occasionné une forte hémorragie.

— Les machinistes ont-ils vu d'où l'on avait pendu le corps ?

Le médecin haussa les épaules.

— Je ne leur ai pas demandé. D'une des traverses, je suppose !

— Cela me paraît peu probable.

— Eh bien, vous n'aurez qu'à aller voir par vous-même ! Je suis médecin, pas acrobate ! Ce que je peux vous affirmer, c'est que M. Bonnard a été tué avant d'être attaché là-haut.

— Vous en êtes sûr ? s'étonna Gabriel.

— Certain. Il y a indéniablement eu un choc violent qui a occasionné une large fracture du crâne lors de la chute, laquelle eût sans doute été fatale, mais M. Bonnard était déjà mort.

— Le corps était encore chaud quand nous l'avons examiné, objecta Gabriel. Il ne pouvait pas être mort depuis bien longtemps… Comment en êtes-vous si sûr ?

Un sourire satisfait se dessina sur les lèvres du chirurgien. Cette fois-ci, il allait pouvoir prendre sa revanche et montrer à ce maudit journaliste qui, ici, était le véritable médecin.

— Il a été empoisonné, jeune homme ! Il y a une marque d'incision sur la nuque, ce qui laisse penser à une inoculation, et on peut constater des traces de salive abondantes autour de la bouche. Cela me fait fortement songer à un empoisonnement. Mais, encore une fois, j'en saurai plus après dissection.

Gabriel, qui, tout à l'heure, n'avait pu prendre le temps d'inspecter que les moignons du cadavre, se pencha sur celui-ci et fit pivoter la tête pour constater par lui-même.

— Tiens donc, murmura-t-il.

Le médecin leva les yeux au ciel.

— Quoi ?

— La peau autour de l'incision a pris une couleur jaunâtre.

— En effet, oui, je l'ai noté.

— Intéressant, fit le journaliste en relâchant la tête du mort.

Puis il continua son examen, sans prêter attention au médecin qui trépignait en regardant ostensiblement sa montre de gousset.

— Je vois bien des traces de salive, comme vous l'avez dit, mais pas uniquement autour de la bouche. Voyez donc sa chemise : il y a des traînées.

— Il aura transpiré en se débattant…

— Non, c'est bien de la salive, qui a longuement coulé de la bouche : la trace est rectiligne, du cou jusqu'au nombril.

— Oui, eh bien, cela confirme que c'est fort probablement un empoisonnement.

— Certes, mais cela laisse aussi penser que le poison ne l'a pas tué, du moins pas au début, mais qu'il l'a seulement paralysé. M. Bonnard a dû assister, sans pouvoir bouger, à sa lente agonie. Ainsi, il était peut-être encore en vie quand ses mains ont lâché…

— Mmmh, peut-être, rechigna le chirurgien. C'est une conclusion un peu hâtive, tout de même…

— Quoi qu'il en soit, ne tardez pas à pratiquer la dissection et observez si les poumons sont inflatés.

— Pourquoi donc ?

— Cela confirmerait mon hypothèse : je pense à du curare.

— Le poison dont les Indiens de Guyane enduisent leurs flèches pour chasser ?

— … ou pour se défendre des envahisseurs espagnols, oui. Au contact du sang, à dose élevée, il provoque une paralysie rapide des muscles, mais le cœur, lui, continue de battre, jusqu'à ce que la victime, incapable de bouger, ni même de crier, meure par asphyxie.

Gabriel se redressa et donna une tape sur l'épaule du médecin.

— Nous attendrons votre rapport avec impatience.

Il allait repartir quand ses yeux s'arrêtèrent, à l'avant-scène, sur le trou du souffleur, une ouverture pratiquée dans le sol. À l'intérieur, une étroite cabine, équipée d'un pupitre, permettait audit souffleur de venir au secours des comédiens quand ils oubliaient leur texte. Sa tête, dépassant à peine le niveau des planches, était cachée du public par un petit capuchon. Gabriel, intrigué, se glissa à l'intérieur et, sous le regard perplexe du chirurgien, observa le cintre. Après avoir poussé quelques grognements, il ressortit avec une grimace contrariée.

Puis il retourna vers l'étage des premières loges.

20.

Des dessus aux dessous

Plutôt que de retourner à la salle d'assemblée par le corridor des premières loges, Gabriel décida de s'égarer dans les détours, éprouvant le besoin non seulement d'apprécier la topographie du théâtre, mais de s'emplir de son atmosphère.

Pour perpétrer ses deux derniers crimes, l'assassin de la rue Voltaire avait nécessairement traversé, lui aussi, les nombreuses pièces de cet immense dédale. Tandis qu'il flânait dans les coulisses, Joly s'imagina dans la peau du meurtrier. Par où était-il passé pour rejoindre la loge de Mme Verneuil ? Par les escaliers du théâtre ou ceux des deuxièmes loges ? Était-il monté à cour, ou à jardin ? En chemin, qu'avait-il vu ? Qui avait-il croisé ? Qu'avait-il éprouvé ?

En remontant la scène vers le lointain, Gabriel s'adressa à voix basse à ce mystérieux inconnu, comme si celui-ci avait pu l'entendre.

— Tu n'es pas invisible, méchant monstre ! Les fantômes n'existent pas. Si personne ne s'est étonné de ta présence de ce côté-ci du rideau, c'est que tu en es un habitué.

En effet, seule une personne qui avait une connaissance parfaite des lieux pouvait être parvenue à commettre ces crimes sans se faire prendre : celui de Mme Verneuil avait eu lieu en pleine représentation, à ce moment où, outre les neuf cents spectateurs, plus de la moitié des cent quarante employés permanents étaient présents dans l'enceinte du théâtre.

Arrivé devant le mur du fond, il poussa la petite porte latérale du magasin des décorations, cet entrepôt qui, communiquant directement avec le plateau, occupait toute la largeur de la scène et trois étages du théâtre, et servait à la fois à stocker les décors, à préparer leur installation, ou à fabriquer ceux qui n'étaient point exécutés dans des ateliers extérieurs.

Si le magasin bénéficiait habituellement d'une vive lumière, Gabriel dut s'éclairer d'une bougie qu'il trouva sur un pupitre de l'entrée. Le théâtre fermé, l'illuminateur avait été sommé d'éteindre toutes les lampes à la Quinquet. L'incendie de l'Opéra, huit ans plus tôt, avait marqué les esprits. Aussi fut-ce dans une douce pénombre que Joly s'aventura à l'intérieur de cette cathédrale féerique. Loin du vacarme phénoménal qui emplissait d'ordinaire les lieux du matin jusqu'au soir, la pièce était plongée dans un silence de plomb. Prudemment, le jeune homme déambula au milieu des châssis aux toiles peintes, des plafonds démontés, des praticables, des faux arbres arrimés à des chariots, des fontaines, des colonnes… En quelques pas à peine, d'un palais il passa à un temple romain, d'une chambre royale à une place de campagne et, plus loin, il pénétra dans une grotte que la lueur vacillante de la bougie drapa d'ombres gothiques. C'était pour les yeux un enchantement aussi fantasmagorique qu'inquiétant.

Alors qu'il tournait sur lui-même au milieu de cette caverne de cartonnages, un frisson glacé parcourut l'échine de Gabriel. Ce fut comme si un spectre maléfique venait de lui souffler sur la nuque. À la faveur des ténèbres, son esprit divagua. Combien de figures fantastiques hantaient ces lieux ? Ne voyait-on pas surgir ici et là gnomes, goules et gobelins, sorcières et démons ? N'entendait-on pas sous cette alcôve les échos de la voix sépulcrale de Richard III ? Et, sur ces parois obscures, n'était-ce point le sang rouge de Phèdre qui coulait comme autant de ruisseaux ? Ces ombres vertigineuses et virevoltantes n'étaient-elles point projetées par quelque danse macabre où s'étaient élancés, pêle-mêle, autour de la statue du Commandeur, le cyclope d'Euripide, le sphinx d'Œdipe et un Macbeth sanguinaire ?

S'extirpant de la grotte à la hâte, Gabriel trébucha jusqu'au pied d'une haute pyramide, peinte en trompe-l'œil sur un rideau de scène, et qu'un habile jeu de perspective faisait paraître plus grande que le théâtre lui-même. À cet instant, le jeune homme crut entendre un bruit derrière lui. Il s'immobilisa puis, le cœur battant, se retourna lentement, souleva sa bougie dans les airs et fouilla les ombres du regard. Personne.

Avait-il rêvé ? Tous ses sens en éveil, il avança d'un pas prudent, jusqu'à se convaincre que le bruit avait été provoqué par le travail de quelque structure de bois. Et pourtant… Ce labyrinthe chimérique n'était-il pas le lieu idéal pour se cacher ? Les gardes avaient-ils fouillé méticuleusement chaque recoin du théâtre ?

Et si l'assassin n'était pas l'un des vingt et un suspects répertoriés par l'inspecteur mais un inconnu, tapi dans ces ombres ?

— L'obscurité me joue des tours. Les fantômes n'existent pas, répéta Gabriel avec un rire nerveux.

Rebroussant chemin, il quitta le magasin et retourna dans les coulisses. À jardin, il gravit prestement le petit escalier de scène qui conduisait au foyer des danseurs mais, en haut des marches, il se sentit d'un seul coup gagné par une intense nausée. Ses jambes se mirent à trembler, et le jeune homme dut se retenir à la rampe et serrer les dents, reconnaissant sans peine les effets du mal qui, désormais, s'abattait chaque jour sur lui. À l'éreintement s'ajoutait une étouffante compression de la poitrine, semblable à celle que procure une crise d'anxiété. Le souffle court, Gabriel plongea la main dans sa poche et, avec des gestes maladroits, ouvrit la tabatière qu'il en avait sortie. Il attrapa une pastille d'opium, qu'il glissa dans sa bouche, et s'adossa au mur, les yeux fermés, le temps que son trouble disparaisse.

Quelques minutes plus tard, il entrait dans la salle d'assemblée.

— Eh bien, nous avons failli vous attendre, jeune homme ! le sermonna Guyot, assis à la grande table.

Joly expliqua seulement qu'il avait discuté avec le chirurgien du roi et confia au commissaire son hypothèse selon laquelle un poison paralysant avait été utilisé sur M. Bonnard.

— Je crois que le pauvre homme, impuissant, a assisté à sa longue agonie, et peut-être même aux horribles incisions pratiquées sur ses poignets.

À peine le journaliste eut-il fini son exposé, l'inspecteur Minier entra à son tour, accompagné du machiniste qui figurait sur la liste des suspects.

C'était un solide gaillard d'une vingtaine d'années, le cheveu blond, les sourcils clairs grimpant sur son front en accent circonflexe, et ses joues brillaient du teint rosé de sa Normandie natale.

— Veuillez vous asseoir, monsieur Craquelin, l'invita Guyot en lui désignant le fauteuil en bout de table.

Le gagiste[1] sembla hésiter avant de prendre place.

— Euh… Ej peux point, m'sieur, bégaya-t-il d'un air embarrassé.

— Et pourquoi donc ?

— Ch'est l'fauteuil eud Molière !

— Et alors ? Je vous promets que là où il est M. Poquelin n'en a plus besoin. Allons, ne faites pas de manières et asseyez-vous ! C'est peut-être la seule fois de votre vie que vous en aurez l'occasion !

Gabriel sourit en voyant le pauvre machiniste prendre place malaisément sur le siège prestigieux et devina que Guyot ne l'y avait pas contraint par hasard : c'était certainement un moyen de déstabiliser le jeune homme. Or, un suspect déstabilisé était un suspect qui peinait davantage à mentir.

— Venez voir un instant, Minier, demanda le commissaire en faisant signe à son subalterne.

1. Désigne les artistes ou employés qui ne faisaient point partie du personnel scénique, c'est-à-dire des comédiens. Si les comédiens, réunis en société, se rémunéraient sur les bénéfices, en fonction de leurs parts, le reste du personnel (musiciens, danseurs et employés) était « gagé », payé par la troupe.

L'inspecteur le rejoignit docilement de l'autre côté de la table et se pencha pour écouter les ordres que Guyot lui chuchota à l'oreille :

— Je vais interroger ce jeune homme avec M. Joly, et je sens que cela va être long… Vous, vous allez réunir les habilleuses et les habilleurs dans une seule et même pièce, la salle de répétition, afin de les séparer de leurs maîtres, en présence desquels j'ai pu constater qu'ils avaient quelque réticence à se confier… Vous allez ensuite les interroger, en leur demandant l'emploi du temps précis des comédiens pour lesquels ils travaillent. Ne les laissez pas sortir de cette pièce, et ne laissez aucun comédien y entrer, tant que je n'aurai pas pu comparer les dires des valets à ceux de leurs maîtres.

— Très bien, commissaire, répondit le Toulousain avec un clin d'œil complice.

Puis il quitta la salle d'assemblée.

— Bien, reprit gravement le magistrat en se tournant de nouveau vers le machiniste. Je vous ai fait venir en premier, monsieur, parce que, des huit machinistes qui travaillent pour M. Bonnard, vous êtes le seul à avoir été présent au moment des deux crimes, et parce que, par votre fonction, vous êtes le plus à même de nous éclairer sur les circonstances du meurtre dudit Bonnard.

— Ej d'mande qu'à aider, m'sieur, répondit le jeune homme d'une petite voix qui détonnait avec sa carrure de guerrier viking.

— Tant mieux, tant mieux. D'abord, pouvez-vous nous dire où vous vous trouviez lorsque le corps est tombé du cintre, et dans l'heure qui a précédé ce drame ?

— Quand m'sieur Bonnard a baillé su la scène, ej m'trouvais à l'avant d'corridor eud cintre, côté jardin.

— Dans les dessus, donc ? Et vous ne l'aviez pas vu qui pendait dans le vide ? s'étonna le magistrat.

— Euh là, non, m'sieur ! Sinon, vos pensez ben qu'ej ch'rais allé l'détierrer !

Le commissaire fit une moue ostensiblement dubitative.

— Comment est-il possible que vous ne l'ayez point vu, puisque vous étiez vous-même dans le cintre ?

— Ben parce qu'y était apalanqué pus en arrière eud la scène, m'sieur, ent' deux rideaux qu'étaient appuyés.

— Appuyés ? Dites donc, vous ne voudriez pas arrêter de me parler en normand, s'il vous plaît ? s'agaça le commissaire.

— En l'occurrence, ce n'est pas du normand, c'est du jargon théâtral, intervint Gabriel en retenant un fou rire. On dit qu'on « appuie » un élément de décor quand on le monte, et qu'on le « charge » quand on le descend.

— Ah, je vois. Bon, bref, vous dites qu'un élément de décor suspendu dans les hauteurs vous a empêché de voir le corps avant qu'il ne tombe, c'est bien cela ?

— Exact, répondit le jeune Craquelin, gêné. Vos avez qu'à v'nir en l'corridor eud cintre, pou mus comprendre.

— En voilà une bonne idée ! Vous montrerez cela à M. Joly tout à l'heure, acquiesça le commissaire. Mais laissez-moi d'abord vous poser encore quelques questions. Donc, vous étiez dans les dessus au moment où M. Bonnard en est tombé. Et avant cela ?

— Avant cha, ej'tais à l'arrière-scène, au magasin eud décors, pour mett' en place les praticab' eud ce sei.

— Eud ce sei ? Bon sang, vous qui êtes né à Évreux, monsieur Joly, vous comprenez ce qu'il dit ?

— *De ce soir*, traduisit Gabriel en souriant.

— Quelqu'un peut en témoigner ?

— Ben su ! Ej'tais acanté trois aut' machinistes, et nos avions vu m'sieur Coignard, l'décorateur, et m'sieur Saussey, l'régisseur.

Guyot, qui luttait pour ne pas perdre patience, inscrivit tout ceci sur son carnet avant de reprendre :

— Et M. Bonnard ? Quand l'avez-vous vu pour la dernière fois ?

— Eh ben, c'tait au magasin eud décors, à médi. Y m'a donné ses instructions pou la journée, et y m'a dit qu'y partait dîner[1].

— C'est dans ses habitudes ?

— Oui. Tous les médis, m'sieur Bonnard va becquer au café eud pavillon Molière.

— Il était seul ?

— Quand l'est parti, oui.

— Il a l'habitude de dîner seul ?

— Non, y r'trouve souvent m'sieur Saussey.

Guyot hocha lentement la tête sans cesser de prendre des notes.

— Quels étaient vos rapports avec M. Bonnard ?

— Très bons. Ch'est lui qui m'a fait engager comme machiniste l'an dréni, alors qu'ej'tais qu'eun garçon eud théâtre.

— Vous lui connaissiez des ennemis ?

— Bou Diou, non ! Ch'tait eun brave homme ! Tout l'monde l'aimait.

Une moue suspicieuse se dessina sur le visage du commissaire.

---

1. Au XVIIIe siècle, on « déjeune » le matin, on « dîne » le midi, et on « soupe » le soir.

— Pourtant, hier, je l'ai vu se faire chahuter par Mme Verneuil, moins d'une heure avant qu'elle ne soit elle-même assassinée. Cela arrivait souvent ?

— Oh ! Mame Verneuil, l'aime ben chariboter l'personnel eud théâtre. Mais ché jamais méchant. È l'aimait ben, pour de vrai.

— Soit. Puisque nous parlons de Mme Verneuil, pouvez-vous me dire maintenant où vous vous trouviez hier, quand elle a été assassinée ?

— Ej'tais acanté la brigade eud d'ssous, pendant toute la pièce.

— Vous n'avez pas quitté les dessous un seul instant, même pendant l'entracte ?

— Ocor mens pendant l'entrac ! répliqua M. Craquelin. Ch'est l'moment où les machinistes ont l'pus d'manœuv' à faire pou changer les décors, m'sieur. Y a des fermes à charger ou appuyer, des crochets à enl'ver ou à r'mett', des trappes à ouvrir ou à clencher… Ch'est rien la panique, en ch'moment-là !

— Et vous étiez combien, hier, dans les dessous ?

— Nos étions quat' en la brigade eud d'ssous, m'sieur. Ch'qui fait cinq en comptant m'sieur Vorignan, l'souffleur, qu'est resté en sen trou.

— Et ces personnes pourront attester votre présence ?

— Ben su.

— Et la nuit du 20 août ? Quand M. Lauriel a été assassiné. Vous étiez où, hein, la nuit du 20 août ?

— Ej'tais en not' chamb' garnie eud la Maub', acanté les aut' garçons eud théâtre. Y pourront vos attester itou.

— Très bien. Alors en ce qui me concerne, ce sera tout, fit le commissaire dans un soupir de soulagement. Veuillez bien maintenant faire visiter le cintre à M. Joly, s'il vous plaît. Nous n'avons pas encore établi précisément comment le meurtrier a pu manigancer la macabre mise en scène qui a occasionné la mort de M. Bonnard…

— Oh, mé, ché ben eune tite idée ! soupira le machiniste.

— Tant mieux ! Monsieur Joly, je vous laisse le privilège d'écouter la théorie de ce jeune homme pendant qu'il vous fera visiter le cintre. Allez-y et, en passant, veuillez demander à un garde de faire venir ici M. Apfel, le costumier.

— Ben su, m'sieur, répondit Gabriel.

21.

Figaro et Sganarelle

— Mes chers camarades, ne m'en veuillez pas, mais cette journée m'a éreinté ! soupira le doyen Mourier en regardant, par la fenêtre du foyer, le soleil qui se couchait sur le jardin du Luxembourg. Quitte à rester enfermé dans notre théâtre, je préfère encore aller me reposer dans ma loge. J'eusse aimé y être accompagné de mon habilleur, mais voilà qu'on nous enlève jusqu'à leur présence, maintenant !

— Supporteriez-vous ma compagnie ? demanda le vieux Brizard. Je commence à fatiguer moi-même, et n'ayant plus la jouissance d'une loge…

— Mais bien sûr, bien sûr, venez.

Ainsi, les deux comédiens prirent congé ensemble, et leur départ en motiva d'autres, si bien que la pièce se vida peu à peu. Le costumier et le régisseur se rendirent dans leurs cabinets respectifs ; le souffleur à la bibliothèque, où il avait un bureau ; quant à Fleury et à Talma, plutôt que de continuer de se quereller, ils gagnèrent chacun sa loge. En somme, il ne resta bientôt plus ici que MM. Dazincourt et Dugrasse et le décorateur, M. Coignard.

Si les deux acteurs étaient restés, ce n'était pas par affinité, puisqu'ils se détestaient copieusement, mais parce qu'ils s'étaient engagés dans un nouveau débat enragé, lequel, sans doute, avait fait fuir tous les autres, hormis le décorateur qui, tellement courroucé par la fermeture du théâtre, se refusait à aller dans son bureau, où personne n'eût pu l'entendre se plaindre.

— Vous rendez-vous compte ? pestait-il en faisant les cent pas devant un canapé. Nous jouons *Les Femmes savantes* dans deux jours et je n'ai pas terminé la tapisserie de la maison de Chrysale !

De l'autre côté de la pièce, la dispute entre Dazincourt et Dugrasse, véritables frères ennemis, avait atteint une intensité telle qu'il n'était même pas certain qu'ils se fussent rendu compte du départ de tous leurs camarades.

Plus encore que Fleury et Talma, il n'était, dans la troupe, deux comédiens qui pussent différer autant que ces deux-là, tant l'un semblait, en tout point, l'antagoniste de l'autre. Dazincourt était frêle, maniéré, spirituel et élégant. Dugrasse était costaud, expansif et farceur. Le jeu du premier était plein d'entrain mais tout en nuances, celui du second n'était que démesure. Quand Dazincourt cherchait la compagnie des aristocrates, Dugrasse ne s'amusait que parmi le peuple. Dazincourt était raison, Dugrasse était instinct. Pourtant, par quelque étrange paradoxe, si l'un et l'autre s'opposaient tant, ce n'était point à cause de leurs différences, mais au contraire à cause de leur seul point commun : tous deux briguaient la même place au sein de la troupe, celle du premier comique. Et cette concurrence était parvenue, quelques années plus tôt, à son point culminant quand il avait fallu déterminer auquel reviendrait l'emploi de Grande Casaque.

En référence au costume rouge rayé qu'on leur réservait, on désignait sous ce nom les rôles de valets hardis, fripons et libertins, les Scapin et autres Mascarille, un emploi que Molière lui-même chérissait. Quiconque héritait de cette livrée colorée pouvait s'enorgueillir d'être le chef suprême des comiques ! Y prétendant aussi vigoureusement l'un et l'autre, ils avaient fini, un jour d'assemblée, par en venir aux mains, et il avait fallu que leurs camarades les séparassent pour qu'aucun ne fût blessé. Après de longs débats, le comité avait obtenu que l'un et l'autre fissent des concessions, de sorte que la Grande Casaque, depuis ce jour-là, était tour à tour revêtue par Dazincourt et par Dugrasse. La compétition continua sur scène, avec pour seuls arbitres les salves d'applaudissements que le Frontin de Dazincourt disputait au Sganarelle de Dugrasse. Et puis le premier devint Figaro, et la messe fut dite.

Ce soir-là, toutefois, la dispute ne portait guère sur leur emploi, mais sur la transformation qui était en train de s'opérer au sein de la nation française. Les débats qui devaient conduire l'Assemblée constituante à la rédaction de la Déclaration des droits de l'homme étaient presque achevés, et celle-ci soulevait autant de passions sur les bancs des Menus-Plaisirs que dans les rues de Paris et… sur les planches du Théâtre-Français. Jamais auparavant le sort de la nation et les heurts des opinions n'avaient résonné si puissamment dans les murs de la Comédie-Française.

— C'est une désolation que de voir la maladie inflammatoire qui a gagné Paris pousser sa fièvre jusqu'aux rampes du théâtre ! grogna Dazincourt, une main sur la cheminée, l'autre sur la hanche. Vos agitations offensent tout à la fois notre tranquillité et l'honneur de l'art !

— Nos agitations ? s'esclaffa Dugrasse en recrachant une bouffée de son cigare. Réveillez-vous, camarade ! Ce n'est plus Paris qui s'agite, c'est la France entière qui se régénère ! Les idées nouvelles ont gagné l'Assemblée !

— Ha ! Les idées nouvelles ! railla le premier. Ce ne sont pas des idées, ce ne sont que des mots ! La Constitution, les droits, le peuple, la nation, la liberté, l'égalité… De grands mots que l'on déclame en gonflant la poitrine, parce que, à l'image de vos poumons, il n'y a guère que de l'air pour les emplir !

— Au contraire, Dazincourt ! Ces mots sont si pleins de sens qu'ils engendrent chaque jour les actes les plus grands !

— Des actes ? Quels actes ? De grâce ! Vous passez vos soirées aux tables des auteurs, mon pauvre ami…

— Pardon, monsieur ! répliqua Dugrasse en se levant d'un air offensé. Mais, comme certains de nos camarades, je me suis engagé dans la Garde nationale du district, moi !

— Quelle farce ! Vous, en soldat ? Vous rejouez la bataille de Bouvines ?

— Taquinez-moi encore, et ce sera celle d'Azincourt ! menaça le sociétaire trapu en levant l'index.

Consterné, Dazincourt se tourna vers le décorateur – qui, maintenant avachi dans un fauteuil, n'avait d'autre choix que d'écouter cette dispute – et lui lança :

— La bataille d'Azincourt ! Vous avez entendu, Coignard ? Quel esprit ! On ne me l'avait jamais faite, celle-là…

— Et moi, si je suis tombé sur un siège, c'est celui de Pondichéry ! répliqua le décorateur abattu, la tête entre les mains.

— Vous vous moquez de la Garde nationale, mais nous ne jouons pas, monsieur ! reprit Dugrasse sans décolérer. Pendant que vous apprenez la pantomime à Mme Déficit[1], nous gardons les barrières, nous escortons les convois de grain, nous protégeons les boulangers… Mais, bien sûr, vous qui ne dînez qu'avec ces messieurs de la Supériorité, sans doute ignorez-vous combien Paris manque de pain ! Combien notre maire Bailly, chaque soir, œuvrant jusqu'à minuit auprès du comité des subsistances, peine à réunir l'approvisionnement du lendemain ! Combien il faut, sans cesse, courir aux moulins de Saint-Denis, de Charenton, aux abbayes, pour y trouver le grain qui manque ! Sans doute ignorez-vous que certains braves patriotes, préférant offrir leur pain aux plus démunis, ne se nourrissent plus que de riz !

— Je ne l'ignore pas, faquin ! se défendit Dazincourt. Et vous prendriez un risque bien grand en présumant avoir donné plus que moi aux œuvres de charité ! Dois-je vous rappeler que je faisais partie de ceux qui ont voté pour que notre maison fît un don de vingt-trois mille livres à l'Assemblée, afin de subvenir aux besoins de la patrie ? Mais les comédiens que nous sommes ne peuvent ni ne doivent prendre part à une insurrection qui ne nous conduira qu'à notre propre perte !

---

1. Surnom de Marie-Antoinette, pour railler son caractère dépensier.

— Craignez-vous pour votre pension royale ? persifla Dugrasse.

— Je crains pour notre théâtre, monsieur !

M. Coignard, comprenant que ses propres préoccupations n'intéressaient guère les deux comédiens, se releva dans un soupir.

— Messieurs, ne faites pas attention à moi, je vais aller me tailler les veines dans mon bureau.

— Faites, faites, répondit Dugrasse en le regardant à peine sortir.

Dazincourt, le geste plein de drame, caressa l'une après l'autre les cariatides des muses de la dramaturgie qui soutenaient le manteau en marbre de la cheminée.

— La politique a toujours fait tort à la littérature ! se lamenta-t-il. Ô pauvre, pauvre Thalie, combien dois-tu gémir, chaque matin, en voyant les placards du jour couvrir les murs de ton temple ! Ô Melpomène, combien tes douces oreilles doivent-elles souffrir à la lecture des pièces médiocres qu'on veut faire entrer de force à notre répertoire, sous le seul prétexte qu'elles seraient audacieuses ! Ce n'est plus un théâtre que le nôtre, c'est un club politique !

Dugrasse secoua la tête en levant les yeux au ciel.

— Et quel mal y aurait-il à pousser notre théâtre dans une voie plus généreuse et plus proche des aspirations de notre temps ? *Les anciens, Monsieur, sont les anciens, et nous sommes les gens de maintenant*[1] *!*

— Mais les *gens de maintenant*, Dugrasse, n'ont pas toujours raison ! Je ne vois dans vos rangs que des agitateurs, qui crient dans les cafés, grondent aux

1. Molière, *Le Malade imaginaire*, II, 6.

comptoirs, haranguent les halles, sifflent aux spectacles, qui n'ont en somme d'autre dessein que d'exciter la tempête sur la place publique. Mais, en vérité, un seul but les motive : la renommée ! Croyez-vous vraiment que votre ami Danton, en se découvrant un matin une vocation d'insurgé, poursuive autre chose que la gloire ?

— Ah, parce que vous ne l'avez point poursuivie toute votre vie, vous, peut-être ? lui retourna Dugrasse dans un éclat de rire.

— Pardon, mais je l'ai rattrapée, moi, contrairement à vous !

— Comment ?

— Oh ! Dugrasse ! S'il vous plaît ! Vous n'avez jamais cessé de chercher la lumière, mais il y avait toujours au plateau une figure plus grande pour vous y faire de l'ombre ! Quand ce n'était pas moi, c'était votre sœur !

— Laissez donc Mme Verneuil en dehors de tout cela !

— Foutaises ! Ne faites pas semblant, camarade ! Allons ! Nous ne sommes pas dupes ! Vous vous frottez les mains ! Vous allez hériter non seulement de sa gloire, mais de sa fortu…

Dazincourt n'eut pas le temps de prononcer la dernière syllabe : un formidable coup de poing le saisit à la mâchoire avant qu'il n'en fût capable.

Le pugilat commença, fort déséquilibré, Dugrasse pesant le double de son adversaire. Sans doute Dazincourt eût-il fini en pâté de carton si les gardes, alertés par ce remue-ménage, n'étaient entrés pour séparer les deux hommes.

— Messieurs ! Enfin ! s'indigna le sergent Célières quand on les lui amena au vestibule. Quel âge avez-vous donc ? En pareille journée !

Puis, s'adressant aux grenadiers :

— Enfermez-les chacun dans un bureau de contrôleur, qu'ils ne puissent plus se battre, et que je les aie à l'œil en attendant que le commissaire vienne les chercher !

Lors, tels deux vilains garnements, on les enferma dans ces petites pièces où, aux jours d'ouverture, on vendait les billets. Dugrasse rouspéta beaucoup, Dazincourt saigna un peu.

22.

L'âge ne fait rien à l'affaire

— En de si singulières circonstances, ne croyez-vous pas, mon ami, qu'il est de votre devoir d'apporter à nos jeunes camarades un peu de sérénité ? demanda Brizard de sa sonore voix de basse. Ces meurtres horribles ont mis toute la troupe en émoi, les esprits s'échauffent ; il ne faudrait pas que ce drame soit rendu plus déplorable encore par le déchirement de notre maison…

L'homme, que sa retraite avait privé de loge au théâtre, avait accompagné M. Mourier dans la sienne avec l'espoir d'apaiser les tensions qui s'étaient révélées au foyer, et dont il n'imaginait pas, d'ailleurs, qu'elles avaient atteint de tels sommets après leur départ. Si l'illustre comédien, approchant les soixante-dix ans, restait par nature une figure tutélaire de la troupe, Mourier, quoique de treize ans son cadet, jouissait, par son statut d'actuel doyen de la Comédie-Française, d'une autorité plus officielle.

Ainsi, deux des plus grandes légendes vivantes du Théâtre-Français étaient réunies dans l'intimité de cette loge fastueuse, et sans doute des milliers d'admirateurs eussent-ils rêvé d'être les témoins secrets de cet unique événement.

Brizard, tragédien grandiose, Horace inoubliable à la longue crinière d'argent, que la nature avait doté d'un physique puissant, d'un buste de colosse et d'une figure majestueuse, possédait aussi un esprit fin, digne et philosophe, qui lui avait valu l'indéfectible amitié de Voltaire. Retirée de la Comédie-Française, son âme d'artiste s'épanouissait désormais dans la peinture, et il occupait l'essentiel de son temps à exécuter des toiles pour la paroisse de Saint-Germain-l'Auxerrois, dont il était devenu le marguillier[1].

Mourier, quant à lui, d'une beauté plus délicate, avait longtemps été l'enfant gâté du public, et si Fleury lui avait peu à peu volé les feux de la rampe, le doyen restait aujourd'hui encore une étoile du parterre. Son visage finement ciselé, sa tournure élégante et son jeu généreux en avaient fait la coqueluche de son temps. Louis XV lui-même lui avait maintes fois témoigné son admiration, et elle n'était pas si éloignée l'époque où, en entrant au théâtre, plutôt qu'une pièce, c'était Mourier qu'on venait voir. S'il était souvent fougueux, il pouvait aussi se montrer fort prodigue, et le Tout-Paris se pressait chaque semaine aux soupers qu'il donnait dans sa belle propriété d'Antony.

— Je crains bien que le déchirement, monsieur, n'ait été déjà entamé, et ce avant ces meurtres, répondit-il, désolé. Qui sait ? Ils en sont peut-être même la conséquence et

1. Laïc, membre du « conseil de fabrique » d'une église, il est chargé de l'administration des biens de la paroisse et de la tenue des registres.

non point la cause. Depuis que Paris est entré en révolte, les murs de la Maison de Molière se fissurent de toutes parts.

Brizard tapota les accoudoirs de son large fauteuil en secouant la tête.

— J'ai toujours pensé que nous autres, comédiens, devions nous tenir en retrait de la chose politique. Après tout, l'infamie religieuse[1] continue de nous priver du droit d'être élus à la moindre fonction publique ; notre seul devoir, dans la cité, est de divertir.

— Allons, Brizard ! Bien plus que la politique, ce qui oppose le camp de Fleury à celui de Talma, c'est leur vision du théâtre ! Talma n'est sociétaire que depuis quelques mois, et déjà il entend démolir tous les fondements qui, depuis un siècle, ont fait la force de notre institution. C'est un iconoclaste impétueux, et son adhésion aux insurrections dangereuses qui soulèvent la France n'est qu'une posture de jeunesse !

— Vous êtes trop dur. C'est un réformateur, voilà tout, comme le fut notre regretté Le Kain avant lui.

— Réformer n'est pas détruire ! objecta Mourier, agacé. On ne fera pas grandir la Comédie-Française en brûlant son héritage. Et il serait idiot de croire que le camp de Fleury, plus mesuré, soit pour autant opposé à la réforme. Nous voulons simplement qu'elle se fasse en douceur. Si la passion doit nous animer sur les planches, elle n'a aucune place dans notre comité, qui ne peut être dirigé que par la raison pure !

1. Malgré les privilèges accordés par le roi dès 1680, la profession de comédien était encore synonyme d'excommunication en 1789.

Brizard, qui connaissait bien les hommes, ne put retenir un ricanement.

— J'entends peu de raison pure dans vos sempiternelles disputes ! ironisa-t-il sans méchanceté. Mon ami, je voulais seulement vous dire que le doyen que vous êtes reste le seul, dans la troupe, qui puisse rendre à celle-ci la quiétude qui lui fait défaut. De grâce, parlez à Fleury, à Talma et à leurs partisans respectifs, dites-leur de déposer les armes. Tous deux ont un immense talent. Quel gâchis que de les voir ainsi s'opposer et, ce faisant, diviser notre famille !

— Un talent immense ? répéta Mourier, sceptique. Celui de Talma reste à démontrer. Il nous a prouvé qu'il avait de la voix, mais a-t-il de l'haleine ?

La gorge de Brizard résonna d'un rire retentissant.

— Vous êtes incorrigible !

— Je suis inquiet, voilà tout. Talma a semé dans nos rangs les graines de la dissension. Et à présent, la mort est entrée dans nos murs !

— Voyons ! Mourier ! s'emporta le vieux comédien. Vous allez trop loin ! Talma n'a certainement rien à voir avec ces meurtres ! Mme Verneuil était l'une de ses plus grandes admiratrices !

— Et alors ? Ce jeune homme est prêt à tout…

— Mon pauvre ami, vous perdez la raison ! Votre haine pour Talma n'excuse point la diffamation !

— Et vos sermons, monsieur, commencent à m'échauffer les oreilles ! répliqua Mourier, plus agacé encore. Je n'ai aucune leçon à recevoir d'un retraité qui, d'ailleurs, n'a plus rien à faire dans ces murs ! Retournez donc faire vos peintures dans votre paroisse, misérable casse-pieds !

À ces mots, le visage de Brizard se figea dans une expression outrée. Sans ajouter un mot, il se leva et quitta, furieux, la loge du doyen.

23.

Le vol de la perruque

M. Apfel, un petit homme rondouillard approchant la cinquantaine, cheveux châtains frisés, avait de grands yeux verts, brillants de malice, qui lui donnaient un air farceur.

Quand le commissaire le vit entrer dans la salle d'assemblée, il le dévisagea avec insistance.

— Apfel… De quelle origine êtes-vous ?

— Ma famille vient de Moselle, maître.

— Ah. Mais vous parlez normalement ?

Le costumier eut un geste de recul et parut presque offensé.

— Ma foi, oui ! Du moins, il me semble…

— Dieu soit loué ! souffla le commissaire, soulagé. Bien. Prenez place et dites-moi où vous vous trouviez au moment des meurtres de M. Lauriel, de Mme Verneuil et de M. Bonnard.

— En ce qui concerne M. Lauriel, c'était jeudi soir, n'est-ce pas ?

— Absolument.

— De toute façon, cela ne change pas grand-chose : j'étais chez moi, comme tous les soirs de la semaine, dans mon appartement de la rue Saint-Thomas.

— Vous y êtes resté toute la nuit ?

— Oui. À moins que je ne sois somnambule…

— Seul ?

— Non.

— Votre épouse pourra donc l'attester ?

— Aux hommes comme moi, monsieur, on n'accorde guère le droit au mariage d'amour. Il faudra vous contenter du témoignage de mon illégitime compagnon, répliqua le costumier avec un sourire, son regard solidement rivé aux yeux du magistrat.

— De… Ah. Oui. D'accord, très bien, très bien, bredouilla Guyot.

— Un costumier qui aime les hommes, c'est d'une confondante banalité, n'est-ce pas ? Mais il faut dire aussi qu'on rechigne souvent à nous offrir d'autres charges. Tenez ! J'eusse adoré être commissaire !

— Mais, je… Oui, bien sûr… Vous auriez pu…

— Oh, il eût fallu que fût adjointe à mon patronyme une particule, maître ! En ce bas monde on ne pardonne la sodomie que lorsqu'elle a ses lettres de noblesse.

— Et donc, lors du meurtre de Mme Verneuil, où étiez-vous ?

M. Apfel sourit.

— Hier, j'étais en coulisse, comme souvent pendant les représentations, où je supervise les habilleurs, les habilleuses et les couturières quand il doit y avoir des changements rapides de costume. Tout ce qui concerne l'habillement est sous ma responsabilité, avant et pendant la pièce, voyez-vous ? Pour certaines représentations à grand déploiement scénique, nous utilisons parfois plusieurs centaines de costumes !

— C'est très intéressant… Et de quel côté des coulisses étiez-vous ?

— À cour, car j'ai plus souvent besoin d'aller au magasin des dames, qui se trouve de ce côté-là.

— Vous y étiez pendant l'entracte ?

— Essentiellement. J'ai pu me rendre une ou deux fois au magasin pour superviser une retouche.

— Quelqu'un peut l'attester ?

— Les couturières, certainement, et puis toutes les personnes qui étaient dans les coulisses, ce qui fait beaucoup de monde. J'y étais encore quand nous avons entendu le cri de Mlle Benedetti, l'habilleuse de Mme Verneuil, au début de la scène III.

— Je vois, murmura Guyot, sans cesser de prendre des notes. Et ce midi, quand M. Bonnard a été assassiné, où étiez-vous ?

— Ce midi, j'étais au magasin des hommes, où j'apportais une légère modification au costume de M. Talma, pour son rôle de Léandre, dans *La Fausse Agnès*, que nous devions jouer ce soir. Notre jeune sociétaire est très pointilleux. Oh, c'est un vrai plaisir de travailler avec un homme de goût ! Il a été formé en Angleterre, figurez-vous, et le théâtre de Shakespeare est une école d'excellence. Aussi insiste-t-il toujours pour que ses habits de scène soient au plus près de la réalité. Il m'a donc demandé de reprendre son déguisement de paysan pour lui donner plus d'authenticité, et je crois y être parvenu…

— Allons à l'essentiel, si vous le voulez bien. À partir de quelle heure étiez-vous au magasin ?

Le costumier réfléchit.

— Un peu avant onze heures, je dirais. Et je n'en suis guère sorti jusqu'à ce que j'entende les cris de Mlles de Cassagne et Vanhove, sur la scène. Vous pourrez de nouveau vérifier cela auprès des couturières.

— Une autre question : possédez-vous, dans le magasin des habits, un costume de médecin de peste ?

Le visage de M. Apfel se figea de surprise.

— Eh bien, oui, en effet, nous en *avions* un, mais il a justement été volé hier ! Comment le savez-vous ?

— Hier ? Et vous n'avez pas jugé nécessaire de me le signaler ? le réprimanda le commissaire.

— C'est-à-dire que, étant donné les circonstances, j'ai pensé que vous aviez d'autres chats à fouetter ! Je n'ai pas imaginé un seul instant que cela pouvait avoir quelque rapport avec notre sombre affaire. Ce n'est pas la première fois que nous avons un vol au magasin des habits…

— Certes, mais le même jour qu'un meurtre, vous auriez dû le mentionner.

— Je… je suis désolé, vous avez raison. J'en ai parlé à M. Saussey, notre régisseur. Mais, dans ce cas, je dois aussi vous dire que ce n'est pas la seule chose qui ait été volée hier : on nous a aussi pris une perruque d'homme et, au magasin des dames, une robe de vestale en satin blanc.

— Tout cela en même temps ?

— Vraisemblablement. En arrivant hier matin, j'ai vu que les portes des deux magasins étaient ouvertes, alors que je prends toujours le soin de les fermer le soir. Dans le magasin des dames, il manquait une robe de vestale, et dans celui des hommes le costume de médecin de peste et une perruque.

— Pourriez-vous me la décrire ?

— Il s'agit d'une perruque blanche, en cheveux naturels, qui se termine sur le dos, de chaque côté, par des mèches droites et longues, nouées d'un simple nœud, et qui porte à mi-hauteur une boucle de crin roulée en tire-bouchon.

— Dame, pardonnez-moi, mais je peine à me la figurer. Comme vous pouvez le constater, s'excusa le commissaire en désignant son crâne chauve, je ne suis pas expert en la matière…

— Vous avez tort : un petit carré vous irait à merveille.

— Sans façon, merci.

— Le plus simple serait peut-être que je vous montre un modèle identique à celui qu'on nous a volé ? Le magasin des hommes n'est que deux pièces plus loin.

— Allons-y.

Ils se mirent en route, traversant le foyer des danseurs, exceptionnellement vide, puis M. Apfel ouvrit la porte de son antre.

— Vous voyez ? Cette porte était ouverte. Mais elle n'a pas été forcée, elle fonctionne toujours parfaitement.

Le commissaire l'inspecta un instant. Sans doute avait-on utilisé ici la même méthode que chez M. Lauriel : un crochetage savant, discret et efficace.

— Entrez, je vous en prie.

Lors, ils pénétrèrent ensemble dans ce formidable temple des costumes de la Comédie-Française. Le théâtre en comptait deux, ici celui des hommes, et à cour celui des femmes. Si, par tradition, les sociétaires étaient tenus de posséder leur propre garde-robe, qu'ils conservaient dans leur loge, la réforme initiée par Le Kain trente ans plus tôt pour moderniser vêtements de scène et décors avait notamment donné naissance à ces « magasins d'habits », qui permettaient de costumer pensionnaires et danseurs, mais aussi d'enrichir et de diversifier l'apparence des comédiens sur scène, quand leur collection personnelle ne suffisait plus.

Non sans plaisir, le commissaire Guyot s'aventura au milieu des corbeilles, des armoires et des penderies où étaient rangés, dans un ordre méticuleux, plus d'un millier de costumes ; cuirasses, manteaux, toges, habits de taffetas ou de satin de toutes les couleurs, rayés, tigrés, pailletés, mordorés ou mouchetés, garnitures et gilets, habits à la grecque, à la turque ou à la romaine, et d'un rang à l'autre on passait de la culotte de Neptune à la robe de chambre du *Malade imaginaire*, de l'armure de César à celle de Charlemagne…

Le fond dc la pièce était divisé en deux. D'un côté le fourmillant cabinet des accessoires, de l'autre les étagères où trônaient les boîtes à perruque.

— Voilà, fit Apfel en exhibant un spécimen au commissaire. Il s'agit d'une perruque assez commune, mais très à la mode chez ces messieurs d'aujourd'hui. C'est le modèle que porte Me Danton, par exemple, ainsi que certains employés et comédiens du théâtre, d'ailleurs. J'en ai plusieurs, que j'utilise surtout pour les comparses[1], ce qui explique que je ne me sois pas inquiété

1. Terme utilisé à la Comédie-Française pour désigner les rôles de figurants, qui n'ont aucun texte à dire dans les pièces, et qui ne chantent ni ne dansent.

outre mesure. J'eusse été bien plus fâché que l'on m'eût volé la perruque carrée à trois marteaux de Télémaque !

— Y a-t-il, parmi les personnes que nous avons assignées au théâtre dans le cadre de cette enquête, quelqu'un qui porte ce modèle ?

— Eh bien, attendez, laissez-moi réfléchir… Il me semble que MM. Fleury et Dugrasse en portent une parfois, ainsi peut-être que M. Coignard, notre décorateur, et M. Vorignan, le souffleur. Mais je n'imagine pas un seul instant que l'un d'eux eût pu commettre ce vol, si c'est le sens de votre question ! Je pencherais plutôt pour une personne extérieure ou, au pire, un garçon de théâtre.

Ou quelqu'un qui eût voulu se faire passer pour l'une de ces personnes, songea Guyot en soulevant devant lui la perruque poudrée, afin de la mieux regarder.

— On peut aussi vous l'avoir volée pour se déguiser, suggéra-t-il.

— Certes ! Bien plus que le maquillage, la perruque modifie le visage, commissaire. Elle peut changer la forme d'une tête, élargir ou allonger le crâne… Demain, en croisant un comédien qui maîtrise l'art du déguisement, vous pourriez ne point le reconnaître ! Ses cheveux noirs seront devenus gris, et la peinture aura transformé un jeune homme en vieillard !

Soudain, un bruit sourd résonna au plafond, comme si un poids fort lourd avait chu sur le plancher de l'étage supérieur. Puis il y eut des bruits de pas sur le parquet, légers, mais vifs. Quelqu'un prenait la fuite !

Le commissaire, sans perdre une seconde, rendit le postiche au costumier et sortit de la pièce à la hâte.

— Allez prévenir les gardes ! lança-t-il.

Si sa mémoire des lieux était bonne, les bruits de pas ne pouvaient être venus que d'une des loges d'artiste, et il les avait entendus s'éloigner vers l'avant du théâtre. Traversant le foyer des danseurs aussi vite que le lui permettaient son âge et son embonpoint, il se précipita vers l'escalier des deuxièmes loges et commença à en gravir les marches, le front déjà trempé de sueur.

Il venait d'arriver sur le palier, essoufflé, quand un coup violent s'abattit sur l'arrière de son crâne. Le couloir se mit aussitôt à tourner autour de lui, puis à s'effacer dans les ténèbres de l'évanouissement.

M. Guyot, inconscient, s'écroula lourdement sur le sol.

24.

Mort sur le gril

— Ej'tais juste ichite quand l'corps eud m'sieur Bonnard a baillé su la scène, expliqua le jeune M. Craquelin à Gabriel, alors qu'ils venaient de grimper dans le premier corridor de cintre.

Le journaliste, fasciné, put enfin admirer de près l'assemblage magique de toutes les pièces de machinerie. Côté mur, le corridor était légèrement en retrait pour laisser passer les cheminées de contrepoids. Côté scène, il était fermé par un garde-fou. D'un bout à l'autre de la rampe étaient amarrées un nombre faramineux de cordes, que les gens de théâtre appelaient fils ou ficelles, afin d'éviter ce mot qui, ici, portait malheur. Actionnés soit à la main, soit à l'aide de larges tambours, il fallait regrouper ces fils en poignées pour faire monter ou descendre les rideaux et les plafonds. Un classement et un étiquetage minutieux permettaient aux machinistes de se repérer rapidement dans cette impressionnante forêt de câbles.

Gabriel constata qu'à l'aplomb du garde-fou se dressaient, outre cette accumulation de fils, les poutres qui soutenaient la structure et des échelles qui reliaient le premier corridor au second, juste au-dessus. Cet ensemble dense créait une sorte de paroi tout au long de la galerie, si bien que la vue sur la scène y était fort obstruée.

— Vi-t-en vé eun peu par ichite !

Le machiniste fit signe à Joly de le suivre jusqu'au milieu du corridor, à mi-chemin entre la face et le lointain.

— Vé-tu ben ? demanda le solide gaillard avec, dans sa voix, l'intonation de celui qui aimerait qu'on le croie. L'fil où qu'était apalanqué m'sieur Bonnard, l'était ent' ces deux rideaux-là, en l'niveau du deuxième corridor. Éga ! Y est ocor !

Gabriel l'aperçut et, si le machiniste s'était réellement trouvé là où il l'avait dit au moment du drame, il n'avait en effet pas pu voir le corps de son chef pendre dans le vide.

— Tu as dit tout à l'heure au commissaire que tu avais ta petite idée sur la manière dont l'assassin avait pu procéder…

— Oui…

— M. Bonnard, avant d'être attaché, a semble-t-il été paralysé, ou endormi. Te paraît-il possible que le meurtrier ait emmené le chef machiniste sur l'un de ces ponts volants qui relient les corridors de jardin à ceux de cour ? J'ai beaucoup de mal à y croire, en voyant l'équilibre précaire de ces traverses en cordage…

— Ben su qu'non ! On y va qu'à quat' pattes, là-d'su, pou détierrer eun fil qu'est coincé. Et pi, nos l'aurions vé, mé ou les aut' machinistes.

— C'est ce que je me suis dit. Mais alors, par où est-il passé ?

Le jeune homme, tout sourire, tendit le doigt vers le plafond qui recouvrait le cintre.

— Pa l'gril !

Le visage de Gabriel s'illumina, puis son regard se tourna vers l'escalier en colimaçon par lequel ils étaient arrivés, et qui continuait de monter dans les hauteurs du théâtre.

— On y accède par là ? demanda-t-il d'un air entendu.

Le machiniste acquiesça et passa le premier.

Après l'étage du second corridor de cintre, on arrivait, en haut des marches, au dernier niveau du théâtre, dans une sorte d'immense grenier où se révélait la charpente de l'édifice, et alors on avait vraiment le sentiment d'être dans l'envers du décor.

— Voilà bien l'une des rares parties de ce théâtre que je n'ai jamais visitées, murmura Gabriel, le regard brillant.

— Méfious des trous ! alerta le jeune Craquelin en allumant une lampe à huile. Ch'est dangereux, ichite.

Ces combles, traversés de toiles d'araignée et drapés d'une poussière si épaisse qu'un doigt eût pu y tracer des lettres, couvraient toute la surface du bâtiment et disposaient, en leur centre, d'un large treuil qui permettait la manœuvre du grand lustre. Au-delà, un réservoir d'eau assurait le service des pompes.

La partie du plancher qui surplombait la scène, et où Gabriel se tenait désormais, aussi émerveillé qu'un enfant qui vient de traverser quelque passage secret, était appelée le « gril » : à cet endroit, le sol était à claire-voie, en ce sens que les planches étaient légèrement écartées. Par ces interstices de quelques pouces, on avait un vague aperçu de la scène, huit toises plus bas. Sur les côtés du gril, on voyait dépasser le haut des cheminées de contrepoids et, au centre, dans un alignement régulier, les cordes innombrables qui soutenaient les décors du dessus s'enroulaient sur une foule de tambours et de poulies.

Dans ce faîte silencieux et lugubre, on eût dit que se cachait le métier à tisser fabuleux de quelque Gargantua.

— Su-mé, fit le machiniste en s'avançant prudemment sur le gril.

Ainsi, au milieu d'inextricables couloirs de fils, il guida le journaliste jusqu'au centre de la plate-forme où, dans un soupir, il désigna une trappe par laquelle une corde, solidement nouée au socle d'une poulie, descendait vers la scène.

— Ch'est l'fil où m'sieur Bonnard a été apalanqué, expliqua-t-il, la mine grave. Mé, ej'dis qu'on l'a poussé en l'vide ichite.

Joly s'approcha lentement et, arrivé au bord, ne put s'empêcher d'éprouver un léger vertige en prenant conscience de la hauteur qui les séparait de la scène.

— Fichtre ! M. Bonnard avait-il une raison de se trouver ici ce midi ?

— Ej'crei point. On vi ichite que pou l'entretien d'la machinerie, pou changer eun fil ou eune perche… Si y avait eu quequ'chose à ramaraer, ej'l'aurais su.

— Es-tu monté ici depuis le drame ?

— Non. Quand l'chirurgien nos a d'mandé eud détierrer les mans eud m'sieur Bonnard, nos l'avons fait des ponts volants du corridor. Après, l'inspecteur nos a interdit eud remonter en l'cintre.

Le jeune homme laissa deviner par sa figure triste que la chose constituait pour lui un fort mauvais souvenir.

— Selon toi, quand est-on monté ici pour la dernière fois ?

Le machiniste haussa ses larges épaules.

— Y a dix jours, au mens, quand nos avions mis eune perche pu solide pou la nouvelle herse qu'est rien lourde.

— Veux-tu bien me prêter ta lampe ?

— Ben su.

Gabriel s'en saisit, se baissa et promena la lanterne autour de la trappe.

— Tu as vu juste, Craquelin. Il y a du sang ici, là et là, dit-il en désignant les lattes du plancher.

Puis, se redressant, il souleva la flamme au-dessus de sa tête et fit un tour complet sur lui-même.

— Combien y a-t-il d'accès à cet étage ?

— Y en a cinq. Les quat' escaliers eud service, et y en a eun là-bas, en d'su des tites loges du quatrième, qui ouv' su la voûte du foyer eud public.

Il pointa le doigt vers le côté opposé de la longue pièce obscure.

— Vous ne balayez jamais, ici ?

— Euh là… Non, jamais !

— Tant mieux !

Le journaliste se mit prudemment en route et commença son investigation, revenant d'abord vers l'escalier de service par lequel ils étaient arrivés, où il inspecta méticuleusement le sol environnant.

— Deux traces de pas récentes dans la poussière, marmonna-t-il pour lui-même en passant les doigts sur le plancher. Ce sont les nôtres. Toute trace datant d'aujourd'hui devrait donc avoir le même aspect.

Se redressant, il se dirigea vers un autre escalier, puis le suivant…

Ainsi, le jeune machiniste, qui était resté sagement devant la trappe, vit M. Joly traverser le gril de part en part, tourner en rond, s'agenouiller ici, se pencher là, revenir sur ses pas en grommelant, puis répéter son étrange manège en haut de chaque escalier.

Dix bonnes minutes étaient passées quand Gabriel poussa un petit cri de victoire.

— Aha ! Te voilà, toi !

La mine réjouie, le journaliste délaissa les cheminées de contrepoids qu'il était en train de fouiller pour revenir prestement vers M. Craquelin en tenant dans sa main un sac en toile de jute.

— Què qu'ch'est ? demanda le machiniste, intrigué.

Gabriel plissa les yeux d'un air présomptueux.

— Je dirais que nous allons trouver là-dedans des gants, un déguisement de médecin de peste, des instruments chirurgicaux et un flacon dont je te déconseillerais vivement de goûter le contenu.

S'agenouillant, il ouvrit le sac et l'éclaira.

Le jeune Craquelin, stupéfait, vit apparaître, peu ou prou, tous les objets dont M. Joly venait de dresser la liste, à ceci près qu'au lieu d'un déguisement de médecin de peste il s'agissait d'une robe de vestale en satin blanc, couverte de sang. Outre les instruments chirurgicaux dont le journaliste avait deviné la présence – un scalpel, une pincette et un écarteur – se trouvait un poignard.

— La scène est complète ! jubila Gabriel, le regard brillant d'excitation en inspectant la fiole. C'est bien du curare.

Il saisit le poignard et expliqua :

— L'assassin, pour éviter de se faire repérer en redescendant du gril, a été contraint de nous laisser ces indices ! Toutes les pièces du puzzle sont là, regarde !

Le journaliste se retourna avec enthousiasme et pointa le doigt vers l'escalier de service qui, à cour, surplombait le lointain.

— Une trace récente vient de cet escalier-ci, et une autre de celui-là, du même côté. Si ce sont bien celles de M. Bonnard et de son meurtrier, cela signifie qu'ils ne sont pas montés ensemble.

Il fit deux pas de côté.

— Quant à l'attaque, elle a eu lieu ici, dit-il en montrant un tambour situé à deux rangs de la trappe.

Il s'y rendit aussitôt, sembla réfléchir un instant, puis, à la lumière de sa lampe, mêlant le geste à la parole, il rejoua toute la scène du meurtre, telle que les indices qu'il avait trouvés lui permettaient de l'imaginer.

— Le meurtrier arrive en premier, par l'escalier de service d'avant-scène, à cour.

Gabriel s'y dépêcha, prenant la pose en haut des marches.

— Il met ses doigts ici, sur la rambarde. La main est encore nue à ce moment-là. Il traverse le gril. Il est pressé : ses pas sont plus éloignés l'un de l'autre que ceux laissés par une marche prudente. À mi-chemin, juste ici, il se retourne, pour s'assurer qu'on ne l'a pas suivi…

Gabriel, pris par son enthousiasme, reproduisait chacun des gestes du tueur.

— Il continue son trot périlleux jusqu'ici, au centre du gril. Il s'agenouille devant cette poulie et y noue le fil, qu'il pose par terre, enroulé autour de lui-même. Il se relève et se cache derrière cette poutre. Pourquoi celle-là ? Parce que c'est la plus large à cet endroit : le poinçon de la charpente. Il n'y reste pas immobile. Que fait-il ? Il enfile une robe de vestale et des gants. Est-ce une femme, est-ce un homme ? On ne peut pas le dire, mais quoi qu'il en soit, il se déguise, et il attend.

Gabriel, de plus en plus investi de son rôle, se plaqua derrière la poutre et y resta un temps, tenant dans sa main le poignard trouvé dans le grand sac.

Le machiniste le regardait faire, les yeux écarquillés, se demandant s'il était en train d'assister aux agitations d'un fou ou aux manifestations d'un génie.

Soudain, Gabriel sortit de sa cachette et revint vers le lointain.

— Quelques minutes plus tard, M. Bonnard arrive par cet escalier. Il n'a pas peur, il marche directement vers la poutre où le meurtrier l'attend. Pourquoi vient-il ? Quel stratagème notre assassin a-t-il utilisé, cette fois, pour attirer sa proie ? Encore un faux rendez-vous galant ?

Gabriel s'arrêta un court moment, sourcils froncés.

— Oui. Cela pourrait expliquer la robe de vestale… Quoi qu'il en soit, notre pauvre chef machiniste ne se méfie pas, il approche, confiant. Et là, juste ici, misère ! L'assassin lui saute dessus, par-derrière !

Le journaliste mima l'assaut en grognant.

— Il le menace avec ce poignard, tient sa victime en joue, promettant de la tuer si elle bouge ou appelle au secours ! Avec le scalpel qu'il vient de tremper dans le curare, il lui fait une incision sur la nuque et, tout en le maintenant, attend que le poison fasse son effet. Un à un, les membres de M. Bonnard sont gagnés par la paralysie. Après quelques minutes à peine, le meurtrier le couche sur le sol, ici. Il a emmené une lampe, qu'il pose là, et avec laquelle il repartira une fois son méfait accompli. Il s'agenouille, d'abord au côté droit de sa victime. Il incise la chair du poignet, dans la largeur, puis il place l'écarteur, dont il resserre la vis pour le brider, de manière à obtenir une belle ouverture des lèvres de la plaie, sans avoir à tenir l'ustensile.

Le jeune Craquelin, s'imaginant la scène à son tour, eut une légère grimace d'écœurement.

— De la main droite, il tient le scalpel, comme on tient une plume à écrire. De la gauche, entre le pouce et l'index, il manie la pincette, avec laquelle il saisit adroitement la partie qu'il doit disséquer. L'un après l'autre, il coupe les ligaments qui relient le radius au massif carpien. Il prend son temps, pour éviter de toucher les gros vaisseaux. Mais du sang coule déjà. Ici, là et là. L'opération prend trois minutes, peut-être un peu plus. Le poignet droit terminé, il passe au gauche et répète les mêmes gestes. M. Bonnard est encore conscient, il souffre, il sent chaque coup de scalpel porté sur sa chair, mais il ne peut plus bouger ni crier. Il assiste, impuissant, à son horrible mutilation. À cet instant, il voit certainement le visage de son assassin. Le connaît-il ? Oui, car c'est un habitué des lieux !

Alors que le journaliste avançait dans sa démonstration, la figure du machiniste ne cessait de blanchir.

— Du sang coule de nouveau, ici et là. Trois ou quatre minutes passent encore. Les gestes sont assurés. Tout a été minutieusement préparé. Répété sans doute, aussi souvent qu'une pièce de théâtre ! Voilà ! L'assassin a terminé sa dissection, il se relève !

Et de fait, Gabriel en fit autant.

— Il attrape le corps de M. Bonnard comme ceci, en le prenant par-dessous les épaules. Il le tire au milieu des cordes.

— Des *fils*, corrigea Craquelin en se signant.

— Les bras de la victime traînent par terre, laissant des sillons de sang sur les deux rangées de planches. Le meurtrier l'amène jusqu'ici, devant la trappe, lui fait basculer les jambes dans le vide, alors que le buste reste couché sur le sol. Par l'ouverture, il voit la scène, huit toises plus bas. La répétition de *La Fausse Agnès* a-t-elle commencé ? Cassagne, Vanhove, Dugrasse et Talma sont-ils déjà au plateau ? Non, je ne pense pas ! M. Bonnard a quitté le magasin vers midi, m'as-tu dit. Il doit donc être entre midi dix et midi vingt. Il reste encore quelques minutes avant le début de la répétition. L'assassin lie solidement les poignets ensemble, avec la cor… avec le fil dont il a calculé précisément la longueur, afin que le corps du chef machiniste, une fois suspendu, ne dépasse point des rideaux. L'heure est venue. Le tueur fait lentement descendre M. Bonnard par la trappe. Le temps commence à faire son affaire. Les derniers ligaments qui relient encore les mains aux bras du chef machiniste s'étendent peu à peu, puis se disloquent. Mais ils ne vont pas rompre tout de suite.

Le meurtrier se dépêche, il a quelques minutes pour quitter les lieux avant que la mort de M. Bonnard n'éclate au grand jour. Il enlève son déguisement, ses gants, maculés de sang, les jette dans le sac avec le poignard et les instruments chirurgicaux. Il récupère sa lampe, se hâte vers les cheminées de contrepoids et, faute de mieux, y cache son incriminante besace. Lors, il se précipite tout au bout du grenier, là-bas, en face, pour redescendre par les petites loges, loin de la scène, où il ne risque de croiser personne, à cette heure…

Gabriel, toujours habité par sa mise en scène, était sur le point de suivre les traces de pas qui allaient vers le fond des combles quand, soudain, un cri surgit de sous le gril.

— Monsieur Joly ! Monsieur Joly ! Êtes-vous là-haut ? appela la voix d'un garde. Venez vite ! Le commissaire a été attaqué !

25.

Les précieuses ridicules

— Par ici, monsieur Joly, par ici ! appela Minier sur un ton alarmé.

Déboulant dans le couloir des deuxièmes loges, Gabriel découvrit le petit attroupement autour du commissaire, étendu sur le sol.

— Que s'est-il passé ? s'exclama-t-il, horrifié.

Alors que les gardes et l'inspecteur étaient agenouillés à ses côtés, M. Guyot venait visiblement de revenir à lui.

— On… on m'a attaqué par-derrière, en haut des marches, balbutia le magistrat en grimaçant.

— Qui vous a trouvé ici ?

— C'est nous, expliqua l'un des gardes. M. Apfel, le costumier, est venu nous alerter que le commissaire était monté au deuxième étage en urgence.

— Vous n'avez croisé personne en chemin ?

— Personne.

— Pourquoi êtes-vous monté ici ? demanda alors le jeune homme au commissaire, en le tenant par l'épaule.

— J'étais en train d'interroger le costumier, et nous avons entendu un grand bruit au-dessus ! Il s'est passé quelque chose là-bas ! dit-il en pointant péniblement le doigt vers les loges des acteurs. Allez voir, bon sang ! Je vais bien !

Gabriel échangea un regard hésitant avec l'inspecteur puis, comme le magistrat commençait à grogner, ils se levèrent et se mirent en route.

— Restez avé le commissaire ! ordonna Minier aux soldats tout en s'éloignant.

Arrivés dans le corridor des loges, les deux hommes restèrent sur leurs gardes. Avec des gestes méfiants, l'inspecteur ouvrit les pièces une à une.

Les noms des comédiens étaient finement peints sur le montant. La première loge, celle du grand Saint-Phal, était vide. La deuxième, celle de Mme Thenard, l'était tout autant. Mais, quand il ouvrit la troisième loge, celle du doyen Mourier, Minier fit un pas en arrière et la stupeur se dessina sur son visage.

— Dame ! s'exclama Gabriel dans son dos, découvrant à son tour le terrible tableau qu'offrait la pièce.

Le corps de M. Mourier, manifestement tombé de son fauteuil vers l'avant, était étalé sur le ventre et baignait dans une impressionnante flaque de sang. Le doyen, la tête tournée sur le côté gauche, avait la gorge tranchée. Un détail incongru venait compléter ce funeste spectacle : la culotte bleue et le justaucorps du comédien, légèrement baissés, semblaient avoir été découpés, si bien que l'on pouvait voir le haut de son postérieur.

Minier, perplexe, vint s'agenouiller près du cadavre et le fit délicatement rouler sur le côté, laissant paraître alors, dans une bouillie écarlate, la plus intime partie de l'anatomie du comédien, et dans un triste état.

L'inspecteur, avec une grimace de dégoût, observa brièvement le bas-ventre, sans oser toutefois y mettre les mains. Le regard répugné, il se retourna vers Gabriel et annonça :

— Macaréou ! On lui a coupé les ronfles !

Le journaliste, venant se placer à côté de lui, fit le même constat. M. le doyen avait perdu ses testicules. À côté du fauteuil, l'assassin avait, de nouveau, abandonné un scalpel.

— Foutre de foutre ! jura Gabriel, furieux. Comment avons-nous pu être assez idiots pour ne pas laisser tout le monde sous surveillance !

— Même les plus grands esprits ont leur distraction. Pour être juste, M. Guyot y avait songé. Mais cela eût déclenché un barouf qu'il voulait s'épargner. Rien qu'à l'annonce de la fermeture, les histrions ont failli s'escaner !

— Certes, soupira Gabriel. Mais cela eût sans doute sauvé ce pauvre doyen. Seule consolation : les circonstances du meurtre vont nous permettre de réduire le nombre de nos suspects. Au moment des faits, j'étais avec le machiniste, M. Craquelin, et le commissaire avec M. Apfel, le costumier.

— Quant à moi, j'étais avé les habilleuses et habilleurs.

— Cela enlève donc dix personnes à notre liste, calcula Joly. Onze, en comptant la victime.

— Treize, corrigea Minier. Dugrasse et Dazincourt se sont castagnés tout à l'heure au foyer. Le sergent

Célières les a enfermés dans les bureaux des contrôleurs et ne les a pas quittés des yeux.

— Ils se sont battus ? Mais à quel sujet ?

— Té ! La politique, peuchère !

— Je vois. Cela ne nous laisse donc plus que huit suspects. Voulez-vous bien demander aux gardes de rassembler encore une fois tout ce petit monde dans le foyer des acteurs et de vérifier que personne ne manque à l'appel, pendant que j'examine cette pièce ?

— Eh, mouscaillou, il me semble que vous inversez les rôles ! C'est tout de même moi, l'inspecteur…

— Justement, vous aurez plus d'autorité que je n'en ai pour réunir tout le monde !

Minier secoua la tête. Il commençait à connaître ce fieffé rouquin. Devinant qu'il était inutile de lutter, il repartit dans le couloir.

Lors, Gabriel débuta son inspection des lieux. Commençant par l'entrejambe du cadavre, il constata d'abord que, cette fois-ci, la dissection avait été pratiquée… sans finesse. Puis, auscultant la plaie du cou, il en écarta délicatement les lèvres pour observer la profondeur de l'incision.

— Fichtre, on n'y est pas allé de main morte !

Quand il en eut fini avec l'étude du cadavre, il se releva pour parcourir la loge, dont il examina le moindre recoin, poussant à chaque découverte de petits murmures intrigués, s'arrêtant ici devant des traces de sang, là devant des éclaboussures d'un rouge plus clair, puis devant deux serviettes tombées sur le sol, devant l'eau rougie remplissant un pot de la table de toilette, plus loin encore devant un linge ensanglanté qui traînait par terre… Revenant sur ses pas, il s'immobilisa, perplexe, devant le pot de chambre, dont le contenu imprima à sa bouche un vilain rictus.

— Misère !

Son investigation terminée, Joly essaya de reconstituer le déroulement de la scène. La position du corps, d'abord, donnait une indication : ayant basculé vers l'avant, sur le ventre, il était fort probablement tombé de sa chaise après qu'on l'avait privé de ses précieux organes. Opération qui avait certainement été conduite après sa mort, sans quoi le commissaire, à l'étage du dessous, eût entendu de pénibles hurlements. La chute du corps n'avait certainement pas été prévue par l'assassin, occasionnant le fameux bruit sourd évoqué par M. Guyot.

La disposition du fauteuil, face à la porte, laissait également penser que M. Mourier, à moins qu'il ne fût endormi à ce moment-là, avait vu entrer son meurtrier. Aucune trace de lutte dans la loge. C'était donc quelqu'un qu'il connaissait, en qui il avait confiance.

Comme il l'avait fait dans le gril, le journaliste alla se placer sur le seuil et se mit à reproduire les gestes du tueur, tels qu'il pouvait les imaginer.

— L'assassin frappe. On lui dit d'entrer. Il pénètre tranquillement dans la pièce, dissimulant son scalpel. Il discute avec M. Mourier, qui ne se sent pas en danger et reste dans son fauteuil. De quoi parlent-ils ? Des meurtres, sans doute. Combien de temps ? Le moins possible : le meurtrier veut minimiser les risques qu'on le surprenne ici. Rapidement, il passe derrière le doyen. D'une main, il le bâillonne et, de l'autre, il lui tranche la gorge. L'incision, de la gauche vers la droite, est nette, profonde et ample. Le nerf phrénique est coupé :

plutôt qu'une lente agonie par hémorragie, on cherche une mort foudroyante. La trachée est coupée, le larynx est ouvert. Mourier ne peut pas crier. En quelques secondes, la vie le quitte. Mais le bourreau maintient sa victime un moment encore – attendant sans doute le dernier spasme nerveux –, ce qu'attestent la direction du sang, qui s'est écoulé vers la poitrine, et les empreintes sanglantes sur le cou du doyen qui, telles qu'elles sont placées, ne peuvent avoir été laissées que par le tueur.

Gabriel, enjambant le cadavre du comédien, vint se positionner devant le fauteuil.

— Pour gagner du temps, l'assassin découpe la culotte et le justaucorps. Il écarte les jambes du mort, laissant des traces de sang sur la face interne des genoux, et pratique une émasculation barbare. Il doit faire vite. Il s'y reprend à plusieurs fois, charcute la zone. Et puis enfin il se redresse, tenant d'une main son trophée, de l'autre le scalpel, qu'il lâche sur le sol. Toréador victorieux, il vient de ce côté-ci du paravent et abandonne les testicules de M. Mourier dans le pot de chambre. Il a du sang sur les mains et sur les avant-bras. Sur le visage aussi, peut-être. Il plonge ses mains dans la bassine et les frotte vigoureusement, éclaboussant la table de toilette tout entière. Une fois lavé, il attrape un linge sur cette pile et, dans sa hâte, en fait tomber deux qu'il ne ramasse pas. Il se sèche et jette l'étoffe au pied du paravent. À cet instant, sans doute, un imprévu : le corps du doyen, entraîné par son poids, bascule en avant. L'assassin le sait : le bruit risque d'alerter quelqu'un. Pas un moment à perdre ! Il se rue hors de la loge.

Gabriel, habité par son rôle, retourna précipitamment dans le couloir. Il y tomba nez à nez avec le chirurgien du roi et le commissaire, lequel frottait la belle bosse qu'il avait sur le crâne.

— Qu'est-ce… qu'est-ce que vous faites ? lâcha Guyot en sursautant.

— Vous n'avez pas touché au corps, j'espère ? demanda le chirurgien de sa voix pédante.

— Shh ! Taisez-vous ! gronda Joly.

Lors, ne prêtant plus attention ni au médecin ni au magistrat, il continua sa reconstitution.

— Arrivé là, deux choix s'offrent à lui : à droite, l'escalier du théâtre. À gauche, celui des deuxièmes loges…

— Mais… Qu'est-ce que vous racontez ? s'agaça Guyot en le regardant gesticuler au milieu du couloir.

— Taisez-vous donc ! répéta le journaliste. Vous ne voyez pas que l'assassin est en train de s'enfuir ?

— Pardon ?

— Il n'a pas le temps de réfléchir, reprit Gabriel sur le même ton exalté. Il choisit l'escalier des deuxièmes loges, à droite. Pourquoi ? Parce que c'est le plus court chemin vers l'endroit où il est censé se trouver, à ce moment-là ?

Le jeune homme se dirigea prestement vers ledit escalier.

Le commissaire, irrité, fit signe au médecin d'entrer dans la loge, et s'efforça de rattraper Gabriel.

— Manque de chance : quand il arrive en haut des marches, il entend des pas qui montent ! reprit le journaliste. Il ne sait pas qui cela peut être, mais qu'importe ! Personne ne doit le voir ici. Il se cache et attend.

Il se plaqua derrière le mur de l'escalier sous le regard hébété de Guyot.

— Il prie pour que les pas continuent un étage plus haut. Mais non ! On vient ! Il ne doit surtout pas prendre le risque qu'on l'aperçoive. À peine voit-il la silhouette du commissaire, il l'assomme ! Mais avec quoi ? Avec son poing ?

— Non, avec ceci, répliqua le magistrat en agitant sous les yeux de Gabriel la moitié brisée d'un pot en terre cuite.

— Un crachoir ? Bigre ! Cela a dû faire mal.

— Je ne vous le fais pas dire ! rétorqua le commissaire, furibond.

Le jeune homme fit une moue vaguement compatissante, puis inspecta les environs : les marches, le palier, le couloir, le sas conduisant aux petites loges, cherchant frénétiquement la moindre trace pouvant lui indiquer la direction que l'assassin avait prise après avoir assommé M. Guyot. Au bout d'un moment, il revint, penaud, vers ce dernier.

— Merde et re-merde, maugréa-t-il d'un air déçu.

— C'est bon ? Vous avez fini ?

— Oui.

— Très bien. Alors venez avec moi au foyer des acteurs, et vous me direz précisément, en chemin, ce que vous avez vu !

— Je vous y rejoins dans quelques minutes, commissaire, je dois d'abord aller vérifier quelque chose dans le bureau du chef machiniste…

— Vous plaisantez ? s'indigna Guyot.

Mais Gabriel courait déjà.

— Dans cinq minutes ! promit-il de loin. Au foyer ! Je vous expliquerai tout !

26.

Un regard innocent

Il ne fallut guère longtemps à Gabriel pour trouver ce qu'il cherchait dans le bureau du chef machiniste. Alors qu'il était en train de parcourir les centaines de croquis et de maquettes entassés ici et là dans un ordre que M. Bonnard seul devait pouvoir comprendre, il avait aperçu une veste, pendue au dos de la porte. Et, dans la poche de cette veste, une lettre.

En la dépliant sur la planche à dessin, Gabriel découvrit la confirmation qu'il attendait : pour attirer le chef machiniste dans son piège, l'assassin avait usé de la même méthode qu'avec Mme Verneuil.

Vous dites , Monſieur , dans votre dernière lettre , que mon ſilence vous aurait offenſé. J'eſpère vous convaincre que là n'a jamais été mon intention. Vous craignez que vos billets n'euſſent bleſſé ma pudeur et cauſé mon courroux. Sachez , au contraire , que je n'ai jamais été indifférente à vos tendreſſes , et que vous lire me remplit de douceur , m'envahit d'une chaleur ſi grande que j'ai peine à reſpirer. Mais , quand bien même nous ne nous aimons plus , vous n'êtes guère ſans ſavoir que mon époux , violoniſte à notre orcheſtre , est preſque tous les jours dans ces murs , et que ſa préſence tranſforme ce théâtre en une priſon pour mes ſentiments.

Faire attendre le bonheur , dit-on , c'est lui ménager un plaiſir plus grand. Mais je vous vois ſouffrir , et la peur de vous éloigner de moi me pouſſe à ne plus renoncer. Auſſi , Monſieur , pour vous faire oublier l'affront de ce trop long ſilence , je vous attendrai ce midi , à l'heure où vous partez dîner , dans le gril , à l'abri des regards indiſcrets.

Je porterai , pour vous , cette robe de veſtale qui eut l'heur d'allumer dans votre cœur une flamme et , cette flamme , je ſaurai la raviver.

Promettez-moi ſeulement d'être diſcret et de nous épargner ainſi à tous deux que la fureur de mon époux ne m'interdiſe un jour de vous revoir.

Votre dévouée ,
C. Vanhove

Gabriel, malgré les tragiques circonstances qui entouraient cette missive, ne put retenir un sourire, quoique celui-ci fût de dépit. Car dans ces lignes on pouvait deviner le plaisir que l'assassin avait pris à les écrire, et le machiavélisme avec lequel il avait fabriqué son plan. Si les mots qu'il prêtait à Mlle Vanhove flattaient l'amour-propre de leur destinataire, en sous-texte l'assassin raillait la proie qu'il allait attraper. À moins, bien sûr, que la demoiselle ne fût véritablement l'expéditrice de ce billet doux…

Avant que de partir, le jeune homme prit la peine de fouiller encore le bureau du chef machiniste. Quand il fut sûr de ne plus rien pouvoir y trouver, il rejoignit la loge de ladite Vanhove.

Il allait frapper à la porte quand, dans son dos, les sons étouffés d'une conversation attirèrent son attention. Gabriel se retourna et lut la petite plaque clouée sur la porte : c'était le bureau de M. Saussey, le régisseur. Sans un bruit, le journaliste colla son oreille contre le montant de bois. Après avoir entendu une ou deux minutes du dialogue qu'entretenaient à mi-voix les deux hommes enfermés là, Gabriel s'écarta, avec sur son visage une moue stupéfaite.

— Sacré père Brizard ! se murmura-t-il à lui-même.

Puis il alla frapper en face, à la porte de Mlle Vanhove. Il ne masqua pas sa surprise en voyant apparaître, au lieu de la blonde demoiselle, la chevelure argentée de Mlle de Cassagne.

— Que faites-vous là ? demanda-t-il.

— Je console ma camarade, jeune homme. Et vous ?

— J'ai à lui poser quelques questions, répondit Gabriel.

— Eh bien, entrez…

— En privé, précisa le journaliste sans bouger.

La comédienne prit un air offensé, puis se tourna vers la jeune femme en l'interrogeant du regard.

— Cela ira, ma douce amie, la rassura Mlle Vanhove d'une voix étranglée. Je me sens mieux, grâce à vous. Je vais répondre aux questions de M. Joly, et je vous rejoindrai. Soyez assurée de mon éternelle gratitude.

Mlle de Cassagne lui envoya un baiser maternel de la main.

— J'espère, monsieur, que vous mesurez la détresse et la douleur qui accablent ma jeune camarade, que le commissaire a privée de l'affection qu'eussent pu lui apporter ses parents, fussent-ils restés parmi nous. Et je vous supplie de ne point alourdir encore son affliction en lui parlant avec la même froideur que M. Guyot !

Gabriel se contenta de hocher la tête et attendit que la comédienne, après un soupir, se fût enfin retirée.

Refermant la porte derrière lui, il s'inclina devant Mlle Vanhove, blottie sur son canapé. Ses pieds posés sur l'assise, elle embrassait ses genoux serrés contre sa poitrine, comme l'eût fait, en pleurant, une petite fille.

— Asseyez-vous, monsieur, murmura-t-elle d'un geste du menton vers le fauteuil qui lui faisait face. Pardonnez-moi, je dois avoir une mine épouvantable…

En fait de mine épouvantable, malgré les larmes, la comédienne, qui allait bientôt avoir dix-huit ans, avait un visage d'une touchante délicatesse et d'un naturel poignant. Sous un front gracile qui lui donnait un air spirituel, l'arc finement modelé de sa figure entourait harmonieusement une bouche raffinée et des yeux d'un bleu limpide, que de longs cils voilaient. Elle était d'une grâce telle que, recroquevillée sur son siège, on eût dit une danseuse de l'Opéra. Son corsage de taffetas blanc laissait paraître la jeunesse de sa gorge. Elle avait la beauté d'une âme romantique et, d'un Botticelli, le regard innocent.

— Je ne vous embêterai pas longtemps, mademoiselle, c'est promis.

— Vous ne m'embêtez pas. Parler ne pourra que divertir ma peine…

Gabriel, dont le cœur endeuillé n'eût pu s'éprendre de quiconque, ne s'en trouva pas moins troublé à cet instant par Mlle Vanhove, non pas tant grâce aux charmes évidents de sa physionomie, mais par la vérité qui semblait habiter son regard. Celui-ci trahissait une mélancolie dont il ne connaissait que trop bien les accès, et l'authenticité d'un caractère que l'hypocrisie épuise. Le jeune homme éprouva, d'emblée, quelque chose comme une communion d'esprit.

— Puis-je donc aller avec vous, sans détour, à l'essentiel ? demanda-t-il, s'abandonnant à la spontanéité que lui inspirait ce regard.

Un sourire triste se dessina sur les lèvres de la jeune femme, et l'on eût dit que son instinct, à elle aussi, lui dictait la confiance.

— De grâce, oui, monsieur. Ne trichons pas.

— Je crois savoir que vous avez un époux. Est-ce juste ?

Quoiqu'elle se fût attendue à une question franche, Mlle Vanhove ne put masquer sa surprise, et pouffa presque.

— En effet, vous allez à l'essentiel ! On m'a mariée, oui…

Gabriel inclina la tête.

— Dois-je déduire de votre formulation que cette union vous fut imposée ?

— Mes parents, comme beaucoup de parents, je suppose, ont toujours eu une idée fort précise de ce que ma vie devait être, et ils en ont tracé le chemin. Je le dis sans amertume, car je n'ai aucun doute qu'ils n'ont jamais pensé à autre chose qu'à mon bien, et je les aime tendrement. C'est ainsi : je suis une enfant de la balle, comme on dit. Mon père et ma mère, comédiens eux-mêmes, se sont occupés de me faire commencer très tôt mes études d'art dramatique. Je n'avais pas quinze ans quand ils m'ont fait faire mes débuts ici même. Et j'avais seize ans quand ils ont donné ma main à M. Petit, violoniste de l'orchestre, qui leur avait dit s'être épris de moi.

— Vous ne l'étiez point de lui ?

Elle soupira tristement.

— Mon cœur, monsieur, n'a jamais su s'ouvrir à cet assortiment dont je ne voulais guère.

— J'en suis désolé, mademoiselle. Il se pourrait que le vent qui se lève aujourd'hui délivre un jour les femmes de la tutelle paternelle qui conduit à ces tristes unions…

— Ne seriez-vous pas un doux rêveur, monsieur Joly ?

— On me le dit souvent, concéda-t-il gaiement. Ne rêveriez-vous pas, vous-même ?

— Oh ! Ne me lancez pas ! Je rêve, je rêvasse, je songe et je soupire du matin jusqu'au soir, mon pauvre ami !

— Et de quoi donc ?

— D'ailleurs ! répondit-elle vivement.

— N'êtes-vous pas heureuse, ici ?

Elle haussa les épaules.

— Depuis deux ans, malgré l'affection que me témoigne le public, on ne me fait jouer que des rôles d'enfant, et les chefs d'emploi me refusent encore ceux d'importance. Alors je rêve de voyage, je rêve de pouvoir me consacrer à ma passion pour le dessin, je rêve d'une solitude qui ne fût point contrainte…

— Je comprends.

Le jeune homme jeta un coup d'œil aux nombreux cadres accrochés sur les murs de la loge.

— Ce sont vos dessins ? demanda-t-il, admiratif.

— Oui. Mais vous ? De quoi rêvez-vous, monsieur Joly ? s'enquit la demoiselle avec une étincelle de malice dans les yeux.

Gabriel resta silencieux, la bouche torturée d'hésitations.

— Allons, je croyais que nous ne trichions pas ! insista la comédienne.

— Je dois alors vous avouer que je rêve aujourd'hui… de perdre la mémoire.

— Mon Dieu ! fit Mlle Vanhove en portant les mains à sa bouche. Je n'ai jamais rien entendu d'aussi triste !

— Allons ! C'est sans doute passager ! la rassura-t-il. Pardonnez-moi, mademoiselle, mais je dois maintenant vous poser une question qui, peut-être, vous importunera.

— Importunez-moi, monsieur Joly !

— Voulez-vous bien me parler de M. Bonnard ?

La jeune femme eut un geste de recul, et sa figure se fit soudain plus dure.

— Que je vous parle de M. Bonnard ? Mais, à quel sujet ? demanda-t-elle en penchant la tête d'un air suspicieux.

— Y aurait-il, concernant le chef machiniste, une question qui puisse vous importuner ?

— Ah. Je vois. Vous êtes au courant… Mais comment donc ?

— Je promets de répondre après vous.

Elle gonfla la poitrine, puis laissa retomber son buste dans une expiration dépitée.

— M. Bonnard m'a envoyé une lettre par semaine, et ce depuis… mon Dieu, depuis presque six mois, maintenant !

— Quel genre de lettres ?

La jeune femme hésita avant de se lever. Dans un cabinet fermé à clef, elle alla chercher une pile de feuilles qu'elle laissa retomber devant Gabriel sur une table basse.

— De ce genre-là, monsieur.

Il jeta un coup d'œil.

— Vous ne lui répondiez pas ?

— Lui répondre ? Doux Jésus, non ! Je lui ai dit après la deuxième qu'il devait arrêter. Il ne l'a pas fait, comme vous pouvez le voir.

— Vous n'éprouviez rien pour lui ?

— S'il vous plaît !

— Et vous ne vous en êtes plainte à personne ?

— À qui donc, monsieur ? À mon père ? À mon mari ? Ils l'auraient tué !

À ces mots, Gabriel ne put retenir un rictus.

— C'est une façon de parler ! se reprit-elle. Ce n'est ni mon père ni mon mari qui ont assassiné ce pauvre homme !

— Mais pourquoi avez-vous gardé ces lettres ?

— Que voulez-vous que j'en fisse ? Que je les rapportasse chez moi ?

— Vous auriez pu les jeter…

— Pour que quelqu'un les trouve ? Non. J'ai songé un moment à les brûler… Mais qu'aurait-on pensé si l'on m'avait surprise en train de le faire ?

Gabriel hocha la tête, peu convaincu.

— Vous n'imaginez pas que ce pût être moi qui…

— Je n'imagine rien, mademoiselle, et je n'accuse jamais sans preuve.

— Je l'espère ! s'exclama-t-elle, contrariée. Et comment avez-vous appris la chose, donc ?

Gabriel, pour qui mentir était toujours une torture, estima que l'enquête l'y obligeait. Il trouva toutefois, comme souvent, un moyen de le faire avec élégance : par omission.

— J'ai retrouvé une lettre dans son bureau. Une lettre qu'il ne vous a pas envoyée.

Au même moment, on frappa à la porte, et un garde apparut.

— Oh ! Pardonnez-moi, fit le soldat en voyant Gabriel.

— Qu'y a-t-il ? demanda le journaliste.

— M. le commissaire a prié tout le monde de se présenter au foyer.

— Nous venons.

En sortant, Gabriel jeta un coup d'œil dans le bureau du régisseur, où il avait entendu celui-ci parler avec M. Brizard. Il était vide.

27.

Un profil se dessine

Quand Gabriel, qui s'était installé à l'écart avec lui, eut fini de mettre le commissaire au courant de tout ce qu'il avait découvert – n'omettant que la conversation qu'il avait entendue entre Brizard et le régisseur dans le bureau de ce dernier –, ils revinrent ensemble au milieu du foyer.

MM. Fleury et Brizard, justement, étaient en train de s'y disputer vertement.

— N'étiez-vous pas dans la loge de Mourier ? demanda le premier, défiant.

— Je n'y étais plus ! répondit le vieux Brizard, tout aussi irrité.

— Et pourquoi donc ?

— Nous... nous nous étions fâchés, voilà !

— Tiens, tiens ! s'exclama Fleury. Comme par hasard ! Et où étiez-vous, alors ?

— J'étais au foyer particulier !

Gabriel, en retrait, ne put s'empêcher de relever ce mensonge, tout comme l'absence de réaction du régisseur.

— Au foyer particulier ? Ah oui ? Vous auriez pourtant pu revenir ici !

— Je ne voulais voir personne ! se défendit Brizard.

— Il suffit ! intervint le commissaire en venant se placer entre les deux hommes. Jusqu'à preuve du contraire, c'est moi qui pose les questions ! Veuillez retourner vous asseoir avec vos camarades, ou je fais venir la garde !

Les deux comédiens se toisèrent d'un regard belliqueux, avant d'obtempérer, de mauvaise grâce.

Neuf heures avaient sonné. Le commissaire Guyot, le crâne passablement déformé par sa jolie bosse, posa sur la table du foyer la liste que Minier venait de lui remettre.

– M. Sauſſey (régiſſeur) : dans ſon bureau
– M. Vorignan (ſouffleur) : à la bibliothèque
– M. Coignard (décorateur) : dans ſon bureau
– M. Talma (comédien) : dans ſa loge
– Mlle Vanhove (comédienne) : dans ſa loge
– Mlle de Caſſagne (comédienne) : avec Mlle Vanhove
– M. Fleury (comédien) : dans ſa loge
– M. Brizard (ancien comédien) : au foyer particulier

L'inspecteur avait demandé aux huit derniers suspects de lui indiquer l'endroit où ils se trouvaient au moment du meurtre du doyen Mourier. En dehors de Mlles Vanhove et de Cassagne, qui affirmaient être ensemble, aucun des six autres ne pouvait appuyer ses dires d'un témoignage direct. En croisant les déclarations des uns et des autres, les observations des gardes, on pouvait certes estimer qu'untel ou untel s'était bien rendu là où il le disait, mais rien ne prouvait qu'il y était encore au moment des faits. Quant aux demoiselles, on ne pouvait tout à fait éliminer la possibilité qu'elles fussent complices et que l'une protégeât l'autre. Personne, en somme, n'avait d'alibi fort solide.

Guyot, l'air grave, se tourna vers le groupe réuni au foyer. Il y régnait désormais un silence de marbre. Tout juste entendait-on les sanglots de Mlle Vanhove. Les mains croisées derrière le dos, il commença son discours solennel.

— Mesdames, messieurs, avant tout, je tiens à vous présenter mes plus sincères condoléances. La mort de votre doyen est une terrible nouvelle, un drame de plus dans cette funeste série, et je devine aisément votre douleur. Malheureusement, dans les circonstances actuelles, je n'ai d'autre choix que de vous garder ici encore quelques heures, le temps que toute la lumière soit faite sur ce quatrième crime.

M. Fleury, qui semblait sincèrement abattu, les yeux rougis, ne formula cette fois aucune protestation. Le commissaire, toutefois, ne put s'empêcher de regarder la perruque que portait le comédien. Comme l'avait dit le costumier, elle ressemblait étrangement à celle qui avait disparu. Tout comme celles de MM. Coignard et Vorignan.

— Le meurtrier, je le répète, se trouve parmi vous ! affirma Guyot, d'un ton presque menaçant.

De fauteuils en canapés, on échangea des regards, qui inquiets, qui suspicieux.

— La bonne nouvelle, si j'ose dire, c'est que vous n'êtes plus que huit. L'étau se resserre !

En prononçant ces mots, il les dévisagea un par un, semblant scruter dans leurs réactions les traces d'un aveu. Mais l'audience était si désemparée que tous semblaient coupables.

— Aussi, afin que nous n'ayons pas à déplorer un nouveau malheur, ai-je décidé que, jusqu'à ce que j'aie terminé de vous entendre tous, vous serez désormais cantonnés chacun à une pièce différente, à la porte de laquelle sera posté un garde. Les comédiens dans leurs loges…

— C'est-à-dire que… Je n'en dispose plus, intervint Brizard.

— J'ai obtenu de M. Dugrasse qu'il vous prête la sienne, répliqua Guyot. Les comédiens dans leur loge, disais-je, et les employés dans leur bureau.

— Et si nous avons besoin de sortir ? demanda Mlle de Cassagne, inquiète.

— Le soldat chargé de votre surveillance vous escortera, et vous reconduira ensuite. La chose n'est pas négociable. Par Jupiter ! Je ne laisserai pas un seul autre crime survenir au théâtre sous ma garde !

— Combien de temps encore allez-vous nous retenir ? demanda Mlle Vanhove entre deux sanglots.

— Toute la nuit, s'il le faut !

— Mais, enfin…

— Rien ne vous empêche de dormir dans vos loges ! la coupa le commissaire, que sa blessure, indubitablement, avait laissé de fort méchante humeur. Vous y avez tout le confort nécessaire et vous pourrez dormir sans crainte, puisqu'un garde sera à votre porte !

— Puis-je au moins rester avec Mlle de Cassagne dans la sienne ? insista la jeune femme, terrorisée à l'idée de passer la nuit seule.

— Non, répondit Guyot, catégorique. D'autres questions ?

Aucune ne fut prononcée.

— Très bien. Sergent, veuillez assigner un garde à chacune de ces huit personnes, et les conduire sur-le-champ dans leur loge ou leur bureau.

L'ambiance était si grave que personne n'osa se plaindre et tous se laissèrent escorter vers leur lieu de confinement, alors que Guyot, Minier et Joly retournaient à la salle d'assemblée.

— Sommes-nous certains de n'avoir pas fait une erreur en libérant MM. Dazincourt et Dugrasse ? s'interrogea le commissaire. Je commence à douter de notre postulat : et s'il n'y avait pas un seul meurtrier, mais plusieurs ? L'un des deux pouvait tout à fait être complice du meurtrier, et avoir déclenché cette rixe pour détourner l'attention !

— Té ! Dans ce cas, commissaire, il faudrait faire revenir tout le monde, glissa Minier en grimaçant.

— Pour ma part, intervint Gabriel, plus les heures avancent, plus je suis persuadé que nous avons choisi la meilleure hypothèse, et que tous ces crimes sont l'œuvre d'un seul et même assassin. Un profil se dessine, commissaire. Nous avons affaire à une personne particulièrement dérangée, et la probabilité pour qu'il y en ait deux de la même espèce en un seul endroit me semble de plus en plus faible…

— Vous dites ça parce que vous n'avez pas vu Dazincourt et Dugrasse se mettre des pignes tout à l'heure ! Je sais pas ce qu'ils mangent, ici, mais il y a du sacré timboul à la toise carrée !

— Vous affirmez qu'un profil se dessine, monsieur Joly ? reprit Guyot en prenant place dans le fauteuil de Molière. Et lequel, je vous prie ?

Gabriel, resté debout, répondit tout en faisant des allers et retours d'un bout à l'autre de la table, dans une sorte de déambulation professorale.

— Pour le comprendre, il faut d'abord réfléchir au mobile. Nous faisons face désormais à quatre meurtres. Le fait que nos victimes soient de fortune, d'opinion et de sexe différents nous permet d'écarter trois des plus universelles causes qui poussent un homme jusqu'au crime : l'argent, la politique et l'amour. Dès lors, il ne reste plus que trois mobiles envisageables : la démence, le secret et la vengeance. Le premier, je l'écarte d'office : aucun de nos huit suspects ne présente le moindre signe de démence. Quant à la volonté de protéger un secret en éliminant les témoins… Cela ne justifierait pas la violence avec laquelle ces meurtres ont été perpétrés. Non. Nos quatre victimes ayant, à travers la Comédie-Française, une histoire commune, je ne vois guère plus qu'un mobile possible : la vengeance.

— Soit, je peux l'entendre. Mais en quoi cela vous permet-il de dire que la figure du tueur se dessine ?

Gabriel, s'immobilisant au milieu de sa marche, posa les deux poings sur la table et regarda Guyot fixement avec un air impérieux.

— Parce qu'il ne s'agit pas d'une simple vengeance, commissaire ! Il ne s'agit pas de la fureur qui conduit à égorger son ennemi au sortir de chez lui ! Nous avons affaire à quatre meurtres, soigneusement préparés, réfléchis, mis en scène, et perpétrés avec une cruauté formidable ! Une entreprise pareille ne peut être le fruit que d'un esprit dérangé. Non pas un dément, certes, mais notre meurtrier, messieurs, est une personne atteinte d'une maladie nerveuse ou, plus exactement, pour reprendre le terme exact, employé par les aliénistes, d'une vésanie !

Guyot, avachi dans son fauteuil présidentiel, laissa ses épaules s'affaisser dans un geste d'abattement.

— Une vésanie ! répéta-t-il, consterné. C'est incroyable combien votre érudition peut être tout à la fois réjouissante et horripilante, monsieur Joly. Certes, vous êtes une ressource inépuisable dont l'enquêteur que je suis s'abreuve avec reconnaissance, mais qu'il est agaçant de se sentir si profondément ignorant à vos côtés ! Allons, Votre Éminence, éclairez-nous de vos vives lumières : qu'est-ce donc qu'une *vésanie* ?

— Un désordre mental non organique, maître, répondit le journaliste en se tapotant la tempe du bout de l'index. Et il existe des vésanies sans accès de délire, qui peuvent donc passer inaperçues, mais qui cachent malgré tout un profond égarement de l'esprit. Dans certaines formes de cette malheureuse pathologie, une apparence trompeuse de calme dissimule parfois les plus violentes pulsions. Qu'on l'interroge, et le malade ne laissera échapper dans ses réponses aucun écart, aucun propos incohérent.

Gabriel s'éloigna de la table et vint se placer devant un portrait de Marivaux, peint par Louis-Michel Van Loo. Le jeune homme sourit en songeant au surnom quc l'on avait donné à l'auteur des *Fausses Confidences*. Nul n'avait mieux décrit, dans ses pièces, les vices de la manipulation. Ainsi, tout en observant le visage malicieux du *maître du mensonge*, il continua son exposé :

— L'homme que nous cherchons ne présente sans doute aucune altération visible de son entendement, de sa perception, de son imagination ou de sa mémoire. En revanche, il souffre d'une perversion de ses fonctions affectives, qui le rend insensible à la douleur d'autrui, froid devant la mort, et le conduit aveuglément à ces actes sanguinaires, lesquels lui paraissent légitimes, même s'il sait qu'ils relèvent du crime.

— Soit. Mais en quoi tout cela pourrait-il nous aider à le démasquer ? insista Guyot, peu convaincu.

— L'assassin de la rue Voltaire, commissaire, est une personne entièrement dominée par une idée exclusive de vengeance, au point de continuer à perpétrer ses meurtres alors que la police est sur les lieux mêmes du crime. Nous cherchons donc quelqu'un à qui ces quatre victimes auraient pu faire subir, par le passé, un immense traumatisme. Et c'est très probablement ledit traumatisme qui a déclenché ce trouble mental qui, aujourd'hui, pousse notre homme aux plus diaboliques extrémités.

— Notre homme, ou notre femme, compléta Minier.

— Il nous faudrait donc comprendre la nature de ce traumatisme ? demanda Guyot. Découvrir cette injustice passée dont l'assassin se venge ?

— Absolument ! Et il se peut que, volontairement ou non, le meurtrier nous y aide, puisque, à chaque crime, il nous laisse un message différent, sous la forme d'une langue, d'un cerveau, d'une paire de mains, et d'une paire… de testicules.

— Il s'agit peut-être de simples mutilations perpétrées sous l'effet de la colère, objecta Guyot.

— Non ! Ces actes barbares ne peuvent pas être fortuits : ils sont forcément liés, symboliquement, à l'acte de vengeance lui-même ! Il nous revient seulement de les décrypter. Essayons-nous-y : que reproche-t-on à l'homme auquel on coupe la langue ?

— La parole ? hasarda le magistrat.

— Très probablement ! Malheureusement, le nombre de personnes qui rêvaient de faire taire M. Lauriel est sans doute bien trop grand pour que ce premier indice nous soit d'une aide quelconque ! Mais continuons : que reproche-t-on à la femme à laquelle on transperce le crâne ?

— Ses pensées ?

— À l'homme auquel on coupe les mains ?

— Ses actes ?

— Et à celui auquel on coupe les testicules ?

— Eh bien… Sa virilité ?

— L'avenir nous le dira, répondit le journaliste. Toujours est-il, messieurs, que nous allons devoir être attentifs, désormais, dans nos interrogatoires, non seulement à ce que nos suspects ont fait au moment des crimes, mais aux liens qu'ils ont pu avoir, dans le passé, avec les quatre victimes.

— Bien, admit le commissaire en hochant lentement la tête. Alors ne perdons pas de temps : Minier, voulez-vous faire venir le premier nom sur votre liste ? M. Saussey, le régisseur.

L'inspecteur s'exécuta aussitôt, alors Guyot fit signe à Gabriel de s'asseoir près de lui.

— Jeune homme, lui dit-il d'une voix cérémonieuse tout en posant sa main sur l'épaule du journaliste. Je veux vous parler.

— On dirait, en effet ! répliqua Joly en haussant un sourcil inquiet.

— Bien que j'aie rarement rencontré, en vingt ans de carrière, quelqu'un qui fût capable de m'irriter autant que vous, je pense n'avoir guère besoin de vous formuler l'affection que je vous porte, désormais. Elle est sincère, et vous le savez. Je ne dirais pas que je vous considère comme un fils, mais je n'aurais pas la pudeur non plus de nier qu'il y a là quelque chose de cet ordre.

— Auriez-vous une fille à marier ?

Guyot leva les yeux au ciel, puis reprit :

— Depuis que nous nous sommes rencontrés, je crois avoir toujours su me montrer reconnaissant de votre aide, si effrontée fût-elle parfois, et il ne me sera guère nécessaire d'entrer dans les détails pour vous rappeler les faveurs que je vous ai accordées, que je vous accorde encore, et qui débordent largement les prérogatives d'un commissaire.

— Je sens que vous allez me demander quelque chose, s'amusa Gabriel.

Le commissaire, lui, ne semblait pas du tout enclin à la plaisanterie. Il avait dans le regard une solennité que le jeune homme n'y avait jamais lue.

— En effet, dit-il. Et si je vous le demande, jeune homme, c'est justement parce que j'ai pour vous la plus authentique amitié.

— Très bien, je vous écoute, promit Joly qui, cette fois, ne souriait plus.

— J'aimerais, quand vous en aurez le temps, que vous songiez à tout ce que vous venez de nous dire de la figure criminelle qui s'est dessinée dans votre esprit. De cette personne *entièrement dominée par une idée exclusive de vengeance*, de ce mal qui déprave les qualités affectives d'un homme, au point de le rendre *froid devant la mort*, et de le pousser à commettre des actes sanguinaires…

À chaque nouvelle phrase, le visage du journaliste s'assombrissait un peu plus.

— J'aimerais que vous songiez à cette terrible altération du jugement qui laisse croire à une personne blessée que son désir de vengeance puisse rendre légitime le plus irréparable des crimes : celui d'ôter la vie à son prochain. Je vous le demande comme je le demanderais à un fils, ou à un frère.

Gabriel soupira.

— J'aimerais que vous songiez à tout cela, sincèrement, impartialement, la prochaine fois que vous… que vous verrez la cape du Loup des Cordeliers.

Lors, la gorge de Joly se noua, et sa voix eut bien du mal à masquer le trouble qui venait de l'envahir.

— Ce… ce n'est pas la même chose… Le Loup…

— Le Loup assassine sauvagement ceux qui, estime-t-il, méritent sa vengeance. Le Loup se soustrait à la justice des hommes en se faisant justice lui-même. Le Loup signe ses crimes d'un triangle inversé, qu'il grave sur le front de ses victimes ! L'assassin de la rue Voltaire, monsieur Joly, n'est en rien différent du Loup des Cordeliers.

Le jeune homme, de plus en plus incommodé, grimaça.

— Leurs… leurs victimes ne sont pas les mêmes ! balbutia-t-il. Celles du Loup sont coupables de crimes odieux et…

— Ce n'est pas à nous d'en juger, Gabriel ! Ce n'est ni à moi ni au Loup de décider quelle faute mérite la mort, et quelle faute ne la mérite pas. C'est à la Justice, aux yeux ceints du bandeau de Thémis, d'en décider. Et s'il est, dans le projet de Déclaration qui se forme ces jours-ci à l'Assemblée, un article qui me soit cher entre tous, c'est celui qui affirme que la loi est l'expression de la volonté générale, qu'elle doit être la même pour tous, soit qu'elle protège, soit qu'elle punisse. Dès que la justice devient personnelle, mon ami, elle se corrompt. Un justicier ne vaut guère mieux que l'auteur d'une lettre de cachet[1].

Gabriel ne trouva rien à répondre et sa main se crispa tout au fond de sa poche.

---

1. Privilège royal permettant au souverain, sans aucune forme de procès, de faire incarcérer, exiler ou interner une personne.

28.

Du paradis aux enfers

M. Saussey, régisseur du Théâtre-Français, était un homme d'une cinquantaine d'années, le cheveu rare, le visage fin, la stature haute, et sa démarche était aussi franche que son regard. Il avait le front sévère de ces gens qui ont mieux à faire que de sourire et, à sa manière de parler avec une économie de mots, on devinait que c'était un homme qui n'aimait guère perdre son temps.

— La nuit du 20 août, j'étais chez moi. Mon épouse et mes enfants pourront en témoigner.

L'inspecteur Minier, qui tenait désormais un tableau avec les alibis de tous les suspects, reporta l'information sur le papier.

— Très bien. Et jeudi soir, au moment du meurtre de Mme Verneuil ? demanda le commissaire.

— Dans les coulisses.

— Vous ne les avez quittées à aucun moment ?

— En pleine représentation ? s'esclaffa le régisseur. Avez-vous la moindre idée de ce en quoi consiste mon travail ?

— Vous avez la charge de la partie technique du théâtre, c'est cela ?

— J'ai la charge de toute son organisation matérielle, monsieur. Je surveille la marche de tout ce qui est indispensable à la création d'une pièce, je dirige les chefs de tous les corps de métier qui y sont nécessaires, j'établis les bulletins de service, je suis les répétitions, je m'assure que les décors et les costumes sont finis à temps et, l'heure du spectacle venue, je préside à la représentation pour vérifier que tout est en ordre. Et, comme cela n'est sans doute pas assez, je dois aussi répondre aux réclamations que les cent quarante personnes qui travaillent ici ne manquent jamais de me faire parvenir !

— En somme, quand bien même vous le voudriez, vous n'auriez guère le temps d'assassiner quelqu'un ? glissa sarcastiquement Gabriel.

Les poings posés sur le manteau de la cheminée, le jeune homme tournait le dos à la salle d'assemblée. S'il donnait ainsi l'impression de ne pas s'intéresser à l'interrogatoire, cette posture ne l'empêchait guère d'écouter et lui permettait surtout de masquer le tremblement de ses mains, qui ne cessait de grandir, et la sueur qui perlait à son front.

— Vous dites cela avec ironie mais, au fond, ce n'est pas faux ! répliqua M. Saussey en se retournant sur sa chaise.

— Vous trouvez tout de même le temps de dîner ? relança le commissaire.

— Tout juste.

— Au pavillon Molière ? Avec M. Bonnard ?

— C'est notre habitude, oui. Mais aujourd'hui, il n'y était pas. Et pour cause.

— Cela ne vous a pas inquiété ?

— Non. Cela arrive. J'ai dîné seul. Et j'étais au café au moment où il a chu du cintre, puisque je devine votre prochaine question. Le cafetier pourra témoigner.

— Au moment où il a chu, certes, mais avant ? demanda Guyot. Où étiez-vous dans l'heure qui a précédé ?

— À mon bureau.

— Seul, encore ?

— Oui. À mon bureau, je suis toujours seul. Il n'y a pas d'autre endroit où je puisse l'être.

— Je vois. Et vous vous y trouviez également tout à l'heure, quand M. Mourier a été assassiné…

— Comme vous nous y aviez invités, oui. L'atmosphère au foyer devenait pesante.

Le commissaire marqua une pause, se grattant le menton sans cesser de dévisager le régisseur, comme pour essayer de lire dans ses yeux.

— Vous passez beaucoup de temps dans votre bureau ? reprit-il, sur le ton d'une amicale conversation cette fois.

— Ma charge m'oblige à être tous les jours au théâtre dès le matin, et à y rester jusqu'au soir, pour m'assurer que chacun est à son poste, mais je suis assez peu à mon bureau. De onze heures à midi seulement, j'y effectue mes tâches administratives. Le reste de la journée, je n'y suis presque jamais.

— Vous savez donc qui fait quoi, où et quand ! Mais vous êtes l'homme qu'il nous faut !

— Disons plutôt que je sais où chacun est *censé* être, et que je m'efforce qu'il y soit. Malheureusement, je n'ai pas le don d'ubiquité.

Gabriel, les poings serrés, quitta enfin sa place devant la cheminée. Après s'être essuyé le front à l'aide d'un mouchoir, il fit le tour de la table, tira une chaise et prit place en face du régisseur.

— En dehors de Mme Verneuil, y avait-il quelqu'un, au théâtre, qui n'appréciait pas la façon d'agir de votre chef machiniste ?

Le régisseur prit un air surpris.

— Qui vous a dit que Mme Verneuil n'appréciait pas sa façon d'agir ?

— Elle-même, répondit Joly sur-le-champ. Elle a d'ailleurs utilisé une expression que la suite des événements a rendue particulièrement cynique : elle disait qu'il avait *deux mains gauches*. C'est bien cela, commissaire ?

Guyot acquiesça.

La surprise de M. Saussey se mua alors en moue agacée.

— Si l'on écoutait les comédiens, messieurs, tous les employés du théâtre seraient bons à mettre dehors. Les costumes sont toujours trop petits, les décors jamais assez beaux, la musique trop forte, la lumière trop blanche, l'air trop chaud ou trop froid… Depuis vingt-six ans que je travaille pour la Comédie-Française, je crois n'avoir jamais entendu un comédien qui fût satisfait du travail des gagistes. M. Bonnard était un excellent chef machiniste.

— Il n'a jamais fait tomber un décor ? insista le journaliste.

— Oh, c'est peut-être arrivé une fois ou deux en vingt ans, mais ce n'était pas forcément de son fait. Et cela arrive dans tous les théâtres du monde ! Mme Verneuil était très dure avec le personnel, voilà tout.

— Avec quelqu'un en particulier ?

— Non.

— Avec le décorateur ? insista Gabriel.

— Pas particulièrement.

— Et avec vous ?

Le régisseur secoua la tête en ricanant.

— Je vois où vous voulez en venir, jeune homme. Non. Mme Verneuil n'a jamais eu à mon endroit le moindre mot déplacé. Les régisseurs ont en main la bonne marche du théâtre, ce qui leur offre le privilège d'être toujours ménagés par la troupe. À nous, on ne fait pas de reproches, seulement des réclamations.

— À l'inverse, il y a toujours, dans toute société humaine, un souffre-douleur, n'est-ce pas ? Un employé un peu gauche, un peu timide, qui manque d'assurance, et dont tout le monde se moque… N'y aurait-il pas quelqu'un, travaillant ici, avec qui la troupe aurait pu se montrer trop sévère ?

— Si j'avais connaissance d'une chose pareille, je m'empresserais d'y mettre un terme. J'ai beau être exigeant avec eux, j'ai pour habitude de protéger les employés du théâtre.

Gabriel acquiesça, sortit le mouchoir de sa poche et s'épongea de nouveau le front avant de reprendre :

— Très bien. Venons-en à M. Mourier, alors. Il était veuf, n'est-ce pas ?

— En effet. Mme Mourier, qui était sociétaire elle aussi, nous a quittés il y a sept ans. Notre doyen l'a fait inhumer dans le jardin de leur propriété d'Antony, où j'imagine qu'il sera lui-même enterré.

À cet instant, le régisseur eut un sourire mélancolique inattendu.

— Ils avaient baptisé leur propriété « Le Paradis », ajouta-t-il, les yeux dans le vague. Mourier disait qu'ainsi, bien que sa profession l'eût privé du droit à la communion, il finirait au Paradis…

— C'est astucieux. Il ne s'était pas remarié ?

— Non.

— Lui connaissiez-vous des maîtresses ?

Un rictus se dessina sur le visage du régisseur.

— Des femmes qui pourraient avoir eu envie de le priver de ses plus intimes parties, voulez-vous dire ? La liste serait longue. Qu'il me pardonne, là où il est, mais, après tout, il s'en vantait lui-même. Le doyen était une étoile ! Il était la coqueluche de ces dames, vous le savez. Il n'y avait à Paris que deux types de femmes : celles qui avaient couché avec Mourier, et celles qui en rêvaient.

— Y compris au sein de la troupe ?

— Pas que je sache. Messieurs, si ce sont les petits secrets de cette sorte qui vous intéressent, je crains de ne pas être l'homme de la situation. Je n'ai guère le temps de m'intéresser à ces choses-là. Vous devriez plutôt interroger M. Vorignan, notre souffleur. En dehors des habilleuses, c'est celui qui est le plus souvent auprès des comédiens.

— Nous le voyons justement après vous, répliqua le commissaire. Mais, dites-moi, si vous deviez vous-même chercher un suspect des trois meurtres qui ont eu lieu dans ces murs, où regarderiez-vous ?

— Vous voudriez peut-être que je fasse votre travail ?

— Pourquoi pas ? Vous en auriez certainement l'étoffe.

— Bigre, puisque vous me le demandez, je vais vous répondre, commissaire : si j'étais à votre place, je ne regarderais pas du côté où vos yeux se posent depuis le début de l'enquête. Deux comédiens, un chef de service et un spectateur fortuné ont été assassinés. J'y vois clairement le signe d'une jalousie dévorante, et je chercherais plutôt mon coupable du côté du petit personnel. Un garçon de théâtre ou une habilleuse… D'après moi, vous avez écarté tout ce monde-là un peu vite.

— Je croyais que vous aviez pour habitude de protéger les petits employés ? intervint Gabriel avec un sourire moqueur.

— De les protéger de tout mauvais traitement, oui. Mais qu'il se trouve un criminel parmi eux, et je vous le laisserai volontiers.

— Le meurtre de M. Mourier contredit votre intuition. Il a été perpétré alors que le théâtre était fermé et, à part les gardes, l'inspecteur, M. Joly et moi-même, il n'y avait plus guère à l'intérieur que les suspects dont vous faites partie. Pas de petits employés.

— En êtes-vous si sûrs ? rétorqua le régisseur d'un ton bravache en s'avançant vers la table. Il n'est pas difficile de se cacher dans un théâtre, vous savez ? Je connais cet édifice comme ma poche et, si je devais m'y cacher, croyez-moi, vous ne m'y retrouveriez pas. Il y a des coins et des recoins aux quatre étages, des placards, des réduits, des faux plafonds, il y a même des trappes au grenier pour accéder au toit !

— Elles ne s'ouvrent que de l'intérieur, fit remarquer Gabriel, qui les avait en effet repérées depuis le gril.

— Certes. Mais il n'en reste pas moins que notre théâtre n'est pas une prison, mais un gruyère ! Avez-vous seulement fouillé les caves ?

— Les dessous, voulez-vous dire ? demanda Guyot.

— Non, les caves.

— Il y a des caves ?

M. Saussey écarquilla les yeux.

— Évidemment ! Vous avez déjà vu un théâtre sans caves ?

— Je pensais qu'on n'y mettait que les pièces de M. Mercier, plaisanta Gabriel.

Du bout de l'index, le régisseur se mit à tracer des plans imaginaires sur la table.

— Les caves se trouvent au même niveau que les troisièmes dessous et le laboratoire du café intérieur. Elles s'étendent à droite et à gauche, sur toute la longueur du bâtiment. MM. Peyre et Wally, nos architectes, y ont fait placer des réservoirs bien plus grands que celui des combles, pour le service des pompes, avec près de six cents pieds de tuyaux de cuir. On y trouve aussi des remises et les deux fosses d'aisances…

Le commissaire, entre perplexité, embarras et agacement, tourna la tête vers Minier. Celui-ci haussa confusément les épaules.

— Pourquoi diable le sergent de la garde au théâtre ne nous en a-t-il point parlé ? grogna Guyot.

— Il suffisait de demander à la bonne personne : le régisseur ! On ne descend aux caves que pour mettre aux remises le mobilier qu'on n'utilise pas. Les pompiers du Luxembourg y viennent une fois la semaine pour s'assurer du niveau d'eau des réservoirs, et deux fois l'an pour l'épreuve des pompes. L'accès en est fermé le reste du temps. Le sergent Célières a dû songer qu'il n'était pas nécessaire de fouiller le sous-sol… Mais une porte fermée, même à clef, cela se force, n'est-ce pas ? Notre costumier n'en a-t-il point fait les frais ?

— Foutre ! s'emporta le commissaire, hors de lui. Minier, vous irez dire à ce sergent qu'il est un parfait imbécile !

— C'est nous qui sommes des imbéciles, s'immisça Gabriel. Comme tout théâtre a son paradis, comment avons-nous pu songer qu'il n'avait point d'enfers ?

— Certes, certes… Et qui donc a la clef de ces caves, monsieur Saussey ?

— À votre avis ? répondit le régisseur en agitant devant lui un large trousseau.

THÉÂTRE-FRANÇAIS
COUPE SUR LA LONGUEUR

A - Caves (réservoirs et garde-meubles)
B - Premier dessous
C - Deuxième dessous
D - Troisième dessous
E - Premier corridor de cintre
F - Deuxième corridor de cintre
G - Gril

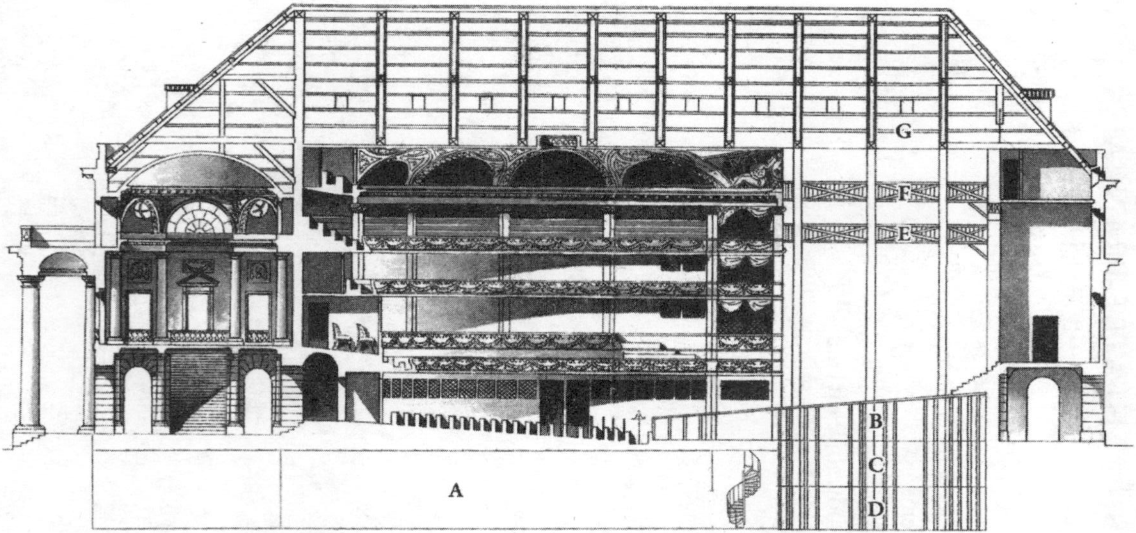
G
F
E
B
C
D
A

THÉÂTRE-FRANÇAIS

CAVES

A - Fosses d'aisances
B - Réservoirs et pompes
C - Remises
D - Dessous
E - Laboratoire du café

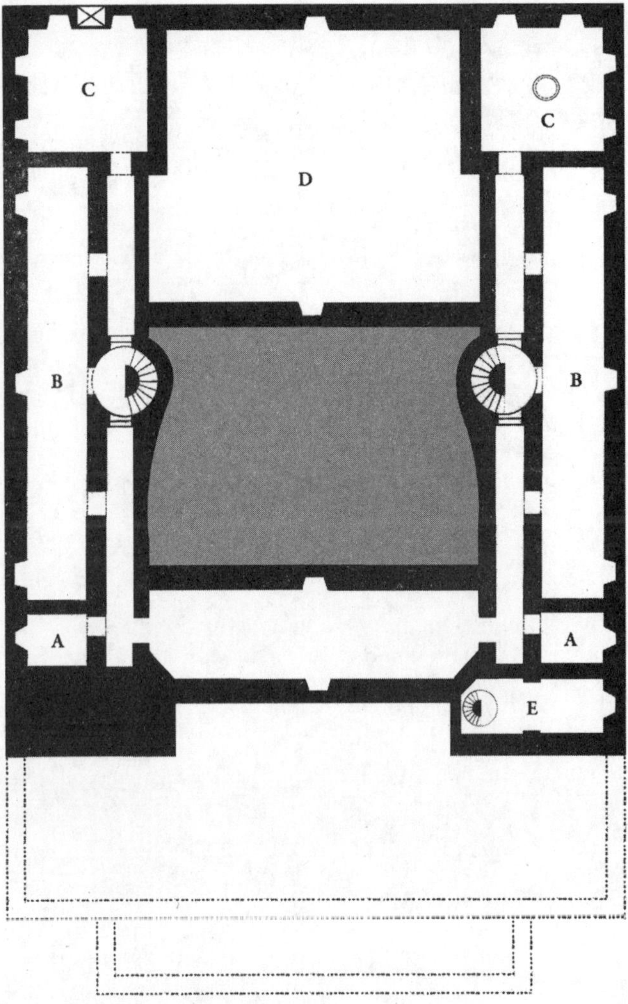
C
C
D
B
B
A
A
E

29.

Dans le ventre de la terre

— Je croyais que c'était un placard à balais, avoua humblement Gabriel.

En bas de l'escalier qui menait aux loges, à jardin, le régisseur ouvrit la porte des caves.

— Je vous l'ai dit, monsieur, je ne connais peut-être pas tous les petits secrets des comédiens, mais le théâtre n'en a aucun pour moi…

— La serrure n'a pas été forcée, constata le commissaire en l'inspectant. Et, surtout, elle était fermée. Soit on n'est pas venu, soit on avait la clef. Qui d'autre que vous en possède un double ?

— Les pompiers du Luxembourg, le concierge et le sergent de la garde au théâtre.

— Personne d'autre ?

Le régisseur fit non de la tête.

— Je suis chargé des clefs et je sais précisément qui a laquelle.

— Il va falloir que nous ayons une conversation avec le sergent Célières, suggéra Gabriel.

— J'y compte bien, confirma Guyot.

Puis, se tournant vers M. Saussey :

— Peut-être serait-il plus sage que vous laissiez l'inspecteur passer en premier.

Dans l'éventualité où le tueur se fût caché dans les caves, M. Minier avait emprunté un sabre à un garde. Le régisseur lui tendit l'une des deux lampes à huile qu'il avait apportées et le laissa ouvrir la marche.

Ainsi, dans la lueur orangée de la flamme, les quatre hommes descendirent prudemment l'escalier en colimaçon au milieu des toiles d'araignée.

Lorsqu'ils arrivèrent au sous-sol, Gabriel eut un léger frisson. Comme une vague soudaine, l'odeur émanant des pierres transporta son esprit dans ses souvenirs. Cet effluve d'humidité et de calcaire, il ne le connaissait que trop bien : c'était celui des carrières auxquelles menait la petite porte des appartements de Lorette. Le souterrain secret du Loup des Cordeliers… Mille images lui revinrent en mémoire, toutes teintées de tristesse.

Dans la pénombre, le jeune homme, pris d'un léger vertige, se retint discrètement au mur et se sécha la figure d'un revers de manche.

— En face de vous, c'est l'une des deux grandes caves qui abritent un réservoir, expliqua le régisseur à voix basse. À droite, le corridor mène à la remise, et à gauche à la fosse d'aisances.

— Commençons par le réservoir, suggéra Guyot. La porte est-elle ouverte ?

— Toujours. Quand un incendie se déclare, les pompiers du Luxembourg, dont un détachement est présent à chaque représentation, doivent avoir très rapidement accès aux pompes. On a pu voir à l'Opéra et au théâtre des Délassements-Comiques que si celles-ci ne sont pas activées dans les dix minutes qui suivent le départ du feu, la bataille est perdue.

L'inspecteur, méfiant, poussa lentement la lourde porte métallique, arme au poing. Ramassant sa lampe, il éclaira la longue citerne en tôle d'acier qui occupait presque toute la pièce. Incontestablement, les architectes n'avaient pas sous-estimé les risques d'incendie : une impressionnante pompe à bras, aux larges manivelles, était juchée sur une plate-forme adossée au mur, et son conduit de refoulement relié à une colonne qui redistribuait l'eau dans toute la partie gauche du bâtiment[1].

D'un pas prudent, les quatre hommes firent le tour de la longue citerne, inspectant même en dessous, mais ils n'y trouvèrent personne, sinon un chat mort et deux rats qu'ils mirent en fuite.

Ressortant de la pièce voûtée, ils se dirigèrent vers la première remise. Sa porte ouverte, le grand local carré apparut à la lumière des lampes, et Gabriel écarquilla les yeux en découvrant l'amoncellement de meubles et d'œuvres d'art qui prenaient tristement la poussière. Au milieu des tables, chaises et commodes, il y avait des tableaux et des bustes d'une valeur inestimable, qui eussent eu leur place dans un musée, et le soin avec lequel on les avait remisés n'était qu'une maigre consolation.

---

1. La présence d'une si belle machinerie aux sous-sols du théâtre n'était qu'un juste retour des choses : les pompes à incendie ont été introduites en France, au tout début du XVIIIe siècle, par M. François Du Mouriez Du Périer, qui n'était autre qu'un comédien de la troupe de Molière !

— Quel navrement ! marmonna le jeune homme en s'aventurant vers ce trésor abandonné.

— Je ne vous le fais pas dire ! chuchota M. Saussey derrière lui. Il y a ici des merveilles de Piron, de Pajou, de Boizot... Si vous connaissiez le nombre d'artistes qui payent en nature un an de loyer aux premières loges ! Nous ne savons même plus où ranger ce butin... Songez que le *Voltaire assis* de M. Houdon a séjourné ici quelque temps, parce que M. Préville préférait voir le buste de Molière au foyer des acteurs ! Il a fallu que Mme Denis[1], qui nous avait offert la statue, menace de la reprendre pour qu'elle fût remontée au vestibule !

Arrivé au bout de la remise, Gabriel s'arrêta brusquement. Devant lui se dressait une porte murée.

— Qu'est-ce donc que cela ? demanda-t-il en faisant signe au régisseur.

— C'était un accès aux carrières, qui a servi lors de la construction des fondations. Il a été muré dès la fin des travaux, pour éviter que des brigands ne pénètrent dans le théâtre. Vous n'imaginez pas le nombre de mauvaises gens qui hantent les souterrains de Paris...

— Il paraît, en effet ! s'amusa Guyot en adressant à M. Joly un regard d'une pesante ironie.

— Bon. En tout cas, il n'y a dégun qui se cache ici, lança Minier en ressortant de la pièce.

Ils abandonnèrent derrière eux cette caverne d'Ali Baba.

— Il nous faut redescendre au bout du couloir pour aller de l'autre côté, expliqua le régisseur.

---

1. Marie-Louise Mignot (épouse Denis), nièce de Voltaire, en devint la compagne à la mort de son mari (une forme d'inceste qui ne choquait alors que très modérément), puis sa légataire universelle.

— Les caves ne communiquent pas avec les dessous ? demanda Gabriel.

— Non.

— Et sous le parterre ? Il n'y a pas de cave ? insista-t-il.

— Les fondations et des vides ventilés pour prévenir de l'humidité uniquement. Et ils ne sont pas accessibles.

— Allons dans la seconde partie, suggéra le commissaire. L'heure tourne.

Les uns derrière les autres, ils descendirent le couloir jusqu'à la bifurcation qui permettait de rejoindre les caves situées sous le flanc droit du bâtiment.

Arrivé à l'angle, l'inspecteur, qui ouvrait toujours la marche, s'arrêta devant une lourde porte.

— Qu'y a-t-il ici ? demanda-t-il en se retournant vers M. Saussey.

— C'est l'accès à la fosse d'aisances, monsieur. Je doute que quelqu'un s'y cache…

— Nous n'allons pas passer devant une porte sans l'ouvrir, intervint Gabriel.

— Je vous en prie, jeune homme.

Le journaliste, se bouchant le nez, jeta un coup d'œil à l'intérieur de la pièce. Les yeux plissés, il observa le couvercle de la fosse, enduit d'un corroi de glaise, et la cheminée d'aisances, dans laquelle venaient se déverser les latrines des étages supérieurs. La cave n'abritait rien de plus, sinon une exhalaison pestilentielle. Il en ressortit en grimaçant.

— Si quelqu'un s'est caché là-dedans plus de cinq minutes, il mérite une statue, maugréa-t-il.

L'équipée se remit en route, leurs pas résonnant sous le plafond convexe de la longue galerie. Arrivés au bout du couloir, ils se trouvèrent en bas du second bras que formaient les caves, et qui était parfaitement symétrique au premier.

— Le laboratoire du café se trouve de l'autre côté de ce mur, expliqua le régisseur en désignant le bas du corridor.

— Il ne communique pas non plus avec les caves ? s'assura Gabriel.

— Non. On n'y accède que par le café lui-même.

— Et donc, là, je suppose que c'est la seconde fosse d'aisances ? soupira Gabriel.

M. Saussey hocha la tête avec un sourire désolé.

— C'est votre tour, Minier, sourit le journaliste.

L'inspecteur grogna, mais s'exécuta.

— Rien non plus, fit-il en ressortant, le nez plissé.

Ainsi, répétant, en sens inverse, le même cheminement que dans la première partie, ils fouillèrent scrupuleusement la cave du second réservoir. Elle était rigoureusement identique. Même citerne, même pompe, et toujours personne dedans.

— Il ne reste plus que la dernière remise, annonça le régisseur.

Ils s'y glissèrent sans tarder. Aussi surchargée que la première, elle ne semblait contenir toutefois que des meubles, des mannequins de couturière et des coffres, mais aucune œuvre d'art. En revanche, elle abritait, en son milieu, une maçonnerie qui, dès que la porte fut ouverte, piqua le regard de Gabriel.

— C'est un puits ? demanda-t-il en se dirigeant immédiatement sur le corps de pierres.

— Oui. Mais il a été bouché lui aussi à la fin des travaux.

— Saperlotte ! se désola le journaliste, qui s'était déjà figuré quelque mystérieux passage secret.

— Et là ? demanda le commissaire, derrière eux. Une cheminée ? Dans une cave ?

M. Saussey pouffa en levant les mains en l'air.

— Oh, cela, misère, c'est une longue histoire ! Quand la Comédie-Française a quitté la salle de la rue des Fossés-Saint-Germain[1], M. Préville, encore lui, a exigé que cette cheminée, sculptée par Le Hongre, fût emportée pour qu'elle restât en possession de la troupe. Et la voici donc, après deux déménagements successifs… Les garçons de théâtre, dont les plus anciens ont dû la descendre jusqu'ici, l'ont baptisée « mère-grand »… et prient pour que la Comédie n'ait plus jamais à déménager !

— Excusez-moi, intervint Gabriel, qui était resté près du puits. Voudriez-vous bien, s'il vous plaît, éclairer l'intérieur ?

— Du puits ? s'étonna M. Saussey.

— S'il vous plaît, répéta le journaliste. Et vous aussi, monsieur Minier.

Les deux hommes s'approchèrent et plongèrent leur lampe dans le conduit. Leur lumière ne fut pas assez puissante pour en révéler le fond.

Gabriel fit une moue suspicieuse en regardant le commissaire, qui les avait rejoints.

— Qu'en pensez-vous ? demanda le jeune homme, le regard brillant.

Guyot haussa les épaules, fouilla dans sa bourse et en sortit un sou qu'il jeta dans le trou.

---

1. Actuelle rue… de l'Ancienne-Comédie.

— Faites un vœu, dit-il.

La pièce toucha le fond dans un tintement sec.

— J'en pense que c'est un puits bouché, confirma le commissaire, goguenard.

Gabriel grimaça, puis, se tournant vers le régisseur :

— Trouvez-moi une corde, s'il vous plaît.

— Un fil, voulez-vous dire ? le reprit M. Saussey en faisant les yeux ronds.

— Ah, oui, pardon ! Un *fil*.

Le gagiste disparut dans le couloir.

— Vous n'allez quand même pas descendre là-dedans ? se gaussa le commissaire, incrédule.

— Pour l'instant, nous allons nous contenter de faire descendre une lampe, maître…

— Mais qu'espérez-vous trouver, par tous les dieux ? Notre meurtrier blotti au fond d'un puits ? railla le magistrat.

— Qui sait ? Ou bien une porte, peut-être !

Le régisseur reparut avec une corde, à laquelle ils accrochèrent l'une des deux lampes à huile.

— Faites attention. N'allez pas mettre le feu à mon théâtre, jeune homme !

Gabriel commença à faire descendre la corde dans ce gouffre obscur. Pouce après pouce, l'opération ne cessait de s'avérer plus délicate, tant la lampe se balançait avec une amplitude grandissante.

— Vous tremblez comme une feuille, jeune homme ! lui lança le régisseur, hébété. Laissez-moi faire…

— Non, non, je vous remercie ! s'emporta Gabriel, continuant la manœuvre.

Et puis, enfin, le fond du puits apparut dans le halo orangé de la flamme.

— Qu'est-ce… Qu'est-ce donc que cela ? balbutia le commissaire.

Un sourire illumina le visage blafard de Gabriel.

— Cela, monsieur, c'est une perruque !

30.

Quand l'effet se recule

Il était près de dix heures du soir quand les quatre hommes remontèrent des caves par le second escalier.

— En somme, nous ne savons pas s'il est venu s'y cacher, mais ce que nous pouvons dire, c'est que notre assassin est bel et bien descendu ici, au moins pour se débarrasser de la perruque, marmonna le commissaire, qui peinait à trouver son souffle en gravissant les marches.

— Cela ne nous explique toujours pas pourquoi il l'avait volée au départ, répliqua Gabriel. Ni à quel moment il en a eu besoin, avant de la jeter dans le puits…

— Mon hypothèse est qu'il voulait se faire passer pour l'une des personnes qui portent le même postiche.

— Certes, mais pourquoi ? insista le jeune homme.

— Au cas où il se ferait surprendre en train de commettre l'un des meurtres ?

— Peut-être. Ce que nous pouvons aussi déduire de la présence de cette perruque dans les caves, c'est que le meurtrier en possède la clef, puisqu'il a pris la peine de refermer derrière lui. Contrairement à celles des magasins de costumes, dont il a dû crocheter les portes.

Alors qu'il venait de poser un pied sur la dernière marche, Gabriel trébucha, et sans doute fût-il tombé à la renverse si l'inspecteur Minier, derrière lui, ne l'avait retenu.

— Oh ! Tout va bien, mouscaillou ? Té ! Vous êtes blanc comme un linge !

— Tout va bien, j'ai raté la marche…

Le commissaire s'approcha et le prit par l'épaule d'un air soucieux.

— Vous avez la mine fort pâle, monsieur Joly. Depuis combien de temps n'avez-vous pas dormi, que diable ?

— Ce n'est rien. Ce doit être les effluves de la fosse d'aisances, ou la chaleur, mentit Gabriel en essuyant la sueur sur son front. Je vais aller prendre un peu l'air sur la terrasse.

— Vous feriez mieux d'aller voir le chirurgien du roi, vous semblez fiévreux ! Je lui ai finalement demandé de rester ici cette nuit. Vous devriez pouvoir le trouver quelque part…

— Le gentilhomme s'est tranquillement installé aux loges de la Cour, précisa M. Saussey.

Le ton de sa voix laissait deviner que la chose n'était guère pour lui plaire. Réservées à la famille royale et à ses seuls invités, ces loges cossues faisaient, à l'évidence, l'objet d'un soin particulier, et l'idée qu'un intrus vînt y passer la nuit donnait au régisseur des suées froides.

— Tout va bien, je vous assure, promit Gabriel. Je vais juste sortir quelques minutes, et je vous retrouve vite à la salle d'assemblée.

Guyot le dévisagea, peu convaincu, mais finit par se résigner.

— Soit. Nous vous attendrons. Minier, voulez-vous bien reconduire M. Saussey à son bureau ?

Ainsi, chacun partit de son côté. Gabriel monta à l'étage des troisièmes loges puis, par les galeries qui surplombaient le foyer du public, gagna d'un pas fébrile les portes de la terrasse.

— Je vais m'aérer un peu, expliqua-t-il au garde qui en surveillait l'entrée.

— Il fait presque aussi chaud à l'extérieur, monsieur.

— Je me doute, mais un peu d'air…

Le soldat haussa les épaules et lui ouvrit la porte.

Dehors, le parvis du Théâtre-Français s'enfonçait doucement dans la nuit. Gabriel aperçut la lumière allumée aux fenêtres de l'appartement de Camille Desmoulins, à l'angle de la rue Crébillon.

— Si tu me voyais, mon ami ! souffla le journaliste, la voix étranglée.

Assis sur la balustrade, loin de la surveillance du garde, il sortit la tabatière en argent de sa poche, et, les doigts tremblants, fit basculer maladroitement le crochet qui la tenait fermée. Lors, le jeune homme poussa un juron rageur. Elle était vide ! Déjà ? Mais combien avait-il avalé de pastilles, depuis qu'il avait quitté les Cordeliers ? Combien de fois, sans y penser, avait-il plongé la main dans sa poche pour en sortir un cachet et l'ingurgiter d'un geste automatique ?

Gabriel gratta frénétiquement le fond de la boîte. Il n'en extirpa que quelques petites miettes brunes, qu'il porta avidement à sa bouche, se léchant les doigts pour n'en rien rater. Les battements trop vifs de son cœur continuaient de lui comprimer la poitrine et les gouttes brûlantes ne cessaient de s'accumuler à son front. Quittant la rambarde, il s'assit par terre et, les poings serrés, il attendit. Mais les tremblements et la fièvre ne disparurent guère. Pis encore : Gabriel se mit à claquer des dents de manière incontrôlée.

Le jeune homme rassembla ses forces et se releva pour retourner à l'intérieur. Passant devant le garde sans même lui adresser la parole, il traversa les rangées du paradis. Pris de vertiges, il devait, à chaque nouveau pas, se tenir aux dossiers des banquettes. Par-delà le balcon, la salle du théâtre, en contrebas, semblait vaciller comme un bateau sur l'onde. Au prix d'un effort colossal, il descendit au premier étage. Là, titubant jusqu'aux loges de la Cour, il ouvrit d'abord celle de gauche, d'ordinaire réservée à Monsieur, frère du roi[1]. Personne.

Des ronflements le guidèrent alors vers la loge centrale, celle du roi. Le journaliste puisa au fond de lui l'énergie suffisante pour apaiser ses tremblements, puis il abaissa la poignée de la porte aussi lentement que possible et entra en silence. Dans la pénombre de la

1. Le comte de Provence, qui avait reçu en legs le terrain où fut bâti le théâtre, en avait fait le don et avait, en grande partie, financé la construction de l'édifice. Une opération finalement très rentable, car le quartier prit une telle valeur qu'il se remboursa aisément en vendant les autres parcelles.

luxueuse pièce, il aperçut d'emblée la silhouette du chirurgien. Allongé sans vergogne sur l'un des deux canapés qui entouraient le siège royal, ce dernier dormait à poings fermés.

Alors que son cœur tambourinait dans sa poitrine et que le sang frappait contre ses tempes, Gabriel commença à fouiller les ombres. Au pied du portemanteau, il reconnut les affaires du médecin : l'homme y avait rangé ses instruments après avoir examiné le corps de M. Bonnard. Aussi le journaliste sut-il où chercher sur-le-champ. Laissant la trousse de côté, il ouvrit l'ample mallette de cuir marron.

Il était en train de soulever, une par une, les petites fioles qui étaient rangées dans l'un des compartiments quand un bruit dans son dos le fit sursauter.

Tournant la tête, il vit le chirurgien qui, dans un sommeil agité, venait de changer brusquement de position. Mais, grâces fussent rendues à Hippocrate, le carabin dormait toujours ! Gabriel, relâchant sa respiration, reprit ses recherches jusqu'à ce qu'enfin, dans la faible lumière, il parvînt à trouver son bonheur. Sur l'étiquette d'un flacon, en lettres manuscrites : *laudanum*.

Le journaliste s'empara de la dive bouteille et sortit de la loge. À peine la porte refermée, il extirpa la pipette du flacon et fit tomber quelques gouttes sur sa langue. Une, deux, trois… Il devait en être à la douze ou treizième quand il s'obligea à arrêter. Après avoir solidement refermé le flacon, il le glissa dans sa poche et partit s'asseoir dans l'une des premières loges, le temps que le vin d'opium fasse son effet.

Les yeux rivés sur le dôme du théâtre d'où pendait, tel un soleil, l'immense lustre, Gabriel essaya de retrouver la paix de son esprit en observant, un par un, les signes du zodiaque qui en ornaient les lunettes. Le Bélier, le Taureau, les Gémeaux…

— Douze divisions dans le champ des planètes, murmura le jeune homme, dont le regard halluciné se perdait dans les arceaux de la voûte. Douze degrés au dos de l'astrolabe, douze mois sur le calendrier, et sur l'horloge, douze heures. Serais-tu, ô duodécimal mystérieux, le nombre de la perfection ? Après toi, tout cycle s'achève, puis recommence ?

Tendant les mains vers le plafond, il ausculta la fresque colorée à travers le cercle de ses doigts.

— Quel message m'adresses-tu, voûte céleste ? Voudrais-tu me rappeler que, de douze heures en douze heures, de douze mois en douze mois, la grande roue du temps continue sa révolution, et que rien ne peut l'arrêter ? Pas même… pas même la mort de l'être aimé ?

Alors qu'une larme venait de couler sur sa joue, Gabriel se mit à pouffer. Puis son ricanement se fit éclat de rire. Essuyant ses yeux sans cesser de se moquer de lui-même, il se redressa dans le fauteuil du théâtre et secoua la tête.

— Ma pauvre Lorette ! Si tu m'entendais ! Me voilà devenu cabaliste ! Douze dieux pour l'Olympe, douze travaux pour Hercule, douze tribus pour Israël, douze apôtres pour Jésus, et douze pois chiches dans ma tête !

Le jeune homme, dont le visage avait repris ses couleurs, quitta le fauteuil et se mit en marche vers la salle d'assemblée.

— Ah ! Vous avez meilleure mine ! l'accueillit Guyot, rassuré. La fraîcheur de la nuit vous aura fait du bien ?

— *Cette obscure clarté qui tombe des étoiles*[1] ?

— Pardon ?

— Douze pieds dans un alexandrin ! répliqua Gabriel en souriant.

Le commissaire écarquilla les yeux.

— Fichtre ! La fièvre vous aurait-elle fait perdre la raison ?

— Je vais bien, commissaire, je vous assure ! M. Minier peut aller chercher notre prochain suspect. Allons, faisons vite ! Je suis pressé que nous en arrivions à M. Fleury, pour voir la tête qu'il fera quand nous lui montrerons le billet doux retrouvé sur Mme Verneuil…

1. Corneille, *Le Cid*.

31.

Monsieur le secrétaire

— Le titre exact de ma charge, monsieur, est secrétaire-souffleur. Car, voyez-vous, le souffleur de la Comédie-Française a bien d'autres tâches que celle qui consiste à rappeler aux comédiens les vers qu'ils ont oubliés !

M. Vorignan, qui avait dépassé la quarantaine, était un homme élégant quoique petit et fort mince, et dont le visage, malgré des joues creusées, ne manquait pas de charme. D'une apparence réservée mais joviale, il avait cette façon appuyée de parler qu'ont les gens qui luttent contre un manque d'assurance. Il se donnait des airs, faisait de longues phrases…

— Et quelles sont donc ces tâches ? demanda le commissaire qui, ayant repéré chez M. Vorignan la même fragilité que chez le jeune Craquelin, l'avait fait asseoir lui aussi dans le fauteuil de Molière, avec l'espoir de le désarçonner.

— En plus de *tenir la pièce* pendant la représentation, comme nous disons chez nous, je me dois d'être présent aux répétitions, chaque jour, et de noter tout ce qui s'y passe. Ainsi, je consigne les placements des acteurs sur le plateau, les décisions de mise en scène qui sont prises à l'étude, j'annote le manuscrit, quand il y a un loup, par exemple…

— Un loup ? s'étonna Gabriel avec un regard amusé.

— Oui. On dit qu'*il y a un loup*, pendant la répétition d'une pièce, lorsque quelque chose fonctionne mal. On étudie alors le passage, on coupe, on ajoute, on retouche… jusqu'à *tuer le loup*.

— Pauvre bête !

— Si l'auteur n'est pas présent à la répétition, je suis tenu de faire porter chez lui ces modifications, puisque, depuis que M. de Beaumarchais a créé la Société des auteurs dramatiques[1], la troupe ne peut plus retoucher une pièce sans l'accord de celui qui l'a écrite.

— Béni soit Beaumarchais ! lança Gabriel. Il faudrait étendre le principe aux directeurs de journaux et aux imprimeurs-libraires…

— En plus de cela, reprit Vorignan, je suis également responsable du registre des feux…

— C'est-à-dire ? demanda Guyot.

— À l'issue de chaque représentation, de la petite comme de la grande pièce, je dois noter le nom des comédiens qui ont joué, et quel rôle ils ont tenu. On appelle ce cahier le registre des feux, car outre la répartition des bénéfices due aux sociétaires, on octroie, à ceux qui ont joué, une indemnité de « feux », censée couvrir le coût de l'éclairage et du chauffage de leur loge.

1. Actuelle SACD.

— Le chauffage ne doit pas leur coûter très cher, en ce moment, plaisanta Minier.

— Le montant de l'indemnité varie selon la saison, monsieur. Enfin, en plus de devoir tenir ce registre-là, je suis chargé d'archiver à la bibliothèque les autres registres du théâtre, celui des recettes journalières, celui des dépenses et celui des assemblées. Vous comprenez mieux maintenant pourquoi, au titre de souffleur, on a adjoint celui de secrétaire ?

— En effet, répondit Guyot en s'efforçant de paraître compatissant. Mais venons-en à ce qui, malheureusement, nous préoccupe aujourd'hui. Pouvez-vous nous dire où vous étiez la nuit du jeudi 20 août, quand M. Lauriel a été assassiné ?

— Ah çà ! Je ne risque pas d'oublier. À cause, ou peut-être devrais-je dire grâce au tumulte autour de *Charles IX*, qui a provoqué la fermeture du théâtre, je suis allé souper au café Véry, ce que j'ai rarement le loisir de faire !

— Et ensuite ?

— Ensuite je suis rentré chez moi, rue de Seine.

— Seul ?

— Malheureusement, oui, je vis seul, commissaire. Je ne saurais imposer les horaires de mon métier à une épouse…

— Personne ne pourra donc en témoigner ?

— J'en ai bien peur, s'excusa le souffleur. Cela dit, M. Estevenon, le premier locataire, m'aura sûrement vu rentrer dans l'immeuble.

L'inspecteur Minier, assis de l'autre côté de la table, nota le nom sur son tableau qui, désormais, emplissait plusieurs pages.

— Et hier soir, au moment du meurtre de Mme Verneuil ? poursuivit Guyot.

— Ma foi, j'étais dans mon trou, à l'évidence.

— Pendant l'entracte également ?

— Bien sûr.

— Quelqu'un peut en témoigner ?

— La brigade des dessous, je suppose… Vous savez, je ne quitte jamais mon trou pendant les représentations. Les gens s'imaginent qu'il suffit de dire le texte quand un comédien l'a oublié, mais c'est bien plus compliqué que cela, en vérité. La charge de souffleur demande une grande concentration.

— Je me doute, répliqua vivement le commissaire, en espérant que le souffleur n'allait pas s'étendre de nouveau.

Ce fut peine perdue.

— D'abord, il faut beaucoup de tact et de discrétion pour ne pas blesser celui qui tombe en défaut de mémoire. Il n'y a rien de plus humiliant pour le comédien qu'un parterre qui rit en entendant la voix du souffleur. Ensuite…

— Et quand un comédien n'oublie pas son texte, mais se trompe, comme l'a fait Mme Verneuil pendant *Le Siège de Calais*, que faites-vous ? le coupa Guyot.

— Vous avez remarqué ? s'étonna M. Vorignan.

— Oui, répondit fièrement le commissaire. Je l'ai même signalé à M. Minier !

— C'est que vous êtes un connaisseur ! Mais vous ne m'avez pas entendu, n'est-ce pas ? Dans ces moments-là, toute la difficulté est de remettre le comédien dans le droit chemin aussi discrètement que possible. Enfin, le plus important, c'est de savoir distinguer une véritable absence d'une pause volontaire. Un acteur qui s'est arrêté à dessein pourra être troublé si, croyant qu'il cherche ses mots, vous lui soufflez trop tôt. Un bon souffleur doit donc connaître les habitudes des comédiens, lire sur leur visage… C'est tout un art, vous savez ?

— M. Saussey, le régisseur, nous disait tout à l'heure que vous étiez, en effet, l'une des personnes qui connaissaient le mieux l'intimité des comédiens…

— C'est assez vrai, oui, répondit M. Vorignan, flatté. Cela dit, je suis ici depuis un peu moins d'un an seulement.

— Moins d'un an ?

— J'ai été engagé en octobre dernier, après la retraite de M. Duhayon, qui était un souffleur exceptionnel, et à qui nous devons l'excellente tenue des registres, auxquels il a apporté un grand…

— Et où étiez-vous avant ?

— J'étais second souffleur au Grand-Théâtre de Bordeaux, dont le fonctionnement diffère un peu de…

— Mais en quelques mois, vous avez déjà eu le temps de bien connaître les sociétaires, n'est-ce pas ?

— Je commence à mieux les comprendre, oui.

— Avez-vous déjà assisté à des conflits au sein de la troupe ?

Le souffleur écarta les bras, une lueur espiègle dans le regard.

— Des conflits, monsieur, il y en a plusieurs par jour ! Les comédiens, qui ne vivent que pour leur public, s'en disputent toujours les faveurs et…

— Certes, mais je veux parler de conflits qui pussent conduire aux drames qui viennent de se dérouler.

— Oh, non, pas à ce point ! Comme son emblème l'indique, la Comédie-Française est une grande ruche qui foisonne. Les abeilles peuvent se chamailler un peu parfois, mais toutes œuvrent ensemble au bien-être du groupe ! Il y a certes deux clans qui s'opposent depuis quelques semaines, l'un autour de M. Fleury, et l'autre autour de M. Talma, mais s'ils devaient en venir à se battre, ce serait en duel de gentilshommes ! Ce ne serait pas une première, d'ailleurs ! Je crois savoir que M. Fleury se serait un jour battu à l'épée contre M. Dugrasse, lequel en fût sorti avec une blessure à la cuisse.

— Tiens donc ?

— Absolument. Et M. Dugrasse avec M. Dazincourt. Bref, on se querelle beaucoup, entre comédiens, parfois pour un rôle, parfois pour une affaire de cœur, mais toujours avec dignité.

— Pour une affaire de cœur ? répéta Guyot en levant un sourcil.

— Oh ! Que voulez-vous ? Les complications amoureuses sont inhérentes au théâtre, et pas seulement dans le texte ! M. Voltaire, qui n'était pas toujours tendre, appelait la Comédie-Française le *tripot de la décadence*…

— Je vois, nota le commissaire. Puisque nous parlons des choses du cœur, savez-vous si M. Fleury entretenait une liaison avec l'une de ses camarades ?

Le visage du souffleur s'empourpra légèrement.

— Monsieur, vous me gênez…

Guyot, aussitôt, prit un ton autoritaire :

— Comprenez bien que nous ne sommes pas en train de converser, monsieur Vorignan, mais que je vous entends dans le cadre d'une enquête criminelle. Un mensonge par omission reste un mensonge. Et vous n'êtes pas sans savoir qu'il est fort déconseillé de mentir à un magistrat.

L'homme grimaça en se tortillant les mains.

— Je crois… Enfin, il me semble que, peut-être, en effet, M. Fleury entretenait un lien de cette sorte avec… l'une des comédiennes.

— Laquelle ? insista Guyot.

Gabriel, debout devant la fenêtre, ricana discrètement. Le commissaire, qui connaissait déjà la réponse, voulait s'assurer que le souffleur était une source fiable.

— Mme Verneuil, répondit l'homme en baissant les yeux.

— Et M. Mourier ? On dit que, après le décès de son épouse, il multipliait les maîtresses…

— Oh, notre doyen avait beaucoup de succès avec les dames, pour sûr. Il ne s'en cachait pas.

— Mais avait-il une maîtresse au théâtre ?

De nouveau, le souffleur se mordit les lèvres dans une moue confuse.

— Monsieur Vorignan ! menaça Guyot en levant l'index.

— Dame… Oui ! Il avait eu récemment une courte liaison avec Mlle de Cassagne, mais, de grâce, ne répétez pas que vous l'avez appris de moi !

— Vraiment ? fit le commissaire avec un léger manque de tact, sous-entendant que la chose était étonnante.

— Oui. Pourquoi pas ? Mlle de Cassagne est une fort jolie femme !

— Si vous le dites…

— Elle plaît beaucoup, monsieur ! Je ne crois pas être médisant en vous confiant qu'elle a dû briser bien des cœurs. Et non pas seulement ceux de comédiens, mais ceux de plusieurs auteurs aussi… Nul n'ignore qu'elle a longtemps été la maîtresse du prince de Lamballe, dont elle a eu une fille, mais aussi de M. Vignerot du Plessis, duc de Richelieu, et de M. La Live de La Briche, secrétaire des commandements de la reine. Elle fut aussi celle du comte Stroganoff, dont la brave épouse, bien qu'il soit mort, continue aujourd'hui de verser à Mlle de Cassagne la pension de six mille roubles qu'il lui avait promise !

— Fichtre ! Une belle liste d'amants fortunés ! Voilà qui est intéressant, admit le commissaire. Bon, mais revenons à vous. Ce midi, je vous ai vu sortir de votre trou au moment où M. Bonnard est tombé du cintre. Avant cela, où étiez-vous ?

Le souffleur, qui ne semblait pas mécontent de changer de sujet, répondit aussitôt.

— Avant cela, je n'étais pas au théâtre. Je suis arrivé à l'heure de la répétition, comme le demandait mon bulletin de service.

— Et vous êtes directement allé dans votre trou ?

— Non, bien sûr ! Je suis passé par le café intérieur, où j'ai pris un moka. J'y ai vu M. Talma, d'ailleurs. Il pourra témoigner, si nécessaire.

— Nous ne manquerons pas de lui demander tout à l'heure. Et enfin, cet après-midi, quand M. Mourier a été assassiné dans sa loge ?

— J'étais à mon bureau, dans la bibliothèque. Puisque vous nous aviez suggéré de nous rendre à nos offices, j'en ai profité pour mettre un peu d'ordre dans les archives.

À ces mots, Guyot observa la perruque du souffleur.

— Dites-moi, monsieur Vorignan, se pourrait-il que quelqu'un ait intérêt à se faire passer pour vous ? Afin de fouiller dans les archives du théâtre, par exemple ?

Le souffleur, interdit, plissa le front.

— Se faire passer pour moi ? Mais, enfin, quelle drôle d'idée ! Les archives ne sont pas secrètes… Tout le monde au théâtre a le droit de les consulter !

— Y compris les registres ?

— Les registres sont enfermés dans un placard, mais il suffit d'en faire la demande pour y avoir accès…

— Commissaire, intervint Gabriel, qu'un soudain regain d'intérêt venait de ramener à lui. Si vous n'avez pas d'autres questions à poser à M. Vorignan, je pense qu'il pourrait nous être fort bénéfique que je consulte les différents registres dont il vient de nous parler…

— Je le pense aussi, acquiesça le commissaire.

En vérité, ce dernier était surtout pressé de se débarrasser du secrétaire un peu bavard.

— M. Vorignan n'étant là que depuis quelques mois, peut-être est-ce dans les archives du théâtre que nous trouverons les petits secrets de la troupe, poursuivit-il. Voulez-vous bien, cher ami, montrer les registres à M. Joly ?

— Oh, mais bien sûr ! se réjouit Vorignan. Vous verrez, je crois, que je rends honneur au travail de mon prédécesseur, en m'efforçant d'être aussi méticuleux que lui !

— Tant mieux, tant mieux ! M. Joly est un adepte des bibliothèques, il va se faire un plaisir de vous accompagner. Allez-y, Gabriel. Je vais en profiter pour m'entretenir avec le sergent de la garde.

32.

Prince des monte-en-l'air

— Passons par les balcons tournants, suggéra le souffleur. Sinon il nous faudra traverser les loges de la Cour, et le régisseur va nous sonner les cloches !

— Celles-ci seraient couvertes par les ronflements, s'amusa Gabriel.

— Pardon ?

— Non, rien, allez-y, je vous suis.

Ainsi, les deux hommes longèrent les rangées de banquettes qui, en aval des premières loges, surplombaient la salle du théâtre. Alors qu'ils se trouvaient sous la loge du roi, Gabriel crut entendre un bruit métallique dans les hauteurs, à cour, du côté des petites loges grillées[1] du quatrième.

Attrapant le souffleur par l'épaule, il lui fit signe de rester silencieux.

---

1. Certaines loges du Théâtre-Français, celles du parterre et du dernier étage, étaient pourvues de grilles. Elles avaient la faveur des spectateurs qui voulaient voir sans être vus, et l'on y donnait souvent des rendez-vous galants.

— Allez m'attendre à la bibliothèque, murmura le journaliste.

— Que se passe-t-il ?

— Shh… Allez m'attendre là-bas, vous dis-je ! Et pas un bruit !

M. Vorignan, perplexe, s'exécuta. Gabriel, le dos courbé, rejoignit dans les ombres l'escalier des quatrièmes loges. Avec une discrète célérité, il enjamba les marches deux par deux, jusqu'à gagner le dernier étage où, sur ses gardes, il s'adossa au mur du couloir. Longeant la paroi à pas feutrés, ou de loup, peut-être, il s'approcha des petites loges d'où le bruit lui avait semblé venir.

Lors, le cœur battant et la mâchoire serrée, il poussa, du bout du pied, la porte de la première cabine. Elle était vide. Il grimaça et fit trois pas de plus, pour essayer la deuxième. Vide encore. À chaque instant, il s'attendait à voir l'assassin surgir des ombres. Gabriel n'était pas armé. Ferait-il le poids si on l'attaquait ? Eût-il mieux valu qu'il aille chercher la garde ? Mais il eût alors perdu l'avantage de la surprise !

Continuant lentement sa progression, le dos toujours collé au mur du corridor, il arriva bientôt au niveau des latrines. Un coup d'œil à l'intérieur. Là, contre le mur, un balai.

C'est toujours mieux que rien, songea le journaliste.

Il s'empara du manche et le tint à deux mains, telle une hallebarde de comédie, dont la lame ne fût qu'une brosse de paille. Et alors ce fut un spectacle qui ne manquait guère de cocasserie que de voir notre bon journaliste avancer dans les ombres, le dos courbé, paré à pourfendre un assassin… à coups de balai !

Il était arrivé devant la quatrième baignoire[1] quand il entendit à l'intérieur un nouveau bruit, plus sourd cette fois. Les poings solidement fermés sur le manche de bois, le jeune homme pénétra d'un bond dans la loge, prêt à en découdre.

À peine entré dans le compartiment, il s'immobilisa en voyant une paire de jambes qui, depuis le plafond, pendaient dans le vide.

— Tu ne m'échapperas pas, maraud ! s'écria-t-il.

Il lâcha son balai et se précipita sur le fuyard, embrassant fermement les genoux et y pesant de tout son poids.

L'homme, agrippé à la trappe, tenta de se débattre, pédalant vigoureusement dans le vide. Gabriel, quand il reçut un coup de pied en pleine figure, tira plus fort encore, avec une rage vengeresse. Soudain, le corps céda.

Entremêlés, les deux adversaires s'écroulèrent ensemble sur le sol, au milieu des fauteuils. Le journaliste, tombé de moins haut, encaissa mieux le choc. Sans perdre de temps, il passa par-dessus l'autre, le prit à la gorge et commença à l'étrangler.

— Arghl ! Arghl ! gémit celui-là. Arghl ! M'sieur Joly ! Arghl ! Arrêtez ! Z'allez m'agouïller !

Gabriel pressait si fort qu'il eût fracturé l'os hyoïde si, soudain, il n'avait relâché sa prise, l'air hébété.

— Mais… mais qu'est-ce que tu fais là, toi ? grogna-t-il.

Il venait de reconnaître un aspirant Renégat qu'il avait vu plusieurs fois au dernier étage de l'estaminet du Château-Rouge.

---

1. Surnom donné aux petites loges grillées du parterre et du dernier étage.

— Et… et vous ? répliqua le jeune brigand, perplexe.

Jetant un coup d'œil au large sac de toile qui était tombé par terre en même temps qu'eux, Gabriel poussa un soupir. La besace était pleine de bibelots et d'argenterie.

— Récif est-il au courant que tu es là, paltoquet ? demanda le journaliste, assis à califourchon sur le gaillard.

— Nan, m'sieur, nan… Y sait pas ! Z'allez pas cafarder, hein ?

— Que tu es un voleur ? Je ne crois pas que cela le dérangerait vraiment ! répliqua Gabriel, qui commençait à sourire.

— Mais nan, que j'm'ai fait pincer !

Joly poussa un soupir et se releva pour libérer l'aspirant qui, le souffle court, se massa douloureusement le cou.

Quand le gredin, plus rouge de honte que de suffocation, se releva à son tour, Gabriel le dévisagea de la tête aux pieds. Son visage et ses vêtements étaient couverts de suie.

— Tu es entré par une cheminée ?

— Ouais, avoua l'aspirant, penaud. J'croyais qu'y avait personne, dans c'foutu théâtre, à cause qu'il est fermé. J'ai barboté deux loges de cabotins, là, derrière, mais y avait que d'la brocante, et pis tout à coup, j'ai vu qu'y avait des tristes à pattes qui rôdaient dans les couloirs, alors j'ai voulu m'la briser… Mais j'ai pas réussi à m'carrer par le même endroit. Une ch'minée, c'est plus facile à descendre qu'à r'monter. Alors j'voulais essayer par les toits…

Gabriel se prit le haut du nez entre le pouce et l'index.

— Ah çà ! Quel prince des monte-en-l'air tu fais là !

Ce n'est pas une prison, c'est un gruyère ! songea-t-il en se remémorant les mots du régisseur.

Le journaliste regarda le foulard rouge que le garçon, comme tout aspirant Renégat, portait autour de la taille.

— Donne-moi ton couteau, ordonna-t-il.

— Z'êtes pas bien ?

— Si tu ne me donnes pas ton couteau, je raconte tes prouesses à Récif !

Le garçon grimaça, puis, à contrecœur, tendit la lame à M. Joly, qui la glissa sous sa veste.

— Allez, file ! Il y a des trappes au grenier qui s'ouvrent de l'intérieur. Mais si tu te fais prendre, je ne pourrai plus rien pour toi, mon garçon.

— Oh, merci, m'sieur Joly, merci ! Vous m'faites la courte échelle ?

Gabriel leva les yeux au ciel puis, joignant les deux mains, aida l'aspirant à se hisser dans la trappe.

— Tiens. Ton butin, sombre andouille ! dit-il en lui tendant le sac.

— Z'êtes sûr ?

Des bruits de pas approchaient dans le couloir.

— Sûr ! Referme vite, et file ! chuchota Gabriel sur un ton pressant.

L'apprenti Renégat referma à la hâte le tablier derrière lui, puis le journaliste l'entendit s'éloigner dans les combles. Lors, il ramassa son balai et ressortit prestement de la petite loge. Arrivé dans le couloir, il tomba nez à nez avec deux gardes, sabres à la main.

— Monsieur Joly ! Que se passe-t-il ? s'exclama le premier, affolé.

— Un rat ! répliqua Gabriel en agitant la brosse devant lui.

— Un rat ?

— Oui ! Un rat gros comme ça ! Le nettoyage laisse à désirer, par ici ! Vous pouvez retourner à votre poste, messieurs, je lui ai fait son affaire.

En descendant vers la bibliothèque, Gabriel grimaça. S'il était si facile d'entrer dans ce théâtre, peut-être était-il temps de revoir les prémisses de l'enquête…

33.

La clef du mystère

Les deux seules lampes que, par précaution, on avait laissées allumées dessinaient sur les hauts murs du vestibule des ombres qui, loin de le flétrir, en soulignaient au contraire les volumes. Dans ce jeu de lumière, les colonnes qui soutenaient les galeries du foyer du public semblaient plus grandes que d'ordinaire, et les deux escaliers majestueux, qui, en vis-à-vis, conduisaient aux premières loges, ressemblaient, justement, à des décors de théâtre.

Au milieu de ce silence religieux, confortablement installé dans le bureau du contrôleur des premières loges, le sergent Célières sursauta en entendant la porte s'ouvrir.

— Co… commissaire ? Que se passe-t-il ? s'exclama l'officier en manquant tomber de sa chaise.

La mine défaite, il eût difficilement pu masquer qu'il s'était assoupi.

— Il se passe, monsieur, que vous êtes un parfait imbécile !

— Je… Moi ? Mais pourquoi ? Je faisais seulement une courte pause, en attendant la relève…

— Comment avez-vous pu omettre de me dire qu'il y avait des caves dans ce théâtre ?

— Je… Enfin… Je pensais que vous le saviez, balbutia-t-il en se levant.

— Les avez-vous fouillées, quand je vous ai demandé de vous assurer qu'il ne restait personne d'autre au théâtre que les suspects que je voulais interroger ?

— C'est-à-dire que j'ai pensé que ce n'était pas nécessaire, comme elles sont toujours fermées…

— Voilà pourquoi je vous dis que vous êtes un parfait imbécile. Avez-vous la clef de ces caves ?

— Vous… vous voulez les visiter ?

— C'est déjà fait, jean-foutre ! Je vous demande si vous avez la clef !

— Bien sûr, maître, elle est ici, sur mon trousseau.

M. Célières sortit celui-ci de sa poche et montra la clef au commissaire.

— Et, ce trousseau, vous le gardez toujours sur vous ?

— Absolument.

— Vous ne le laissez jamais au théâtre ?

— Eh bien, c'est-à-dire, maître, que… si je le laissais au théâtre, je ne pourrais plus y rentrer…

— Ne me prenez pas pour un imbécile, sergent ! Vous pourriez très bien ne garder que la clef de la porte principale et laisser les autres ici !

— Vous avez raison, pardon. C'est d'ailleurs ce que fait le concierge, parce qu'il a un placard où les ranger, mais moi, je suis obligé de les garder, car je n'ai pas de placard.

— Conduisez-moi à la loge du concierge !

— Tout de suite, maître ! répliqua M. Célières en sortant du bureau du contrôleur.

Ils traversèrent le vestibule et, quand ils furent arrivés dans la petite pièce, le sergent montra le meuble où le gardien du théâtre enfermait ses clefs.

— Vous pouvez l'ouvrir ? demanda Guyot.

— Non.

— Eh bien, forcez-le !

— Mais…

— Forcez-le, vous dis-je !

Le sergent, à l'aide de son sabre, s'y reprit à plusieurs fois avant de parvenir à faire céder la serrure.

Le magistrat lui fit signe de se pousser et s'empara du trousseau pendu à l'intérieur.

— Montrez-moi de nouveau votre clef des caves, s'il vous plaît.

M. Célières s'exécuta, et le commissaire, par comparaison, put retrouver celle du concierge au milieu de ce fatras de métal. En l'inspectant, il eut une moue interloquée.

— Les deux clefs datent de la même époque ? demanda-t-il.

— Ma foi, oui, ce sont les clefs d'origine.

— Vous êtes sûr ? Le concierge n'aurait pas fait refaire la sienne ?

— À ma connaissance, non, mais on peut demander à M. Saussey, qui est chargé des clefs, ou le vérifier dans le registre des dépenses.

Isolant la clef du sergent et celle du concierge, il les plaça côte à côte sur le rebord du meuble.

— Vous ne remarquez rien ?

— Maintenant que vous le dites… La clef du concierge a l'air plus récente, en effet.

— Suivez-moi.

Le commissaire, d'un pas vif, conduisit le sergent jusqu'à l'escalier qui, à cour, menait au sous-sol. Il glissa la clef du concierge dans la serrure. Obligé de forcer, il peina à l'ouvrir. Refermant la porte, il essaya ensuite avec la clef du sergent qui, elle, tourna facilement.

— Aha ! s'exclama Guyot, fier de lui. C'est bien ce que je pensais ! La clef du concierge est un double, et de mauvaise qualité ! Vous comprenez ce que cela veut dire ?

— Pas vraiment…

— Cela veut dire que notre assassin a commis sa première erreur, sergent !

— Ah…

— Retournez à l'entrée, et si vous voulez que j'omette dans mon rapport le manque de rigueur qui vous a fait oublier de me parler de ces caves, vous avez intérêt à être irréprochable, désormais ! Que je ne voie pas un seul de vos gardes manquer à son poste !

— Bien sûr, maître !

— Eh bien ? Vous êtes encore là ?

Le sergent Célières fit volte-face et se hâta vers l'entrée.

En remontant en direction de la salle d'assemblée, le commissaire ne cessa de grommeler.

— Il y a tout de même quelque chose que je n'arrive pas à comprendre, répétait-il en boucle. Fichtre de fichtre, il y a quelque chose qui ne colle pas !

34.

Au commencement était le verbe

— Alors ? Qu'avez-vous trouvé ? s'enquit M. Vorignan en apercevant Gabriel.

— Un rat.

— Ah ! Nous en avons quelques-uns au grenier…

La bibliothèque du Théâtre-Français occupait une pièce originellement conçue comme un second foyer particulier, réservé aux spectateurs privilégiés. Mais, comme M. Duhayon, le précédent secrétaire-souffleur, s'était plaint que l'on n'avait pas accordé assez de place à la documentation, qui ne cessait de croître, on avait réquisitionné pour lui cette vaste salle.

À peine Gabriel fut-il entré, ses yeux s'illuminèrent de bonheur. Bien plus qu'une bibliothèque, c'était une salle des archives de la Comédie-Française, que M. Vorignan et son prédécesseur, à l'évidence, avaient entretenue avec amour. En sus d'un bon millier de livres imprimés, débordant le seul répertoire de la troupe, on conservait ici dessins, affiches, maquettes de costumes et de décors, lettres, autographes, manuscrits…

Le souffleur sourit en voyant avec quelle délectation M. Joly déambulait d'un meuble à l'autre, laissant ses doigts glisser sur les vélins, les veaux et les maroquins des éditions originales.

— Ces deux colonnes-là sont consacrées aux copies de rôles[1], aux conduites de garçons de théâtre[2] et aux manuscrits de souffleurs, expliqua fièrement M. Vorignan.

— Je peux ? demanda Gabriel en désignant les reliques.

— Bien sûr ! Tenez, celui-ci est le plus ancien que la troupe ait gardé.

Le journaliste, émerveillé, feuilleta le manuscrit du *Rendez-vous*, comédie en un acte et en vers, écrite en 1683 par Jean de La Fontaine, alors que la Comédie-Française avait tout juste trois ans. Gabriel déchiffra, en marge, les annotations du souffleur de l'époque, les retouches, les indications de placements ou de jeu, comme autant de témoins de la mise en scène. Ému, il s'imagina le grand Champmeslé, entouré de La Grange, Guérin, Dupin et Beauval, déclamant La Fontaine sur les planches de l'hôtel Guénégaud !

— Voyez avec quel soin M. Duhayon a préservé tous ces bijoux ! Et le pauvre homme, au début de sa carrière, ne bénéficiait guère des moyens que l'on a mis aujourd'hui à ma disposition. On attachait peu

1. Copies de la pièce destinées à un comédien précis, mettant son rôle en avant.

2. Relevés indiquant aux garçons de théâtre à quel moment ils doivent intervenir pendant la pièce, pour apporter un accessoire, aller chercher un comédien, etc.

d'importance, alors, à la conservation, mais mon prédécesseur ne comptait pas ses heures, soucieux de transmettre l'histoire de la Comédie-Française à la postérité.

— De peu de moyens on fait parfois de grandes choses, murmura Gabriel.

— La seule nécessité est la digne mère de l'art !

— C'est joliment dit, reconnut Gabriel.

Avec précaution, il reposa l'inestimable souvenir sur l'étagère. Il y avait là plus de trois cents manuscrits qui s'étaient accumulés depuis que la troupe avait été créée, et il en était même de plus anciens, portant les traces de la plume de Molière, au temps où sa compagnie s'était installée au Petit-Bourbon. Plus loin, c'étaient les inventaires des costumes et décors, les comptes rendus du comité de lecture, ici les *Cahiers de mises en scène* de Le Kain, là des textes autographes de Marivaux ou Beaumarchais… Aux yeux de Gabriel, bien plus que les bustes ou les tableaux qui ornaient les foyers et la salle d'assemblée, ces montagnes de papier constituaient le plus précieux trésor de la Comédie-Française.

Il sourit en passant devant un compartiment où était entassée la collection complète du *Journal de Paris*, songeant que ses tout premiers articles avaient ainsi trouvé leur place dans les collections de l'institution.

— Où sont rangés les registres ?

— Par ici, répondit le souffleur en le guidant vers une haute armoire, fermée à clef.

Quand M. Vorignan l'ouvrit, Gabriel parut plus ébloui encore en considérant les piles de cahiers jaunis, soigneusement classés par années le long des rayonnages.

— Alors ? demanda le souffleur, qui semblait presque aussi enjoué que le journaliste. Il y a ici tous les

« registres, titres et papiers » de la Comédie-Française. Lesquels vous faut-il ?

Gabriel réfléchit un instant.

— Qui, de Verneuil, Bonnard et Mourier, a été le dernier à rejoindre la compagnie ?

— M. Mourier est entré en 1760, Mme Verneuil en 1768, et il me semble que M. Bonnard a été engagé l'année suivante, en 1769.

— Très bien, dans ce cas il me faudrait, s'il vous plaît, les registres des feux, des assemblées, des recettes et des dépenses, depuis 1769 jusqu'à aujourd'hui.

M. Vorignan éclata de rire.

— Cela va vous faire une lecture considérable !

— Tant mieux ! Le papier est souvent plus loquace que les hommes. Et la lecture, monsieur, est la confiserie de l'âme !

— À qui le dites-vous ! À qui le dites-vous ! répéta le souffleur, radieux, tout en sortant les registres par paquets pour les poser sur l'une des tables de la bibliothèque.

— Vous avez déclaré tout à l'heure au commissaire que vous travailliez auparavant au théâtre de Bordeaux, n'est-ce pas ?

— Absolument.

— Et comment avez-vous obtenu votre emploi ici ?

— J'avais envoyé une lettre de recommandation que la compagnie avait eu l'amabilité de m'écrire, et M. Duhayon a…

— Figure-t-elle dans vos archives ? le coupa Gabriel.

Le souffleur fit une moue surprise.

— Je… Oui, sans doute… Pourquoi ?

— J’aimerais la voir, si vous le voulez bien. Et, pendant que vous y êtes, je veux bien consulter aussi celles des autres gagistes qui sont présents dans le théâtre aujourd’hui.

— Entendu. Je vais voir ce que je peux trouver.

Quand M. Vorignan eut fini ses recherches, pas moins de quatre-vingts cahiers étaient empilés autour de Gabriel, comme autant de remparts encerclant un donjon, et le journaliste se lança sans tarder dans son étude.

Passant d’un registre à l’autre, confrontant celui-ci à celui-là, se relevant plusieurs fois pour aller chercher un manuscrit dans les étagères, comparant un procès-verbal d’assemblée à une ligne de dépense, la distribution d’une pièce à un tableau de recettes, revenant en arrière, le jeune homme accumula des notes, poussant par moments des petits « Tiens donc ! », des « Voilà qui est intéressant ! » et, à mesure qu’il avançait, il sembla de plus en plus passionné.

Le souffleur, lui, s’affaira de son côté. L’entreprise de classement était un sacerdoce sans fin. Tel Sisyphe poussant son rocher au sommet d’une montagne, M. Vorignan faisait des allers et retours d’une étagère à l’autre, les bras emplis de livres, n’interrompant sa danse que pour venir demander au journaliste s’il avait besoin de quelque chose. Gabriel répondait d’un « tss, tss… » impatient, et le souffleur repartait sur la pointe des pieds pour continuer son rangement.

Ainsi, le journaliste, aspiré tout entier par ses fouilles archéologiques, ne vit point le temps passer, et il sursauta quand le commissaire, le front sévère, fit bruyamment irruption dans la salle.

— Vous avez vu l'heure, monsieur Joly ? Minuit a sonné depuis longtemps, et nos suspects s'endorment les uns après les autres !

— J'avance, commissaire, j'avance à grands pas ! promit Gabriel dont la tête dépassait à peine de ses montagnes de registres.

— Je ne peux pas faire patienter plus longtemps notre prochain témoin, M. Coignard, le décorateur.

— Attendez ! répliqua le jeune homme en se levant d'un bond. Il va falloir chambouler nos plans.

— Comment cela ?

Le journaliste se tourna vers M. Vorignan.

— Ne touchez à rien ! Je vais revenir, je n'ai pas fini. J'arrive, commissaire !

— Gabriel, au passage, prenez le dernier registre des dépenses avec vous, lui glissa Guyot.

Joly ramassa le volume et rejoignit le commissaire. Le prenant par le bras, il l'entraîna dans le couloir.

— Maître, j'aimerais que nous entendions M. Talma en premier, si vous voulez bien.

— Et pourquoi donc ? Vous avez trouvé quelque chose ?

— Peut-être. Le début du commencement de la bribe d'une piste…

— Dites-m'en plus ! s'impatienta Guyot alors qu'ils marchaient vers la salle d'assemblée.

— Il est encore un peu tôt. Il me reste des choses à vérifier.

— Ce que vous êtes agaçant !

— Commissaire, vous me flattez.

35.

Mercier et Beaumarchais

— Sergent, veuillez dire à M. Coignard qu'il peut finalement rester dans son bureau et allez chercher M. Talma à la place, s'il vous plaît.

L'officier, soucieux de bien faire, s'exécuta promptement.

— Et faites-nous porter du café et de quoi grignoter ! ajouta Guyot avant que M. Célières ne fût dehors. Mes ressorts sont usés !

Prenant place dans le fauteuil de Molière, le commissaire feuilleta le registre des dépenses. Nulle part, même plusieurs mois en arrière, il n'était fait mention de quelconques frais de serrurerie pour le concierge. Le petit chauve replet, la bouche agitée de grimaces, referma le cahier et posa son menton sur ses deux poings fermés.

— Il y a un détail qui me chiffonne, dans cette histoire de caves, Gabriel…

Le journaliste, à l'autre bout de la table, était en train de relire les notes qu'il venait de prendre à la bibliothèque.

— Quoi donc ? répondit-il sans relever la tête.

— Comme le confirme ce registre, il est fort probable que l'assassin a emprunté la clef du concierge pour en faire un double. Je pense qu'il aurait ensuite conservé l'originale et remis le double sur le trousseau du gardien…

— Sans doute a-t-il voulu conserver la clef qui fonctionnait le mieux, ce n'est pas un grand mystère. Une maladresse de sa part, mais qui s'explique.

— Ce n'est pas ce qui m'interpelle. Ne trouvez-vous pas étrange que notre assassin se soit donné tout ce mal simplement pour jeter une perruque dans un puits ? Après tout, il a laissé bien d'autres indices derrière lui : le costume de médecin de peste, la robe de vestale, les scalpels…

— Parce qu'il ne pouvait pas faire autrement pour ces indices-là, marmonna Gabriel sans quitter des yeux son papier.

— Peut-être ! Mais enfin, la perruque ne l'eût pas plus incriminé que le reste ! Pourquoi aller jusqu'à voler une clef au concierge, en faire un double, au risque de se faire prendre, tout cela pour se débarrasser d'un seul indice ? Il y avait sûrement des cachettes dans le théâtre qui ne demandaient pas un si grand stratagème ! Et, dans ce cas, pourquoi n'en a-t-il pas fait autant avec les clefs des magasins de costumes, dont il a dû crocheter les portes ?

Gabriel releva enfin la tête.

— Je concède que c'est un peu étrange. Et donc ? Quelle est votre hypothèse ?

— Je pense que notre assassin ne s'est pas servi des caves pour cette seule perruque. Il a dû y faire autre chose ! s'enflamma Guyot.

— Quoi donc ?

— Si je le savais, grand nigaud, je vous le dirais ! Un détail a pu nous échapper, dans ce maudit sous-sol. Nous ne l'avons pas fouillé assez méticuleusement !

Alors que le sergent venait d'apparaître à la porte, accompagné de M. Talma, le commissaire se pencha à l'oreille de Minier en lui tendant la clef.

— Voulez-vous bien retourner fouiller ces caves ?

— Encore ? soupira l'inspecteur.

— Oui ! Et, cette fois-ci, de fond en comble, s'il vous plaît !

Minier haussa les épaules, prit la clef et se mit en route.

— Veuillez vous asseoir, monsieur Talma, fit Guyot en désignant une chaise sur le côté de la grande table.

Gabriel eut un sourire en coin. Il n'était pas certain que tout ceci eût un effet réel, mais il prenait un certain plaisir à repérer les petites astuces policières du commissaire. Si celui-ci avait placé les gagistes dans le fauteuil de Molière afin de turlupiner leur modestie, aux grands acteurs il le leur refusait, pour titiller leur fatuité…

Talma s'installa toutefois sans mot dire, et ce jeune homme, à peine plus âgé que Joly, avait tant d'élégance dans le maintien qu'une simple chaise, quand il s'y installait, paraissait un trône. Ses gestes, rares et précis, étaient si sûrs qu'on eût dit que la piècc tout entière lui appartenait. Il était de ces hommes que les bonnes étoiles ont dotés d'une beauté naturelle, et dont la figure émeut avant même qu'ils ne parlent, tant elle semble enfermer à elle seule toutes les passions humaines. S'il n'était pas d'une fort grande taille, il était bâti comme un athlète, avait les épaules larges et une physionomie vigoureuse qui donnait à sa musculature des veines fortes. La vocation innée qui l'avait poussé si tôt sur les planches, ce talent spontané et animal qui avait conduit ses aînés à reconnaître en lui les germes d'un grand acteur se traduisaient au quotidien par une resplendissante assurance. Le cheveu noir et bouclé, les lèvres pleines et le nez busqué, il avait dans ses yeux d'un bleu sombre, à vingt-six ans seulement, la sagesse qui d'ordinaire ne brille que dans ceux d'un savant philosophe. Un fin connaisseur de l'âme humaine, toutefois, y eût aussi décelé un brin de malice et une grande ambition.

Gabriel, fût-ce à cause des questions qu'il brûlait de lui poser, ou à cause de l'aura magnétique du comédien, sembla bien plus captivé par cette audition qu'il ne l'avait été par les précédentes. Il laissa toutefois le commissaire poser les questions d'usage.

— Où étiez-vous, monsieur Talma, la nuit du 20 août, quand M. Lauriel a été assassiné ?

— Lorsque nous avons dû quitter le théâtre, j'ai soupé rue de la Ville-l'Évêque, chez M. Fabre d'Églantine, avec Mlle Remy, une comédienne de ses amies.

— Vers quelle heure en êtes-vous parti ?

— Je ne saurais vous dire exactement. Il était assez tard. Plus de minuit, c'est certain. Il faudra le leur demander.

— Et ensuite ?

— Je suis rentré chez moi, rue Molière.

— Vous habitez rue Molière ? fit semblant de s'étonner le commissaire.

— Au troisième étage du numéro 19, oui. De la fenêtre de ma chambre, je vois la salle de répétition, maître, ce qui me permet de savoir quand je suis en retard.

— Vous n'étiez pas en l'hôtel de la rue Chantereine ? intervint Gabriel, le regard fixe et droit.

Talma sourit.

— Fichtre ! Le journaliste est encore mieux renseigné que le magistrat ! Non, jeune homme, je n'étais pas ce soir-là rue Chantereine. Mlle Careau tenait salon, et je répétais tôt vendredi matin.

— Ainsi, personne ne peut témoigner que vous avez bien dormi chez vous ? fit remarquer Joly.

— En dehors de Mercier et Beaumarchais, non, personne.

— Mercier et Beaumarchais dormiraient-ils chez vous ? railla le journaliste.

— Oui. Ce sont mes deux chats, sourit Talma.

— Vous avez appelé un chat Mercier ? s'esclaffa Gabriel. Aurait-il mauvais caractère ?

— Il est odieux.

— Hier soir, reprit Guyot, vous jouiez Aurèle et avez conclu le premier acte sur les planches avec Mme Verneuil. Qu'avez-vous fait pendant l'entracte ?

— J'étais dans ma loge, je refaisais ma figure.

— Avec votre habilleur ? demanda Gabriel.

— Je n'en dispose pas. Je m'habille seul, monsieur.

— Et donc, une fois de plus, personne ne peut nous le confirmer ?

— Il doit y avoir une bonne trentaine de personnes qui m'ont vu entrer et sortir de ma loge, se défendit le comédien.

— Quand M. Bonnard est tombé du cintre, vous étiez sur scène, où nous vous avons vu répéter. Mais avant cela ?

— Dans ma loge, répéta Talma.

— Et quand M. Mourier a été assassiné, dans votre loge aussi. Et toujours seul ! assena Gabriel. Vous comprenez, monsieur, qu'il est un peu gênant qu'aucun de vos alibis, lors des quatre meurtres, ne puisse être confirmé, n'est-ce pas ?

— Certes. Mais ce n'est pas parce que aucun témoin ne vous voit dans un lieu que vous n'y êtes pas…

— Voilà le résumé le plus succinct que j'aie entendu de la pensée d'Augustin ! rétorqua Gabriel avec un regard facétieux. Mais le saint philosophe parlait de Dieu, pas de vous… En somme, vous nous demandez d'avoir la foi ? Reconnaissez que votre assertion philosophique mériterait d'être débattue ! Prenons par exemple Mercier et Beaumarchais, vos chats : qui vous prouve qu'ils sont chez vous quand vous n'y êtes pas ? Peut-être disparaissent-ils sitôt que vous fermez la porte !

— Je ne savais pas que vous m'aviez convoqué pour une leçon de philosophie…

— Je vous taquine, monsieur Talma. *There are more things in heaven and earth…*

— *Than are dreamt of in your philosophy*[1], compléta le comédien avec un sourire révérencieux. Un journaliste qui cite Shakespeare dans le texte ne peut pas être tout à fait méchant homme.

1. « Il y a plus de choses dans le ciel et sur la terre que n'en rêve votre philosophie » (*Hamlet*).

— J'ai étudié, comme vous, monsieur, de l'autre côté de la Manche. Vous deviez y devenir dentiste, je devais être imprimeur… Comme quoi, les Anglais sont de très mauvais professeurs.

— Ou d'excellents accoucheurs !

Le commissaire, consterné, regarda les deux jeunes hommes l'un après l'autre d'un air réprobateur.

— Vous avez fini ? s'exaspéra-t-il. Reprenons, monsieur Talma, si vous voulez bien. Quels étaient vos rapports avec M. Mourier, votre doyen ?

— Ils étaient bien moins mauvais qu'on ne le dit. Ils s'étaient naturellement distendus depuis que le doyen avait rejoint le camp de Fleury et moi celui de Mme Verneuil, mais…

— Le camp de Mme Verneuil ? le coupa le commissaire en penchant la tête. Je croyais que c'était le vôtre !

— Vous n'étiez pas le seul à le croire, maître, mais Mme Verneuil était le véritable guide de l'*escadre rouge*, comme Fleury nous appelle…

Il eut un sourire plein de mélancolie.

— Ma camarade était une véritable guerrière, une amazone ! Tenez : elle n'eût guère détonné aux côtés de Mlle Théroigne de Méricourt, que M. Joly, je crois, connaît bien. Disons qu'elle était du même fer ! Bref, pour en revenir à mes rapports avec notre doyen, ils s'étaient abîmés ces dernières semaines, il est vrai, mais je n'ai jamais oublié ce que je lui dois. C'est sur ses recommandations, après qu'il m'eut vu sur les planches du faubourg Saint-Antoine, que je pus intégrer l'École royale de déclamation. Et ce sont lui et mon camarade Dugrasse qui, ensuite, me firent entrer à la

Comédie-Française ! Nous ne partagions peut-être pas les mêmes idéaux, mais ma reconnaissance a bonne mémoire.

— C'est une qualité rare, affirma Gabriel sans sarcasme. Mais puisque nous parlons de votre arrivée dans la compagnie… C'était il y a deux ans, n'est-ce pas ?

— Le mercredi 21 novembre 1787, répondit Talma avec une lueur nostalgique dans les yeux. Je faisais mes débuts comme Séide dans le *Mahomet* de Voltaire.

— Et quels débuts, selon le *Journal de Paris* ! confirma le journaliste en montrant l'article au commissaire.

> Le jeune homme qui a débuté hier par le rôle de Séide annonce les plus heureuſes diſpoſitions ; il a d'ailleurs tous les avantages naturels qu'il est poſſible de déſirer pour l'emploi de jeunes premiers , taille , figure , organe , et c'est avec juſtice que le public l'a applaudi.

— Je fis ce que je pus, s'inclina Talma.

— Vous n'étiez alors que pensionnaire, et pourtant, lors de l'assemblée du lundi 24 décembre, vous fîtes l'objet d'un débat…

Le comédien se gratta le menton.

— Rafraîchissez-moi la mémoire…

Gabriel, qui savait parfaitement de quoi il parlait, fit mine de chercher dans ses notes.

— On y lit que Mme Verneuil, dont vous disiez tout à l'heure le plus grand bien, avait demandé que vous soyez remercié…

— Ah ! Mon Dieu ! s'esclaffa Talma. Oui ! Je m'en souviens maintenant ! Oh, ce n'était qu'une querelle ridicule, qui fut vite oubliée ! Le débutant impétueux que j'étais ne pouvait que s'accrocher au caractère tranchant de ma camarade, mais nous avons ensuite appris à nous aimer, et j'ai appris, moi, les vertus de l'humilité.

— Et quel était le motif de cette querelle ? insista le journaliste.

— J'avais surpris Mme Verneuil, quelques jours plus tôt, en train de parler fort durement à M. Bonnard, et je m'étais interposé, prenant la défense du chef machiniste. J'ai trop lu Condorcet pour tolérer l'injustice de classe. Mes mots furent un peu forts, venus d'un nouveau pensionnaire, et l'affront bien trop grand, pour une sociétaire qui avait alors près de vingt ans d'ancienneté.

— Que reprochait-elle à M. Bonnard ?

— La défaillance d'une de ses machines avait provoqué une inondation de la scène, entraînant du même coup la déconcentration de Mme Verneuil et l'hilarité du parterre.

Guyot hocha la tête.

— Je me souviens qu'elle avait évoqué cet épisode quand je l'ai rencontrée au foyer, dit-il. Une fontaine qui s'était déversée sur les planches, c'est bien cela ?

— Absolument, confirma Talma.

— Et pouvez-vous nous dire, monsieur, à l'occasion de quelle pièce cet accident eut lieu ? le pressa Gabriel.

— Nous jouions ce soir-là *Les Rivaux*, de M. Damery.

À ces mots, le visage du journaliste resplendit comme s'il se fût soudain trouvé en plein soleil. Un sourire se dessina sur ses lèvres.

— Parfait. Nous n'avons pas d'autre question, monsieur Talma. Vous pouvez retourner dans votre loge.

Le commissaire, interdit, dévisagea Gabriel.

— Vous… vous êtes sûr ?

Le journaliste hocha vigoureusement la tête, adressant à M. Guyot un regard insistant.

Le commissaire, plus curieux que convaincu, se leva pour accompagner le comédien à la porte, et demanda au garde de reconduire Talma dans sa loge.

— Vous me devez une explication, jeune homme ! s'exclama Guyot en se retournant vivement vers Gabriel. Je n'en avais pas fini avec M. Talma, qui me semble bien suspect ! Quelle mouche vous a piqué ? Auriez-vous démasqué l'assassin ?

— Peut-être, acquiesça le jeune homme, mystérieux. Mais il me pose un problème qu'il va encore me falloir résoudre…

— Comment cela ? le pressa Guyot, de plus en plus irrité.

— L'assassin de la rue Voltaire n'existe pas, maître.

— Pardon ? Cela n'a aucun sens ! Vous… vous perdez la tête, jeune homme !

— Commissaire, je vous donnerai très vite l'explication que vous attendez. Mais nous devons d'abord prendre une précaution qui est beaucoup plus urgente, affirma Gabriel en se levant.

— Laquelle donc ?

— Nous devons au plus vite nous rendre dans la loge de Mlle de Cassagne. Il se pourrait qu'elle soit en danger !

36.

La flèche de Cupidon

Louise de Cassagne, qui avait quitté sa robe à la polonaise pour une chemise de lit, posa son bonnet sur la coiffeuse et détacha lentement ses longs cheveux d'argent. Dans la pénombre de sa loge, qu'une dernière bougie éclairait, ses yeux se posèrent sur le reflet de son visage dans le grand miroir devant elle. Sous les effets de la fatigue, peut-être, elle se trouva aussitôt envahie d'une imprévisible émotion.

Sans qu'elle pût retenir la vague qui la submergea d'un coup, le regard de cette femme d'ordinaire si forte s'embua soudain de larmes. Les rides sur son front – ce front qu'elle avait toujours trouvé trop grand – lui parurent plus profondes que jamais. D'une main tremblante, elle tenta de les dissimuler derrière une mèche. Le geste, dérisoire, ne fit qu'agrandir son désarroi.

Mlle de Cassagne ne s'était jamais trouvée belle, mais elle avait été jeune et, à tous ceux qui n'avaient guère manqué de railler son manque de grâces naturelles, elle avait toujours opposé la somme de ses conquêtes. Ce fut mue par un désir de revanche, sans doute, qu'elle s'était appliquée, toute sa vie, à les multiplier. Qu'importent un front trop haut, un nez trop long, une bouche trop petite, quand on a de l'esprit et que l'on connaît la force que donne aux femmes la faiblesse des hommes ! Combien de regards jaloux avait-elle savoureusement dédaignés en traversant Paris à bord d'un cabriolet, au bras du prince de Lamballe ? Combien de médisances avait-elle effacées d'un revers de sa bouche, collée aux lèvres d'un duc ou d'un vicomte ? Puisque aux femmes on n'accordait guère d'autres pouvoirs que celui de séduire, elle l'avait exercé sans honte. Chaque pension qu'elle avait arrachée aux maris infidèles, en échange de son silence, elle l'avait perçue sans pudeur, comme une indemnité à l'injustice des sexes. Si le seul privilège de la femme était d'offrir son corps, plût à Dieu qu'il fût aussi lucratif qu'un droit féodal ! Lors, profitant de sa jeunesse, Mlle de Cassagne avait collectionné les amants fortunés comme un noble accumule les terres fertiles.

Mais, ce soir-là, les sillons qui outrageaient sa peau lui parurent bien plus nombreux que les hommes qui l'avaient rendue riche et, dans le silence de sa loge, elle crut entendre résonner le rire de Corneille.

Le temps aux plus belles choſes
Se plaît à faire un affront,
Et ſaura faner vos roſes
Comme il a ridé mon front.

D'année en année, les amants s'étaient faits plus rares et, comme elle, plus vieux. Des cours elle était passée aux salons, des palais aux petits hôtels. D'un jeune comte à un vieux comédien. Si charmant fût-il, un Mourier n'était pas un Stroganoff…

— Oh, Mourier, mon pauvre Mourier ! sanglota-t-elle en songeant, confuse, au défunt doyen. Que ton âme repose en paix dans ton petit Paradis, mon frère d'infamie…

La gorge nouée, elle essuya une larme qui coulait sur sa joue et frotta son cou d'un peu d'eau de Cologne.

Que lui restait-il, aujourd'hui ? L'amour ? Le grand amour ? Celui qui poussait Orphée jusqu'aux Enfers pour y chercher Eurydice ? Le seul qu'elle eût connu, dans les bras de M. Lany, maître de ballet à l'Opéra, n'avait pas duré une année ! Une année de passion si forte que Mlle de Cassagne s'était imaginée mourir quand l'unique homme qu'elle eût jamais aimé l'avait quittée pour une danseuse italienne. Combien de larmes, en montant sur les planches, avait-elle cachées sous le maquillage d'une Mme Argante ou les grimes d'une Marceline ? Les âmes les plus tristes ne font-elles pas, sur scène, les plus grands comiques ?

S'efforçant de chasser ces sombres pensées, elle allait se peigner quand on frappa à sa porte.

Mlle de Cassagne, adressant au miroir un dernier regard, poussa un long soupir. Le garde à sa porte, toute la soirée, avait fait preuve d'un zèle dont la comédienne ne connaissait que trop bien l'envers. Des « Tout va bien, mademoiselle ? » et des « Vous êtes sûre de n'avoir besoin de rien ? » qu'un sourire insistant rendait exaspérants d'indélicatesse.

— Que veut-il, cette fois ? maugréa-t-elle en se dirigeant vers la porte.

Mais, lorsqu'elle l'ouvrit, ce n'était pas le garde qui l'attendait. C'était l'assassin. Et, à ses pieds, le corps du soldat baignait dans une mare de sang.

Mlle de Cassagne eut à peine le temps d'ouvrir la bouche pour crier son effroi que, déjà, l'homme se jetait sur elle et la menaçait d'un poignard qu'il colla sous sa gorge.

Pétrifiée, la pauvre femme ne put rien faire d'autre que trembler, tandis que son assaillant la poussait à l'intérieur, fermait le verrou et la plaquait contre le mur de sa loge. Mlle de Cassagne, terrifiée, n'osa pas même se débattre.

Tandis que, d'une main, l'homme lui écrasait la bouche, de l'autre il fit lentement descendre la pointe de sa lame vers la poitrine de la comédienne.

Les yeux écarquillés, plongés dans ceux de l'assassin, Mlle de Cassagne, horrifiée, n'eut que le temps de voir qu'il pleurait lui-même quand, soudain, elle sentit le poignard s'enfoncer dans sa chair. Et puis, d'un coup, il lui transperça le cœur.

37.

La disparition

— Vous avez entendu ? s'exclama Gabriel alors qu'un bruit sourd venait de résonner à l'étage. Cela venait de là !

Il pointa le doigt vers l'angle du théâtre situé au-dessus du foyer particulier.

— C'est l'endroit où se trouve la loge de Mlle de Cassagne ! répliqua Guyot, horrifié.

Les deux hommes se précipitèrent aussitôt vers l'escalier des deuxièmes loges. Gabriel, sans cesser de courir, se saisit du couteau de l'aspirant Renégat, caché sous sa veste.

— Gardes ! Gardes ! cria Guyot aux deux soldats qu'il venait de voir sur les balcons tournants. Suivez-nous !

À peine arrivés sur le palier, ils aperçurent, au bout du couloir, le cadavre ensanglanté du fusilier, étendu devant la loge de la comédienne. La porte en était grande ouverte.

— Mon Dieu ! s'épouvanta le commissaire.

Gabriel, couteau au poing, arriva le premier. Quand il eut passé le seuil, il s'immobilisa, et ses bras tombèrent le long de son corps.

À ses pieds, dans la pénombre, Mlle de Cassagne gisait, les joues couvertes de larmes. Autour du poignard enfoncé dans son cœur, une tache rouge s'étendait lentement sur sa chemise de lit.

Alors que le commissaire et les deux gardes arrivaient à leur tour, le journaliste poussa un cri de rage.

— J'aurais pu la sauver ! fulmina-t-il en donnant un coup de pied dans une chaise. J'aurais *dû* la sauver !

— Pauvre misère, murmura Guyot, accroupi près du corps.

Puis se tournant vers les gardes :

— Vous, allez chercher le sergent, le chirurgien du roi et l'inspecteur Minier ! Et vous, fouillez-moi cet étage ! Dépêchez-vous ! Il ne doit pas être loin !

Les deux soldats repartirent au pas de course.

— J'aurais pu la sauver, répéta Gabriel, se laissant tomber sur la chaise qu'il venait de maltraiter.

— Vous pouvez le dire autant de fois que vous le voudrez, jeune homme, cela ne la fera pas revenir. Consacrez plutôt vos méninges à démêler cet imbroglio ! Comment… comment quelqu'un a-t-il réussi à venir ici sans se faire repérer ? Et qui ? Tous nos suspects sont sous surveillance !

Le commissaire se releva et regarda le soldat mort sur le pas de la porte.

— L'un d'entre eux aurait-il tué son propre garde avant celui-ci ? Ou bien est-ce quelqu'un d'autre qui est entré dans le théâtre ? Je n'arrive pas à comprendre !

Je vais finir par croire qu'il y a un fantôme dans ces murs !

— Il y en a un, répondit Gabriel, les yeux rivés sur le cadavre de Mlle de Cassagne.

— Ne dites pas de sottises ! Allons ! C'est vous, le grand journaliste d'enquête ! Vous pensiez tout à l'heure avoir démasqué l'assassin…

— Je le crois. Et pourtant, la chose est impossible !

Guyot écarta les bras dans un geste d'incompréhension.

— Mais, bon sang ! Ce que vous dites n'a aucun sens ! Allez-vous enfin m'expliquer ? Comment saviez-vous que Mlle de Cassagne était en danger ?

Plutôt que de répondre, le jeune homme se leva brusquement et, grimpant sur sa chaise, il commença à inspecter le plafond.

— Que cherchez-vous, nom de Dieu ?

— Une trappe.

Il n'y en avait pas.

Descendant de son perchoir, il partit s'agenouiller près du garde et inspecta ses blessures, car il en avait plusieurs. Une à l'épaule, la seconde à la gorge.

— Il a été attaqué de face, murmura Gabriel, comme pour lui-même. Et il s'est défendu. Mais il a été surpris. Il n'a même pas eu le temps de dégainer son sabre. Comment a-t-il pu être surpris alors qu'il n'y avait qu'un couloir à surveiller devant lui ? S'était-il assoupi ?

Puis le jeune homme se releva et ouvrit la porte de la pièce qui, à droite, jouxtait la loge de Mlle de Cassagne.

— La salle des caisses, fit-il, en reconnaissant la pièce où, chaque soir, le caissier venait compter les recettes.

Par acquit de conscience, il regarda sous le bureau. Personne. Il ressortit dans le couloir. Aucune des quatre autres loges n'était occupée par l'un des huit suspects. Ce qui voulait dire qu'aucun autre garde n'avait pu assister à la scène. Il alla ouvrir les portes, l'une après l'autre. Mais, bien sûr, les loges étaient vides, elles aussi.

La mine de plus en plus sombre, le jeune homme revint vers le commissaire qui, les poings sur les hanches, l'attendait nerveusement près du corps de la comédienne.

— Gabriel, il suffit, maintenant ! Dites-moi ce que vous savez !

— Je…

Il n'eut guère le temps de terminer sa phrase, interrompu par les bruits de pas du sergent de la garde, qui arrivait en courant.

— Commissaire ! s'étouffa le soldat, à bout de souffle.

— Tous les gardes sont-ils à leur poste ?

— Oui, oui…

— Il n'en manque aucun ?

— Non ! Ils sont tous devant leur porte ! Mais…

— Ils sont devant leur porte, certes, mais sont-ils chacun sûrs que la personne qu'ils doivent surveiller se trouve bien de l'autre côté ?

— Je… je ne leur ai pas demandé, mais…

— Parbleu ! Vous êtes décidément le pire des ahuris ! cria le commissaire, hors de lui.

— Je… je vais m'en assurer de ce pas, monsieur. Mais…

— Mais quoi ?

— M. Minier…

— Eh bien ?

— Il n'est pas dans les caves, maître !

Le commissaire se raidit.

— Vous… vous êtes sûr ? bégaya-t-il, circonspect.

— Certain !

Guyot, abasourdi, se tourna vers Gabriel.

— Minier ? bafouilla-t-il en regardant le jeune homme. Vous croyez que… ?

Joly secoua la tête.

— Non, monsieur… Je ne peux pas y croire. Enfin !

— Moi non plus, mais…

Le visage du commissaire se mit à blanchir.

— *Le Siège de Calais*, murmura-t-il.

— Eh bien ? le pressa Gabriel.

— Pendant l'entracte… L'inspecteur s'est absenté…

— Allons ! Tout le monde s'absente pendant l'entracte. Réfléchissez un peu ! Et pour M. Bonnard ? Il était avec nous quand nous avons interrogé Fleury.

— Certes, mais nous ne savons pas quand le meurtre a vraiment eu lieu, objecta Guyot. Ni combien de temps le chef machiniste est resté suspendu dans les airs… Notre entretien avec Fleury a duré, quoi, quinze minutes ? Et quand je suis arrivé sur le parvis du théâtre, où vous nous avez rejoints, l'inspecteur était déjà sur place.

— Cela ne tient pas debout. Et pour Mourier, alors ?

— Il était censé interroger les habilleuses. Mais, comme par hasard, il est arrivé près de moi quelques secondes après que les gardes m'ont trouvé…

Gabriel se frotta les joues, dubitatif.

— Minier… Ce serait tout de même incroyable…

Il ferma les yeux et, la mâchoire serrée, sembla fouiller ses souvenirs. Peu à peu, le doute transforma son visage.

— Bon sang ! s'exclama-t-il soudain. Cet accent du Sud ! Se pourrait-il que… ? En quelle année est-il né, commissaire ?

— Ma foi… Je ne sais pas… Il me semble qu'il a quarante-deux ou quarante-trois ans.

— Et depuis combien de temps est-il entré à votre service ?

— Quelques semaines, à peine.

Cette fois, Gabriel écarquilla les yeux.

— Bon sang de bon sort, maître ! Vous avez raison ! Il se pourrait bien que ce soit notre homme !

Livre troisième

Où les rivaux se révèlent

38.

« Je n'avais rien contre vous »

Quelques minutes plus tôt, à peine, dans le couloir des caves qui se trouvaient à cour, l'inspecteur Minier, éreinté, s'était appuyé contre un mur pour reprendre son souffle. Plié en deux, les mains posées sur les genoux, il attendit dans la pénombre que les battements de son cœur veuillent bien se calmer enfin.

— Mission accomplie ! cracha-t-il en se redressant.

Après avoir épousseté sa veste de quelques coups de paume, il s'apprêtait à gagner l'escalier pour remonter au rez-de-chaussée quand un bruit résonna tout au fond du couloir.

Sursautant, il fit volte-face, puis hésita un instant. Il n'avait plus d'arme sur lui. Et pourtant, impossible de renoncer, il n'avait pas le choix ! De l'autre côté des caves, de nouveaux bruits s'élevèrent.

Minier prit une grande inspiration et, les poings serrés, les sens en alerte, il commença à avancer, abandonnant sa lampe derrière lui dans l'espoir que l'obscurité lui offrirait un avantage.

Arrivé en bas du couloir, il se plaqua contre le mur d'angle et risqua un coup d'œil. La lumière était si faible qu'il ne pouvait voir l'autre bout du tunnel. Bravant le danger, il progressa dans les ténèbres. Rapidement, l'appréhension se fit si étouffante qu'il préféra presser le pas, pour en finir !

Alors qu'il était sur le point d'atteindre l'issue de la galerie qui reliait les deux parties des caves, une silhouette se découpa devant lui dans une auréole de lumière.

Les deux figures, aussi surprises l'une que l'autre, se figèrent, l'espace d'une seconde.

Plissant les yeux, Minier tenta de reconnaître l'homme qui, une lampe à la main, lui faisait face. Mais l'inspecteur, dont le regard s'était acclimaté à la pénombre des caves, peina à percer le voile du halo éblouissant. Il n'eut guère le temps d'éviter la lanterne que son adversaire venait de lui jeter. Croisant les bras devant lui pour se protéger le visage, il prit la lampe en plein buste. Éclaboussé d'huile bouillante, Minier poussa un cri de douleur.

Tandis qu'il titubait à rebours, l'inspecteur frappa énergiquement sa manche pour éteindre la flamme qui s'y propageait. Quand, y étant parvenu, il releva la tête, l'homme s'était enfui. Sans hésiter, il se lança à sa poursuite.

Le Toulousain, puisant dans sa rage une énergie nouvelle, remonta le couloir comme un taureau à la charge, puis s'engagea dans l'escalier en colimaçon que sa proie venait d'emprunter. Il enjamba les marches deux à deux, gravissant les degrés dans une cavalcade endiablée. Au coin de la porte qui menait aux coulisses, il eut tout juste le temps d'apercevoir un pan de veste, qui disparut aussitôt derrière le mur. Il s'y jeta, franchit d'un bond le muret qui le séparait des coulisses à jardin et se réceptionna à genoux, paumes à terre. Il se releva lentement et fouilla du regard les ombres qui s'étendaient sous le corridor de cintre. Personne.

La poitrine assaillie par les pulsations furieuses de son cœur, il avança prudemment dans le clair-obscur des côtés de scène. S'approchant de la première poutre, assez large pour cacher la silhouette d'un homme, il mit ses poings en garde et, d'un vif pas chassé, vint se placer à revers, prêt au combat. Personne encore.

Il allait répéter la manœuvre sur la deuxième poutre quand, derrière lui, il entendit des cris étouffés qui appelaient son nom dans les étages.

— Minier ! Minier !

L'inspecteur reconnut les voix mêlées du commissaire et de M. Joly. Il colla une paume près de sa bouche, en porte-voix, pour leur répondre, mais alors une douleur mordante lui irradia le dos, étouffant son cri. Ce fut comme si la foudre était tombée entre ses omoplates.

Bouche bée, l'inspecteur baissa les yeux vers sa poitrine. La pointe d'une lame en dépassait.

Pétrifié, il sentit le souffle de son adversaire sur son épaule. Puis, tout près de son oreille, ces quelques mots chuchotés :

— Pardon, monsieur. Je n'avais rien contre vous.

La lame qui l'avait transpercé se retira lentement vers l'arrière, traversant son buste une deuxième fois, et des pas s'éloignèrent dans les ténèbres. Minier porta ses mains sur la plaie béante qui lui ouvrait le poitrail. Des flots de sang se mirent à en jaillir. Sa vue commença à se troubler. Les forces abandonnant ses jambes, il s'écroula.

Dans un dernier souffle, agonisant, du bout de son index ensanglanté, l'inspecteur traça des lettres sur le plancher.

Lors, comme un drap emporté par une bourrasque, la vie le quitta d'un coup.

39.

Et de rester coi

— Minier ! Minier !

Gabriel et le commissaire firent le tour du foyer du public, longeant la balustrade qui en entourait la partie centrale, évidée. Leurs voix résonnèrent à travers le vestibule. Côte à côte, ils descendirent les larges marches du majestueux escalier.

— Ce ne sont peut-être que de fâcheuses coïncidences, marmonna Guyot en se tenant à la rampe.

— Peut-être. Pour tout dire, je l'espère, répondit le jeune homme.

Il ne parvenait pas, lui non plus, à se convaincre de la culpabilité de l'inspecteur. Et pourtant, la concordance de certains indices était fort troublante.

Arrivés en bas, ils sc dirigeaient vers la salle quand la porte principale de la façade s'ouvrit, laissant apparaître les deux grenadiers qui la surveillaient de l'extérieur.

— Maître ! annonça l'un d'eux d'un air embarrassé. M. le directeur général des Bâtiments du roi demande à entrer !

— À cette heure ? grommela Guyot en regardant sa montre.

Il n'était pas loin de deux heures et demie.

— Eh bien, faites-le entrer, que diable !

M. Flahaut de La Billarderie apparut au vestibule, canne à la main, dans ses plus beaux habits de cour : longue veste de soie rose, gilet blanc à dentelles, culotte aux genoux, bas de soie et souliers à talons rouges. Tirée en arrière, en haut de son large front, une perruque poudrée venait compléter la panoplie flamboyante du comte d'Angiviller.

— Monsieur, fit le commissaire en le saluant avec révérence. Nous sommes en pleine investigation…

— C'est précisément le motif de ma présence, répondit le comte qui claudiquait à sa rencontre. Je suis venu vous transmettre un ordre de Versailles.

— Un ordre de Versailles ? répéta Guyot, perplexe. Sans vous offenser, monsieur le directeur, c'est à ceux de l'Hôtel de Ville que je réponds désormais…

— Sa Majesté exige que vous libériez sur-le-champ ses comédiens, continua son interlocuteur, comme s'il n'avait pas entendu. Et que le théâtre puisse ouvrir dès demain.

Un voile sombre passa sur le visage du commissaire.

— Sa Majesté ? Vraiment ? Depuis quand le roi intervient-il dans une enquête de la police parisienne ?

M. Flahaut de La Billarderie, ami fidèle de Louis XVI, l'était aussi des philosophes, de Condorcet, de Lavoisier, et, à la vérité, il faisait partie, à Versailles, des conseillers les plus modérés qui entouraient le roi. Quoique ancien militaire, maréchal de camp sous le précédent monarque, ce n'était pas un homme de pouvoir, mais plutôt un passionné des arts à qui Louis XVI avait offert une carrière qui lui convenait davantage. C'était lui, d'ailleurs, qui avait choisi le projet des architectes Peyre et Wailly pour la construction du Théâtre-Français. Il était ici en territoire conquis.

— Un message a été porté à Sa Majesté lui indiquant que vous reteniez ici ses comédiens captifs…

— Un message ? Et de qui, je vous prie ? s'offusqua Guyot.

— D'un comédien dont je ne suis guère tenu de vous donner le nom.

— Et qui signe d'un « F. », je suppose ? Eh bien, dans ce cas, voulez-vous bien dire à Sa Majesté que, de *ses* comédiens, je ne retiens que ceux dont on n'a pu encore établir l'innocence. Il me semblait, en outre, que ce théâtre était désormais celui de la Nation…

— Les comédiens demeurent ceux de Sa Majesté, répliqua le comte en pointant sa canne vers une affiche clouée au mur du bureau du contrôleur.

En haut de celle-ci, par tradition, on pouvait encore lire : « Les comédiens ordinaires du roi donneront aujourd'hui… »

Guyot gonfla la poitrine.

— Monsieur le directeur, je vous sais homme de raison. Il vient d'y avoir, il y a quelques minutes à peine, un cinquième meurtre ! Mlle de Cassagne a été assassinée.

— Mon Dieu !

— Comme vous dites. Aussi, je suis certain que Sa Majesté, eût-elle en sa possession toutes les informations au sujet de ce qui se trame ici, me laisserait jusqu'à demain, au moins, pour interroger les derniers témoins…

— Je ne suis que le messager, maître, répondit le comte, peinant à masquer son embarras. Rien ne vous empêchera demain de convoquer les comédiens au Châtelet, ou à votre hôtel, pour les y entendre. Mais Sa Majesté est formelle. Elle exige que…

Le directeur général des Bâtiments fut interrompu dans sa phrase par des cris qui s'élevèrent à l'entrée de la salle du théâtre.

— Commissaire ! Nous venons de retrouver l'inspecteur ! s'égosilla le sergent en arrivant au pas de course.

— Où est-il ? répliqua Guyot prestement.

— Dans les coulisses ! Il… il a été attaqué !

— Par un garde ?

— Non, maître ! Par l'assassin sans doute ! M. Minier… M. Minier est mort !

Le mot fatal résonna entre les hautes colonnes du vestibule. Il y eut un instant de silence stupéfait. Gabriel et le commissaire échangèrent un regard horrifié, puis, abandonnant M. Flahaut de La Billarderie derrière eux, ils se hâtèrent vers la scène.

Derrière le manteau d'Arlequin, à l'aplomb du corridor de cintre, deux gardes entouraient le corps de M. Minier, étendu sur le ventre.

Arrivé quelques instants après Gabriel, le commissaire s'adossa contre une poutre en se tenant le front.

— Ce n'est pas possible, souffla-t-il, accablé. Que Dieu me damne !

Puis, s'efforçant de retrouver son sang-froid, il vint s'agenouiller près du journaliste et découvrit alors l'immense tache rouge qui avait envahi le dos de l'inspecteur.

— Quelle horreur ! Mon pauvre ami, se lamenta-t-il en posant délicatement une main sur la joue blafarde de son subalterne. Et dire… dire que nous vous avons soupçonné !

— Regardez, murmura Joly.

Il montra le bras de M. Minier. Son index tendu, l'inspecteur semblait désigner, de l'au-delà, quelque chose dans les ombres des coulisses.

Gabriel, en s'approchant, vit qu'il n'en était rien.

— Maître ! Venez voir ! Il a essayé d'écrire quelque chose par terre, de son propre sang !

Guyot déchiffra les trois lettres d'un rouge sombre tracées sur le plancher.

— « Coi ». Comme Coignard ? suggéra-t-il, hébété, tandis qu'il relevait la tête vers Gabriel. Le décorateur ?

— C'est fort possible, acquiesça Joly. Mais fort possible ne veut pas dire certain… M. Minier nous a peut-être aussi indiqué un lieu où chercher : *coin*, *coiffeuse* ? Ou bien voulait-il nous inviter à aller repêcher la *coiffe* au fond du puits…

— Gabriel ! Il est tout de même plus probable que l'inspecteur a voulu nous donner le nom de son assassin !

— J'en conviens. Mais, encore une fois, ce qui est probable n'est pas sûr ! Cinq lettres nous séparent de cette certitude-là, commissaire. Quoi qu'il en soit, un message tracé sur le sol ne constitue nullement une preuve, seulement une piste.

Les deux hommes se retournèrent de concert en entendant des pas lourds approcher sur les planches. Le directeur général des Bâtiments du roi, s'appuyant sur sa canne, apparut dans les coulisses.

— Doux Jésus ! lâcha-t-il en portant un mouchoir à sa bouche. S'agit-il de votre inspecteur ?

Guyot, la mâchoire serrée, hocha la tête avant de se relever.

— Je suis désolé, maître, fit le comte d'un accent sincère, devinant l'amertume dans le regard du commissaire. Permettez-moi de vous présenter mes condoléances…

— Et vous voudriez que je laisse partir les sept dernières personnes que je retiens ici, en prenant le risque que l'une d'elles soit le meurtrier ? rétorqua sèchement Guyot.

— Pardonnez-moi, monsieur, je comprends votre colère. Mais reconnaissez que les retenir ici n'a guère empêché que d'autres meurtres fussent commis…

Le commissaire, de fait, ne sut que répondre.

— Monsieur ! intervint Gabriel en se relevant à son tour. Si je puis me permettre : il vous faut bien une heure pour rentrer à Versailles, n'est-ce pas ?

— Certes, mais…

— De grâce ! Accordez-nous au moins cette faveur : retournez au château, et nous vous faisons la promesse que, d'ici une heure, nous laisserons partir les comédiens. Ainsi, quand vous annoncerez à Versailles qu'ils ont été libérés, vous ne mentirez pas.

Le directeur, dans une moue hésitante, fit doucement rebondir sa canne sur le sol, plusieurs fois. Puis il sortit une montre de sa poche.

— Il est deux heures quarante, messieurs. À quatre heures précises, si vous ne laissez pas les comédiens sortir, vous aurez à en répondre à Sa Majesté. Et croyez bien que je m'assurerai auprès de la troupe que vous aurez satisfait la demande du roi.

— C'est promis, monsieur le comte ! jura le journaliste.

— Et demain, quoi qu'il advienne, le théâtre ouvrira ses portes ! Allons ! Ne perdez pas de temps ! Il ne vous reste qu'une heure et vingt minutes !

40.

Tout est vanité

— Je vous en conjure, monsieur Joly ! s'agaça le commissaire, bouleversé par la mort de son subalterne. Dites-moi ce que vous savez avant qu'ils n'arrivent !

Gabriel, sentant poindre une nouvelle crise, avait avalé discrètement quelques gouttes de laudanum sur le trajet. Ses muscles détendus, l'âme apaisée, il éprouvait une sensation de quiétude, dont il espérait qu'elle suffirait à l'aider dans l'heure qui allait suivre. Il mesurait à présent les répercussions perverses de son accoutumance : chaque fois que les effets de l'opium se dissipaient, le mal était de plus en plus sévère. Et, à l'inverse, les bienfaits qui résultaient de chaque nouvelle prise, de plus en plus limités.

— Cela serait bien trop long, maître ! Vous le découvrirez en même temps que tout le monde, répondit le jeune homme.

— Vous êtes insupportable ! Je n'ai plus envie de badiner, Gabriel ! Nous aurions aussi vite fait de mettre M. Coignard aux arrêts et de l'interroger !

— Et c'est sans doute ce que nous aurions fait si nous avions eu une preuve tangible de sa culpabilité. Mais nous n'en avons pas. Il me manque encore de nombreux éléments, et je compte bien en découvrir quelques-uns en prêtant attention aux réactions de chacun. Vous devriez en faire autant, d'ailleurs. Vous êtes un excellent juge de l'âme humaine, commissaire. J'aurai besoin de vos yeux et de vos oreilles pour m'aider à repérer le moindre indice.

— En somme, vous serez le seul à parler ?

— Depuis le temps que vous me suppliez de le faire, réjouissez-vous ! ironisa Gabriel.

— Je ne suis pas d'humeur à me réjouir, figurez-vous.

La porte du foyer s'ouvrit et, précédés de deux gardes, les sept derniers suspects entrèrent les uns derrière les autres, dans une marche funèbre.

— C'est tout simplement scandaleux ! s'exclama M. Coignard en lançant à l'un des soldats un regard foudroyant.

Avec pour ordre de faire vite, au plus vite même, le sergent avait été sommé une nouvelle fois, et sans doute la dernière, de rassembler tout ce petit monde au foyer des acteurs.

— Mademoiselle, messieurs, veuillez prendre place, s'il vous plaît, les accueillit Guyot en tendant la main vers un demi-cercle de fauteuils et de canapés.

Les trois gagistes, Coignard, Saussey et Vorignan, ainsi que les quatre comédiens, Brizard, Fleury, Talma et Vanhove, s'installèrent dans l'amphithéâtre improvisé, que le commissaire avait volontairement disposé face au buste de Molière.

Guyot, s'approchant de M. Célières, échangea avec lui à voix basse.

— Ils étaient chacun dans leur pièce respective ?

— Absolument, maître.

Le commissaire grimaça. La chose rendait leur inculpation fort compliquée : comment accuser de meurtre une personne qui n'était pas sortie d'une pièce surveillée par un garde ? L'hypothèse qu'on fût passé par les fenêtres était certes envisageable, mais le commissaire peinait à y croire.

— À vrai dire, reprit l'officier, à l'exception de M. Talma, il semble même qu'ils s'étaient tous endormis, y compris les gagistes dans leurs bureaux. Il a fallu les réveiller.

— Très bien, vous pouvez disposer.

Le sergent se retira.

— Il est presque trois heures du matin, commissaire ! rouspéta encore M. Coignard. A-t-on idée d'importuner des gens à une heure pareille ?

— Figurez-vous que certains, monsieur, ont même l'idée d'assassiner des gens, à une heure pareille ! répliqua Guyot en le dévisageant.

— Eh bien, moi, à cette heure-là, je dors ! Car voyez-vous, je me lève tôt, le matin !

Le commissaire se frotta la tempe sans cesser d'observer le décorateur. Si les trois lettres tracées sur le sol par l'inspecteur faisaient désormais de M. Coignard le principal suspect, cette démonstration tapageuse commençait à semer le doute dans l'esprit du magistrat. L'assassin eût-il été assez stupide pour se faire remarquer de la sorte ? C'était peu probable. À moins que ce ne fût, justement, un habile coup à deux bandes, pour se disculper.

— Monsieur Coignard, au moins autant que la vôtre, ma patience, au cours des dernières heures, a été mise à rude épreuve. Le respect que j'ai pour votre travail me pousse à vous adresser un conseil, avant qu'il ne soit trop tard : ne vous avisez plus d'ouvrir la bouche une seule fois tant que je ne vous y aurai invité, faute de quoi vous verrez s'abattre sur vous une colère plus grande encore que celle, venue du ciel, qui fit trembler la maison de Jacob comme celles des Philistins !

Le décorateur, bouche bée, s'immobilisa dans son fauteuil, balbutia quelques vagues consonnes, puis, avec une grimace d'humiliation, se tapit contre son dossier sans plus rien ajouter.

— Bien, reprit Guyot en se tournant vers les autres d'un air tout aussi autoritaire. Nous sommes tous fatigués, pour ne pas dire épuisés, et, par quelque odieux lien du sort, nous voilà même, à présent, tous endeuillés. Je ne doute pas un instant que, comme moi, vous aimeriez que cette journée ô combien sinistre fût finie, afin de rentrer chez vous consoler votre peine en retrouvant vos épouses, vos maîtresses, vos amants, vos chats, ou votre traversin.

Le commissaire se garda d'accompagner chacun de ces mots d'un regard précis à celui ou celle à qui il était adressé. Tous, sans doute, surent se reconnaître.

— Grâce à la perfide intervention de M. Fleury…

— Pardon ? s'exclama l'intéressé. Mais je ne vous…

— Oho ! La maison de Jacob comme celles des Philistins ! le coupa Guyot en le menaçant de l'index.

Le comédien, rouge de colère, eut toutefois la sagesse de se raviser et recouvra le silence.

— Grâce à la perfide intervention de M. Fleury, disais-je, dans une heure, au plus tard, vous aurez l'autorisation de quitter le théâtre pour rentrer chez vous. À l'issue de cette heure, toutefois, l'un ou l'une d'entre vous sera peut-être envoyé au Châtelet. Les autres seront libres de reprendre leur travail dès demain, mais devront rester à Paris, afin de pouvoir être entendus si cela était nécessaire, jusqu'à ce que cette enquête soit close. Tout départ de la capitale, sans mon autorisation formelle, sera aussitôt considéré comme un aveu de culpabilité. La chose est-elle bien claire pour tout le monde ?

Il les dévisagea tous, ne passant d'un visage à l'autre qu'après y avoir lu un signe d'approbation, y compris sur celui de Mlle Vanhove qui, effondrée à l'annonce de la mort de Mlle de Cassagne, sanglotait sur l'épaule de Brizard.

— Parfait ! conclut le commissaire en frappant dans ses mains. Je vais donc laisser la parole à M. Joly.

Il se mit à l'écart, près du buste de Racine, et tous les yeux se tournèrent vers le journaliste.

Celui-ci, à qui toutes ces heures passées dans les murs d'un théâtre semblaient avoir redonné le goût du spectacle, se tenait dos à son auditoire, mains croisées sur les reins, et admirait, au mur du foyer, le magnifique portrait de M. Brizard, un pastel d'une puissance rare. Représenté en Roi Lear, dans la version que Jean-François Ducis fit de la pièce de Shakespeare, on le voyait au moment de son réveil, le buste gonflé, le regard habité, rongé par la folie, mais ébloui par les rayons d'une soudaine clarté.

— *Ô la douce lumière ! Ah ! D'où viens-je ? Où suis-je ?* cita le jeune homme de mémoire, sans se retourner. *Ce jour, ce lieu, ce corps, tout me semble un prestige !*

Le commissaire, qui, comme convenu, s'était écarté pour scruter le comportement des suspects, se racla la gorge d'impatience. M. Joly avait promis de faire vite.

— De quand date ce tableau ? demanda Gabriel en tournant brutalement les talons.

— De 1783, répondit Brizard, de sa voix caverneuse. On le doit au talent admirable de Mme Labille-Guiard.

Le journaliste sourit.

— Ah ! Vous étiez donc encore sociétaire quand il a été installé ici ? Ce doit être singulier d'avoir son portrait sur une toile, entre un buste de Molière et un autre de Corneille ?

— Certes. Où voulez-vous en venir, jeune homme ?

— Où veux-je en venir ? répéta Gabriel en se mettant à marcher doucement.

Avec, au fond des yeux, une lueur de malice, il posa, ce faisant, un regard circulaire sur ses sept spectateurs puis, d'une voix douce mais ferme, avec la diction d'un comédien lui-même, il répondit :

— Je veux en venir, mademoiselle, messieurs, à la vanité ! La vanité, entendue, qui plus est, dans l'une et l'autre de ses deux acceptions. La vanité en tant qu'excès d'amour-propre, orgueil, satisfaction de soi. Et la vanité, caractère de ce qui est vain, futile, dérisoire. *Vanité des vanités*, dit l'Ecclésiaste, *tout est vanité !* N'est-ce pas, au fond, une définition fort juste du théâtre, où l'orgueil du comédien se mélange à la frivolité d'un art qui ne fait qu'imiter la vie ?

Gabriel marqua une pause, tandis que, parmi son public, certaines bouches sourirent et d'autres s'offusquèrent. Puis, s'approchant du buste de Corneille, il en effleura la joue.

— N'est-ce pas, pareillement, le sens véritable de *L'Illusion comique* ? Ici, mademoiselle, messieurs, tout est vanité. Et l'histoire que je vais vous conter à présent est bien une histoire de vanité, dans une acception tout autant que dans l'autre, dont vous êtes les acteurs.

41.

Les rivaux

— Notre histoire débute au mois d'août 1787, commença Gabriel solennellement. Le 20 août, pour être précis. Soit, jour pour jour, deux ans avant le meurtre de M. Lauriel, qui a eu lieu jeudi dernier. M. Talma, ici présent, vient tout juste d'entamer ses études à l'École royale de déclamation et n'a pas encore reçu son ordre de début à la Comédie-Française. M. Brizard, lui, a pris sa retraite depuis un an. Est-il présent comme visiteur ce jour-là ? Je l'ignore. Peut-être nous le direz-vous tout à l'heure, monsieur…

Le vieux comédien, semblant ne pas se souvenir d'une date aussi lointaine, haussa les épaules.

— Quant à M. Vorignan, continua Joly, il est encore second souffleur au théâtre de Bordeaux. Mais vous autres, vous quatre, vous êtes là : monsieur Coignard, monsieur Saussey, monsieur Fleury, et vous, mademoiselle Vanhove, qui n'avez alors que seize ans.

Adressant un regard bienveillant à la jeune femme, il put constater que, pendue à ses lèvres, elle ne pleurait plus.

— Il est neuf heures du matin. Un homme, un peu fort, qui a tout juste quarante ans, frappe timidement à cette porte.

Le journaliste, se retournant, désigna l'entrée du foyer des acteurs puis, calmement, reprit sa déambulation théâtrale.

— Monté à Paris depuis quatre ans déjà, se disant dramaturge et poète, cet homme n'a cessé de batailler pour se faire connaître avec ses comédies ou ses tragédies. La plupart de ses pièces, dont certaines ont pourtant été jouées en province, sont tombées dans les caves des théâtres parisiens auxquels il les avait portées. L'une d'elles, toutefois, est parvenue à atteindre les planches du Théâtre-Italien. Elle en est redescendue, faute de succès, à la troisième représentation. Pourtant, cette fois, ce fameux matin du lundi 20 août 1787, M. Barthélemy Damery en est sûr : la pièce qu'il tient dans ses mains va lui ouvrir les portes de la gloire ! Elles vont enfin sonner pour lui, les trompettes de la renommée !

Au moment même où il avait prononcé le patronyme de l'auteur, sans arrêter ses allées et venues, Gabriel s'était appliqué à observer les réactions des sept suspects, et elles avaient été nombreuses. Un hochement de tête pour MM. Fleury et Saussey, témoignant de leur réminiscence ; un froncement de sourcils pour M. Coignard ; une moue dubitative aux lèvres de Mlle Vanhove.

— Le manuscrit collé sur son cœur battant, le dramaturge, fiévreux, attend sur le palier. Une voix, enfin, lui dit d'entrer. M. Damery pousse la porte et découvre les visages des membres du comité de lecture. Monsieur Fleury, vous en faites partie.

L'intéressé acquiesça.

— Avec vous, parmi les dix membres de ce comité, il y a également Mlle de Cassagne, Mme Verneuil et M. Mourier. Celui-ci, semainier, fait signe à l'auteur de se placer juste ici, devant son auditoire, et lui demande de donner lecture de la pièce qu'il a apportée. Pouvez-vous nous dire, monsieur Fleury, le nom de cette pièce ?

— *Les Rivaux*, répondit le sociétaire d'un ton neutre.

Gabriel hocha la tête et, de nouveau, observa le comportement de l'assistance. Puis, prenant un air facétieux :

— Je vois que certains commencent à deviner où va nous conduire cette histoire ! se félicita-t-il.

— Est-elle encore longue ? se lamenta M. Coignard, excédé.

— Oh, oui, monsieur ! Je ne suis pas sûr, d'ailleurs, qu'elle soit tout à fait terminée, à l'heure où je vous parle !

— Eh bien, résumez, que diable !

— Ah, mais c'est que je ne voudrais omettre aucun détail, car vous y jouez un rôle, cher ami !

Le décorateur leva les yeux au ciel.

— Ainsi, dans ses petits souliers, le bedonnant Damery commence la lecture de cette comédie en cinq actes et en vers. Par… vanité, sans doute, il s'efforce de masquer, dans sa voix, l'accent de la ville de Nîmes, où il a grandi. On l'écoute, on le coupe parfois pour demander une précision, puis, quand il a terminé, on le remercie en lui promettant une réponse rapide. Il repart, tourmenté, mais empli d'espoir. Il est dix heures du matin. Tout le monde se lève, quitte le foyer et rejoint la salle d'assemblée pour la réunion hebdomadaire des sociétaires. Quand le sujet arrive à l'ordre du jour, le comité de lecture donne son sentiment sur la pièce de M. Damery qu'il vient d'entendre. Les avis sont partagés mais, dans l'ensemble, favorables, hormis celui de M. Mourier, qui la trouve « d'une confondante stupidité ». M. Fleury, lui, estime au contraire que la comédie est excellente et annonce qu'il aimerait y tenir le rôle principal. Celui du capitaine Jack Absolute. C'est exact ?

Fleury confirma, ombrageux.

— Ainsi, le surlendemain, M. Damery reçoit une lettre chez lui, rue de Montreuil. Quand il l'ouvre, il n'en croit pas ses yeux : sa pièce va être mise à l'étude à la Comédie-Française ! C'est la consécration ! Le succès, enfin, lui tend les bras. Bientôt, on s'arrachera ses pièces ! À lui les gazettes, les salons, à lui l'entrée dans les coulisses, à lui la cour des comédiennes, les flatteries des comédiens, vanité des vanités… Une semaine plus tard, lors de l'assemblée suivante, on procède donc à la distribution des rôles. M. Mourier, à qui l'on propose celui de Sir Anthony Absolute, père du capitaine, le refuse, affirmant que la pièce sera un échec.

Le front soucieux, le journaliste s'immobilisa puis, portant l'index à sa bouche :

— Fichtre ! Je me rends compte que je devrais peut-être, avant de continuer, résumer brièvement la comédie de M. Damery ! Après tout, le commissaire, MM. Brizard et Vorignan ne la connaissent peut-être pas ? En voici donc la trame.

Gabriel, ménageant ses effets, prit une pose dramatique et se lança avec ferveur :

— L'action des *Rivaux* se passe à Bath, dans cette station thermale anglaise à la mode, où de riches aristocrates viennent prendre les eaux réputées pour leurs vertus curatives. L'histoire, extravagante, raconte les péripéties amoureuses de la jeune et belle Lydia Languish, qui est jouée par vous, mademoiselle Vanhove, c'est bien cela ?

La jeune femme opina du chef.

— Fervente lectrice de romans populaires, Lydia rêve de vivre une histoire d'amour purement romantique. Plus précisément, elle entend se marier par amour, et dans la pauvreté ! Sa tutrice et tante, Mme Malaprop, interprétée par Mlle de Cassagne, désire, elle, au contraire, que sa nièce épouse un jeune homme de bonne famille, sans quoi elle la déshéritera de son immense fortune ! Le capitaine Jack Absolute – M. Fleury, donc –, jeune aristocrate qui espère épouser Lydia, comprenant que celle-ci ne veut pas d'un riche prétendant, se fait passer pour un militaire sans argent et parvient ainsi à la séduire. En découvrant leur idylle, la tante de Lydia enferme celle-ci et menace de la déshériter. La pauvre enfant, effondrée, se fait consoler par sa cousine Julia, qu'incarne Mme Verneuil. Vous m'arrêtez si je me trompe ?

Personne n'intervint. Certains, parmi les suspects, commençaient en revanche à échanger des regards où se lisait une certaine gêne. Une inquiétude, peut-être.

— S'ensuivent alors tout un tas de complications humoristiques : Sir Anthony, le père de Jack – dont le rôle, décliné par Mourier, a échu à M. Des Essarts –, désireux de marier son fils à Lydia, ignore que celui-ci la courtise déjà sous un autre nom, si bien que Jack devient un *rival* pour lui-même ! Le titre de la pièce prend ici tout son sens subtil, n'est-ce pas ? Et, pour compliquer davantage les choses, voilà que, sous ses deux identités, Jack est provoqué en duel par deux autres prétendants : un certain Bob Acres, gentilhomme campagnard un peu ridicule, formidablement personnifié par le facétieux Dugrasse, et Sir Lucius O'Trigger, baronnet irlandais nécessiteux et combatif, qu'interprète M. Dazincourt. Après moult péripéties, la jeune Lydia abandonnera finalement ses vœux sentimentaux de pauvreté et acceptera d'épouser le beau capitaine Jack Absolute ! Tout est bien qui finit bien ! s'exclama Joly.

Tendant une main vers Fleury, l'autre vers Vanhove, il mima le plus romantique des attendrissements.

Brizard, un brin moqueur, le félicita d'une laborieuse salve d'applaudissements.

— Bravo, jeune homme, vous êtes fait pour la scène ! lança-t-il de sa grosse voix.

— Oh, non, monsieur : je ne sais pas mentir.

Le commissaire, bien malgré lui, ne put s'empêcher de pouffer dans son coin.

— C'est une très belle histoire, mais quel rapport avec nos crimes ? s'impatienta M. Vorignan.

— J'y viens, monsieur, j'y viens ! La comédie, donc, est mise à l'étude au mois de septembre 1787. Les répétitions terminées, la pièce peut « descendre en scène » : on la répète une première fois dans les conditions du spectacle. Puis vient la couturière, ultime répétition, où l'on apporte les dernières retouches aux costumes. Enfin, le 18 décembre 1787, soit moins de quatre mois après sa mise à l'étude, tada ! *Les Rivaux* est portée sur les planches du Théâtre-Français, en guise de petite pièce. À la dernière minute, toutefois, le rôle de l'un des domestiques, David, dont l'interprète est tombé malade, est confié… à M. Talma, qui vient de faire des débuts prometteurs, un mois plus tôt, à la Comédie-Française !

— C'est exact, confirma celui-ci. Mon prédécesseur n'ayant pas de doublure, j'ai eu quatre jours pour apprendre mon texte…

— Merveilleux ! Quel talent ! s'inclina Gabriel dans une révérence. Bref, le jour dit, tout est prêt, les costumes, les décors, la musique… Les garçons de théâtre ont leur conduite, les machinistes, les illuminateurs, les comédiens, tout le monde, croit-on, est préparé. Selon le registre des recettes, huit cent quarante-deux spectateurs sont venus. Un public tout à fait honorable, pour un froid mardi d'hiver. Et pourtant, miséricorde, à l'heure dite, rien ne se passe comme prévu ! Sur le registre des feux, on peut lire que la comédie chute dès le deuxième acte. En d'autres termes, le parterre siffle et râle si fort que la petite pièce est interrompue !

— Et pourquoi donc ? demanda Guyot qui, s'étant laissé prendre à l'histoire de Gabriel, en avait oublié un instant d'espionner les suspects.

— Bonne question, commissaire ! Très bonne question, même ! Peut-être pourriez-vous y répondre, monsieur Coignard ?

Le décorateur, mal à l'aise, répondit de mauvaise grâce :

— Une perche est tombée sur la scène, voilà ! Cela arrive ! Et ce n'était pas ma faute !

— En effet ! Ce n'était pas votre faute, monsieur. C'était celle, probablement – et je dis bien *probablement* –, de votre regretté chef machiniste, M. Bonnard…

Se tournant vers Guyot, Gabriel lui adressa un clin d'œil.

— Vous commencez à comprendre, n'est-ce pas, la trame de notre histoire, commissaire ? Mais revenons sur scène : la perche s'écroule donc dans un grand fracas et le résultat est… spectaculaire ! S'abattant sur la fontaine que vous avez conçue pour le décor, M. Coignard, et dans laquelle M. Bonnard a installé une astucieuse machine hydraulique, la lourde barre de fer en brise les parois. Crac ! D'un seul coup, des centaines et des centaines de litres d'eau se déversent sur les planches. Pris de panique, les comédiens crient, sursautent et pataugent, déclenchant, bien sûr, l'hilarité des spectateurs ! Au commandement de M. Saussey, des garçons de théâtre, horrifiés, se précipitent au plateau et emportent la perche. On s'efforce, péniblement, de sauver les apparences. Une fois toute l'eau déversée et le calme revenu, la pièce, normalement, devrait pouvoir reprendre. Après tout, des rires, dans une comédie, ne font jamais de mal ! Malheureusement, la suite des événements en décide autrement…

— Mme Verneuil, intervint Fleury, dans un soupir.

— Elle-même ! approuva Gabriel. La grande, la talentueuse Flora Verneuil, soudain, se met à bafouiller. Déconcentrée par l'accident, elle ne retrouve plus son texte. Le souffleur, M. Duhayon à l'époque, ne parvient pas à la sortir de ce mauvais pas. De réplique en réplique, la comédienne se trompe, se perd, s'emmêle les pinceaux, et le public, amusé au début, finit par trouver la chose ridicule. Il siffle, crie des injures. Le brouhaha envahit la salle. On jette des pommes cuites, on harangue les comédiens, on fait des farces douteuses…

Gabriel s'interrompit et laissa ses bras tomber mollement le long de son corps, avant de reprendre, d'une voix sinistre :

— De guerre lasse, les comédiens, désemparés, se résignent à quitter le plateau. M. Saussey, en coulisse, crie l'ordre fatal : *rideau !* L'orchestre s'empresse de combler le silence gênant et on annonce l'entracte. Le public se presse au grand foyer pour dire son indignation, on vilipende et on blâme, on donne son avis éclairé, on joue au critique de théâtre. Tout y passe : les acteurs, la pièce, les décors… Une demi-heure plus tard, la cloche de l'avertisseur résonne dans les couloirs. Chacun regagne sa place. Le rideau se lève de nouveau et l'on donne la grande pièce, *Le Triple Mariage*, de M. Néricault Destouches. Un classique du répertoire que la troupe joue de main de maître. Cette fois, c'est un franc succès. Au dernier acte, la salle se lève pour acclamer les acteurs. L'honneur est sauf. L'affront est oublié… Pour les comédiens, en tout cas.

Le jeune homme s'avança de quelques pas et vint se placer au plus près de ses auditeurs, les toisant d'un regard réprobateur.

— Car, dans l'indifférence générale, l'auteur, M. Damery, ce pauvre M. Damery, vient, lui, d'essuyer la pire humiliation de sa vie. Du moins le pense-t-il. En vérité, le surlendemain, une humiliation plus grande encore attend notre dramaturge dévasté…

42.

Bas les masques

Le quart sonna à l'horloge de la cheminée de marbre. Dehors, Paris s'était endormie depuis longtemps. Sous certains toits, on rêvait de Déclaration des droits de l'homme. Sous d'autres, on rêvait juste de pain.

Assis sur les sièges du foyer des comédiens, les sept suspects avaient la mine aussi sombre que le ciel nocturne. Quelques-uns se raclaient la gorge, d'autres se tortillaient les doigts de leurs poings emmêlés.

Gabriel, debout devant le buste de Molière, avait pris les allures d'un procureur. Le regard sévère, le front grave, il poursuivit son discours :

— Deux jours ont passé. Nous sommes le jeudi 20 décembre 1787. Aux environs de neuf heures du matin, un exemplaire du *Journal de Paris* est déposé rue de Montreuil, chez M. Damery. Enfermé dans le noir, volets fermés, l'homme n'a cessé de gémir depuis l'avant-veille, s'apitoyant sur son pauvre sort. Couvert de honte, blessé, la rancœur, déjà, l'envahit. D'une main tremblante, il ramasse le quotidien qu'on vient de glisser sous sa porte. En première page, sous les éphémérides, on évoque les derniers arrêts du Conseil d'État du roi, occupé de l'amélioration que la situation de ses finances exige. Barthélemy Damery, que la chose aujourd'hui laisse indifférent, tourne la feuille. Lors, son visage se crispe. Le titre, imprimé en lettres grasses et qui occupe toute la largeur de la deuxième page, va être lu par les douze mille souscripteurs du journal. Dans quelques heures, il en est sûr, le Tout-Paris bruissera.

Gabriel, se dirigeant vers le guéridon qui jouxtait la cheminée, s'empara de l'exemplaire du *Journal de Paris* qu'il y avait préparé. Dans une pompeuse mise en scène, il le brandit, page ouverte, devant son auditoire.

Les Rivaux , ou l'hiſtoire d'un vol corrigé.

— Dame ! Que va donc nous révéler l'auteur de ce brûlot ? Un scandale ? De ceux que l'on s'arrache, de ceux dont on se délecte dans les salons, de ceux que l'on veut être le premier à annoncer à tout le monde ? En quelques lignes à peine, la vérité éclate, et c'est la stupéfaction : *Les Rivaux*, de M. Barthélemy Damery, n'est pas une œuvre originale ! Palsambleu, quelle ignominie ! La comédie n'est qu'une pâle copie d'une pièce britannique. Une pièce de M. Richard Brinsley Sheridan, dramaturge irlandais, qui a rencontré un joli succès douze ans plus tôt, au théâtre de Covent Garden, à Londres. Quel affront ! Quel toupet ! Le misérable Damery, que les scrupules n'étouffent guère, n'a pas même pris la peine d'en changer le titre : *The Rivals* !

Gabriel, les yeux écarquillés dans un masque outré, resta figé un instant avant de faire volte-face et de désigner le portrait de M. Brizard.

— Oh, certes, l'habitude d'*imiter* une pièce étrangère, comme l'a fait ici M. Ducis avec *Le Roi Lear* de Shakespeare, n'est pas nouvelle. Pour Ducis, c'est même un sacerdoce ! N'a-t-il pas imité pareillement *Hamlet*, *Macbeth*, *Roméo et Juliette* ? Le bon vieux maître de Stratford-upon-Avon n'a-t-il pas vu aussi ses *Joyeuses Commères de Windsor* adaptées par M. Collot d'Herbois sous le titre singulier de *L'Amant loup-garou, ou Monsieur Rodomont* ? Si, bien sûr ! Et le public, d'ailleurs, gagné depuis quelques années par une anglomanie mondaine, raffole de ces réécritures ! Seulement, d'ordinaire, on l'annonce ! On ne s'en cache pas, on le clame ! On l'indique sur le manuscrit : « imité de l'anglais » ! Mais voilà, ce coquin de Damery, lui, n'a rien dit. S'appropriant le travail de Sheridan, il a fait passer la pièce pour sienne !

Gabriel, retrouvant d'un coup sa sombre figure, baissa le journal devant lui et, gonflant le buste, joua le plus parfait accablement.

— La nouvelle est terrible. Damery nous a trompés. Paris est consterné. Paris est outragé. Paris est bafoué. Mais Paris est vengé ! Vengé par la sagacité de ce critique attentif et connaisseur, un redresseur de torts ! La chute de la pièce, conclut l'auteur de l'article, n'est qu'une juste punition.

Portant de nouveau le quotidien sous ses yeux, Gabriel donna lecture de la phrase qui terminait le pamphlet :

Il ſe dit qu'à cette heure le ſieur Damery ſe cache dans une chambre garnie de la place du Trône , et il fait bien , car plus que la honte d'une chute , c'est l'infamie du plagiat qui marquera , à jamais , notre ſouvenir de lui.

— Saperlotte ! Qui donc a pu écrire pareille diatribe ? Quel expert érudit, fin amateur du théâtre, fût-il de France ou d'Angleterre ? Un journaliste ? Non. Un dramaturge, peut-être ? Non plus. L'auteur de cet article, mademoiselle, messieurs, c'est un spectateur ! Un fidèle abonné de la Comédie-Française, qui n'en rate aucune pièce et qui ne manque jamais, le front levé, le verbe haut, d'en livrer son jugement définitif, irrévocable. Ce spectateur, c'est…

— M. Lauriel ! souffla Guyot, hébété.

Les lèvres de Gabriel s'ouvrirent dans un sourire triomphateur.

— Eh oui, commissaire ! M. François Lauriel en personne. Notre vindicatif et richissime négrier. La première victime d'une longue série de meurtres. Et maintenant… Maintenant, tout s'éclaire, n'est-ce pas ? demanda Joly en venant se placer derrière Fleury pour poser une main sur son épaule.

Levant la tête vers la cheminée, Gabriel regarda le cadran de l'horloge. Il était trois heures vingt et une. Le tiers du temps qui lui était imparti s'était écoulé. Et il lui restait fort à faire.

— À ce moment de notre récit, nous devons faire un bond dans le futur. Projetons-nous au 20 août 1789, deux ans, jour pour jour, après que M. Damery a donné lecture de sa pièce ici même, dans le foyer des acteurs. Le Théâtre-Français vient d'être vidé de ses spectateurs par la garde, après une émeute que les amis de M. Chénier ont déclenchée, au sujet de sa pièce *Charles IX*. La troupe refuse encore de la mettre à l'étude.

— Ce n'est pas que nous refusons..., commença Fleury.

— Oui, oui ! le coupa Gabriel. Nous savons. Tout ceci n'est que l'expression naturelle des éternelles chamailleries – ô combien essentielles – entre les vilains rouges et les vilains noirs. *Vanité des vanités*... Mais revenons-en à M. Lauriel. Ce marchand d'esclaves zélé, qui s'est fait remarquer en prenant Me Danton à partie, rentre chez lui, dans ses somptueux appartements de la rue Voltaire. Il se couche, satisfait de la performance qu'il vient de donner aux premières loges. Il dort du sommeil du négrier quand, au beau milieu de la nuit, il est sauvagement assassiné dans son lit. Le meurtrier, qui a crocheté la porte, vole-t-il quelque chose ? L'un des inestimables tableaux du millionnaire ? De l'argent ? Des lettres de change, peut-être ? Non. Il se contente de lui couper la langue. Et alors un motif se dessine : à celui qui a trop parlé, on ôte l'instrument de son méfait.

Fleury, sur sa chaise, hocha lentement la tête, comme s'il venait enfin de comprendre.

— Dès lors, la machine est lancée. Deux jours plus tard, samedi 22 août, pendant le premier entracte du *Siège de Calais*, Mme Verneuil, selon les dires de son habilleuse, se rend dans sa loge, après s'être recoiffée en coulisse. Veut-elle que Mlle Benedetti l'accompagne pour refaire sa figure ? Non. Elle veut monter seule.

Et pourquoi diable ? demanda Gabriel qui, resté derrière Fleury, regardait maintenant fixement la nuque du comédien.

Celui-ci ne bougea guère d'un pouce.

— L'explication, chers amis, est d'une désolante banalité. Dans son corsage, Mme Verneuil cache un billet doux de son amant, qui promet de l'attendre patiemment dans la loge de la comédienne.

Sortant la feuille de sa poche, le journaliste la tendit par-dessus l'épaule de Fleury.

— Pouvez-vous nous en donner lecture, monsieur ?

Le sociétaire, perplexe, attrapa la note et la porta sous ses yeux.

— Qu'est-ce… qu'est-ce que c'est que cette plaisanterie ? Je n'ai jamais écrit une chose pareille ! s'écria-t-il en se retournant vers Gabriel.

— C'est pourtant votre écriture…

— On l'a imitée ! se défendit Fleury, offusqué. Sur mon honneur, je n'ai jamais écrit ce mot ! Jamais ! Je n'avais aucune liaison avec Mme Verneuil !

— Vous mentez ! répliqua Gabriel en faisant le tour du fauteuil pour faire face au comédien. Vous mentez, Fleury ! En partie, au moins. Car si on a peut-être imité votre écriture, vous étiez bien l'amant de Mme Verneuil ! Et le seul fait qu'elle se fût précipitée dans sa loge pour répondre à ce rendez-vous amoureux en est la preuve !

— C'est ridicule ! insista le sociétaire, ivre de colère.

— Oh, n'ayez crainte, monsieur ! s'amusa Gabriel. Ne rougissez point ! Vous êtes loin d'être le seul, dans cette pièce, à avoir ses petits secrets.

Reprenant le billet des mains du comédien, il le remit dans sa poche et tapota plusieurs fois dessus, comme pour signifier qu'il le garderait précieusement.

— Quoi qu'il en soit, la pauvre Mme Verneuil, arrivée dans sa loge, y trouve bien une silhouette qui l'attend, et elle est persuadée que c'est celle de M. Fleury. L'homme porte un costume de médecin de peste, qui cache son visage. Mme Verneuil pousse-t-elle un cri de peur ? Non. Elle referme la porte derrière elle et se jette dans les bras de son amant travesti. Mais, au lieu d'un galant plein d'ardeur, elle trouve un assassin ! Celui-ci, plutôt que de l'embrasser… l'égorge !

Gabriel avait dit ce dernier mot d'une voix si forte que tout le monde sursauta.

— Que fait-il ensuite ? Ah, misère ! Mademoiselle, messieurs, pardonnez-moi, mais mon souci d'exactitude m'oblige à dire les mots dans leur plus épouvantable vérité : à l'aide d'un trépan qu'il pose sur son front, il lui transperce le crâne ! Quel mobile peut pousser l'assassin à pareille cruauté ? Le même, vous l'avez compris : à celle qui, sur scène, a oublié son texte, provoquant la chute de la pièce, il détruit l'outil de la mémoire. Des bouts de la cervelle broyée de Mme Verneuil s'écoulent lentement par l'orifice…

Mlle Vanhove porta aussitôt un mouchoir à sa bouche dans une grimace écœurée.

— Oh ! Je comprends votre dégoût, mademoiselle, assura Gabriel. Notre assassin, à l'évidence, est un implacable sanguinaire. Un odieux et impitoyable pervers. Et malheureusement, il ne s'arrête pas là. Car nous voici rendus, le lendemain, à notre terrible journée du dimanche 23 août. Le théâtre est en deuil. Ici et là, on pleure Mme Verneuil. On s'apitoie. Mais le spectacle, lui, doit continuer, coûte que coûte. C'est la dure loi de la comédie. Ainsi, les gagistes reprennent leur travail dans une atmosphère funèbre. La fin de la matinée approche. M. Bonnard, chef machiniste, donne des instructions pour le reste de la journée à l'un de ses aides, notre jeune et non moins normand M. Craquelin. Il lui dit qu'il part dîner, comme chaque midi ou presque, avec M. Saussey. Mais, au lieu de se rendre au pavillon Molière, M. Bonnard prend discrètement un escalier de service et monte jusqu'au gril. Pourquoi ? A-t-il une poulie à réparer ? Un nouveau fil à installer ? Non, bien sûr. Troublante coïncidence : le matin même, l'homme a reçu, lui aussi, un billet doux !

Plongeant une nouvelle fois la main dans sa poche, Gabriel en sortit la lettre, qu'il montra à Mlle Vanhove.

— Reconnaissez-vous votre écriture, mademoiselle ?

Les yeux de la jeune femme, stupéfaits, firent des allers et retours entre le billet et le regard de Gabriel.

— C'est… c'est un faux ! s'exclama-t-elle. Comme pour M. Fleury ! Comment pouvez-vous… ?

Une ombre noire se posa sur le visage de la comédienne, comme si la fureur et le désappointement s'y étaient soudain installés pareillement.

— Vous m'aviez dit ne pas vouloir tricher ! fulmina-t-elle. Vous m'avez manipulée ! Pourquoi ne m'avez-vous pas parlé de cette lettre ?

— Je vous en ai parlé, mademoiselle. Je vous ai dit que j'avais trouvé dans le bureau de M. Bonnard une lettre qu'il ne vous avait pas envoyée…

— Vous jouez avec les mots !

— Tout comme la personne qui a écrit cette lettre, mademoiselle. Est-ce vous ? insista-t-il.

— Bien sûr que non ! Je vous ai dit que je n'avais aucun sentiment pour M. Bonnard !

— Mais justement, malheureuse ! Car pour tendre un piège mortel à un homme, il ne faut point l'aimer, mais lui en vouloir ! Et c'est votre cas, n'est-ce pas ?

— Vous êtes odieux ! Me croyez-vous capable d'une telle horreur ?

Gabriel marqua une pause et regarda la jeune femme fixement. Retrouvant le ton qu'il avait employé avec elle dans sa loge, il répondit avec une sincérité dont seul le commissaire Guyot pouvait mesurer la valeur :

— Je crois, mademoiselle, qu'une souffrance insupportable peut pousser n'importe quel être humain à commettre le plus odieux des crimes, oui. Vous, comme moi, et comme toutes les personnes qui se trouvent dans cette pièce. Mon rôle, aujourd'hui, n'est pas de juger l'assassin, mais de le démasquer.

— Peut-être seriez-vous capable de meurtre, mais moi, non ! rétorqua Mlle Vanhove avant de détourner le regard, dépitée.

Le journaliste, remisant le billet dans sa veste, retourna lentement devant les suspects.

— Nous sommes à présent dans le gril du théâtre. M. Bonnard, qui espère y trouver Mlle Vanhove, s'avance, impatient, vers celle qui l'attend dans les ombres, vêtue d'une affriolante robe de vestale. Est-ce votre jeune camarade qui s'en est drapée ? Est-ce quelqu'un d'autre ? Est-ce un homme ? Qui pourrait le dire ? Toujours est-il que M. Bonnard, qui ne se méfie pas plus que Mme Verneuil la veille, tombe aveuglément dans le piège perfide et se fait attaquer. L'assassin lui inocule un poison paralysant. Impuissant, le chef machiniste s'effondre et assiste alors à une scène d'une inhumanité féroce, dont il est la victime. Un par un, et fort savamment, le meurtrier lui sectionne les ligaments qui, au niveau du poignet, relient le radius au massif carpien.

— Ah ! intervint Mlle Vanhove en jubilant. Voilà bien la preuve que ce ne peut pas être moi ! Je n'aurais jamais été capable de faire une chose pareille !

— Peut-être pas, en effet, reconnut Gabriel. Encore que votre maîtrise du dessin atteste votre adresse manuelle. Mais, pour perpétrer une dissection aussi précise, je l'admets, il ne suffit pas d'être adroite. Il faut aussi avoir une solide connaissance de l'anatomie, et s'être entraîné à la chirurgie.

— Eh bien, ce n'est pas mon cas ! certifia la jeune femme. Je ne connais rien à ces choses-là !

— Si vous le dites, concéda Gabriel. En revanche, j'ai découvert, dans les archives du théâtre, une information tout à fait intéressante…

Derechef, sous le regard intrigué de l'assemblée, il fouilla dans sa poche, puis parcourut une lettre en marmonnant, jusqu'à y trouver le passage dont il donna lecture :

Formé au collège Louis-le-Grand , après avoir ſuivi de 1762 à 1763 , non ſans ſuccès , les enſeignements de M. Jacques Tenon à l'École pratique de diſſection de Paris , il renonce à la médecine pour ſe conſacrer à ſa paſſion et entame un apprentiſſage à l'Opéra-Comique auprès de M. Peyrard , dont il devient rapidement le ſecrétaire…

La tête baissée vers la lettre de recommandation qu'il était en train de replier, Gabriel demanda à mi-voix :

— Pourquoi avoir abandonné vos études de chirurgie, monsieur Saussey ?

L'homme, impassible, leva la main vers la lettre.

— Vous venez de le lire, monsieur. Pour me consacrer à ma passion.

— La profession de chirurgien ne vous intéressait-elle soudain plus ?

— Elle ne m'a jamais intéressé. Je ne suis entré à l'École pratique que pour contenter mon père, qui était chirurgien lui-même. Mais j'ai toujours voulu faire du théâtre. Si je suis devenu régisseur, c'est parce que tous les métiers du théâtre me passionnent, voyez-vous ? Mais celui d'assassin, non !

— Oh, vous savez, je ne crois pas que notre assassin soit un professionnel ! Mais seulement une personne très méthodique, très appliquée, et qui possède une bonne connaissance de la chirurgie. Ce qui vous correspond assez bien, finalement…

— Nom de Dieu, monsieur Joly ! intervint Brizard, exaspéré. Après M. Fleury, Mlle Vanhove, vous accusez maintenant M. Saussey ? Vous n'imaginez pas que nous puissions tous être coupables, tout de même ? Nous ne sommes pas dans un roman de colportage, jeune homme !

Gabriel pencha la tête.

— Comment pouvez-vous en être si sûr, monsieur Brizard ? Ne vous est-il jamais arrivé de vous demander, alors que les événements que vous traversiez étaient à peine croyables, si vous n'étiez pas le personnage d'une pièce de théâtre ? Bigre, je n'ai pas peur de vous avouer que, pour ma part, il m'est déjà arrivé de me demander si je n'étais pas le protagoniste de quelque roman à rebondissements !

— Eh bien, pardonnez-moi de vous dire que celui que vous êtes en train de nous écrire est particulièrement grotesque ! se moqua le vieux comédien. Laissez donc M. Saussey tranquille et n'accusez pas sans preuve !

Sur ce, à la surprise générale, Brizard se leva.

— Que… que faites-vous ? s'inquiéta le commissaire en marchant aussitôt vers lui.

— Contrairement à votre journaliste, maître, je n'ai plus vingt ans, et la nature, chez moi, ne souffre plus d'attendre. Je vais pisser !

D'un pas décidé et majestueux, il gagna la sortie.

— Sergent ! lança Guyot, perplexe. Veuillez conduire M. Brizard aux latrines et le ramener ici dans les plus brefs délais !

43.

Ils n'étaient plus que sept

Gabriel, qui avait rejoint le commissaire devant le buste de Racine, observait avec lui l'attitude de l'assemblée qui attendait le retour de Brizard. Deux conversations à voix basse s'étaient engagées, l'une entre M. Vorignan et M. Saussey, l'autre entre Vanhove et Talma.

— Avez-vous repéré des réactions qui vous ont paru significatives, pendant mon exposé ? murmura le jeune homme à l'oreille du magistrat.

Guyot le regarda, consterné.

— Monsieur Joly ! La seule chose que j'ai relevée, pendant votre exposé, c'est que le coupable le plus évident ne se trouve pas dans cette pièce !

— Certes, certes, mais vous ne répondez pas à ma question.

— Ah, parce que vous avez obtenu des informations, vous, en scrutant votre auditoire, peut-être ? s'agaça le commissaire.

— Évidemment ! répliqua le journaliste, interdit.

— Ah, bien sûr ! J'oubliais que vous étiez tellement plus intelligent que moi, infernal rouquin ! Il est plus de trois heures et demie, Gabriel. Je suis épaté par tout ce que vous avez découvert, votre sagacité ne finit pas de m'étonner, mais puisque cela nous oriente vers une personne qui n'est pas ici, à quoi bon nous entêter à retenir ces gens ? Penseriez-vous que l'un d'eux pût être complice ?

— Pour l'heure, je ne peux rien vous dire, maître. Il me manque encore trop d'éléments. Mais je crois pouvoir en découvrir certains en terminant mon exposé. Faites-moi confiance, je vous en prie. Vous allez bientôt comprendre.

Le commissaire sembla peu convaincu.

Au même instant, la porte du foyer s'ouvrit pour laisser entrer M. Brizard. Le vieux sociétaire, à qui cette pause n'avait pas rendu sa bonne humeur, reprit place parmi les autres en soupirant.

Joly, adressant un dernier signe de tête rassurant à M. Guyot, retourna devant les sept suspects. Il lui restait moins d'une demi-heure.

— Bien. Où en étions-nous ? commença-t-il en frappant dans ses mains. Ah oui ! Notre assassin est en train de sectionner dextrement les ligaments de M. Bonnard, dans le gril ! Reprenons, donc. Sa dissection terminée, voilà qu'il lie les poignets du chef machiniste au bout d'un fil et, le faisant passer par une trappe, il le descend lentement jusqu'à le laisser pendre au milieu du cintre. À ce moment-là, je dois vous l'avouer, un détail retient mon attention. Monsieur Vorignan, vous étiez dans votre trou de souffleur quelques instants avant que le corps de M. Bonnard ne s'écroule sur la scène, n'est-ce pas ?

— C'est exact, oui.

— Et, de là où vous étiez, vous ne pouviez pas voir le corps du chef machiniste, suspendu dans le cintre ?

— Eh bien, sans doute que non, puisque je ne l'ai pas vu ! répliqua le souffleur sur la défensive.

— Ah. Je suis obligé de vous croire sur parole car, malheureusement, quand j'ai voulu vérifier la chose par moi-même, le fil avait été déplacé par les garçons qui étaient allés décrocher les mains de ce pauvre M. Bonnard. Il m'a paru possible, en effet, que le corps du chef machiniste fût tout entier caché à votre vue, mais reconnaissez que… c'est un peu étonnant.

— Et pourquoi donc ? s'agaça M. Vorignan en s'agitant dans son fauteuil. Le meurtrier avait sûrement calculé la longueur de son fil pour que je ne voie pas M. Bonnard !

— Cela se jouait à peu de chose, tout de même ! Avec toutes les précautions qu'il a prises, je ne peux m'empêcher de m'étonner que l'assassin eût pris pareil risque…

— Monsieur, je… je ne sais pas quoi vous répondre ! Tout ce que je puis vous dire, c'est que je n'ai pas vu le corps de M. Bonnard avant sa chute !

— Soit. Admettons. Le chef machiniste pend donc dans le vide au moment où commence la répétition à laquelle participent Mlles de Cassagne et Vanhove, ainsi que MM. Dugrasse et Talma. La suite, vous la connaissez : sous l'effet de son poids, le corps de M. Bonnard se détache de ses mains et choit sur le plateau. Paf ! Mlle Vanhove s'évanouit pendant que

Mlle de Cassagne s'enfuit en hurlant. Une nouvelle fois, l'assassin signe son crime. La victime a été punie par là où elle a péché : ses mains maladroites, auxquelles on avait imputé, deux ans plus tôt, la chute d'une perche, au deuxième acte des *Rivaux*.

Gabriel, la tête baissée, avança lentement jusqu'à M. Brizard en se pinçant la racine du nez.

— Et nous en arrivons à notre quatrième victime. Nous sommes au cœur de l'après-midi de ce dimanche funeste. M. Guyot et moi-même sommes occupés, chacun, à mener l'enquête. Le commissaire est avec M. Apfel, le costumier, et je suis, pour ma part, dans le gril, avec M. Craquelin. Attendant votre tour, vous êtes tous réunis ici même. Sous les effets de l'angoisse que ces crimes ont engendrée, et de la promiscuité peut-être, le ton monte rapidement dans le foyer. Pourquoi ? Oh, pour des vanités, bien sûr… L'atmosphère devient tellement exécrable que, petit à petit, la salle se vide. M. Brizard, qui n'a pas de loge, demande au doyen, Mourier, s'il peut venir avec lui dans la sienne.

Gabriel se pencha vers le vieux sociétaire.

— À ce moment-là, monsieur, vous nous expliquez que vous vous êtes disputé avec lui, c'est exact ?

— Oui, répondit calmement Brizard.

— À quel sujet ?

— Au sujet, justement, des tensions qui divisaient notre famille. Je lui ai dit que, en tant que doyen, il était le mieux placé pour les apaiser. Mourier, malheureusement, en a pris ombrage : qu'un retraité fût venu lui prodiguer des conseils… Il s'est emporté, il a eu des mots qui m'ont blessé, je suis parti, voilà tout.

— En somme, quelques minutes avant qu'il ne soit assassiné, vous vous êtes querellé avec lui ?

— Oui ! Ce qui ne fait pas de moi son assassin, puisque c'est ce que vous insinuez ! Réfléchissez un instant, petit malin ! Si j'étais l'assassin, vous aurais-je confié aussi sereinement que nous nous étions disputés ?

— Oh, vous savez ! Je suis certain que le commissaire pourra vous confirmer que révéler soi-même son mobile est une astuce fréquemment employée par les criminels pour se disculper en feignant la franchise !

Brizard secoua la tête.

— On dirait que vous prenez un malin plaisir, monsieur le journaliste, à nous torturer les uns après les autres !

— Pour avoir subi la torture[1], monsieur, je peux vous promettre que ce que je vous inflige en est très éloigné ! rétorqua sèchement Gabriel.

— Puisque vous nous soupçonnez tous, pourquoi ne vous soupçonnerions-nous pas, vous, à notre tour ? Après tout, vous étiez là, vous aussi, pendant tous ces meurtres !

— L'assertion est fausse, puisque, par exemple, comme je viens de vous le dire, j'étais avec M. Craquelin pendant l'assassinat du doyen, mais la question mérite d'être posée, je vous l'accorde. M. Guyot et moi n'avons écarté aucune possibilité. Figurez-vous que nous avons même envisagé, un instant, que ce pauvre M. Minier fût le coupable ! Si vous avez des soupçons à mon sujet, je suis sûr que le commissaire sera ravi de les entendre. En attendant, le temps presse, et j'ai encore

1. Voir *Le Mystère de la Main rouge*.

une question à vous poser, monsieur. Qu'avez-vous fait après vous être disputé avec le doyen Mourier ?

— Je vous l'ai dit tout à l'heure, je suis allé me calmer au foyer particulier.

— Seul ?

— Oui.

— Et vous y êtes resté ?

— Oui.

— Vous en êtes certain ? insista Gabriel.

— Absolument, soutint Brizard, imperturbable.

— Fort bien. Vous êtes donc au foyer particulier quand l'assassin, lui, se rend dans la loge de M. Mourier. Cette fois-ci, les choses se passent vite. Le meurtrier est pressé. Il le sait, la police est dans les murs. Chaque seconde compte. Quand il entre dans la pièce, le doyen ne se lève pas. Il n'est pas inquiet, il connaît cette personne et n'en a pas peur. Ce qu'il ne connaît pas, en revanche, ce sont ses intentions. Passant derrière M. Mourier, le tueur lui tranche la gorge avec un scalpel.

Gabriel, avec force détails, mima le geste.

— L'incision est profonde, appuyée, elle coupe la trachée et ouvre le larynx. La mort du pauvre doyen est foudroyante. Il n'a pas même le temps de crier. Lors, à la hâte, l'assassin commet une nouvelle ignominie chirurgicale. Et non des moindres, puisque, pardonnez-moi, mademoiselle, il découpe sauvagement les testicules de M. Mourier.

Un frisson d'effroi parcourut l'assemblée, sous le regard impitoyable de Gabriel.

— Si le lien est peut-être moins évident, cette monstrueuse ablation suit, malgré tout, la même logique que les précédentes : à celui qui n'a pas eu l'audace de jouer dans la pièce, on ôte ce symbole que, pour des raisons qui m'échappent, certains associent au courage.

— C'est ignoble ! s'indigna Fleury en se redressant sur son siège. D'autant plus ignoble que notre doyen, au contraire, était un homme au courage exemplaire !

— Sans doute, admit le journaliste. Mais je ne suis pas certain que les autres victimes méritassent davantage le sort qui leur fut réservé, monsieur. Et certainement pas Mlle de Cassagne, la cinquième suppliciée de cette épouvantable série. Les conditions dans lesquelles ce dernier meurtre a été perpétré, je ne vous le cache pas, posent un défi à la raison, puisque vous étiez tous les sept enfermés dans une pièce que surveillait un garde, et qu'aucun d'eux n'a vu quelqu'un en sortir…

— Je ne vois pas en quoi cela est surprenant, intervint Talma d'une voix flegmatique. L'explication est assez limpide, et votre histoire la confirme : le meurtrier ne se trouve pas parmi nous.

— Peut-être, concéda Gabriel. Encore que certains ici, dont vous faites partie, ainsi que Mlle Vanhove, M. Fleury et M. Brizard, se fussent trouvés dans des pièces pourvues de fenêtres. On peut imaginer que l'un d'entre vous fût passé par la façade et fût revenu par le même chemin, une fois son méfait accompli. Je vous l'accorde, la chose paraît hautement improbable, tant elle eût relevé d'une véritable prouesse acrobatique et présenté le risque fort élevé qu'un garde posté à l'extérieur, ou même un voisin du théâtre, en fût le témoin. Cependant, dans son *Enquête*, Hérodote nous enseigne que, lorsqu'on a éliminé l'impossible et qu'il ne reste que l'improbable, alors l'improbable devient certain…

— Pardon, monsieur, reprit Talma, mais vous faussez les prémisses en écartant de l'équation la plus probable inconnue : un huitième suspect.

Gabriel sourit.

— Peut-être. Nous verrons. Une chose est sûre, ce cinquième meurtre me laisse un goût plus amer encore que les autres, car il eût pu être évité. Et, je le confesse, j'en porte toute la responsabilité.

Avec une indéniable indélicatesse, Brizard et Fleury semblèrent se réjouir de cet aveu. Le jeune homme, n'en prenant guère ombrage, alla chercher un cahier sur le guéridon et le montra à tout le monde.

— Lors de mon investigation à la bibliothèque, j'ai parcouru ces notes prises par votre précédent secrétaire-souffleur, M. Duhayon, à l'occasion des répétitions des *Rivaux*. Avec un zèle admirable et un souci du détail qui force le respect, il y consigne les placements des acteurs, leurs mouvements, les commentaires qui sont faits sur la pièce, les retouches nécessaires, les accessoires à prévoir ainsi que tout un tas de choses qui rendent la lecture de ces cahiers tout à fait passionnante. Parfois, non sans humour, il glisse entre parenthèses telle ou telle remarque anecdotique sur un comédien, sans jamais toutefois lui manquer de respect. L'humeur des uns, les petites manies des autres, le retard d'un Fleury, les farces d'un Dugrasse, les colères d'un Mourier… Ainsi, à la date du 15 octobre 1787, dans le premier paragraphe, on peut lire ceci :

9 h 30 : arrivée de Caſſagne (comme chaque matin déſormais , elle entre dans la ſalle de répétition et

jette par la fenêtre le bouquet de roſes que lui a fait porter Damery).

— Sans doute aurais-je dû réagir plus vite, regretta Gabriel à mi-voix, comme pour lui-même. Quand j'ai envisagé la possibilité que l'indifférence de Mlle de Cassagne aux avances répétées de l'auteur puisse constituer, elle aussi, le mobile d'un nouveau crime, je me suis précipité avec le commissaire dans la loge de votre camarade. Comme vous le savez, il était trop tard. Se débarrassant du garde à l'entrée, le meurtrier avait accompli son cinquième assassinat. Et la manière confirma mes craintes. À celle qui n'a pas su aimer, on a transpercé le cœur.

Manifestement troublé, Gabriel laissa retomber le cahier sur le guéridon.

— Voilà, dit-il en se retournant. Le tableau est terminé. Le rideau tombe. Si l'on excepte ceux de M. Minier et du garde, qui n'étaient pas prémédités, les circonstances de ces cinq meurtres laissent peu de doute quant au fait qu'ils fussent liés à la fort brève existence des *Rivaux*, comédie maudite de M. Barthélemy Damery.

Terminant un cycle, le journaliste revint précisément à l'endroit où il s'était trouvé au début de son exposé, au pied du portrait de M. Brizard. Et, de nouveau, il tourna le dos à son public, levant les yeux vers ce Roi Lear extatique, qu'il sembla interroger du regard.

— Une fois que l'on a compris tout cela, une évidence s'impose, n'est-ce pas ? Comme me l'a fait remarquer le commissaire, tout, dans cette histoire, indique que le meurtrier ne peut être que M. Damery lui-même, auteur humilié, anéanti, couvert d'infamie. Sa carrière brisée, ses rêves de gloire annihilés, sa réputation à jamais perdue, il sombre dans la plus dévastatrice mélancolie. Deux ans plus tard, à la date anniversaire, il revient sur les lieux de l'outrage et se venge, tuant, un par un, tous ceux qu'il tient pour responsables de sa ruine. La logique est implacable. Les preuves à charge sont irréfutables. Malheureusement, contrairement à vous tous, ce que M. Guyot semble ignorer, c'est que le dramaturge ne peut pas avoir commis ces crimes.

Il se retourna avec une lenteur dramatique.

— Et ce pour une raison simple, reprit-il.

— Il est mort, confirma Fleury dans un soupir.

Gabriel opina du chef puis, calmement, se tourna vers le commissaire. Dans le regard du bedonnant magistrat, il crut reconnaître une touchante lueur d'admiration et de gratitude.

— C'eût été tellement plus simple, n'est-ce pas ? Un coupable idéal. Le procureur se fût régalé, commissaire. Mais voilà : peu après la parution de l'article de M. Lauriel, le soir de Noël, M. Damery, accablé de désespoir, a mis fin à ses jours. Un drame que, non sans ironie, le *Journal de Paris*, qui n'y était pas tout à fait étranger, fut bien obligé d'annoncer, dans son numéro du 27 décembre 1787. Ainsi, commissaire, et vous, mademoiselle, messieurs, vous comprenez pourquoi, à une heure si tardive, je vous retiens encore tous les sept dans cette pièce. Car, à cet instant, je reste intimement convaincu que l'assassin se trouve parmi vous.

L'affirmation fut suivie d'un silence sinistre.

Il était trois heures cinquante du matin.

44.

À qui la faute ?

Attrapant une chaise qu'il vint placer devant les sept suspects, Gabriel s'y installa à califourchon. Le regard à la hauteur de son auditoire, il croisa les bras sur le dossier dans un geste désinvolte. On eût dit, à présent, qu'il parlait à des amis.

— Mais alors, puisque ce ne peut être M. Damery, qui donc est l'assassin de la rue Voltaire ? lança-t-il en balançant doucement la tête d'avant en arrière, en signe d'incertitude. Lequel, parmi vous, pourrait avoir accompli la vengeance du dramaturge à sa place ? Et par quel ressort y aurait-il été poussé ? La culpabilité ? Une indéfectible amitié, par-delà la mort ? Une dette d'honneur ? Ou bien l'amour, peut-être ? Car une chose est certaine : pour se livrer à une telle entreprise sanguinaire, il faut un mobile des plus inébranlables.

La voix de Gabriel baissa dramatiquement, troublée.

— Oui, je peux le dire avec assurance : on ne venge pas un mort, en tuant à son tour, mû par la seule pitié. Il faut être tout entier habité par un sentiment qui vous étouffe, qui vous aveugle, il faut être harassé chaque jour par un mal dont on est convaincu qu'il ne vous quittera pas tant que cette revanche ne sera pas accomplie. Il faut avoir son existence entièrement dominée par un fantôme. Qui, ici, pourrait éprouver cela ? La réponse n'est pas évidente, et cette enquête, bien plus compliquée que nous n'aurions pu l'envisager, n'est pas tout à fait terminée. Oh ! Ne vous y trompez guère ! En ce qui me concerne, j'ai ma petite idée…

Il posa les yeux sur chacun de ses sept auditeurs, laissant volontairement planer le doute.

— Malheureusement, à l'amoureux de la vérité que je suis, les soupçons ne suffisent pas, et seules comptent les preuves formelles. Devant moi, vous restez tous les sept, pareillement, des suspects. Bien sûr, il y en a deux parmi vous que cette histoire semble disculper d'office. M. Vorignan, votre souffleur méticuleux, qui ne travaillait pas encore au théâtre quand la pièce y fut montée, et M. Brizard qui, lui, n'y officiait plus. Un enquêteur un peu trop empressé les eût sans doute éliminés de sa liste de coupables potentiels. Et pourtant…

S'appuyant sur le dossier de la chaise, il se leva et vint se placer devant M. Vorignan.

— La carrière de M. Damery, à Paris, nous l'avons vu, fut fort courte. Trois représentations d'une première comédie au Théâtre-Italien, et les deux premiers actes d'une seconde pièce, ici même. Mais, avant cela, comme je vous l'ai dit plus tôt, l'auteur eut une petite carrière en province. Certes, on peut lui reprocher d'avoir pillé l'œuvre de M. Sheridan mais, enfin, il écrivit quelques pièces tout à fait respectables, qui furent acceptées dans diverses salles de France, et notamment, en janvier 1781, celle du Grand-Théâtre de Bordeaux, n'est-ce pas, monsieur Vorignan ?

Le souffleur, rougissant, acquiesça.

— Oui… C'est… c'est exact. La compagnie y a joué plusieurs fois *Fanéli, ou les Égaremens de l'amour*, un drame en cinq actes, si mes souvenirs sont bons.

— Tiens donc ! Ainsi, vous aviez rencontré l'auteur ? Vous vous êtes bien gardé de le faire remarquer, depuis le début de mon exposé, pendant lequel vous êtes resté fort silencieux…

— Rencontré, c'est un bien grand mot ! se défendit M. Vorignan. Je vous rappelle que je n'étais que second souffleur, à Bordeaux ! J'ai travaillé sur certaines répétitions, en effet, mais je n'ai pas eu l'occasion de rencontrer l'auteur. Et, quand bien même je l'eusse rencontré, cela ne constitue aucunement un mobile pour tous ces meurtres !

— Vous le dites, et je le note. Mais cela fait partie, voyez-vous, des choses que nous allons devoir vérifier, l'avertit impérieusement Gabriel. Quant à vous, monsieur Brizard…

Joly tourna les talons et s'avança vers le vieux comédien.

— Oh, Brizard, sacré Brizard ! lâcha-t-il dans un soupir dépité. Si vous saviez à quel point j'admire votre carrière, monsieur ! Si vous saviez quelle haute image votre parcours, votre amitié pour Voltaire, vos combats à ses côtés contre l'injustice m'ont donnée de vous ! Et si vous saviez à quel point vous venez de la ternir…

— Pardon ? s'offusqua l'intéressé en bombant le torse.

— Vous m'avez très bien entendu, monsieur. Vous avez devant vous un admirateur grandement désappointé. Et je vais vous dire pourquoi. Dans ce fameux article du *Journal de Paris* daté du 27 décembre 1787, outre une fort dérangeante absence de repentir de la part du quotidien qui, en publiant la chronique de M. Lauriel, avait certainement contribué au geste suicidaire de M. Damery, un détail m'a frappé.

Le commissaire, intrigué, remarqua qu'un tourment intérieur avait fait fuir l'aplomb des traits de Brizard.

— Le *Journal de Paris*, rappelant sans vergogne l'offense faite à la dramaturgie par M. Damery, s'est également empressé de révéler qu'en dehors de la sœur du défunt personne n'était venu aux funérailles du pauvre homme. Aucun ami, aucun confrère, aucun acteur de la Comédie-Française. Du moins… aucun qui y fût encore. Car il est précisé toutefois qu'à côté de cette sœur éplorée, lui tenant le bras avec compassion, il y avait ce jour-là un homme. Un seul. Et cet homme, monsieur Brizard, c'était vous !

Le comédien, déconfit, jeta des regards perdus à ses anciens camarades. Tous le dévisagèrent en retour, perplexes.

— Eh bien, oui ! s'exclama-t-il finalement en relevant les yeux vers Gabriel. Oui, je suis allé à son enterrement ! Et alors ? Je n'ai pas à en rougir ! J'ai eu pitié de ce pauvre homme, je l'admets. Certes, son plagiat n'était guère glorieux, mais enfin, tout de même ! Y avait-il là matière à s'acharner contre lui, comme l'a fait tout Paris ? Je suis allé à ses funérailles pour lui rendre les derniers hommages d'une profession à laquelle il avait consacré son existence, et je pense avoir fait mon devoir !

Gabriel abandonna un petit ricanement.

— Oh, monsieur ! La chose serait tout à fait émouvante, et eût sans doute contribué à agrandir l'estime que j'avais pour vous, si elle était exacte ! Malheureusement, vous mentez, Brizard !

— Comment ? Je ne vous permets pas ! fulmina le comédien en se levant d'un bond. Traitez-moi encore une fois de menteur et je saurai vous montrer que, malgré mon âge, je reste une fine épée ! Vous recevrez mon cartel[1], jeune homme, et, devant témoins, vous tâterez de mon fer !

Cette fois, le journaliste éclata de rire.

— Allons ! Rasseyez-vous, Brizard, ne vous couvrez pas davantage de ridicule ! J'ai surpris votre petite conversation avec M. Saussey, ce qui vous rend coupable non pas d'un seul, mais de deux mensonges !

Pétrifié, le comédien sembla sur le point d'étouffer.

— Rasseyez-vous, vous dis-je ! lui ordonna Gabriel, qui ne riait plus du tout. N'aggravez pas votre cas, ou je ne doute pas que le commissaire vous laissera finir la nuit au Châtelet ! Contrairement à ce que vous nous avez affirmé d'une voix catégorique, vous n'étiez pas au foyer particulier, au moment où vous avez prétendu l'être. Vous étiez dans le bureau du régisseur, monsieur ! Et si vous y étiez, c'est que vous vouliez vous assurer qu'il garderait le silence sur votre petit secret ! Un petit secret qui, malheureusement, vous a plongé,

1. Lettre de défi adressée à son adversaire pour le provoquer en duel.

depuis la mort de M. Damery, dans les affres de la culpabilité, n'est-ce pas ?

Le vieil homme, terrassé, se laissa retomber sur son siège. Perdant aussitôt de sa légendaire superbe, il porta piteusement ses mains devant sa figure.

— La vérité, monsieur, est parfois pénible à entendre, mais elle n'en reste pas moins ce qu'elle est, reprit Gabriel. Et la vérité, la voici, mademoiselle, messieurs : si une perche s'est écroulée le 18 décembre 1787 sur la scène du Théâtre-Français, ce n'était guère la faute de votre pauvre chef machiniste. C'était la vôtre, monsieur !

L'accusation, prononcée à haute voix, résonna dans le foyer des acteurs.

— Oui, Brizard ! C'était votre faute, et c'est donc *par* votre faute que tout cela est arrivé ! Car, si cette perche n'était pas tombée, la comédie de M. Damery eût pu rencontrer le succès, et on eût peut-être même pardonné à son auteur de l'avoir imitée d'une pièce irlandaise ! Si cette perche n'était pas tombée, M. Damery n'eût pas mis fin à ses jours ! Et c'est écrasé par la culpabilité que vous êtes allé à ses funérailles ! Oh, oui, vous pouvez vous cacher, monsieur ! Il leur aura fallu un immense amour à votre égard pour que M. Saussey, le régisseur, et M. Bonnard, le chef machiniste, ne vous fissent point porter le poids de cette faute, eux qui savaient que cet accident vous était imputable !

— Il suffit ! intervint Fleury en se levant à son tour. Cessez donc d'accabler notre plus illustre camarade, jeune homme ! Votre thèse est ridicule ! Comment voulez-vous que M. Brizard fût responsable de ce dysfonctionnement de la machinerie ? C'est grotesque !

Non seulement il ne travaillait plus à la Comédie-Française, mais surtout, il n'était pas machiniste, que je sache !

— Ah, mais c'est qu'il vous manque des informations, monsieur Fleury ! Soyez gentil, rasseyez-vous, vous aussi. Vous commencez à me fatiguer à vous lever les uns après les autres comme des marionnettes !

— Je…

— Apprenez, monsieur, que la retraite de votre camarade, en plus d'un train de vie plus faste que ne le fait croire son apparente simplicité, le laissa submergé de dettes, et qu'il lui fallut trouver une source de revenus nouvelle. Si sa dévotion sincère lui fit offrir ses peintures à sa paroisse, M. Brizard trouva avec votre régisseur un arrangement secret et se fit rétribuer pour peindre, dans la plus grande discrétion, certains de vos décors de théâtre !

— Comment ? tonna Fleury en se tournant vers M. Saussey. Dites-moi qu'il se trompe !

Mais le régisseur, blafard, resta silencieux.

— Ah, mon pauvre ami, se désola Gabriel en regardant Fleury. La vanité, monsieur, toujours la vanité ! C'est bien elle qui empêcha M. Brizard de se confier à la troupe tout entière pour avouer, humblement, l'état de ses finances ! Et la vanité encore, mais dans son autre acception, qui le poussa, ce fameux 18 décembre 1787, et contre l'avis de M. Saussey, à vouloir apporter, en pleine représentation, une dernière retouche à un rideau qu'il avait peint la veille ! Quelle inconscience ! Quel manque de respect pour M. Bonnard, qui le supplia lui aussi de renoncer à pareille folie ! Or, si M. Brizard est fort adroit en peinture, vous l'avez dit vous-même : l'homme n'est guère machiniste ! Pourtant, entêté comme une mule, le voilà qui, du haut des soixante-six ans qu'il avait alors, se hisse sur une traverse depuis le premier corridor de cintre et, pinceau à la main, avance dans les airs pour donner un peu plus de bleu à son ciel ! La suite, vous la connaissez : un geste malheureux – M. Saussey, sans doute, pourrait nous dire lequel – entraîne la chute d'une perche, avec le résultat que vous savez[1] !

— Ce n'est pas possible ! souffla Fleury, atterré. Brizard ? Mon ami ! Allons, dites-nous que ce n'est pas vrai !

Le mutisme de Brizard fut d'une terrible éloquence. Gabriel, laissant volontairement se prolonger le malaise étouffant, finit par reprendre :

— Quelle déception, n'est-ce pas ? Tout le monde a le droit à l'erreur. Tout le monde peut se rendre coupable d'un accident malheureux. Mais le cacher ? En faire porter le fardeau à un gagiste ? Quelle désillusion !

Gabriel, d'un pas lourd, retourna près de sa chaise.

— Cela fait-il pour autant de votre camarade notre principal suspect ? demanda-t-il à l'assemblée, alors qu'il regardait le commissaire. Peut-être. Mais nous n'avons là qu'un mobile. Il nous manque la preuve. Et un détail, ô combien capital, sème encore le doute dans mon esprit comme dans celui de M. Guyot. Ce détail, chers amis, c'est un message que notre regretté Minier, dans son dernier souffle, a voulu nous adresser.

---

1. Si Brizard occupa bien sa retraite à peindre, il va de soi que l'épisode décrit ici est en revanche une invention purement romanesque que les héritiers de l'illustre tragédien nous pardonneront !

Gabriel sursauta en entendant le premier des quatre tintements de l'horloge résonner dans son dos.

— Quel message ? le pressa Fleury.

— Malheureusement, monsieur, il est quatre heures du matin, répliqua Gabriel, sardonique. Et, à cause de la lettre que vous avez fait porter à Versailles, me voilà contraint au silence.

— Vous… vous plaisantez ? Quel message ?

Gabriel feignit le regret en écartant les mains, puis s'avança vers le commissaire.

— Maître, je vous laisse agir en conscience, lui dit-il à voix basse.

— En conscience ? rétorqua Guyot. Que… que voulez-vous que je fasse ? Vous n'avez désigné aucun coupable !

— Je ne puis le faire sans preuve, vous savez bien.

Des murmures commencèrent à s'élever derrière eux.

— Et donc ? insista le commissaire. Je les laisse tous partir ?

— Nous n'avons d'autre choix, acquiesça le jeune homme.

— Mais, vous ne savez vraiment pas qui est coupable ?

— Ah, je n'ai pas dit cela, commissaire. En vérité, je suis presque sûr de savoir qui l'est. Seulement, je ne pcux pas encore le démontrer.

Le magistrat baissa la tête et se frotta énergiquement le front, en proie à une profonde indécision.

— Il est quatre heures passées, commissaire ! lança Talma en se levant. Sommes-nous libres de partir ?

Guyot, la figure ténébreuse, rejoignit les sept suspects en serrant la mâchoire.

— Vous pouvez en effet partir, concéda-t-il sans joie. Mais, avant cela, mademoiselle, messieurs, je dois vous rappeler ce que je vous ai dit tout à l'heure : l'enquête n'étant pas terminée, et chacun de vous faisant encore partie de notre liste de suspects, il vous est formellement interdit, jusqu'à nouvel ordre, de quitter Paris. Et croyez bien que je m'assurerai, quotidiennement, que chacun d'entre vous respectera cette assignation. Tout manquement de votre part, je vous le redis fermement, sera considéré comme un aveu de culpabilité. Attendez-vous à me revoir très vite et à recevoir des convocations pour de nouvelles auditions. Ces crimes ne resteront pas impunis. Pour l'heure, vous êtes libres.

Il poussa un soupir en désignant la porte.

— Eh bien ! lança Fleury sur un ton mordant. Beaucoup de bruit pour rien ! Au revoir, messieurs !

Le comédien, sans un mot de plus ni même un signe à ses camarades, se dirigea vers la porte que, sur un geste du commissaire, le sergent Célières ouvrit devant lui. Après un instant d'hésitation, un par un, les autres lui emboîtèrent le pas, qui dépité, qui furieux, qui impassible.

S'efforçant de masquer sa frustration, le commissaire les regarda disparaître, et pesta en les entendant s'éloigner dans le couloir des premières loges.

— Dame ! Ne faites pas cette tête, maître ! le consola Gabriel. Je n'ai pas dit mon dernier mot.

— Je m'en doute, Gabriel, je m'en doute. Et vous avez déjà accompli un travail exceptionnel. Je ne sais comment vous remercier…

— En me laissant le finir.

— Bien sûr ! Je reconnais que je serais bien incapable d'identifier notre coupable, à l'heure qu'il est. Brizard ? Coignard ? Je suis, je vous le confesse, totalement perdu. Mais je dois vous dire aussi qu'il y a quelque chose qui me trouble.

— Quoi donc ? demanda Gabriel en allant chercher sa veste près de la cheminée.

— En dehors des trois lettres tracées par Minier et de cette histoire de perruque, deux éléments qui restent pour moi de parfaits mystères, un détail m'intrigue au sujet de M. Talma, répondit Guyot en plissant le front. C'est le seul sur qui vous n'avez fait peser aucun soupçon.

Le jeune homme sourit en enfilant son habit.

— Peut-être parce qu'il est le seul à n'avoir rien à se reprocher.

— Voilà justement ce qui me trouble ! Cela ne ferait-il pas de lui, dans une pièce, le coupable idéal ?

— Ah ! Merci ! s'exclama Gabriel d'un air reconnaissant. Vous aussi, parfois, vous avez l'impression d'être un personnage imaginaire ! Je ne suis pas fou ! Bien. Quelle heure, demain, commissaire ?

Guyot pouffa en secouant la tête.

— Doux Jésus ! Vous êtes une énigme à vous tout seul, mon garçon ! Allez dormir un peu. Toute cette histoire m'a fait prendre du retard dans mes affaires courantes. Laissons passer la journée de demain, et voyons-nous mardi.

Le journaliste haussa les épaules, s'inclina et se mit en route.

— Alors à mardi, maître !

Il était arrivé au seuil de la porte quand la voix du commissaire l'arrêta.

— Attendez !

— Qu'y a-t-il ?

M. Guyot s'avança jusqu'à lui.

— Votre front, dit-il. Vous recommencez à transpirer. Je ne doute pas qu'il vous reste un peu du laudanum que vous avez volé au chirurgien, mais sachez que, quand vous en aurez assez, je serai là pour vous aider à vous débarrasser de cette… saloperie.

Joly, comme frappé par la foudre, ouvrit la bouche dans une béante stupeur. Le commissaire, malicieux, lui donna de petites tapes sur l'épaule.

— Fichtre, jeune homme ! Que croyiez-vous ? Je n'ai peut-être pas votre sagacité, mais je suis commissaire depuis vingt ans… Je ne suis pas né de la dernière pluie. Allez ! Disparaissez ! Faites-moi confiance : nous en reparlerons.

45.

Le loup, le renard et la belette

Cela ne faisait guère plus d'une journée qu'il était resté enfermé dans le Théâtre-Français et pourtant, lorsque Gabriel sentit la brise légère de cette nuit d'été caresser son visage, il eut le sentiment qu'une éternité s'était écoulée. Une chose était sûre : en ressortant de cette immense caverne platonique, il n'était plus tout à fait le même homme. Ainsi, malgré la fièvre qui, déjà, le gagnait de nouveau, Joly éprouva une sorte d'apaisement en traversant le parvis. S'il n'avait pas entièrement vaincu son démon dans cette grotte, au moins lui avait-il porté le premier coup.

En chemin vers les Cordeliers, il était dans la rue Voltaire quand, levant les yeux vers l'immeuble de M. Lauriel, Gabriel plongea la main dans sa poche pour se saisir du flacon de laudanum. Sans même la regarder, et sans ralentir son pas, il jeta énergiquement la fiole sur le pavé.

Tu vas dormir quelques heures, mon garçon, se dit-il à lui-même. *Le commissaire peut attendre mardi, si cela lui chante, mais toi, ce soir, tu auras déjà bouclé cette affaire !*

Arrivé dans la cour du couvent, il tomba nez à nez avec le frère Lacombe. Le vieillard, assis sur un banc du cloître, près de l'escalier qui s'enfonçait vers les appartements de Lorette, s'était levé d'un bond en le voyant apparaître au milieu des ténèbres.

— Gabriel ! s'exclama le supérieur, les yeux brillants. Je me suis fait un sang d'encre !

Joly, hissant un sourcil, répondit :

— Dame ! Mon père ! Je sors enfin de ma cave sans ma cape, et vous vous inquiétez ?

— Puis-je donc enfin me réjouir ? demanda timidement le frère Lacombe. Vous… vous allez mieux, mon enfant ?

— Je vais mieux, mon père ! acquiesça Gabriel en souriant. Mais j'ai grand besoin de dormir…

— Par saint François, oui ! Cela se voit ! s'amusa le vieillard.

Les yeux rougis, il prit le jeune homme dans ses bras. Puis, lui donnant une petite tape paternelle sur la nuque :

— Allez-y, Gabriel ! Je vais enfin pouvoir trouver le sommeil à mon tour, dans la quiétude de l'esprit. Que Dieu vous bénisse !

— Bonne nuit, mon père.

Lorsqu'il fut au sous-sol, le journaliste se laissa lourdement tomber sur le lit de Mlle Printemps, au milieu de mille souvenirs douloureux.

Les yeux fermés, il s'efforça de chasser le tumulte qui résonnait obstinément dans sa tête. Les minutes passèrent, puis d'autres passèrent encore et, malgré son grand épuisement, Joly ne parvint guère à s'endormir. La sueur qui coulait sur son front trempait maintenant son oreiller. Ses mains tremblaient. Chaque fois qu'il se retournait sur le matelas, dans l'espoir de trouver une position qui l'eût conduit vers l'assoupissement, c'était avec un peu plus d'agacement. Et puis la nausée se fit insupportable. Le cœur au bord des lèvres, Gabriel eut l'impression que le monde tournoyait autour de lui, comme un manège infernal. Il lutta. Il lutta longuement, encore, jusqu'à ce que, n'y tenant plus, il finît par se lever, fébrile et dévasté.

Comme le pauvre garçon se détesta quand, d'une main pantelante, il ouvrit le tiroir de la table de toilette ! Mais le mal s'avéra bien plus fort que la honte et, l'âme déchirée, il glissa une pastille d'opium dans sa bouche.

Gabriel, anéanti, donna un coup de poing rageur sur la table, puis il s'y affala. Le front collé sur ses bras, la gorge nouée, il attendit que le narcotique l'emporte.

Il était encore dans cette position lorsque de grands coups de tambour frappés contre sa porte le sortirent du profond sommeil dans lequel il avait enfin sombré. Le jeune homme sursauta, désorienté. Les rayons du soleil qui traversaient la lucarne lui firent cligner des yeux.

— Par la barbe de Bénache, Gabriel, si tu n'ouvres pas sur l'instant, j'enfonce cette maudite porte !

— J'arrive ! grogna le journaliste qui avait reconnu la voix de Récif.

Essuyant la bave sur son menton, il se leva péniblement.

— Bonjour, marmonna-t-il, barbouillé.

Le pirate n'était pas seul : Mlle Terwagne se tenait près de lui sur le seuil.

— Qu'est-ce que c'est que cette figure, mathurin ? pesta le Salétin en le regardant de la tête aux pieds. Tu es encore resté enfermé ici toute la journée ?

— Toute la journée ? répéta le jeune homme. Mais, enfin, quelle heure est-il ?

— Il est six heures du soir, répondit gentiment Anne-Josèphe.

— Six heures ? Fichtre ! s'affola Gabriel. Il faut que j'y aille !

— Pardon ? l'arrêta Récif. Que tu ailles où, immonde crocodile ? Tu n'as pas intérêt à nous faire faux bond !

— Vous faire faux bond ? Que veux-tu dire ? Avions-nous rendez-vous ?

Le pirate, hébété, se tourna vers sa voisine.

— Il se moque de nous, Anne-Josèphe ? Dites-moi, il se moque de nous, n'est-ce pas ?

— Gabriel, expliqua celle-ci d'une douce voix, nous avons fait ce que vous nous avez demandé, et nous avons quelque chose à vous montrer.

Le jeune homme, dérouté, ne comprit pas tout de suite, puis, les yeux incrédules :

— Vous… vous avez réussi ?

— En eusses-tu douté un seul instant ? répliqua Récif, vexé. Bien sûr que nous avons réussi ! Pendant que tu ronflais comme un tuyau d'orgue, espèce de rat de cale ! Capon ! Gibier de potence !

— Je me suis rendue aux enchères publiques ce matin, Gabriel, et j'ai acheté la maison de Villejuif. Vous avez encore des papiers à signer chez le notaire, mais… voilà les clefs.

Elle agita un trousseau sous les yeux brillants du journaliste.

— Je n'arrive pas à y croire ! Et… et les enfants ?

— M. Récif les a fait sortir de l'hôpital ! exulta Mlle Terwagne. Certes, je pense qu'il va devoir éviter le quartier de la Pitié jusqu'à la fin de ses jours, mais il les a bien libérés !

— Tss, tss… Sachez, mademoiselle, qu'un Renégat met les pieds où il l'entend et n'évite aucun quartier !

— Où sont-ils ? les pressa Gabriel.

— Justement, écrevisse de rempart ! C'est ce que nous voulons te montrer ! Une voiture nous attend !

— Maintenant ? Je… je ne peux pas ! J'ai une affaire de la plus haute urgence à régler ! marmonna le jeune homme, mortifié.

Aussitôt, Récif l'attrapa par le col et le souleva si haut que les pieds de M. Joly ne touchaient plus le sol.

— La Plume, si tu ne viens pas avec nous tout de suite, je te repave la rue de la bouche !

— Oh ! Tout doux ! Tout doux, mahométan des mers ! le calma Gabriel. C'est entendu, je viens ! Mais nous devons vraiment faire vite !

Dès que le pirate l'eut relâché, Gabriel, le ventre déchiré par la faim, attrapa à la hâte une miche de pain, un saucisson et une pomme, puis, sans vergogne :

— Eh bien ? Qu'est-ce que vous attendez ? Allons-y, que diable !

Moins d'une heure plus tard, ayant traversé l'est de Paris en voiture, ils arrivèrent à Villejuif, sur le sentier de l'Âne-Vert. Gabriel, le cœur bouillant, descendit de l'attelage en tremblant sur ses jambes. Quand Anne-Josèphe ouvrit le portail de la propriété devant lui et qu'il découvrit la scène qui s'y déroulait, le jeune homme, submergé, éclata de rire et de sanglots mêlés.

Au milieu de trois Renégats hilares, les quinze petits orphelins, dans un vacarme assourdissant, étaient en train de jeter des meubles dans un grand brasier, de sauter sur des toiles à pieds joints, de jeter des bibelots dans les airs, de briser des miroirs à grands coups de bâton, et tous s'amusaient tant qu'ils ne remarquèrent pas les trois nouveaux arrivants.

— Merveille des merveilles ! s'exclama Gabriel, les yeux emplis de larmes.

Il attrapa Anne-Josèphe par le bras, sans pouvoir s'arrêter de s'esclaffer comme de pleurer. La Liégeoise, tout aussi émue, le serra contre lui en essuyant discrètement ses joues.

— Regardez-les ! s'extasia Gabriel en montrant les enfants. Oh, mes amis ! Mes prodigieux amis ! Vous venez de me rendre l'homme le plus heureux du monde !

Dans la cour, les marmots s'esclaffaient en continuant leur flamboyante catharsis. On courait, on se roulait par terre, on cassait, on piétinait, on déchirait, et la plupart de ces petits gamins des rues n'avaient, sans doute, jamais connu pareille liesse.

— C'est grâce à vous, Gabriel !

— Po, po, po ! intervint Récif. Comment cela, c'est grâce à lui ? Il a dormi toute la journée, ce forban !

— Allez, venez les voir, monsieur Joly, ils…

— Non, la coupa sur-le-champ le jeune homme en retenant Anne-Josèphe par le bras. S'il vous plaît, pas tout de suite…

— Que dites-vous ? Ils vous réclament !

— Ils s'amusent bien. Laissons-les en profiter. Je ne suis pas encore tout à fait prêt, mademoiselle. J'ai besoin de finir quelque chose…

— Et quoi donc ? s'impatienta Récif.

— J'ai encore une affaire à régler à Paris. Enfin, à Charonne, pour être exact.

— Plus urgente que celle-là ?

— En quelque sorte, oui.

Gabriel regarda ses deux compagnons tour à tour.

— Et si vous veniez tous les deux avec moi ? proposa-t-il, enflammé. Comme au bon vieux temps !

Le pirate fit une moue hésitante.

— Y aura-t-il de la bagarre ?

— C'est fort probable, sourit Gabriel.

— Alors je suis ton homme !

— À la bonne heure ! Et vous, mademoiselle ? demanda Joly en suppliant Anne-Josèphe des yeux.

Elle haussa les épaules avec un petit air espiègle.

— Ma foi, je dois vous avouer que notre trio commençait à me manquer…

— Aha ! s'exclama le pirate en sortant ses deux pistolets, gouailleur. Charonne, prends garde ! Voici venir le loup, le renard et la belette !

46.

La femme savante

— Mon tendre ami, vous êtes si pâle ! se désola Mlle Careau en considérant Talma de l'autre côté de sa chambre. Venez près de moi !

Gisant sur le canapé, les yeux perdus dans le vague, le comédien sembla ne pas l'avoir entendue. Comme on rejouait ce soir *Éricie ou la Vestale* et *Le Faux Savant*, le jeune homme n'était pas à l'affiche du Théâtre-Français et, plutôt que de rester rue Molière, il était venu se réfugier chez son amante, en l'hôtel de la rue Chantereine[1].

Mlle Careau avait acheté la magnifique propriété en 1781, et elle y tenait salon depuis lors. Ce bureau d'esprit attirait chaque année de plus en plus de gens de lettres et de gens de pouvoir ; on y croisait Chamfort

1. Actuelle rue de la Victoire. Cet hôtel, aujourd'hui disparu, eut ensuite un autre propriétaire célèbre. En effet, en 1795, Julie Careau le loua à Marie-Josèphe de Tascher de La Pagerie. En 1796, Napoléon Bonaparte, après avoir épousé celle-ci, s'installa avec elle dans la propriété et en fit l'acquisition.

toujours, Fabre d'Églantine souvent, et même Mirabeau, à qui la riche salonnière louait son appartement de la chaussée d'Antin. Mais, à l'étage, dans cette chambre délicieuse, ornée d'une frise figurant tout à la fois les Muses, Apollon, Vénus et Cupidon, il n'y avait plus désormais que Talma qui fût invité.

De sept ans son aînée, l'ancienne danseuse de l'Opéra de Paris, que de généreux bienfaiteurs et d'habiles affaires immobilières avaient grandement enrichie, posait toujours sur le comédien un regard maternel, quand bien même il fût son compagnon.

— Allez ! insista-t-elle en tapotant sur le lit à côté d'elle. Venez ici, mon pauvre petit François ! Vous faites peine à voir !

— Je suis fatigué, voilà tout, expliqua le jeune homme en se levant sans grand enthousiasme.

Le sourire un peu triste, il traversa lentement la chambre et s'assit auprès de sa compagne.

— Vous n'êtes pas uniquement fatigué, mon âme, vous êtes bouleversé ! dit Mlle Careau en lui caressant la joue. On le serait à moins ! Tous ces meurtres, et si près de vous ! Paris en bruit tellement qu'on n'entend presque plus un mot au sujet des travaux de l'Assemblée, qui a pourtant adopté aujourd'hui trois nouveaux articles de sa Déclaration ! Demain, ou dans deux jours peut-être, elle sera achevée, vous rendez-vous compte ?

— Oui, c'est formidable…

— N'est-ce pas ? *Les hommes naissent et demeurent libres et égaux en droits. Les distinctions sociales ne peuvent être fondées que sur l'utilité commune*, cita-t-elle joyeusement de mémoire. Voyez un peu comme le pays a changé, et en deux mois seulement !

— Heureusement que vous n'avez pas attendu cette Déclaration, vous, mon amie, pour vous distinguer…

Julie Careau, abandonnée par sa mère alors qu'elle n'avait pas sept ans, avait vécu dans les rues de Paris avant d'être recueillie par M. de Maucroix, conseiller de Louis XV au Conseil des Indes. Intégrant très tôt, grâce à l'éducation que celui-ci lui avait donnée, le corps de ballet de l'Opéra, elle s'était produite sur scène avec un certain succès. Mais, à tout juste quinze ans, attirée davantage par les promesses de *la Tristan*, célèbre entremetteuse, la jeune fille avait abandonné la danse pour devenir courtisane. Passant d'un amant à l'autre, du chevalier de Brunville au vicomte de Ségur, et de celui-ci à M. Saint-Léger, elle avait eu un fils de chacun d'eux, et de chacun d'eux obtenu une rente. Ayant savamment administré ces revenus, elle avait assuré à ses trois fils et à elle-même une existence confortable, qui lui permettait à présent de consacrer sa vie à cultiver son esprit auprès de ses prestigieux visiteurs. Pleine d'humour et de finesse, Mlle Careau savait recevoir aussi bien que penser. Athée et patriote, elle se passionnait pour la chose politique, et son salon était devenu l'un des plus fréquentés de la place parisienne.

Mais si cette femme ingénieuse avait jusque-là choisi ses amants sur la promesse d'une belle rente, sa liaison avec Talma n'était mue que par un amour sincère pour le jeune et séduisant Bajazet[1]. Les mauvaises langues

1. Frère du sultan dans la tragédie homonyme de Racine. Ce fut l'un des premiers rôles où le talent de Talma put pleinement s'exprimer.

disaient, en quelque sorte, que la situation s'était enfin inversée. Talma, tourmenté par ses créanciers, n'avait-il pas été guidé rue Chantereine par l'intérêt ?

— N'oubliez pas, mon tendre ami, qu'avant de pouvoir me faire distinguer pour mon esprit il me fallut le faire pour mes fesses…

— Les secondes ne sont pas moins estimables que le premier.

— Vous n'êtes qu'un vil flatteur, Talma. Aujourd'hui, c'est vous qui vous distinguez ! Votre père voulait que vous enlevassiez des dents, vous enlevez le succès !

— Le succès, je l'ai à peine effleuré, Julie.

Le comédien se laissa tomber sur le lit de tout son long en soupirant.

— Oh, mon pauvre amour ! murmura-t-elle tandis qu'elle s'allongeait près de lui. Serait-ce pour Mme Verneuil que vous êtes aussi triste ?

— Pour tous ! répliqua Talma d'un air offensé.

— Mon chat ! Faites-vous donc doubler demain, et restez auprès de moi.

— Certainement pas ! Je vais rentrer chez moi ce soir. Demain, je joue le vicomte dans *La Comtesse d'Escarbagnas*[1] !

— Oh ! s'enthousiasma Mlle Careau. N'est-ce pas lui qui est amoureux d'une Julie ?

Il confirma d'un simple hochement de tête.

— Alors je viendrai vous voir, se réjouit-elle. Je veux vous entendre dire que vous aimez Julie devant tout le parterre !

1. Comédie de Molière.

— De toute façon, je n'ai pas le choix. Ce satané commissaire nous poursuit de tout son zèle ! Si je ne viens pas…

— On raconte qu'il était accompagné hier du jeune M. Joly ?

— Vous le connaissez ? s'étonna le comédien en tournant la tête vers elle.

— Enfin ! Mon cœur ! D'abord, vous savez bien que je connais tout le monde. Ensuite, ce jeune homme fait de plus en plus parler de lui, figurez-vous. On s'arrache les petits occasionnels qu'il publie chez Momoro ! N'avez-vous pas lu *Le Huitième Prisonnier* ?

— Non.

— Vous avez tort, c'est palpitant ! L'avez-vous donc rencontré hier ?

— Oui, oui, bien sûr ! s'irrita Talma.

— Alors ? Comment est-il ?

— Ma foi, il est brillant, c'est indéniable. Il a étudié, comme moi, en Angleterre. Il a des lettres et l'esprit affûté.

— Mais est-il beau jeune homme ? le pressa Mlle Careau en se donnant des airs de cancanière.

— Il est roux.

— Il y a de très jolis roux !

L'acteur haussa les épaules.

— Oh ! Mon si doux ! Seriez-vous donc jaloux ?

— Mais non ! Vous m'agacez, à la fin !

Mlle Careau, plus amusée qu'offensée, lui tapota gentiment le bout du nez.

— Vous êtes décidément de bien méchante humeur, mon petit ragondin !

Talma, s'efforçant d'adoucir ses traits, passa un bras sous la nuque de sa maîtresse et la serra contre lui.

— Pardon, ma toute bonne, ma tendre milady ! Ne m'en veuillez pas ! Vous avez raison : cette histoire doit m'affecter plus que je ne m'y attendais. Mais je vous aime.

Mlle Careau glissa sa main sur le torse du comédien.

— Je sais comment vous faire oublier tout cela, monsieur le vicomte d'Escarbagnas !

Mais alors que son amante, croyant prévenir un désir, descendait lentement vers sa taille, François-Joseph Talma, les yeux fermés, pensait, lui, à tout autre chose.

Il envisageait de quitter Paris.

47.

Les oubliés de Charonne

— Et que penses-tu trouver dans cette tombe ? demanda Récif, les yeux brillants de convoitise. Dis-moi que c'est un nouveau trésor !

Pendant que la voiture, contrainte de revenir jusqu'aux portes de Paris pour traverser la Seine, les avait conduits par le village de Saint-Mandé jusqu'à celui de Charonne, Gabriel avait pris le temps de raconter à ses amis l'avancée de l'enquête sur l'assassin de la rue Voltaire. Mais la raison précise pour laquelle ils s'introduisaient maintenant dans ce cimetière, à l'abri des regards, il ne l'avait point encore livrée.

— Je ne pense rien trouver, répondit le journaliste.

— Comment cela, rien ?

— Je gage que le cercueil est vide, expliqua le jeune homme avec un haussement de sourcils malicieux.

Attrapant la main du pirate, il se hissa à son tour par-dessus le mur et se réceptionna près de Mlle Terwagne. La nuit était en train de tomber, plongeant les sépultures alentour sous sa douce pénombre. Dans ce décor funèbre, grouillant de rats et battu de chauves-souris, on se fût aisément imaginé voir surgir une goule au détour d'un caveau, un fantôme au sortir d'une fosse. À ce tableau gothique, il ne manquait que la brume.

— Vide ? Mais pourquoi veux-tu ouvrir un cercueil, s'il est vide, mortecouille ?

— Pour m'en assurer, grippeminaud !

— Shh ! fit Mlle Terwagne en portant l'index à sa bouche. Il y a de la lumière dans le presbytère !

— Amiral de bateau-lavoir, va ! continua Récif à voix basse.

— Tais-toi donc, baguenaud de coquillard !

— Vous êtes épuisants, tous les deux ! s'impatienta la Liégeoise, les poings sur les pommeaux de ses sabres. Gabriel, dites-nous plutôt où se trouve cette tombe !

— C'est que… je n'en ai pas la moindre idée, avoua le jeune homme.

Ils le regardèrent, hébétés.

— Veux-tu dire qu'il va nous falloir les inspecter une par une ?

— Parfaitement ! Le premier qui trouve a gagné ! répliqua Gabriel, que la réunion de cette troupe emplissait de joie.

— Gagné quoi ?

Saint-Germain-de-Charonne, modeste église du XIIe siècle, était la plus ancienne dans les banlieues de Paris. Élevée au sommet d'un coteau couvert de vignes, au cœur du village de Charonne et jouxtant ceux de Menil-montant et de Bagnolet, elle était bordée d'élégantes maisons de campagne et de maraîchers, à quelques encablures du château. L'enclos du cimetière paroissial s'étendait, autour du bâtiment, sur vingt-cinq ares à peine, mais cela suffisait pour que le nombre des tombes dépassât les trois cents.

Aussi, sans tarder, les trois compagnons se mirent-ils à fouiller les allées obscures, sous les bras inquiétants que les branches des arbres épars projetaient autour d'eux. Pour éviter de se faire repérer par les occupants du presbytère, ils renoncèrent à allumer une torche et durent se contenter de la faible lueur des astres pour déchiffrer les noms sur les tombes.

Ici, point de grands hommes, point de défunts illustres, seulement les familles du village, suffisamment aisées pour éviter la fosse commune, et les curés successifs de la paroisse. Lorsque, les unes après les autres, les portes des cimetières parisiens s'étaient fermées devant elle, la sœur de M. Damery, au prix d'un don substantiel, avait obtenu du prêtre de Charonne qu'on y accueillît la dépouille du dramaturge déshonoré.

De stèle en stèle, les trois intrus lurent péniblement les patronymes gravés dans la pierre. Auboust, Savart, Lignier, Lemaîstre, Auger, Lecoûteux, Deversogne, Bidault, Thénot, Marcelly et la famille Delaître, celle des actuels châtelains. Les fortunes diverses des lignées, comme leur ancienneté, se devinaient à l'apparence des tombes et, de mariages en décès, de parents en cousins, nos explorateurs voyageaient dans la mémoire d'une communauté tout entière. Il leur fallut une heure bien remplie pour qu'enfin, entourée d'une grille, la sépulture de l'auteur maudit leur apparût. Gabriel, qui avait vu l'épitaphe en premier, poussa un petit cri de victoire.

CI-GÎT

BARTHÉLEMY DAMERY

DRAMATURGE

MUNI DES SACREMENTS DE L'ÉGLISE

PASSANT PRIEZ POUR LUI

16 MAR. 1747 – 25 DÉC. 1787

— Et, bien sûr, monsieur Joly n'a pas prévu de pelle ? persifla Récif en venant se placer derrière le journaliste.

— Dois-je rappeler à notre pirate du Bouregreg qu'il me souleva tout à l'heure dans les airs afin que je le suivisse sur l'instant, me laissant tout juste le temps d'emporter une pomme et du pain ?

— Quel dommage que tu l'aies mangée, cette pomme ! J'eusse été curieux de te voir nous montrer comment on creuse la terre avec une petite-reinette, profanateur de carton !

— Et toi avec ton…

— Il y a une cabane de jardinier, là-bas, les coupa Mlle Terwagne, exaspérée.

Quand elle vit Gabriel revenir avec une pelle dans une main, une bêche dans l'autre, la Liégeoise partit s'asseoir sur la tombe voisine.

— Moi, je surveille. Vous, vous creusez ! lâcha-t-elle tout sourire en croisant les bras.

Ce ne fut guère entreprise facile. Après une heure et quelques litres de sueur, les deux hommes étaient encore en train de s'injurier fort spirituellement quand, enfin, la pelle heurta le bois du cercueil.

— Aha ! s'exclama le pirate.

— Chut ! ordonna Anne-Josèphe en leur faisant des signes affolés. Cachez-vous !

L'entrée du presbytère venait de s'illuminer sous les effets d'une torche.

Récif et Gabriel se précipitèrent chacun derrière une stèle pour s'y accroupir. Au loin, la flamme vacillante avançait dans leur direction, et la silhouette d'un homme en soutane se dessina dans les ombres.

— Qui va là ? lança le curé en continuant de marcher dans leur direction, protégeant sa lampe d'une main contre les assauts d'un vent chaud.

— Bon sang ! chuchota Gabriel. Nous sommes faits !

— Je ne vois là rien dont un bon coup de pelle sur le crâne ne puisse nous débarrasser, répondit le pirate derrière la tombe d'à côté.

Gabriel le toisa de ses grands yeux verts en se tapotant la tempe du bout de son index.

Le prêtre, deux allées plus loin, avançait encore, et bientôt il allait découvrir leur forfait.

Soudain, Terwagne quitta sa cachette et se mit à pousser de déchirants sanglots.

— Mon père ! Oh, mon père ! pleura-t-elle en lui tendant les bras dans l'obscurité.

Le curé s'arrêta aussitôt et leva sa torche un peu plus haut pour mieux voir.

— Mademoiselle ? Mais… Que faites-vous là ?

— Oh, je vous en supplie, mon père ! Ne me dénoncez pas ! Je suis venue dans le secret de cette nuit me recueillir sur la tombe de mon tendre… Marcelly !

Terwagne tituba jusqu'à l'ecclésiastique et se jeta dans ses bras en gémissant de désespoir.

— Fichtre ! Il faut qu'Anne-Josèphe postule au Théâtre-Français ! s'amusa Gabriel à voix basse.

Le curé, repoussant gentiment la pleureuse, la prit par le bras et la dévisagea d'un air circonspect.

— M. Marcelly ? Mais pourquoi ? Vous êtes une parente ? Je ne vous reconnais pas…

— Mon père ! Que Dieu me pardonne ! Je l'aimais !

— Marcelly ? répéta le curé, perplexe. Mais, enfin ! Quel âge avez-vous, mademoiselle ?

— Je viens d'avoir trente-cinq ans, mentit la Liégeoise, qui en avait vingt-sept.

— Mais ! M. Marcelly avait plus du double de votre âge ! Et vous l'aimiez ?

Anne-Josèphe, qui n'avait eu le temps de voir que l'année de la mort sur la tombe qu'elle avait choisie au hasard, s'efforça de masquer son embarras.

— L'amour n'a pas d'âge, mon père ! Il était si bon avec moi, si doux !

— Marcelly ? Doux ?

— Avec moi, il l'était.

— Mais sa femme…

— De grâce ! Mon père ! Ne me parlez pas de sa femme ! La culpabilité ne m'accable-t-elle point assez ? J'implore le pardon de Dieu, accordez-moi le vôtre, et promettez-moi de ne rien dire !

— Bien sûr, bien sûr, mais…

— Je veux faire acte de pénitence, mon père ! Je suis bonne croyante ! Je me prosterne devant Dieu ! Je professe la religion catholique, apostolique et romaine ! Voulez-vous bien m'entendre au confessionnal ? le supplia-t-elle en l'attirant par le bras en direction de l'église.

— À une heure pareille ? Vous n'y pensez pas !

— Que vaudrait mon repentir sans votre sacrement ? Si je n'obtiens pas l'absolution ce soir, je ne survivrai pas une nuit de plus au poids que mes péchés infligent à mon âme ! Je ne puis rester indigne plus longtemps de la religion que j'ai embrassée, et…

Petit à petit, leurs voix disparurent dans les distances. Le curé, désemparé, se laissa entraîner jusque dans son église.

— Tirons notre bicorne à Mlle Terwagne ! pouffa Récif en rejoignant Gabriel. Quelle prestation !

— Dépêchons-nous ! rétorqua le journaliste en ramassant la pelle. Aide-moi à dégager le cercueil !

— Tu es sûr qu'il n'y a pas de trésor ? demanda le pirate.

— Je ne suis sûr de rien, sinon que tu es un âne.

Ils enlevèrent à la hâte la dernière couche de terre qui recouvrait le cercueil puis, à l'aide de leurs seuls outils de jardin, ils finirent par en ouvrir le couvercle. Et alors, dans la pâle clarté de la lune, l'intérieur leur apparut.

Debout tous les deux de chaque côté de la bière, ils restèrent immobiles, interloqués, avant que Récif pousse un rire sardonique.

— Je ne sais pas comment tu appelles cela, la Plume, mais chez moi, on appelle cela un cadavre. Ton Damery cst mort, trcs mort.

— Je… je ne comprends pas, balbutia le jeune homme, dépité. J'étais pourtant sûr !

Au fond du cercueil gisait un corps qui, inhumé en pleine terre, et dans du bois, était dans un état de décomposition fort avancé. Du mort il ne restait que les os, les cartilages et quelques ligaments asséchés.

— Ce n'est pas possible ! Cela ne peut pas être Damery ! se convainquit Gabriel. On aura enterré quelqu'un d'autre à sa place !

Sa lumineuse théorie reposant entièrement sur l'idée que le dramaturge n'était pas réellement mort, le jeune homme éprouvait un profond désarroi, si ce ne fut une légère humiliation. Il poussa un juron puis s'agenouilla près du cadavre. Par étapes, il transporta sa main d'un bout à l'autre du squelette.

— Cinq pieds onze pouces environ[1], annonça-t-il fièrement en se relevant. Une fort belle taille.

— Connaîtrais-tu donc celle qu'était censé faire ton Damery ? demanda Récif, sceptique.

— Pas encore. Mais il y a peut-être un moyen de la trouver.

— Cinq pieds onze pouces ! s'amusa le pirate. Tu viens de la mesurer.

— Je te dis que ce n'est pas lui ! Il ne peut en être autrement ! s'entêta Gabriel.

— Très bien. Et maintenant ?

— Maintenant, on rebouche, répondit le jeune homme en grimaçant.

— Tu n'es pas sérieux ?

Il l'était.

Quand Anne-Josèphe reparut, ils avaient terminé.

— Avez-vous obtenu l'absolution, mademoiselle ? demanda gravement le Salétin.

— Dieu m'a entendue. Nous sommes réconciliés.

— Allons-y ! les pressa Gabriel. Il faut que je passe au Châtelet chercher l'adresse de la sœur de Damery !

---

1. Plus de un mètre quatre-vingts.

— À cette heure ? Ils ne t'ouvriront jamais, manche à gigot !

— J'ai été chargé de l'enquête par le commissaire Guyot ! Ils m'ouvriront !

— Comment ? s'exclama Récif. Toi ? Tu veux jouer le triste à pattes maintenant ? Tu peux mourir, pour cela, tu sais ?

— Allons ! Le temps presse !

Quand ils furent sortis du cimetière, Anne-Josèphe envoya un baiser vers les tombes.

— Adieu, Marcelly, vieux fripon !

48.

Ce n'est pas la peinture, mais la découpe qui rend un puzzle difficile

Le lendemain matin, M. Guyot se rendit à l'aube dans son bureau, à l'étage de son hôtel de la rue de Vaugirard. La veille, non sans peine, il était parvenu à rattraper le retard que l'enquête lui avait fait prendre sur ses affaires courantes – courrier, informations, contraventions, comptes, partages et autres référés. La nouvelle organisation de la police au sein de la commune de Paris, encore floue, entraînait une surcharge de travail dont il se fût bien passé. Mais, en ce matin du mardi 25 août 1789, l'heure était venue de se replonger enfin dans les meurtres du Théâtre-Français.

L'investigation avait occasionné déjà tant d'actes et de scellés que le clerc du commissaire avait dû leur consacrer une table tout entière, où cahiers et dossiers s'amoncelaient comme autant de tours de Babel. Entre ses propres rapports et ceux du chirurgien du roi – qui n'apportaient rien aux constatations déjà faites par M. Joly –, Guyot regarda, la mine sombre, la large caisse dans laquelle son employé avait rangé les archives de M. Minier.

— Ah, mon si brave inspecteur ! se lamenta-t-il en commençant à fouiller à l'intérieur. Pour une fois qu'on m'en donnait un qui fût non seulement de qualité, mais de bonne compagnie ! Comme vous allez me manquer !

Le contenu de la boîte concernait presque exclusivement le meurtre de M. Lauriel, au sujet duquel le Toulousain s'était chargé de conduire les premières recherches. Procès-verbaux d'auditions de la femme de chambre et des voisins, notes biographiques, compte rendu sur l'entourage de la victime, étude de ses finances, rapport du chirurgien, et surtout scellés des indices prélevés sur les lieux. Quoique soigneusement classés, c'était une somme de pièces considérable, et le commissaire soupira en les survolant.

Il était en train de parcourir les scellés quand son regard s'arrêta sur une signature, en bas d'une lettre dont le papier était taché de gouttes de sang.

— Ça, par exemple ! s'exclama Guyot, les yeux écarquillés.

Se laissant tomber sur une chaise, il sortit la lettre du dossier et en commença la lecture.

Cher Monſieur Lauriel ,

C'est avec le plus vif honneur que j'ai reçu votre lettre et avec le plus intenſe plaiſir que je l'ai lue. Vos éloges me touchent plus que tout autre , car ils émanent d'un ſpectateur éclairé. Les amateurs ſont nombreux , mais les connaiſſeurs ſont rares !

Comme me l'a appris Dugraſſe , lorſqu'on viſe à la grandeur , il importe de ne jamais ſ'enivrer par les applaudiſſements autant que de ne point ſe laiſſer décourager par les ſifflets. « Les ſifflets n'étouffent que les ſots , les applaudiſſements n'étourdiſſent que les fats » , me diſait-il hier encore. Auſſi ne me ſuis-je jamais laiſſé griſer par la louange , mais votre miſſive renforce ardemment mon déſir de pourſuivre mes études avec acharnement et de maintenir mon zèle au travail. Je ſais que d'heureux débuts ne garantiſſent guère le ſuccès , qu'il faut les perpétuer et forcer , toujours , le public à la perſévérance. Je m'y emploierai.

Quant à la chute de la comédie de M. Damery , oui , vous avez raiſon , ce fut un épiſode fort triſte , mais qui ne devrait qu'encourager l'auteur à travailler , comme moi , davantage. Ses *Rivaux* , je ne l'apprends ſûrement pas au ſavant que vous êtes , ſont une imitation aſſez maladroite d'une pièce de Sheridan que j'ai vu jouer à Londres , quand j'y faiſais mes premiers pas. Faiſons le vœu que M. Damery ſache ſe reſſaiſir et ſouhaitons à ſa carrière que mes camarades veuillent bien un jour mettre une autre de ſes pièces à l'étude , pour lui offrir une ſeconde chance qu'il ne démérite ſûrement pas.

Je vous renouvelle l'aſſurance de l'eſtime reſpectueuſe avec laquelle j'ai l'honneur d'être , Monſieur ,

Votre très humble ſerviteur ,

Talma.

— Fichtre de fichtre ! s'ébahit le commissaire en reposant la feuille sur la table. Talma ! Parbleu ! Lauriel eût-il découvert le plagiat sans votre lettre ? Sans votre lettre, eût-il écrit l'article qui poussa Damery au suicide ? Et si ce n'était donc pas le vieux Brizard, mais vous, qui portiez en votre âme le poids de la plus lourde responsabilité ? Et cette tache de sang sur votre missive ? A-t-elle été laissée par l'assassin, lors du meurtre de Lauriel ? Fussiez-vous le meurtrier, n'eussiez-vous pas emporté cette preuve incriminante ?

Guyot, déconcerté, se prit la tête entre les mains et tenta de faire le point. Certes, cette lettre apportait un éclairage différent sur l'enquête, et appelait au moins une nouvelle audition de M. Talma, mais elle ne résolvait guère les deux mystères qui, toute la nuit, avaient continué de l'obséder : la perruque et l'énigmatique message de l'inspecteur.

— Mon bon Minier, murmura-t-il en regardant les archives de son regretté subalterne. Qu'avez-vous donc voulu nous dire, par ces trois lettres ? C-O-I. Nous désigniez-vous vraiment M. Coignard ? Et sinon, qui, quoi ? Et si ce n'était pas un simple I, mais qu'il y manquait un tréma ? *Coïncidence* ?

Le magistrat grimaça. Aucune solution ne lui paraissait plus pertinente que celle de Coignard. Soudain, un pli se forma sur son front dégarni.

— Un tréma, peut-être pas, mais… Qui nous dit que les deux dernières lettres en sont vraiment ? Ne pourraient-elles pas être plutôt des chiffres ? Le zéro et le un ? Mais alors quel sens pourrait avoir ce C-01 ?

La supposition ne lui parut pas dénuée de sens. Aussitôt, une idée germa dans sa tête. Mais, bien sûr ! Cela eût pu être une légende sur une carte ! Ne pouvait-il y avoir, au théâtre, un *couloir numéro 1* ou une *caisse numéro 1* ?

Le commissaire, exalté, se leva et partit chercher dans une armoire la copie qu'il y gardait des plans du Théâtre-Français par MM. Peyre et Wailly.

À peine les eut-il posés devant lui, il s'applaudit victorieusement. À chacun des plans, qui reproduisaient les différents étages de l'édifice, les architectes avaient assigné une lettre. Le C correspondait aux niveaux réunis des troisièmes et quatrièmes loges. Précipitant son regard vers la légende de celles-ci, il y chercha la première entrée. C-01. Il s'agissait du « balcon au-dessus du vestibule ».

Après un instant de spéculation, l'enthousiasme du commissaire retomba quelque peu. Fichtre ! La résolution de l'énigme paraissait belle, certes, mais il peinait à s'en contenter. Ce balcon, qui menait à la terrasse, il l'avait parcouru plusieurs fois et il ne pouvait s'imaginer qu'en le désignant Minier eût révélé quoi que ce fût de décisif. Que le meurtrier fût passé par là ? Peut-être, mais en quoi était-ce une information si capitale que l'inspecteur, agonisant, eût voulu en faire son ultime message ?

— Et puis, Minier n'avait pas les plans sous les yeux, au moment de sa mort, soupira Guyot. Il ne pouvait pas connaître le numéro des différentes pièces par cœur ! Foutre ! Ce n'est pas cela !

Il tapa du poing sur la table et se rassit, dépité.

— Alors quoi, bon sang ? Minier ! Qu'avez-vous voulu nous dire ? répéta le commissaire en se grattant nerveusement le crâne. *Coignard*, il faut reconnaître que cela se recouperait bien ! Mais quel mobile ? Gabriel a peut-être raison de ne pas y croire. Il se pourrait que vous n'ayez pas vu le visage de votre assassin, inspecteur, et qu'au lieu d'un patronyme, ce fût un objet que vous nous eussiez indiqué.

S'efforçant de retrouver son calme, le commissaire replaça la chose dans son contexte. Minier avait été tué dans les coulisses. Mais que faisait-il là ? N'était-il pas censé, à ce moment précis, se trouver dans les caves pour les fouiller de nouveau ?

Guyot reprit les plans du théâtre et inspecta scrupuleusement celui des sous-sols. Y avait-il là quelque chose que Minier eût pu vouloir leur dévoiler ? Quelque chose dans les remises ? Un tableau ou une sculpture, peut-être ? Y avait-il, parmi les généreux donateurs de la Comédie-Française, des artistes dont le nom commençât par ces trois lettres ?

Guyot se tritura les méninges. Coypel, peut-être ? Mais encore eût-il fallu que cet I fût un Y, et que la troupe conservât l'une de ses œuvres dans son sous-sol ! Le théâtre possédait certes son célèbre portrait de *Molière à sa table de travail*, mais ce chef-d'œuvre était au mur de la salle d'assemblée !

Le commissaire se tapota la bouche d'un air pensif. Après tout, si la dernière des trois lettres eût pu être un Y plutôt qu'un I, pourquoi pas une autre lettre encore ? Un L minuscule ou inachevé et…

Soudain, les yeux du magistrat s'illuminèrent.

— Mon Dieu !

Il regarda le plan des caves, abasourdi.

— Saperlotte ! Comment avons-nous pu rater cela ? s'exclama-t-il en se précipitant vers la porte.

Attrapant sa veste au passage, il quitta son bureau à la hâte. Arrivé au rez-de-chaussée, il cria au commis qui assurait l'accueil :

— Faites chercher M. Joly aux Cordeliers ! Qu'il me rejoigne de toute urgence au Théâtre-Français !

49.

Le critique

À la suite des journées de juillet, la lieutenance générale de police avait été transférée à la commune de Paris. Son dernier représentant, M. de Crosne, avait dû céder ses pouvoirs au maire Bailly et au comité provisoire de police. Le Châtelet, fort amoindri, restait néanmoins une chambre de juridiction : on y trouvait encore procureurs, avocats, conseillers, examinateurs, auditeurs et greffiers, et il abritait toujours en ses murs ses sinistres geôles réservées aux plus grands criminels, sa chambre de dissection et, surtout, les archives de la police parisienne.

La belle assurance de Gabriel s'était trouvée spectaculairement ébranlée quand le sergent de garde lui avait ri au nez alors qu'il demandait à consulter les archives criminelles, au milieu de la nuit. Le journaliste avait eu beau s'offusquer en arguant qu'il était chargé d'une enquête par le commissaire Guyot en personne, on lui avait fait comprendre que le Châtelet n'ouvrirait au public qu'à sept heures, et que s'il ne disparaissait pas sur-le-champ, il allait en visiter la prison de l'intérieur !

L'épisode n'avait pas manqué de provoquer l'hilarité de Récif et, bon an mal an, ils étaient allés tous les trois attendre l'arrivée de l'aube place Maubert, dans les étages enfumés du cabaret du Château-Rouge.

Leur patience avait été récompensée. Dès l'ouverture du Châtelet, le journaliste avait pu obtenir, auprès d'un greffier plus aimable, ce qu'il cherchait : l'adresse de Mlle Joséphine Damery. Il ne fut guère surpris, et même plutôt ravi, en découvrant que la sœur du dramaturge, après la mort de celui-ci, s'était installée chez lui. En revanche, lorsqu'il demanda qu'on lui sortît des archives de la Chambre criminelle le procès-verbal dressé lors du suicide de M. Damery, on lui certifia qu'il n'y en avait point. Le jeune homme, ragaillardi, voulut y voir le signe qu'il ne s'était peut-être pas trompé…

C'est ainsi que, peu avant huit heures du matin, Gabriel, Récif et Mlle Terwagne arrivèrent au pied d'un petit immeuble de la rue de Montreuil, au jardin arboré, vis-à-vis la place du Trône[1]. Depuis que l'extrémité orientale du faubourg Saint-Antoine avait été annexée à la ville de Paris par le mur des fermiers généraux, les premières constructions se dressaient à l'ombre des deux hautes colonnes doriques, dites de la batterie du Trône, érigées deux ans plus tôt pour encadrer sa

1. Actuelle place de la Nation, elle fut d'abord nommée place du Trône en mémoire de Louis XIV, qui y reçut en 1660 le serment de fidélité des Parisiens, puis rebaptisée place du Trône-Renversé en août 1792, pour les raisons que l'on connaît. En 1794, la guillotine qui y fut placée assura plus de la moitié des exécutions parisiennes.

barrière. Si la place centrale restait un vaste espace orné d'élégants alignements de plantations, où l'on donnait feux d'artifice et autres divertissements populaires, du côté de la rue de Montreuil, on voyait disparaître peu à peu vignes et maraîchers au profit d'habitations et de commerces nouveaux.

— Je pense qu'il est préférable que je monte seul, expliqua Gabriel en regardant l'immeuble. Attendez-moi ici. S'il se passe quelque chose, je vous fais signe.

— Pardon ? s'indigna le pirate. Nous prendrais-tu pour tes valets, maintenant ?

— Récif ! le tempéra Anne-Josèphe en le prenant par le bras. Nous avons promis à Gabriel de l'aider, et c'est ce que nous allons faire en l'attendant ici tous les deux. Venez, il y a un salon de café juste en face.

— Le Café du Génie ! lut Gabriel sur l'enseigne. Fichtre ! Ils ne te laisseront jamais entrer !

— Disparais de ma vue ! répliqua Récif. C'est toi, le mauvais génie !

La Liégeoise entraîna le Renégat avec lui de l'autre côté de la rue alors qu'il continuait à rouspéter.

Gabriel entra immédiatement dans l'immeuble et monta au troisième et dernier étage. L'étroit escalier se terminait par une unique porte, à laquelle il frappa. Il entendit alors des pas approcher, puis une voix de femme résonna de l'intérieur :

— Que voulez-vous ?

— Bonjour, madame. Je suis Gabriel Joly, journaliste, se présenta-t-il sur un ton des plus aimables. Je prépare un article au sujet de votre frère, et j'aurais aimé vous poser quelques questions.

Un silence, puis :

— Je suis désolée, monsieur. Je n'ai pas le temps…

— Ce ne sera pas long ! insista le jeune homme. Deux, trois questions, tout au plus ! J'aimerais rétablir la vérité au sujet de M. Damery, je pense qu'il a été victime d'une terrible injustice.

— C'est vrai, soupira-t-on de l'autre côté.

— Alors faites-moi la grâce de m'ouvrir, madame ! Je promets de ne pas vous importuner longtemps.

— Je dois partir travailler, monsieur. Vraiment, je ne peux pas.

— Puis-je revenir plus tard dans la journée ?

Un nouveau silence, plus long encore.

— Madame ?

— Je suis navrée, monsieur, mais ce sont de trop mauvais souvenirs. Je vous en prie, ne revenez pas.

Les pas s'éloignèrent aussitôt.

Gabriel, que la chose n'étonnait qu'à moitié, tourna les talons et descendit dans la rue.

— Eh bien ! s'amusa Récif en le voyant entrer dans le Café du Génie. Ce fut court ! Nous n'avons même pas eu le temps de poser nos premiers dominos !

Malgré l'heure matinale, l'établissement était déjà très fréquenté, et le comptoir si achalandé qu'on eût dit que s'y dressait une barricade de chapeaux ronds. Ce n'était certes pas le Procope mais, ouvert depuis peu, c'était un salon proprement décoré, aéré et lumineux. Comme dans tous les cafés de Paris, qui en comptait près de cinq cents désormais, on venait ici, dans une ambiance plus paisible que celle des cabarets, pour jouer, se délasser, lire le *Journal* ou les gazettes, écouter les nouvellistes parler des travaux de l'Assemblée, manger une glace ou boire une simple tasse de chocolat avant d'aller chercher du travail sur la place de Grève. Les petits-maîtres y côtoyaient les employés, les poètes lisaient des vers aux compagnons, l'apothicaire discutait avec le sabotier, le laquais avec le garde-pompe… Deux sujets, à l'évidence, dominaient les conversations : le manque de pain et la Déclaration, qui était presque terminée.

— Mme Damery refuse de m'ouvrir, expliqua le jeune homme en prenant place entre ses deux amis.

— Veux-tu que j'aille lui parler ? proposa le pirate en souriant à pleines dents.

— Torturer une femme ? Quelle merveilleuse idée !

— Je te remercie, mais j'avais plutôt le mot *intimidation* en tête, vil diffamateur !

— Ce n'est guère mieux, rétorqua Gabriel. Elle m'a dit qu'elle devait partir travailler. Attendons de voir si elle sort de l'immeuble…

— Ah, très bien ! Une effraction ? Les limites de ta morale sont assez fluctuantes !

Ils guettèrent la chaussée en partageant des biscuits et un moka.

Une demi-heure plus tard, une femme apparut au bas de la maison et se mit à descendre la rue pour rejoindre, sans doute, le faubourg Saint-Antoine.

— C'est elle ? demanda Récif.

— C'est fort probable.

— Allons-y !

Prenant le temps de s'assurer que personne ne pouvait les repérer, ils attendirent dans le jardin avant de se glisser discrètement jusqu'au troisième étage.

— Récif ? demanda Gabriel en lui désignant la porte.

— Ah ! Tout à coup, M. Joly n'a plus besoin d'un laquais mais d'un serrurier !

— Si j'avais eu besoin d'un serrurier, j'aurais fait venir Louis XVI ! plaisanta le journaliste.

— Shh ! s'agaça Mlle Terwagne. Vous n'allez pas recommencer, tous les deux ! Vous allez encore nous faire remarquer ! Je ne vais pas passer ma journée à réparer vos bêtises !

Le pirate haussa les épaules. Une minute après, il avait crocheté la porte. Ils pénétrèrent dans l'appartement et refermèrent derrière eux.

— Marchez doucement, prévint Gabriel, le parquet grince !

— Que cherchons-nous ? demanda la Liégeoise.

— La chambre de M. Damery.

— Tu crois qu'il a toujours une chambre, deux ans après sa mort ? persifla le Renégat.

— Oui.

Ils commencèrent à explorer les lieux.

L'appartement, qui occupait tout l'étage, semblait compter quatre pièces, dont la première était un vaste et élégant salon, quoique aux teintes ternies. L'état de la décoration comme des peintures, dont les indéniables richesses s'étaient fanées, laissait deviner que l'on n'avait plus les moyens d'entretenir les prétentions originelles. Si la salle était proprement meublée, garnie du nécessaire comme du confort, tout y était défraîchi. Les tentures colorées qui drapaient les murs étaient effilochées çà et là, l'étoffe qui couvrait une longue table aux pieds sculptés était parsemée de trous, il manquait des clous d'or aux tapisseries étoilées des fauteuils, et les corniches et boiseries enluminées étaient marbrées de salissures brunes. Le grand miroir de Venise, enfin, qui surplombait une large cheminée, était piqué de taches noires et traversé par un éclat.

La deuxième pièce était une chambre à coucher, mais les trois cambrioleurs constatèrent rapidement que c'était celle de Mme Damery : il n'y avait là que les affaires d'une femme.

La troisième, en revanche, fut la bonne.

Un sourire se dessina sur le visage de Gabriel quand il découvrit cette chambre dont tout indiquait qu'elle n'était plus occupée, sinon peut-être par l'esprit d'un revenant.

— Nous y sommes ! s'enthousiasma-t-il.

Il alluma la lampe à huile qui trônait sur une console, à l'entrée. Entre les quatre murs aux tapisseries effrangées, la poussière avait envahi le mobilier, et les poutres du plafond s'étaient peuplées de toiles d'araignée. Les rideaux, la garniture de lit et son ciel étaient d'une belle brocatelle, mais le rouge et l'or y avaient perdu leur chatoiement. Sur une toilette finement ouvragée, où s'inclinait un haut miroir, étaient éparpillés des ustensiles de soin qui ne pouvaient convenir qu'à un homme, mais n'avaient guère servi depuis plusieurs mois au moins. Sur le chambranle de la cheminée, l'horloge était arrêtée.

Sans hésiter, Gabriel se précipita à gauche, vers une imposante armoire normande.

— Haha ! exulta-t-il après l'avoir ouverte.

À l'intérieur était soigneusement rangée la riche garde-robe d'un gentilhomme. Longues vestes de soie, gilets brodés, chemises aux poignets de dentelle, cravates, culottes et bas, le tout de très noble facture.

Le journaliste, impatient, se mit à sortir les vêtements les uns après les autres, les posant successivement contre son corps comme on le fait pour s'assurer qu'une pièce nous sied.

— Alors ? demanda Récif dans son dos.

— Chut ! répliqua Gabriel, excité.

Il avait déjà estimé la taille de trois ensembles, et pourtant il en mesura un quatrième, puis un cinquième, un sixième… Comme il les inspectait de près, les comparait, en éprouvait l'étoffe entre le pouce et l'index, on eût dit un tailleur dans son atelier. Et, chaque fois qu'il remettait un habit dans l'armoire, il murmurait tantôt un « Intéressant ! », tantôt un « Très intéressant ! ».

— Monsieur Joly ! appela Anne-Josèphe de l'autre côté de la pièce. Venez voir ! Je crois que cela va vous plaire.

Elle lui désigna un étage entier de la bibliothèque qu'elle était en train d'étudier.

Gabriel sourit en découvrant les titres des volumes qu'on y avait entreposés. Ici, *Examen de divers points d'anatomie, de chirurgie, de physique et de médecine*. Plus loin, *Cours d'opérations de chirurgie, démontrées au Jardin royal*.

— Échec et mat ! Je te tiens, Damery ! s'exclama-t-il en agitant dans sa main le livre qu'il venait de sortir de l'étagère.

Il en lut fièrement le titre à haute voix.

— *Anthropotomie, ou l'Art d'injecter, de disséquer, d'embaumer et de conserver les parties du corps humain* ! Tu es fait comme un rat, Barthélemy !

— Ce n'est pas tout, ajouta Mlle Terwagne en ouvrant un coffret de bois devant lui.

Il y avait là une remarquable collection d'instruments chirurgicaux, notamment, parmi scalpels, pinces, lancettes et bistouris, deux redoutables trépans !

— Je le savais ! fanfaronna le journaliste en pointant Récif de l'index, un brin revanchard. Damery n'est pas mort ! C'est lui, l'assassin de la rue Voltaire !

Alors qu'il replaçait l'ouvrage dans la bibliothèque, son regard s'arrêta sur l'étagère supérieure. La collection complète des œuvres de Sheridan, en édition originale et en anglais, y était précieusement rangée.

Outre la pièce *The Rivals*, bien sûr, on y trouvait *Saint Patrick's Day*, *The Duenna*, *A Trip to Scarborough*, *The Critic or a Tragedy Rehearsed*…

— Ah çà ! s'exclama Gabriel en attrapant cette dernière. *The Critic* ! Mais oui, c'est cela ! Comment ai-je pu oublier, avec un titre pareil ? Je l'ai vu jouer à la Buttermarket House de Mrs Baker[1], à Cantorbéry, l'an dernier !

— Et alors ? le pressa Anne-Josèphe.

— Je suis quasiment sûr que… Attendez !

Les doigts tremblants, il tourna frénétiquement les pages du livre.

— Voilà ! jubila-t-il en montrant un paragraphe à la jeune femme.

L'intrigue du *Critique, ou une tragédie en répétition* – dont le titre était à lui seul d'un cynisme criant – était pour le moins d'une ironique circonstance ! Dans cette

1. Grande amatrice de dramaturgie, Sarah Baker, habitante fortunée, fit longtemps jouer des pièces dans cette belle maison de Cantorbéry, avant de pouvoir financer, en 1790, la construction du New Theatre, premier théâtre de Cantorbéry.

pièce, où l'on voyait la répétition d'une tragédie virer à la catastrophe, Sheridan non seulement livrait une satire burlesque du monde du théâtre et de ses dérives, mais y tournait aussi en ridicule la profession de critique. L'extrait que Gabriel fit lire à Mlle Terwagne était une réplique de Puff, le personnage principal, auteur d'un mélodrame historique des plus ampoulés.

PUFF

Egad ſir, ſheer neceſſity, the proper parent of an art ſo nearly allied to invention: you muſt know, Mr. Sneer, that from the firſt time I tried my hand at an advertiſement, my ſucceſſ was ſuch, that for ſome time after, I led a moſt extraordinary life indeed[1]!

La Liégeoise écarta les mains, en signe d'incompréhension.

— Suis-je censée saisir ce que cela veut dire ?

Gabriel, resplendissant de satisfaction, fit claquer le livre en le fermant.

— Cela veut dire, mademoiselle, que je ne me suis pas trompé, et que nous devons de ce pas courir au Théâtre-Français pour arrêter M. Damery !

— À ce sujet, glissa Anne-Josèphe sur un ton embarrassé, aurez-vous encore besoin de moi, ou l'aide de M. Récif vous suffira-t-elle ?

---

1. « Parbleu ! monsieur, la seule nécessité, la digne mère d'un art allié de si près à l'invention : vous devez savoir, monsieur Sneer, que, dès le premier jour où ma main s'essaya dans un avis au public, mon succès fut tel que, pendant quelque temps ensuite, je menai la vie la plus extraordinaire » (traduction originale d'Amédée Pichot, 1835).

— Mais enfin, mademoiselle, je ne veux pas vous retenir ! Vous m'avez déjà été d'un grand secours cette nuit, je ne saurai jamais vous remercier assez. Et surtout… saluez Mercier de ma part !

— Que vous êtes caustique, Gabriel ! Mais je ne vais pas voir Mercier. En vérité, je crois que je serai plus utile à Villejuif, auprès des enfants. Je ne doute pas que les amis de M. Récif…

— Les frères ! corrigea celui-ci.

— Pardon… Que les frères de M. Récif s'occupent fort bien des petits, mais je leur avais promis de revenir aujourd'hui.

À ces mots, le visage de Gabriel s'attendrit.

— Oh, faites, mon amie ! Faites ! Nous vous retrouverons au plus vite !

50.

Entre l'une et l'autre colonne

— Les comédiens n'arriveront que pour dix heures, commissaire, mais les autres sont là. Et hier, tout le monde était présent, en dehors, bien sûr, de M. Talma, qui ne jouait pas et qui a passé la journée rue Chantereine, et de M. Brizard, qui est resté chez lui.

Guyot félicita le sergent d'une tape sur l'épaule.

— Vous voyez, quand vous voulez ! Allez me chercher M. Saussey de toute urgence, et dites-lui de me rejoindre à l'entrée des caves, à cour, avec ses clefs et deux lampes à huile.

M. Célières, ravi qu'on l'eût enfin félicité, s'exécuta promptement.

En traversant le vestibule qu'il avait quitté l'avant-veille, le commissaire songea qu'il ne pourrait plus jamais regarder le théâtre de la même manière. Combien de fois était-il venu ici, par le passé, se délasser des tracas que lui imprimait sa charge ? Eût-il alors pu imaginer qu'il conduirait un jour, dans ces murs, l'une des plus étonnantes enquêtes de sa carrière ? Rirait-il autant en revenant y voir un *Malade imaginaire* ou une *École des mères* ? Pourrait-il encore pleurer en y voyant Phèdre avouer sa faute avant de se donner la mort ? À en juger par les regards que lui adressèrent les quelques personnes qu'il croisa en chemin, il n'était pas tout à fait sûr d'être aussi bienvenu ici qu'il l'avait été jadis…

Le régisseur, toutefois, eut l'obligeance de le rejoindre promptement à l'entrée des caves.

— Auriez-vous du nouveau, commissaire ? s'enquit M. Saussey en le saluant.

— Peut-être. Voulez-vous bien ouvrir, s'il vous plaît ?

Le régisseur, impassible, s'exécuta.

— Pour vous servir, monsieur…

Ils descendirent ensemble au sous-sol et, sans attendre, Guyot s'introduisit dans la vaste cave du réservoir. D'un pas déterminé, il grimpa sur la plate-forme où était fixée la pompe à bras.

— Sapristi ! lâcha-t-il en trouvant la confirmation qu'il était venu chercher.

Éclairant le mur à l'aide de sa lampe, il désigna une large trappe à l'endroit où disparaissait le conduit de refoulement de la citerne.

— Pouvez-vous me dire ce que c'est ? demanda-t-il nerveusement au régisseur.

M. Saussey pencha la tête, puis, écarquillant les yeux, il sembla comprendre.

— Mon Dieu… C'est… c'est un regard sur la colonne d'incendie, maître.

— Une *colonne* d'incendie, acquiesça le commissaire. C'est ce qu'il me semblait ! Sacré Minier !

La troisième de vos lettres n'était pas un I, mais bien un L inachevé !

Il donna un coup de poing hargneux sur le vantail.

— Comment ouvre-t-on cette trappe ? s'agaça-t-il.

Le régisseur lui montra la simple clef à triangle qu'il avait sur son trousseau, puis vint ouvrir.

— Vous… vous pensez que… ?

— Je pense qu'un homme de mon gabarit aurait bien du mal à se faufiler là-dedans, le coupa Guyot. Mais une personne avec le vôtre y parviendrait certainement, n'est-ce pas ?

— Je… Oui, sans doute.

Le commissaire plongea sa lampe à l'intérieur de la cheminée pour y jeter un coup d'œil. L'espace entre le tuyau et la paroi n'offrait qu'un dégagement de deux pieds à peine, mais c'était suffisant pour s'y glisser et escalader le long du conduit.

— Il y a la même colonne de l'autre côté, n'est-ce pas ? demanda-t-il en continuant d'examiner celle-ci.

Elle s'élevait si haut que la lampe ne permettait pas d'en voir le bout.

— Exactement la même, confirma M. Saussey.

— Et où mènent ces colonnes ?

— Elles vont de la cave aux quatrièmes loges, maître, mais… il y a une trappe de regard à chaque étage.

— Foutre ! s'emporta Guyot. Comment avons-nous pu négliger cela ?

Le régisseur prit un air désolé.

— Sauf votre respect, commissaire, quand vous m'avez demandé si quelqu'un pouvait se cacher dans notre théâtre, je vous ai répondu qu'on y trouvait des trappes partout ! Pour être exact, il y en a bien d'autres que celles-là. Il y en a dans les plafonds, il y en a…

— Certes, grogna le magistrat. Mais celles-ci ouvrent sur un tunnel qui mène à tous les étages ! Peste ! J'aurais dû y penser ! Et je gage que Minier venait de le découvrir quand l'assassin l'a surpris, et qu'il s'est ensuivi une rixe à l'issue tragique. Vous allez me montrer où sont situées toutes ces trappes de regard mais, avant cela, il me reste quelque chose à vérifier…

Le régisseur, confus, le suivit dans le couloir jusqu'à la remise.

Après avoir accroché sa lampe près de la porte, le commissaire, le front soucieux, se mit à tourner lentement autour du puits en marmonnant.

— Voulez-vous me dire ce que vous cherchez, maître ? Je puis peut-être vous aider…

— Il y a quelque chose qui me turlupine.

— Quoi donc ?

— Cette perruque, là, répondit Guyot en s'appuyant sur le muret.

— Eh bien ? Vous l'avez dit l'autre jour : l'assassin, après l'avoir volée au magasin d'habits, a dû s'en servir pour qu'on ne le reconnaisse point lors de l'un de ses crimes, puis l'a jetée ici pour s'en débarrasser…

— Mais pourquoi l'abandonner ici précisément ? S'il a utilisé les colonnes à incendie pour se déplacer d'un bout à l'autre du théâtre à l'abri des regards, il n'avait aucune raison de venir dans cette pièce-ci, qui est une voie sans issue, et qui n'était pas sur son trajet ! Il y avait mille autres endroits où se débarrasser de ce maudit postiche, ne fût-ce que dans lesdites colonnes, alors pourquoi ici ?

Guyot se frotta nerveusement les mains tout en reprenant sa ronde. Après avoir fait plusieurs fois le tour du puits, il s'immobilisa.

— Et ces bustes, que font-ils ici ? demanda-t-il en désignant les mannequins de couturière entassés dans un coin de la pièce.

— Ce sont de vieilles pièces que M. Apfel, notre costumier, a tenu à garder, par nostalgie.

— Je vois, fit Guyot. Intéressant. Vous êtes certain que ces caves ne communiquent pas avec les dessous ?

— Absolument.

— Dommage. Cela eût été une explication possible…

Le commissaire recommença sa cérémonie circulaire et ses marmonnements. Il fit une demi-douzaine de girations encore, puis s'arrêta de nouveau, devant « mère-grand » cette fois. Son regard, hésitant, fit plusieurs allers et retours entre le régisseur et la magnifique cheminée sculptée par Le Hongre.

— Il n'y a pas de conduit, commissaire, si c'est ce que vous vous demandez. Mère-grand a simplement été posée là par les garçons de théâtre. L'assassin ne peut pas s'être enfui par la cheminée…

Guyot, les yeux soudain lumineux, alla s'accroupir devant le foyer.

— Venez m'aider !

Des deux mains, il attrapa le contrecœur, une plaque en fonte décorée de feuilles d'acanthe et de fleurs de lys, posée au fond de l'âtre. Il tira dessus de toutes ses forces, en vain. Le régisseur, venant lui prêter main-forte, suggéra d'essayer plutôt de la faire glisser latéralement.

Ils se regardèrent d'un air hébété quand le contrecœur, avec une étonnante facilité, passa derrière le jambage de la cheminée et laissa apparaître un trou dans le mur.

De l'autre côté, une planche de bois refermait la brèche. Procédant de la même manière, ils firent coulisser cette seconde porte, et alors les dessous du théâtre se révélèrent devant eux dans toute leur splendeur.

— Doux Jésus ! s'exclama le commissaire. La voilà, notre explication !

Se glissant péniblement dans l'ouverture, il pénétra dans l'immense espace quadrillé de poteaux, de sablières, de rails, d'échelles, de chariots et de fermes, et dont les trois niveaux étaient séparés par des planchers percés de nombreuses trappes. Dans les hauteurs, on entendait les machinistes qui, déjà, s'activaient sous la scène.

— Doux Jésus, répéta-t-il, hagard. C'est ce qu'on appelle tomber dans le troisième dessous !

Titubant entre les larges cubes en pierre d'où s'élevaient les poteaux, il s'avança jusqu'au milieu de la forêt souterraine, bientôt rejoint par le régisseur.

— Juste ciel ! continua Guyot, qui ne se remettait toujours pas de sa découverte.

Levant la tête, il observa la face inférieure du plateau de scène, pensif.

M. Saussey allait lui poser une question quand le commissaire lui fit signe de se taire. Sans bouger, il se gratta la tempe, puis, soudain :

— Vingt dieux ! s'ébaudit-il.

Bouche bée, il se tourna lentement vers le régisseur.

— Mme Verneuil ! Pendant la représentation du *Siège de Calais* !

— Eh bien ? le pressa M. Saussey.

— Elle ne s'était pas trompée dans son texte, nom de nom !

— On m'a pourtant affirmé le contraire…

— C'est ce que j'ai cru, moi aussi, mais elle ne s'était pas trompée ! exulta le commissaire. Oh, Mme Verneuil, merveilleuse Mme Verneuil ! Je me souviens, maintenant ! Elle… elle a simplement dit une phrase qui n'était pas dans sa réplique !

— Laquelle ?

Guyot, béat, attrapa le régisseur par les épaules et, le regardant droit dans les yeux :

— Elle… elle a dit : « Je vous ai reconnu ! »

Saussey secoua la tête, perplexe.

— Moi ?

— Mais non, pas vous, imbécile !

Sans un mot de plus, le commissaire se précipita vers l'escalier de service.

51.

Où nécessité fait loi

Gabriel s'élança sous les arcades et, arrivé devant l'entrée rue Molière, tambourina vivement à la porte du théâtre.

— Monsieur Joly ? s'inquiéta le garde en venant lui ouvrir. Que se passe-t-il ?

— Il est avec moi, se contenta de répondre le journaliste en montrant Récif derrière lui.

Lors, ils se jetèrent tous deux à l'intérieur comme une bourrasque et grimpèrent les marches de l'escalier des loges, quatre à quatre. Au premier étage, ils traversèrent la salle de répétition à la hâte, sous les regards consternés des quelques comédiens arrivés en avance.

— Tes pistolets ! souffla Gabriel au pirate quand ils furent rendus devant la porte de la bibliothèque. Donne-m'en un !

Récif grogna un peu, mais obtempéra.

Le journaliste lui adressa un dernier regard, prit une profonde inspiration puis, ouvrant brusquement la porte, pénétra à l'intérieur, arme au poing. En garde lui aussi, le Renégat lui emboîta le pas.

Hélas, la salle était vide ! Un silence de plomb régnait au milieu des hautes rangées de livres. Gabriel, inspectant chaque recoin, en fit néanmoins le tour, poussant son zèle jusqu'à regarder sous les tables.

— Le scélérat ! maugréa-t-il. Il est parti ! Viens, allons chercher le sergent !

Ils étaient sur le point de sortir quand, en nage, le commissaire fit irruption dans la pièce à son tour, suivi de près par le régisseur et trois gardes, qui avaient eu l'élégance de ne point courir plus vite que lui.

— Gabriel ! Que faites-vous là ? Et avec lui ? ânonna Guyot en dévisageant le pirate.

— M. Récif me prête main-forte ! expliqua le jeune homme. Commissaire, c'est Vorignan l'assassin !

— Je sais ! rétorqua Guyot avec la même effervescence. Pourquoi croyez-vous que je sois venu ici en courant ? Il n'est pas là ?

— Vous voyez bien que non !

— Gardes ! ordonna le magistrat. Faites immédiatement fouiller le théâtre et boucler toutes les issues ! M. Célières m'a affirmé que le souffleur était là ce matin. Il ne peut pas être loin !

Les trois fusiliers partirent sur-le-champ.

— Vous… vous saviez, maître ? reprit Joly. Mais comment ?

— Vous n'avez pas le monopole de l'esprit, mon garçon !

Le commissaire fit un geste pour que Gabriel et Récif le suivent vers le bureau du souffleur, au coin sud-ouest de la pièce.

— Là, regardez ! dit-il en désignant une trappe dans le mur, derrière la chaise de M. Vorignan.

Puis, se tournant vers le régisseur :

— Monsieur Saussey, voulez-vous bien leur montrer ?

L'homme vint ouvrir le vantail, révélant la cheminée cachée dans la paroi, et par laquelle montait la conduite du réservoir.

— Il passait par là ! expliqua le commissaire, bouillonnant. Les colonnes à incendie ! Elles vont des caves au grenier, et il y en a une de chaque côté du théâtre !

— Ça, par exemple ! C'est donc de cette manière qu'il a pu sortir d'ici à l'insu du garde ! comprit le journaliste.

— Exactement ! Et c'est par l'autre colonne qu'il a rejoint la caisse, située juste à côté de la loge de Mlle de Cassagne ! Et c'est sans doute par là aussi qu'il est passé pour commettre la plupart de ses meurtres ! Mais ce n'est pas tout, Gabriel ! Derrière la vieille cheminée de la remise, en bas, il y a un passage secret qui mène aux dessous. La perruque ! Vous comprenez ?

— Non, avoua Gabriel.

— M. Vorignan n'était pas dans son trou, à l'entracte, samedi soir ! Il y avait monté un mannequin de couture, et mis une perruque dessus, pour que, dans la pénombre, on pût croire qu'il y était encore ! Et… vous n'allez pas me croire, mais je pense que… je pense que Vorignan, c'est Damery !

— Évidemment que c'est Damery ! s'agaça Gabriel. Il s'est fait passer pour mort, avec l'aide de sa sœur ! Le corps qui gît dans sa tombe n'est pas le sien !

— Comment cela, *dans sa tombe* ? Vous… vous avez fouillé sa tombe ?

— Parfaitement ! Et je ne serais pas étonné que le cadavre qui s'y trouve soit celui du véritable Vorignan ! En tout cas, c'est quelqu'un de beaucoup plus grand que Damery. Lequel, à en juger par ses vêtements, a dû perdre quelque chose comme une centaine de livres[1] après son supposé décès !

— Parce que vous avez aussi vu ses vêtements ?

— Cessez de m'interrompre, maître ! Je pense que le dramaturge, après avoir simulé son suicide, est resté chez lui, avec sa sœur, préparant méticuleusement pendant un an le plan diabolique de sa vengeance. Ce faisant, il s'est efforcé de perdre près d'un tiers de son poids, pour changer totalement de physionomie.

— Ma foi, oui : il est si maigre aujourd'hui qu'il marcherait sur une toile d'araignée sans la faire fléchir !

— Ajoutez à cela la perruque et le fait qu'il ne soit venu ici que trois ou quatre fois à l'époque – puisqu'on lui refusait d'assister aux répétitions –, et vous comprendrez comment il fut possible que personne ne le reconnût !

— Certes ! *En croisant une personne qui maîtrise l'art du déguisement, vous pourriez ne point la reconnaître*, m'avait dit M. Apfel ! Il y a néanmoins quelqu'un qui l'avait reconnu, monsieur Joly. Et c'est Mme Verneuil !

— Comment pouvez-vous affirmer cela ? s'étonna Gabriel, qui semblait vexé que le commissaire sût des choses qu'il ignorait lui-même.

---

1. Environ quarante-cinq kilogrammes.

— À votre tour de me laisser parler, enfin, jeune homme !

Spectateurs immobiles de ce dialogue enflammé, M. Saussey et Récif écoutaient sans rien dire, captivés. Si le premier, ébahi, semblait comprendre tout ce qu'il entendait, le second, interdit, n'en saisissait pas la moitié.

— Je pense qu'avec le meurtre de Lauriel, reprit le commissaire, Mme Verneuil n'avait pu s'empêcher de repenser à Damery. Soudain, deux jours plus tard, en pleine représentation, elle le reconnaît dans le trou du souffleur ! Stupéfaite, elle le dit à haute voix, au beau milieu de son texte ! *Je vous ai reconnu !* Sans doute voulait-elle s'en confier à Fleury à l'entracte quand elle est montée dans sa loge, persuadée de l'y trouver. Mais Vorignan, enfin… Damery était monté plus vite qu'elle par la colonne d'incendie !

— C'était fort risqué ! fit remarquer Gabriel, sceptique. Elle aurait très bien pu arriver avant lui. Cela ne ressemble pas à notre assassin de laisser tant de place au hasard !

— Je pense qu'il n'avait pas prévu de commettre son meurtre pendant l'entracte, mais plutôt entre la petite et la grande pièce. Souvenez-vous : le billet doux ne disait pas « Je vous attendrai à l'entracte », mais « tout à l'heure ». En entendant Mme Verneuil dire « Je vous ai reconnu » sur scène, Damery a dû changer de plan et se précipiter dans la loge dès le début de l'entracte, espérant qu'elle ne l'eût point encore dénoncé. C'est sans doute dans cette précipitation, d'ailleurs, que, revenu dans son trou, il est allé jeter la perruque au fond du puits, afin qu'on ne la retrouve point dans les dessous, ce qui l'eût incriminé…

Au même instant, le sergent entra brusquement dans la pièce.

— Nous ne trouvons M. Vorignan nulle part, commissaire ! annonça-t-il.

— Même dans les caves ?

— Oui.

— Fouillez encore ! ordonna le magistrat, enragé. Saussey ! Allez aider ces incapables !

Le régisseur s'inclina en signe d'assentiment et quitta la bibliothèque.

— Où peut-il être ? pesta Gabriel en regardant le fauteuil vide du souffleur.

— Il m'a peut-être vu revenir dans les caves, tout à l'heure, suggéra Guyot. Devinant que j'étais sur une piste, il se sera enfui…

— C'est possible, concéda le journaliste. Ce qui me tracasse, c'est qu'il soit revenu hier et aujourd'hui, alors que nous n'étions pas loin de le démasquer. Se pourrait-il qu'il n'ait pas encore achevé son plan ? Sinon, à quoi bon risquer d'être pris… ?

À ces mots, le visage du commissaire blanchit.

— Talma ! s'exclama-t-il dans un cri affolé.

— Talma ?

Guyot sortit prestement la lettre de sa poche et la tendit au journaliste.

— Diantre ! pesta celui-ci en la terminant.

Il partit ouvrir la porte pour regarder les comédiens dans la salle de répétition.

— Il n'est toujours pas là ! Récif, viens avec moi ! Commissaire, retrouvez-nous au plus vite chez Talma, en espérant qu'il y sera !

52.

Éros et Thanatos

Les gardes de l'entrée confirmèrent à Gabriel que M. Talma n'était toujours pas arrivé. Avec Récif sur ses talons, le jeune homme dévala les marches du péristyle et s'élança dans la rue Molière.

— Il est au dernier étage ! cria-t-il en désignant l'immeuble sur le trottoir d'en face.

Ils traversèrent la chaussée au pas de course.

— Poussez-vous ! cria Récif au premier locataire, qui balayait devant l'entrée.

Les deux hommes cavalèrent dans l'escalier et arrivèrent au troisième étage à bout de souffle.

L'arme au poing, Gabriel considéra les trois portes du palier.

— Il nous a dit qu'il pouvait voir la salle de répétition de sa chambre. Ce doit être là ! misa-t-il en montrant l'appartement de gauche.

Ils approchaient quand un bruit sourd et un cri masculin résonnèrent à l'intérieur. Joly essaya d'ouvrir la porte, mais elle était fermée. Tenant le pistolet d'une main, il frappa vivement de l'autre contre le montant.

— Monsieur Talma ! cria-t-il plusieurs fois.

— Écarte-toi, forban ! fit Récif en armant un coup de pied. Branle-bas de combat !

La serrure céda dans un grand craquement. Les deux hommes bondirent dans l'appartement l'un derrière l'autre, arme au poing.

Assis par terre, adossé à une commode du salon, M. Talma, couvert de sang, se tenait le flanc en respirant péniblement.

Quand il reconnut Joly, il leva laborieusement la main pour lui indiquer la fenêtre ouverte.

— Il… il vient de s'enfuir, bredouilla-t-il, blafard. C'est Vorignan…

— Le commissaire arrive ! promit Gabriel en courant vers la fenêtre.

Il glissa son pistolet dans sa ceinture et enjamba prudemment la traverse, se tenant au châssis. Puis, debout sur la corniche, le journaliste se hissa sur le toit. Se redressant sur les tuiles brinquebalantes, il aperçut aussitôt la silhouette de Damery, qui filait au milieu des cheminées en direction de la rue de Condé.

Récif, arrivé à ses côtés, arma le chien de son pistolet, et Gabriel eut tout juste le temps de taper dans le bras tendu du pirate pour en dévier le tir. Le coup de feu résonna dans le ciel de la capitale, entraînant l'impressionnant envol d'un nuage de pigeons et de tourterelles.

— Non ! s'emporta Gabriel.

Il se mit à courir sur le toit.

— Pfff ! se lamenta Récif, dépité, avant de le suivre.

Le journaliste, qui n'en était pas à sa première course au sommet des immeubles parisiens, grimpa la pente à toute vitesse et bondit habilement par-dessus le faîtage.

— Damery ! hurla-t-il en se réceptionnant.

Le dramaturge, arrivé à l'extrémité du toit de l'immeuble voisin, à l'angle de la rue Regnard, venait de s'arrêter. Les bras à l'horizontale, tenant un scalpel dans la main droite, l'homme semblait hésiter, son regard dirigé tantôt vers le vide, tantôt vers ses poursuivants.

Gabriel fit signe à Récif de s'arrêter derrière lui.

— Damery ! répéta-t-il.

Lors, avec des gestes d'une ostentatoire lenteur, le jeune homme prit son pistolet à sa ceinture et le déposa sur les tuiles à ses pieds. Puis, les bras écartés dans une posture qui se voulait rassurante, il avança doucement vers le meurtrier.

— Ne faites pas l'idiot, Damery, rendez-vous ! supplia Gabriel d'une voix bouleversée. C'est fini !

— N'approchez pas ! répliqua le dramaturge, dont le visage laissait maintenant paraître un trouble profond.

Jamais regard d'homme ne fut plus terrifiant que celui-là.

— Je ne suis pas venu vous juger, insista Gabriel en continuant d'avancer, pas à pas. Mais vous devez répondre de vos actes.

— Si je dois en répondre, ce sera devant la justice divine, et non celle des hommes ! N'approchez pas, vous dis-je !

Damery, à présent, avait les talons si près du bord qu'au moindre faux mouvement il tombait dans le vide.

— Pourquoi ? Parce que les hommes ont été injustes envers vous ? demanda Gabriel. Croyez-vous être le seul à qui l'injustice eût coupé les ailes, monsieur ? Le monde est empli d'injustices !

Les yeux plongés dans ceux du dramaturge, Gabriel essayait désespérément d'accrocher son regard.

— Vous ne méritiez certainement pas l'humiliation que ces gens vous ont fait vivre, Damery, je serai le premier à en témoigner ! Mais ils ne méritaient pas non plus la punition que vous leur avez infligée. Ce n'étaient pas des assassins…

— Si ! Ils m'ont tué, moi !

— Ils ne vous ont pas tué, puisque vous êtes là et que je vous parle !

L'auteur eut un ricanement sardonique.

— Allons ! Vous parlez à un fantôme, monsieur. Je ne suis plus qu'une ombre ! Il n'est plus rien qui soit en vie, là-dedans ! cracha-t-il en se frappant la poitrine. L'homme que j'étais est mort depuis longtemps. Restez où vous êtes !

— *Sheer necessity, the proper parent of art*, prononça Joly calmement, sans le quitter des yeux.

— Pardon ?

— La seule nécessité est la digne mère de l'art. Vous vous souvenez ? Vous m'avez dit cette phrase, dimanche, quand nous étions tous les deux dans votre bibliothèque. Elle est de Sheridan, n'est-ce pas ? Une réplique de Puff, dans *Le Critique* ?

Damery, déconcerté, ravala sa salive alors que des larmes se formaient au coin de ses yeux.

— Elle est fort juste, cette phrase, continua Gabriel. Mais en croyant pouvoir enfin embrasser la gloire, vous aviez oublié, justement, cette nécessité ! Et alors, la vanité… La vanité, monsieur, elle, est la mère de l'envie, et l'envie, la mère du crime.

— Que connaissez-vous, vous qui êtes si jeune, des tourments qui conduisent un homme jusqu'au crime ?

— Bien plus que vous ne l'imaginez, Barthélemy, soupira le journaliste, dont la gorge commençait à se nouer. Et je sais aussi qu'il est plus aisé de cultiver son mal que de le combattre. Je vous comprends certainement mieux que quiconque.

Gabriel n'était plus maintenant qu'à quelques pieds du dramaturge.

— Faites un pas de plus et je saute ! menaça celui-ci. Vous aurez ma mort sur la conscience !

— Quelle différence ? Vous êtes déjà mort, vous venez de le dire ! Mais si vous sautez, monsieur, vous n'aurez pas la chance de faire connaître votre vérité. Les raisons qui ont motivé vos gestes, si ignobles que fussent ces derniers, méritent d'être entendues. Si vous l'êtes plus qu'eux, ils sont coupables aussi, ceux qui, par vanité, se sont délectés en aggravant votre humiliation. Ni la presse ni la parole publique ne devraient se nourrir de l'infamie, de la mise à mort d'une personne que la honte vient de mettre à genoux. On ne blesse pas un homme à terre. En répondant de vos crimes, vous dénoncerez le leur.

Il y eut un moment de silence qui sembla une éternité. Et puis Gabriel, épouvanté, vit dans le regard du dramaturge le vacillement d'une flamme sur le point de s'éteindre.

— Vous le ferez pour moi, monsieur Joly, murmura Damery. Votre plume est plus belle que la mienne.

Il fit un pas en arrière et bascula dans le vide.

— Non ! hurla Gabriel.

Horrifié, le journaliste se jeta en avant dans l'espoir fou de rattraper l'homme. Dérapant sur les tuiles, Gabriel perdit l'équilibre et commença lui-même à tomber. Un réflexe providentiel prévint la chute au dernier instant et, le souffle coupé, il se retrouva pendu au-dessus du précipice, sa main droite agrippée à la corniche. Les yeux écarquillés, le jeune homme regarda le sol, trois étages plus bas, alors que ses doigts glissaient lentement sur la pierre.

Quand il releva la tête, le visage de Récif apparut dans le ciel éclatant de Paris. Le pirate, l'œil sombre, attrapa fermement son ami par le bras.

Mais alors, au lieu de le hisser vers le toit, le Renégat se mit à parler, d'une voix à la glaçante gravité.

— C'est la deuxième fois que nous nous retrouvons dans cette position, Gabriel. Te souviens-tu, aux Tuileries ? Nous nous connaissions à peine, et je te sauvai déjà la vie de la même manière…

— Oui ! s'exclama le jeune homme, incrédule. Qu'est-ce que tu fais ? Remonte-moi, enfin !

— Tu le voulais, ce jour-là, continua Récif sur le même ton. Tu voulais que je te sauve la vie. Mais aujourd'hui ? En es-tu sûr ? Dis-moi seulement un mot et, si c'est ce que tu souhaites, je te laisserai tomber.

— Qu'est-ce que tu racontes ? fulmina Gabriel dont les jambes battaient frénétiquement dans le vide.

— Je te demande si tu veux vivre.

— Mais oui !

Le pirate fit une grimace d'insatisfaction.

— Je veux te l'entendre dire, la Plume.

Le jeune homme, médusé, hurla de toutes ses forces :

— Je veux vivre, Récif !

Aussitôt, le Salétin le fit remonter sur le toit, et alors Gabriel, allongé sur les tuiles, sentit des larmes couler sur sa joue.

Récif, un étrange sourire aux lèvres, lui donna une petite tape sur la joue et se releva.

— Tant mieux, mon garçon, dit-il en s'éloignant. Tant mieux. C'est tout ce que je voulais savoir.

Joly, le corps tremblant, les muscles tétanisés, resta encore quelques minutes étendu sur le dos, les bras en croix. La poitrine secouée de soubresauts, il regardait fixement le ciel, y cherchant un visage qui ne s'y trouvait guère.

Puis, lentement, il se traîna jusqu'au bord du toit, d'où, à genoux, il put voir le corps de Damery. Immobile au milieu de la chaussée, l'homme gisait dans une mare de sang, et on eût dit que, comme Gabriel un instant plus tôt, il était en train de regarder les cieux.

D'un revers de manche, le journaliste essuya sa figure sans quitter le dramaturge des yeux. Les passants, épouvantés mais curieux, commençaient déjà à l'encercler.

— Pardonne-moi, murmura Gabriel d'une voix étranglée. Pardonne-moi. Je n'ai pas su te sauver.

Ces mots, à l'évidence, n'étaient pas destinés à ce mort-là.

53.

Le salut des Cordeliers

— J'ai fait l'erreur de ne point te suivre à la Bastille mais, cette fois-ci, je serai à tes côtés, Camille ! s'exclama Danton en brandissant, enflammé, son sabre de la garde du district des Cordeliers.

— Tu peux ran… ranger ta lame, Georges ! Si nous devons marcher sur Versailles, ce sera désarmés. Allons ! Tu vas en… encore te faire arrêter !

— C'est toujours un honneur ! plaisanta le tonitruant avocat. Plus on m'enferme, plus j'aime la liberté et plus je me battrai pour elle !

Camille secoua la tête puis, renouvelant le geste qui l'avait rendu célèbre, il se hissa sur une chaise du café de Foy, au milieu de la foule qui avait déferlé sur le Palais-Royal, et alors on se fût cru aux premiers jours de juillet. Malgré les espoirs qu'avait engendrés la nuit du 4 août, promettant la suppression des privilèges féodaux, pour le peuple, rien n'avait changé. Il lui fallait toujours se lever à quatre heures du matin pour avoir une chance de trouver du pain, celui-ci aussi cher qu'il était mauvais, et le travail continuait de manquer.

Aussi, en cette soirée du 30 août 1789, Paris, de nouveau, semblait sur le point de se soulever.

— Patriotes, mes amis ! s'égosilla Desmoulins. Puisqu'ils n'écoutent guère plus les voix de nos frères de province que les nôtres, portons-les jusqu'à Versailles ! Allons de… demander au roi et à l'Assemblée de nous rendre compte de leurs hésitations à faire le bien du peuple ! Sous prétexte que la nation les a élus, les députés imaginent *être* la nation ? Ils se trompent ! La nation, c'est nous ! N'est-il point insolent celui qui… qui croit pouvoir faire disparaître le représenté dans le représentant ? Ah çà ! Allons leur rappeler que le serviteur d'une maison n'est *pas* la maison ! Il ne la gouverne pas : il la sert ! Le droit de veto ne peut appartenir à un seul homme, mais à vingt-cinq millions !

Alors que l'Assemblée, quatre jours plus tôt, avait adopté les dix-sept articles de la *Déclaration des droits de l'homme et du citoyen* et qu'elle s'efforçait maintenant d'achever la Constitution, le roi, lui, n'avait toujours pas approuvé les décrets de la nuit du 4 août. Usant de son pouvoir de révoquer lesdits décrets, Louis XVI exigeait, en contrepartie de son éventuelle approbation, que la Constitution lui accordât un droit de veto, qui lui permettrait de s'opposer à toute nouvelle loi. À ce jour, les députés s'y déclaraient majoritairement favorables. Même Mirabeau, à la surprise générale !

— Citoyens ! conclut Desmoulins en tendant le bras vers l'ouest. Allons demander à l'Assemblée de briser ceux qui disent nous représenter et veulent pourtant instaurer cet odieux veto !

Ce mot, perçu comme une insulte à la souveraineté de la nation, était sur toutes les lèvres. Dans les placards et les pamphlets, on baptisait le couple royal « M. & Mme Veto » et, en province, les émeutes embrasaient les symboles de l'autorité. Des mairies brûlaient d'un bout à l'autre du pays, et la mort, encore, emportait les insurgés.

En vérité, l'Assemblée elle-même se déchirait plus que jamais, entre sa droite et sa gauche. Les monarchiens plébiscitaient ce droit d'opposition réclamé par le roi, et les patriotes le conspuaient, tel Robespierre s'écriant que le veto royal était *un monstre inconcevable en morale comme en politique*. Au centre, La Fayette tentait en vain de concilier les deux partis. Mais, dans la rue, l'outrage avait déjà allumé l'incendie. La tempête qui avait gagné ce soir-là le Palais-Royal s'était levée dans les districts des Cordeliers et de Saint-Antoine. Ainsi, pendant que dans les hautes sphères s'échafaudaient mille conjurations, pendant que La Fayette aspirait à devenir non plus lieutenant général de la Garde, mais du royaume, que Mirabeau brûlait de remplacer non plus Bailly, mais Necker, et que le comte de Provence lorgnait le trône de son frère Louis XVI, ici, sous les arcades, la foule se mit en branle pour marcher sur Versailles.

Il était près de dix heures du soir quand, derrière les deux cents hommes de la députation qui entourait Desmoulins, il s'en trouva plusieurs milliers pour les suivre, animés, certes, mais sans armes. Cocarde à la boutonnière et poing levé, on avançait en chantant, en criant et en rêvant.

Las, le marquis de La Fayette, alerté plus tôt par ses mouches, avait envoyé la Garde nationale pour faire barrage aux points stratégiques et empêcher qu'on franchît les barrières. Les soldats n'eurent aucune peine à refouler cette bruyante cohorte. Lors, empêchée de rejoindre Versailles, la marée humaine gagna l'Hôtel de Ville, où elle trouva portes closes.

Craignant de voir la foule s'embraser une nouvelle fois, Bailly accepta néanmoins de recevoir une députation de cinq représentants, parmi lesquels Camille Desmoulins fut le seul à prendre la parole.

— Maître, soupira le maire après l'avoir patiemment écouté, vous savez pertinemment qu'il n'appartient pas à la Commune de Paris de donner à vos doléances l'autorité d'un caractère légal. Il n'est pas en notre pouvoir de faire révoquer des députés de l'Assemblée nationale, pas plus que d'improuver le veto. Vous connaissez le droit au moins aussi bien que moi, alors que cherchez-vous, au juste ?

— Qu'une assemblée générale des districts soit ré… réunie demain pour charger ses représentants de porter à Versailles la volonté du peuple de Paris, monsieur, et de déterminer l'Assemblée nationale à suspendre tout… tout décret sur le veto jusqu'à ce que le vœu de ses commettants soit connu !

— Mais le peuple de Paris, maître, est trompé par les écrits faux, injurieux et incendiaires qui ne cessent de paraître au Palais-Royal. Ne vous faites pas plus naïf que vous l'êtes, Desmoulins : vous savez que le peuple est manipulé par les placards qu'on y colle ! On y prétend par exemple que Mirabeau aurait été attaqué et blessé, ce qui est non seulement un mensonge mais une profonde idiotie puisque l'homme, à qui vos amis vouent quelque amour aveugle, est justement en faveur du veto !

Bailly dévisagea longuement l'avocat d'un air sincèrement dépité.

— Comment un homme comme vous peut-il prendre part à pareille machination ? reprit-il d'une voix triste. La liberté de la presse ne peut devenir une arme dans la main des calomniateurs et des ennemis de la chose publique, en leur permettant de véhiculer des avis aussi alarmants qu'ils sont faux ! La liberté de la presse, maître, à laquelle vous vous dites si attaché, ne saurait être confondue avec la liberté de la proclamation : elle ne peut servir à tromper la crédulité du peuple, à multiplier les fausses nouvelles, et ne laisser à ceux qui sont abusés que l'erreur et les regrets !

— J'en suis le premier convaincu, monsieur, mais là n'est pas la question ! Il ne s'agit guère ici de ce que véhiculent les pla… placards, mais de ce que s'apprête à voter l'Assemblée ! Les Parisiens savent très bien ce que le veto représente : un pouvoir absolu entre les mains d'un seul homme !

— Je ne partage pas votre avis, mais ce sera aux députés légalement élus d'en débattre, et non pas à vous ou à moi, maître ! Je suis attristé de vous voir semer encore aujourd'hui la terreur par vos éclats factieux, quand nous œuvrons ici pour le rétablissement de l'ordre et pour le bien public. La régénération du royaume ne pourra s'opérer qu'en respectant les pouvoirs de l'Assemblée nationale, qui continue d'obéir aux grands principes qui l'ont dirigée. Vous l'appeliez de vos vœux, elle est là, laissez-la travailler ! Il est de mon devoir de garantir aux représentants de la nation la tranquillité de leurs délibérations, et je tiens à vous mettre en garde : c'est avec détermination que la Commune de Paris persistera dans ses arrêtés contre les attroupements du Palais-Royal dont vous vous rendez complice. Je chargerai, dès demain, M. le commandant général de déployer toutes les forces de la Commune contre les perturbateurs du repos public, de les faire arrêter et constituer dans les prisons.

— Bailly ! s'emporta Desmoulins. La sou... souveraineté du peuple doit être inaliénable ! Une nation ne peut accepter pour maîtres ceux qu'elle a pris pour commis, et il devient despote, le représentant qui n'écoute plus les hommes qui l'ont élu.

Sans attendre de réponse, le jeune avocat tourna les talons et ressortit, bredouille, de l'Hôtel de Ville, entouré de cette délégation populaire.

Jusque tard dans la nuit, on protesta sur la place de Grève, mais il n'y avait pas encore dans cet élan la ferveur d'un 14 juillet et, peu à peu, la foule se dispersa.

Ils étaient en train de traverser la Seine quand Desmoulins, prenant Danton par le bras, lui confia solennellement :

— Si ni l'Assemblée ni la Commune ne veulent nous entendre, Georges, alors nous de... devrons nous en remettre à la seule autorité qui nous restera fidèle.

— Les districts ? devina Danton.

Camille hocha doucement la tête en souriant.

— Les députés que nous avons envoyés à l'Hôtel de Ville rejoindront bien vite les rangs adverses. N'est-ce pas l'un d'eux qui a ordonné ton arrestation ? Demain, La Fayette chargera sa Garde nationale de nous surveiller, et Bailly fera marcher nos représentants au pas. Le salut, mon ami, viendra de nos assemblées populaires. Georges, il faut que tu te fasses élire à la présidence des Cordeliers.

Le sort en était jeté.

Épilogue

Un mois avait passé et l'été, déjà, se terminait. Les journées, encore douces, commençaient à se faire plus courtes et le vert des feuillages cédait le pas aux couleurs flamboyantes de l'automne. Alors que le soleil levant effleurait le petit village de Villejuif, en ce matin du mardi 22 septembre 1789, Récif entra dans le Refuge de l'Âne-Vert.

Les lieux étaient méconnaissables. On eût dit qu'un grand maître de peinture fût venu poser ses plus belles huiles sur une vieille esquisse oubliée. Dans toutes les pièces, les enfants s'activaient joyeusement auprès des Renégats, qui à peindre un mur, qui à monter une cloison, installer un parquet ou une fenêtre. La maison tout entière était habitée d'une atmosphère si joviale qu'elle étreignait le cœur.

— Est-il réveillé ? demanda le pirate en arrivant à l'étage.

Le commissaire Guyot, assis sur une chaise au seuil de la porte, lui adressa quelque chose comme un sourire amical. Une expression que ni l'un ni l'autre n'eût pu imaginer quelques semaines plus tôt.

— Non, il dort encore. Ou il dort *enfin*, devrais-je dire.

— Il n'est pas sorti ? s'assura Récif.

— Il a essayé.

Le magistrat releva sa manche pour exhiber, non sans malice, les marques de griffures qu'il avait sur le poignet.

— Fi ! pouffa le pirate. Un vrai fauve en cage ! Allez dormir, commissaire, je prends la relève.

Guyot accepta volontiers. Quittant péniblement son fauteuil, il serra l'épaule du Salétin.

— Le médecin a dit que le corps pouvait avoir besoin d'une pleine semaine pour que les jours maigres le délivrent d'une mauvaise accoutumance, dit-il, comme pour réconforter Récif.

— Cela peut prendre bien plus de temps encore, lui certifia le pirate. À certains, il faut un carême tout entier. Mlle Terwagne propose de vous remplacer demain. Gageons que Paris ne va pas vous laisser chômer pendant les prochains jours…

— Je le crains, acquiesça le commissaire.

Récif ricana sans méchanceté.

— Et moi, je m'en réjouis ! Un pirate ne chérit rien tant que l'odeur de la poudre ! Et Duvilliers ? Où en êtes-vous ?

Le commissaire haussa les épaules.

— Nulle part.

— N'avez-vous pas promis à Gabriel de le retrouver ?

— Non. J'ai promis à M. Joly de le tenir au courant si je le retrouvais. Or, pour l'instant, ce n'est pas le cas. Mais, connaissant l'ambition du colonel, il finira bien par refaire surface un jour ou l'autre…

Les traits tirés, Guyot salua Récif et partit rejoindre la voiture qui, à Paris, devait le conduire vers d'autres batailles.

Il était aux alentours de six heures du soir quand, s'étant assoupi, le pirate entendit des pas dans la chambre dont il gardait l'entrée. Le regard méfiant, il ouvrit lentement la porte.

Dans la pénombre, il aperçut Gabriel qui, penché sur la table de toilette, était en train de se laver le visage.

— Comment te sens-tu, la Plume ? demanda Récif depuis le seuil.

Le journaliste se tourna vers lui.

— Mieux. Je crois… Je crois que c'est terminé, Récif. La nausée m'a quitté et je ne tremblais pas au réveil.

Le Salétin, dubitatif, traversa la chambre et, sans ménagement, attrapa Gabriel par le menton. Il lui leva la tête comme on le fait pour inspecter celle d'un animal sur le marché aux bestiaux.

— Dame ! Je n'irai pas jusqu'à dire que tu as bonne mine, mais tu as certainement repris des couleurs !

Dans un élan ému, Gabriel s'avança pour embrasser son ami, mais celui-ci le repoussa gentiment.

— Tout doux, gamin, tout doux ! Enlève tes sales pattes de là ! S'il te faut des embrassades, va donc voir les enfants !

— Me laisserais-tu sortir ?

— Ne force pas ta chance, et file ! Ils t'attendent.

Gabriel, le regard exalté, fit une révérence. Il allait se précipiter vers la porte quand Récif le retint par le bras. Sortant une brochure imprimée de sa veste, le pirate la tendit au jeune homme.

— Un instant ! Voilà, ton occasionnel. Momoro en a vendu trois mille, pendant que tu… dormais.

Gabriel regarda la première page du court livret.

L'ASSASSIN DE LA RUE VOLTAIRE
ou la médiſance , indigne mère du crime.

Par M. Gabriel JOLY ,
auteur du *Huitième Priſonnier*

12 ſeptembre

À PARIS
Chez A. F. MOMORO , imprimeur-libraire ,
rue de la Harpe , nº 171

MDCCLXXXIX

— L'as-tu lu ? demanda Gabriel en le feuilletant.

— Crois-tu que j'en aie eu le temps ? Non seulement il m'a fallu garder tes quinze turbulents rejetons, mais il m'a fallu aussi te garder toi, qui fus plus turbulent encore. Tu nous en as fait voir de toutes les couleurs, mathurin !

— Je ne sais pas comment vous remercier, Anne-Josèphe et toi.

— En restant digne de notre amitié. Quant à ton article, si cela peut te faire plaisir, sache que tout Paris en parle. Pas toujours dans les meilleurs termes, mais au moins as-tu tenu ta promesse. Le tribunal l'aura sûrement en tête, quand il devra juger Mme Damery, qui a été arrêtée.

— Je le devais à toutes les victimes sacrifiées sur l'autel des vanités. À M. Minier, aux cinq suppliciés du théâtre, et même à M. Damery.

— Si tu le dis. Va ! Les enfants vont être fous de joie, candides comme ils sont !

Gabriel ne se fit pas prier. Quand il apparut au salon, il fut aussitôt assailli par un raz-de-marée de petits bras. Les enfants, poussant des cris d'allégresse, se jetaient sur lui, encerclant ses jambes dans une étreinte poignante, et il en accourut de toutes les pièces. « Monsieur Joly ! » répétait-on de toutes parts en tapant dans les mains.

Submergé de bonheur, il resta un long moment avec cette radieuse compagnie, allant admirer une par une les œuvres respectives des petits orphelins, les écoutant, le cœur serré, lui raconter fièrement comment ils avaient ouvert ce mur, peint ce plafond, réparé cette cheminée ou cette porte, changé cette poignée, cette vitre…

— Et où est Popinque ? demanda-t-il alors que le soir approchait. Je ne le vois nulle part.

— Il est au jardin, monsieur ! répondit une petite fille. Voulez-vous que je vous accompagne ?

— Non, reste là avec tout le monde. Ne sens-tu pas cette bonne odeur qui s'en vient des cuisines ?

De fait, il se trouvait parmi les frères de Récif un cuisinier remarquable qui semblait heureux de pouvoir se livrer à son art pour offrir chaque soir aux marmots des noces de Cana.

— Quelque chose me dit que vous allez bientôt souper, continua Gabriel. Je vais aller chercher Popinque tout seul, ne t'en fais pas !

Le journaliste dut faire le tour de la maison pour trouver le garçon à qui il avait fait une promesse, un mois plus tôt, le jour où il avait mis fin aux horreurs que cette maison avait abritées. À quatorze ans à peine, ce gamin des rues, au regard brillant de malice, était l'aîné du Refuge. Il en était aussi le plus silencieux.

Alors que le soleil commençait à descendre du côté de Paris au milieu d'un ballet d'hirondelles, Gabriel vint s'asseoir près du talus où le jeune orphelin était occupé à des travaux de jardinage.

— Bonjour, monsieur Joly, sourit celui-ci en essuyant ses joues pleines de terre. Vous allez mieux ?

— Beaucoup mieux, merci. Et toi ? Quelles sont ces jolies fleurs rouges que tu plantes là ?

— Ce sont les dahlias que vous a fait livrer M. Talma.

— Oh ! s'extasia Gabriel. Ils sont magnifiques !

— Ils peuvent tenir jusqu'aux gelées, si on s'en occupe bien. Et pour que ces fleurs soient plus belles encore, quand il y a plusieurs boutons sur le même rameau, il faut les supprimer pour n'en laisser qu'un seul.

— Tu en connais, des choses !

— Il m'arrivait de travailler sur le marché aux fleurs, avant. Le samedi.

— Ah, je comprends mieux ! acquiesça Gabriel en admirant le jardin autour de lui.

En un mois à peine, les enfants avaient fait de l'enfer un paradis. La vie était revenue, pleine de chaleur, de couleurs et de bruit, et chaque fleur qui poussait ici était comme un nouveau sourire qui l'emportait sur la désolation.

— Là-bas, nous allons faire un potager. Et M. Récif a dit qu'il allait nous apporter d'autres animaux pour faire une basse-cour, à côté des écuries.

— En voilà une bonne idée ! Bigre, j'espère qu'il va amener un âne !

— Pour qu'on le peigne en vert ? plaisanta le garçon.

— Pauvre bête ! En tout cas, le jardin est superbe, Popinque. Quelle transformation, n'est-ce pas ?

Le petit hocha la tête.

— C'est grâce à vous, monsieur Joly.

— Je n'ai fait que planter les graines. C'est vous qui faites pousser les fleurs, maintenant.

L'enfant s'inclina poliment, appréciant l'allégorie. Puis, dans un soupir, il continua de mettre précautionneusement les dahlias en terre. Gabriel fut alors certain de déceler une sorte de malaise dans les yeux du jeune garçon.

— Tu es heureux, ici ? demanda-t-il.

— Oui, bien sûr, monsieur.

— Tu m'as l'air un peu… préoccupé.

L'orphelin haussa les épaules.

— C'est juste que, parfois, je me demande… Vous allez faire quoi, de nous, après ?

Gabriel fronça les sourcils.

— Comment cela, *après* ? Je ne fais rien, ici, moi ! C'est vous qui faitcs !

— Mais les plus grands, vous allez bien finir par les mettre à la porte ?

— Et pourquoi donc ? s'étonna Gabriel.

— Pour laisser la place à d'autres.

— Popinque ! Cette maison est un refuge, pas une pension ! Tu pourras y rester aussi longtemps que tu en auras besoin. Je suis sûr qu'un jour ce sera toi qui auras envie de partir, et d'ailleurs je te le souhaite. Mais nous, jamais nous ne te mettrons dehors ! Et puis, si tu restes, eh bien, tu pourras t'occuper des nouveaux arrivants ! Tu leur apprendras à faire pousser les fleurs.

Le garçon hocha la tête avec un sourire timide.

— D'accord !

Il se mit ensuite à tapoter nerveusement la terre sous ses doigts, comme sous l'empire d'une indécision, puis, après avoir regardé alentour pour s'assurer que personne ne pourrait l'entendre :

— Et sinon, le… le Loup des Cordeliers ? Comment va-t-il ?

Gabriel ne put s'empêcher de rire.

— Je ne sais pas, je ne l'ai pas vu depuis longtemps, répondit-il à voix basse en adressant à l'orphelin un clin d'œil complice.

— Eh bien… Si vous le voyez… vous lui direz merci, à lui aussi, n'est-ce pas ?

— Promis ! Allez, laisse tes outils, Popinque. Tu es attendu à l'intérieur pour souper avec les autres.

— Vous ne mangez pas avec nous ?

— Non. J'ai quelque chose à faire…

— Quoi donc ?

— Je dois aller voir le Loup, pardi ! Mais tu jures de ne le répéter à personne ?

— Juré ! s'exclama le garçon, exalté.

Gabriel, ému, le regarda gambader vers la maison. Puis il alla prendre un cheval aux écuries.

Il était presque minuit quand, en ouvrant la porte des appartements de Lorette, le supérieur du couvent des Cordeliers se figea. M. Joly, debout devant le miroir, était en train d'attacher sa lourde cape de futaine noire.

— Gabriel ! Que faites-vous ? s'écria le frère Lacombe, dépité.

— Vous voyez bien, mon père : je me prépare.

Le moine claqua la porte derrière lui et s'approcha, envahi de colère.

— Je ne comprends pas ! Je… je croyais que tout cela était bel et bien fini !

— Le Loup ? Vous n'y pensez pas ! répliqua Gabriel en riant.

— Mais… mais vous m'aviez pourtant promis ! Vous m'aviez promis vouloir abandonner cette folie vengeresse ! M'auriez-vous menti ?

Le supérieur, les yeux rougis, semblait dévasté.

— Enfin, mon père, qui vous parle de vengeance ?

— Vous moquez-vous de moi ? Ce costume !

— Eh bien ? Le Loup des Cordeliers a trouvé une nouvelle vocation, voilà tout !

— Une nouv… Que me racontez-vous là ?

Gabriel, enjoué, lui donna une tape sur l'épaule, avant d'enfouir son visage sous sa haute capuche.

— Il reste encore beaucoup de place à l'Âne-Vert, mon père ! Le Loup va s'occuper de lui chercher de nouveaux habitants !

Il enfila une rapière à sa ceinture et, d'un pas preste, commença à descendre les marches qui donnaient passage vers les carrières sous Paris.

— Au revoir, mon père ! lança-t-il en disparaissant dans les ombres.

Le supérieur, interdit, poussa un long soupir. Ses épaules s'affaissèrent. Et puis, lentement, la déception sur son visage laissa place aux prémices d'un sourire.

— Que Dieu vous protège, misérable effronté !

Une heure plus tard, dans les caprices du vent, on vit flotter, au sommet des remparts du Louvre, la longue cape noire du Loup des Cordeliers. Se découpant dans le ciel nocturne, on eût dit qu'un fantôme se fût perché dans les hauteurs, prêt à fondre sur la capitale.

Il lui restait tant à faire.

À SUIVRE…

Remerciements

J'ai débuté ce roman en août 2020, au soleil du Minervois, et je l'ai terminé en août 2021, réfugié, tel Gabriel, dans la douceur d'une cave parisienne…

Pour leur aide sur mes recherches historiques, merci à Juliette Caron, responsable des ressources documentaires du théâtre de l'Odéon, Agathe Sanjuan, conservatrice archiviste de la Comédie-Française, et Jeffrey S. Ravel, professeur d'histoire à l'Institut du Massachusetts.

Merci aussi à tous ces amis qui me portent chaque jour sur leurs épaules de géants : Fabrice Mazza, Yves Ragazzoli et ses joyeux Géromois, Renaud Séchan et sa troupe, la Ligue de l'Imaginaire, la fine fleur du ZCR, le Writers' Cthulhu et mes frères Spitfires.

À mes parents, toujours, qui sont un exemple de générosité.

À toute l'équipe des éditions XO, sous le toit desquelles, en haut du mont Parnasse, j'ai trouvé avec bonheur une nouvelle famille. À Sarah Hirsch, éditrice formidable de patience, de bienveillance et d'opiniâtreté. Ce qui est réussi dans ce livre l'est grâce à elle, ce qui est raté l'est à cause de moi !

Un immense merci, enfin, à Tiphaine, adorable typhon, tout comme à mes trois incroyables enfants, Zoé, Elliott et Malo, qui rendent chaque jour la vie beaucoup plus belle.

Bibliographie documentaire

BAPST Germain, *Essai sur l'histoire du théâtre*, Hachette, 1893.

BÉCLARD Léon, *Sébastien Mercier, sa vie, son œuvre, son temps*, Champion, 1903.

BERTAUD Jean-Paul, *La Vie quotidienne en France au temps de la Révolution*, Hachette, 1989.

BIARD Michel, *Parlez-vous sans-culotte ?*, Tallandier, 2009.

BLANC Louis, *Histoire de la Révolution française*, Pagnerre & Furne, 1869.

BONCOMPAIN Jacques, *Auteurs et comédiens au* XVIII*e* *siècle*, Perrin, 1976.

BONNET Jean Claude (dir.), *Louis-Sébastien Mercier, un hérétique en littérature*, Mercure de France, 1995.

BOUGEART Alfred, *Les Cordeliers*, H. Delesques, 1891.

BROUILLET Pascal, « La compagnie de maréchaussée de l'Île-de-France et la Garde de Paris », in *Métiers de police. Être policier en Europe,* XVIII*e*-XX*e* *siècle*, Presses universitaires de Rennes, 2015.

CARBONNIÈRES Philippe de, *Paris sous la Révolution et l'Empire*, Parigramme, 2015.
CHAGNIOT Jean, « Le guet et la garde de Paris à la fin de l'Ancien Régime », in *Revue d'histoire moderne et contemporaine* [en ligne], 1973.
COQUARD Olivier, *Lumières et révolutions*, PUF, 2014.
COUSIN D'AVALLON Charles-Yves, *Merciériana, ou Recueil d'anecdotes sur Mercier*, Krabbe, 1834.
DARNTON Robert, *Un tour de France littéraire. Le monde du livre à la veille de la Révolution*, Gallimard, 2018.
DAUFRESNE Jean-Claude, *Le Théâtre de l'Odéon : architecture – décors – musée*, Mardaga, 2004.
DE COCK Jacques, *Les Cordeliers dans la Révolution française*, Fantasques éditions, 2001.
DUVAL Émile, *Talma*, Mansut, 1826.
ÉTIENNE Charles-Guillaume et MARTAINVILLE Alphonse, *Histoire du théâtre français, depuis le commencement de la Révolution jusqu'à la réunion générale*, Barba, 1802.
FAVIER Jean (dir.), *Chronique de la Révolution*, Larousse, 1988.
FURET François, *La Révolution*, Hachette, 1988.
GALLO Max, *Révolution française*, t. I & II, XO Éditions, 2008.
GAXOTTE Pierre, *La Révolution française*, Fayard, 1970.
GENTY Raymond, *Les Souterrains de l'Odéon*, Glomeau, 1945.
GUIBERT Noëlle et RAZGONNIKOFF Jacqueline, *Le Journal de la Comédie-Française, 1787-1799*, SIDES, 1999.

HURTAUT et MAGNY, *Dictionnaire historique de la ville de Paris et de ses environs*, Moutard, 1779.

LAFITTE Jean-Baptiste, *Mémoires de Fleury*, Adolphe Delahays, 1847.

LAWDAY David, *Danton*, Albin Michel, 2012.

LE MAIRE Jean-Baptiste-Charles, *La Police de Paris en 1770, mémoire inédit*, Hachette/BNF, 2017.

LENNOX G., *Danton*, Sandoz et Fischbacher, 1878.

LENOTRE G., *La Vie à Paris pendant la Révolution*, Calmann-Lévy, 1936.

LEPAGE Auguste, *Les Cafés politiques et littéraires de Paris*, E. Dentu, 1874.

LEUWERS Hervé, *Camille et Lucile Desmoulins : un rêve de république*, Fayard, 2018.

LOLIÉE Frédéric, *La Comédie-Française : histoire de la Maison de Molière*, Lucien Laveur, 1907.

MAURICE Charles, *Le Théâtre-Français, monument et dépendances*, Garnier, 1859.

MAVIDAL M.-J. (dir.), *Archives parlementaires de 1787 à 1860*, Librairie administrative de Paul Dupont, 1877.

MERCIER Louis-Sébastien, *Tableau de Paris*, t. I & II, et *Le Nouveau Paris*, Jean-Claude Bonnet (dir.), Mercure de France, 1994.

MONVAL Jean, *La Comédie-Française*, Henri Laurens, 1931.

MOYNET M.-J., *L'Envers du théâtre, machines et décorations*, Librairie Hachette et Cie, 1873.

POREL Paul, *L'Odéon, histoire administrative, anecdotique et littéraire du second Théâtre français*, Alphonse Lemerre, 1876.

POUGIN Arthur, *La Comédie-Française et la Révolution*, Gaultier, Magnicr & Cie, 1845.
—, *Dictionnaire historique et pittoresque du théâtre*, Firmin-Didot, 1885.
RAVEL Jeffrey S., *The Contested Parterre*, Cornell University Press, 1999.
RIGAUD Lucien, *Dictionnaire du jargon parisien*, Ollendorff, 1878.
ROUDINESCO Élisabeth, *Théroigne de Méricourt, une femme mélancolique sous la Révolution*, Albin Michel, 2010.
RUAULT Nicolas, *Gazette d'un Parisien sous la Révolution*, Perrin, 1976.
SAINT-AGNÈS Yves de, *Guide du Paris révolutionnaire*, Perrin, 1989.
SANJUAN Agathe et POIRSON Martial, *Comédie-Française, une histoire du théâtre*, Seuil, 2018.
SARCEY Francisque, *La Comédie française : comédiens et comédiennes*, Librairie des bibliophiles, 1876.
SCHIAPPA Jean-Marc, *La Révolution française*, Librio, 2005.
SCHMIDT Adolphe, *Paris pendant la Révolution d'après les rapports de la police secrète*, Champion, 1880.
SOBOUL Albert, *La Révolution française*, PUF, 1965.
THIERS Adolphe, *Histoire de la Révolution française*, Furne & Cie, 1839.
TIERCHANT Hélène et WATELET Gérard, *La Grande Histoire de la Comédie-Française*, Télémaque, 2011.

TISSEAU Paul, *Une comédienne sous la Révolution : Marie-Élisabeth Joly, sociétaire de la Comédie-Française*, Éditions de la Bonne Idée, 1928.

Table

LIVRE DEUXIÈME
Le fantôme du Théâtre-Français

LIVRE TROISIÈME
Où les rivaux se révèlent

Composition et mise en pages
Nord Compo à Villeneuve-d'Ascq

Imprimé en France par

MAURY IMPRIMEUR
à Malesherbes (Loiret)
en août 2024

Pour plus d'information :

#lisez engagé !
www.lisez.com
Imprimé sur du papier issu de forêts gérées durablement.

POCKET - 92 avenue de France, 75013 PARIS

N° d'impression : 280181
S32374/04